KB017847

제3의 손

제3의 손

하용준 장편소설

글누림

| 차 례 |

제3의 손

로그인

도박.

돈이든 술이든 밥이든 사탕이든 그 어떤 것이든 간에 내기, 다시 말해 따먹기가 걸린 판을 노름판이라고 일컫는단다. 도박판이라고 말한다면 더 고상할까.

천지신명의 조화는 인간을 낳았고, 인간은 도박을 창조했다. 이 얼마나 적절한 말이냐. 인간이 자신을 낳아준 천지신명보다 위대한 것은 바로 그 하나의 이유 때문이란다. 그런 인간에게 지구상 전 지역에서 도박을 금지시킨다면, 그들은 서슴없이 산소통을 메고 우주로 나아갈 게다.

둘러보아라. 세상에 도박 아닌 것이 어디 있느냐? 네가 느끼건 느끼지 못하건, 눈에 보이는 것이건 보이지 않는 것이건, 시장이라는 판을 벌여 놓고, 매매라는 그럴듯한 이름으로 서로 눈치를 보며 실랑

이를 벌이는 작태의 속성을 들여다보면 모두 도박에 다름 아닐진대 인간이 어찌 도박을 떠나 살 수 있으랴.

도박을 떠나 살 수 없는 만큼 인간의 인생판 자체가 그대로 도박판임을. 저마다 패를 들고 판단과 선택의 무수한 갈림길에서 베팅 찬스를 맞게 되는, 그러나 베팅을 하고 안 하고의 결과는 오직 세월옹(歲月翁)만이 쥐고 있는 형국이 아니냐.

영원한 그 어떤 것보다도 한 발짝 더 영원한 것, 그것은 오직 도박 원리다. 다만 그 작용의 오묘함을 네 도박 심리로는 간파하지 못하기에 번번이 판을 건지기 어려운 것일 뿐, 그것을 터득하고 나면 두려울 것이 아무것도 없게 된단다.

도박꾼과 도박사의 차이를 아느냐?

달리, 노름쟁이와 노름장이라고 표현을 한다면 알아듣기 쉽겠구나. 노름쟁이는 노름의 결과에만 눈이 팔린 사람을 일컫는 낱말이고, 노름장이는 노름의 결과를 스스로 만들어가는 사람을 말한단다.

노름의 결과에만 눈이 팔리면 절제와 평정을 잃고 종국엔 중독이라는 깊은 늪에 빠지고 만다. 그러나 정해진 룰 속에서 노름의 결과를 제 의도대로 만들어 내고자 부단히 노력한다면, 언젠가는 그 노력이 전문적인 기예의 경지에 이르게 되어 직업으로까지 승화할 수 있단다. 간단히 말해 노름쟁이는 노름중독자를 말하는 것이고 노름장이는 노름생활인이라고나 할까.

또 갓쟁이와 갓장이라는 말로도 비교할 수 있겠구나. 갓쟁이는 갓을 쓸 줄만 아는 사람이지만 갓장이는 갓을 만드는 사람을 뜻하니 말이다.

그러나 반드시 깨달아야 할 것이 있단다. 세상에서 가장 무상한 것 두 가지 가운데 하나는 세월이고 또 하나는 바로 도박판이라는 것을. 그래서 도박꾼이건 도박사이건 결국엔 허망함만 손에 쥐게 된다는 것을. 허허, 노름꾼의 눈으로 보는 인생사 세상사이니 어련하겠니.

지금부터 너에게 들려줄 이야기는 노름장이, 즉 한 도박사에 관함이다. 지난 어느 밤, 유령처럼 나타나 온 판을 휩쓸고 다니다가 언제 그랬냐는 듯이 갑자기 사라져 버린, 남자인지 여자인지, 노인인지 젊은이인지, 도깨비인지 귀신인지 좀처럼 정체를 알 수 없었던 미지의 존재.

내가 지난날 도박사라는 이름을 얻은 이래 무수히 많은 사람들과 허다히 많은 종류의 도박을 벌여 왔음은 너도 잘 알고 있겠지. 판을 접고 나면 판에서 만났던 사람들은 대체로 별다른 기억을 남기지 못한 채 흩어지듯 잊혀지는데 오직 한 사람, 그 도박사만은 지금까지 잊혀지지 않고 또 앞으로 죽는 날까지도 잊을 수 없을 것 같구나.

평범하지 않은 영역, 그러나 속속들이 들여다보면 지극히 평범하기만 한 도박판에서 우연인 듯 필연인 듯 알 수 없는 인연의 넝쿨 같은 날들을 보낸 것이 바로 어제런듯 눈앞에 선한데 돌이켜 보니, 허허. 참으로 적지 않은 세월이 흘렀구나.

아쉬운 감회가 없지 않다만, 그래도 행운이라면 행운이랄까. 내 저 돌적이고 치열했던 지난 생의 한때, 그를 만날 수 있었다는 기쁨만으로도 도박을 직업으로 삼았던 한평생이 과히 무상하지만은 않구나.

내 얘기를 다 듣고 난 뒤에 과연 그가 무엇에 베팅했는지, 그리고 그 어떤 판에 간절히 베팅하고자 했는지를 깨닫게 된다면 너는 그때 비로소 심신이 찌든 도박꾼의 한계를 넘어 어엿한 한 사람의 인생도 박사로 거듭날 것이다.

이제 시작하마.

오래전 깊은 겨울밤 그의 불꽃같은 등장과, 사라짐의 마지막 순간까지.

활로

1

가끔은 한 번도 가보지 않은 낯선 길로 가고 싶을 때가 있다. 몇 걸음 가다가 꺾었을 때 막다른 벽이 눈앞에 나타나는 위험을 감수하고서라도.

전철에서 내려 출구로 올라올 즈음엔 버릇처럼 어느 길로 가볼까 고민하곤 한다. 오늘도 예외는 아니다. 지상에 발을 내딛는 순간, 하늘 한 번 쳐다보고는 에둘러 가는 길로 걸음을 옮긴다.

이윽고 나타나는 사거리. 곧바로 갈까, 한 번 더 에둘러 볼까, 아니면 왔던 길을 되돌아가 편의점 앞에서부터 지름길로 갈까…… 망설인다. 사방으로 나 있는 길이 유혹하고 있는 것만 같다.

늘 다니는 길이라면, 누구나 발씨에 익은 길로만 다니는 습성이 있다. 무의식중에 그 길이 목적지에 이르는 최단거리이거나 가장 안전한 길이라고 믿기 때문이다. 돌아가는 길처럼 여겨지는 길, 무언가 위험이 도사리고 있는 듯한 느낌이 드는 길은 들어설 생각조차 하지 않는다.

그런 습성을 본다면, 인간은 그 몸이 향유하는 터전만 3차원일 뿐, 의식은 여전히 2차원에 머물러 있는 것이 아닐까. 애초에 2차원적인 인간이 우연한 계기로 3차원의 무대를 점령하고 있는 느낌. 그래서 그 2차원으로의 회귀본능 때문에 아무리 3차원적인 컴퓨터게임이 쏟아져 나와도 바둑, 장기, 체스 같은 지극히 2차원적인 놀이들이 그렇게 사람들을 매료시키는 것은 아닌지.

불현듯 어제 저녁에 만났던 강산 형의 말이 기억 상자에서 슬금슬금 걸어 나오기 시작한다.

"흔히 사람과 사람 사이가 끈끈하게 이어져 있다고들 하지. 하지만 잘 살펴보면 이어져 있는 것이 아니라 맞닿아 있을 뿐이야. 제각각 별다른 개체인 사람과 사람이 무슨 사슬처럼 이어져 있다는 건지 모르겠어."

"감정이라는 개념상 그렇다는 거겠죠, 뭐."

"몸이 별개면 감정도 별개인 게야. 비록 피를 나눈 사이라 하더라도 생물학적 계통이 그렇다는 거지 개체로서는 서로 맞닿아 있을 뿐이야. 말하자면, 고리고리 이어진 사슬 관계가 아니라 한 줄 꿰미에 꿰인 구슬 관계란 거지."

"묘한 비유이네요."

"사슬은 어느 한 고리가 끊어져도 나머지 고리들은 그대로 서로 이어져 있게 되지만, 꿰미는 어느 부분이건 한 번 끊어지면 그 꿰미에 꿰여 있던 구슬 전부가 다 뿔뿔이 흩어지고 말지. 그래서 그런 경우에는 끊어졌다고 하기보다 터졌다고 하는 거지."

"술 마시다 말고 갑자기 무슨 말씀이세요? 술맛 떨어지게."

강산 형은 내 말에는 아랑곳하지 않고 계속 쏟아 내었다.

"그리고 바둑 말이야. 바둑에서도 '돌이 이어져 있다.', '연결되어 있는 모양이다.' 이런 말을 쓰잖아? 그보다는 '맞닿아 있다.', '맞닿아 있는 모양이다.'라고 써야 한다고 생각지 않아?"

"하하. 그렇기도 하네요. 형태상으로는 바둑판 줄눈에 놓인 돌들이 고리로 이어진 사슬 관계가 아니고 꿰미에 꿰인 구슬 같은 모양이니."

"어제 퇴근할 무렵에 주간님과 한판 두면서 문득 느낀 거야. 주간님과 나는 어떤 관계일까. 돌과 돌은 또 어떤 관계일까…… 사람도 그렇듯이 바둑돌도 마찬가지라는 생각이 들었어. 하나하나의 돌이 이어져 있는 것이 아니라 맞닿아 있는 것일 뿐이라는 느낌이 들지 않겠어? 그런 생각하다가 결국 졌지만 말이야."

"집중했더라도 이기기 어려운 판이었을 걸요? 최 주간님한테는 이기기 힘든 실력이잖아요."

"그런가? 하하."

그즈음 강산 형이 무슨 말을 하려는지 알게 되었다. 이별을 준비하고 있다는 암시 앞에서 고작 내가 할 수 있는 일이란 그의 술잔에 덤덤히 술을 치는 일이었다. 나 역시 조만간 여러 이별 앞에 서야 될지 모르기 때문에.

강산 형은 잔을 한차례 더 비운 뒤에 말을 이었다.

"윤 사장, 경도와 위도를 가득 그어 놓은 이 넓은 지구상에서 두 눈 내고 사는 게 왜 이리 힘들어?"

"하하. 그러게 말이에요."

바둑판 위의 줄눈과 같은 길을 간다. 오늘따라 눈앞이 뿌연 것이 시야가 턱없이 좁다.

강산 형이 말한 두 눈이란 한 사람의 사회인으로서 필수적으로 내어야 할 살림터라는 한 눈과, 일터라는 또 다른 한 눈이었다.

그렇다. 그 두 눈을 내지 못한다면 생불여사(生不如死), 살아 있기는 살아있으되 죽은 모양과 다를 바 없는 꼴이 되고 만다.

하루하루 두 눈을 확보하기 위해 안간힘을 쓴다. 출근할 즈음에는 오늘 하루도 회사가 문 닫을 만한 일이 없기를, 퇴근할 무렵에는 아내가 바람나 가족 관계가 붕괴되는 일이 없기를……

고리사슬길인지, 구슬꿰미길인지는 몰라도 두 눈을 낼 만한 안전한 활로는 사방 어디에도 보이지 않는데 벌써부터 초읽기에 몰린 것만 같아 애가 탄다.

'마지막 5분 남았습니다. 윤세준 사장님, 초읽기를 시작하겠습니다.'

지금쯤 사무실에서는 내 출근시간을 초읽기 하고 있을 것이다. 아마도 초를 읽고 있는 사람은 제1프로그래머로 있는 규형이임이 틀림없을 듯. 사무실에서는 약칭 P1으로 불리고 있는 고교 후배이다. 워낙 부지런한 까닭에 입사 이래 출근 1등을 어느 누구에게도, 단 한 번도 빼앗기지 않은 기특한 녀석이기도 하다.

건물 앞에 이른다. 돌이켜 보니 길을 제법 많이 둘러왔다. 엘리베이터를 타고 올라가 사무실 문 앞에 선다. 외투 주머니에서 휴대폰을 꺼내 덮개에 표시되어 있는 시각을 본다. 1분 남짓 남아 있다. 속으로 셈한다. 언제 들어갈까.

마지막 10초 남았습니다……. 다섯, 여섯, 일곱, 여덟, 아홉…….

철걱!

사무실에 들어서는 순간 버릇처럼 한쪽 벽을 본다. 그와 동시에 직원들의 입에서 말들이 쏟아져 나온다.

"사장님, 오늘은 아깝게 시간패 하셨습니다."

"축하드립니다, 하하."

실제 승부라면 맞아죽을 소리를 늘어놓는데도 말을 한 홍보 담당

장희수 대리나 그 말을 들은 다른 직원들이나 다 같이 얼굴에 웃음이 가득하다. 짐짓 들고 있던 휴대폰 덮개와 벽시계를 번갈아 보며 한마디 한다.

"벽시계가 조금 빠르네. 누구야? 시간을 당겨 놓은 사람이?"

"범인은 세월입니다."

"세월이 범인이라……. 남 과장은 점점 시인이 되어가는 것 같아. 유부남이 묘수를 써서 애인이라도 만들어 놓은 것 아냐?"

"하하하. 사장님도."

가장 늦게 출근하는 사람이 커피든 녹차든 차를 타기로 한 지도 벌써 1년이 다 되어간다. 내 방에 들어가 윗도리를 벗어 놓고는 다시 나와 탕비실로 가려니 경리 담당 남상록 과장을 시작으로 한마디씩 하기 시작한다.

"사장님, 저는 커피로요."

"저도요."

그때 정호 형이 번거로움을 덜어준다.

"흐린 날에는 녹차보다는 커피가 제격이지. 다들 커피로 통일하자고."

"그러죠."

"사장님, 제가 도와드릴게요."

홍보 여직원 조나연 씨가 거들려고 나서자 남 과장 밑에서 경리를 맡고 있는 여직원 박수현 씨가 혼잣말로 중얼거린다.

"벌칙은 벌칙인데……."

"맞아요. 다들 앉아 계세요."

손수 탄 커피 잔들을 소반에 담아서 들고 나와 일일이 직원들의 책상 위에 놓아준다. 순서는 직급이 아니라 탕비실에서 가장 먼 자리부터이다. 직원들은 잔잔한 웃음을 띠며 고마워한다.

커피를 놓아주는 동안, 재빨리 직원들의 책상을 훑어 나간다. 시업 시간 직전, 직원들의 책상에서 여러 가지 정보를 얻을 수 있다. 책상 위에 놓여 있는 것들, 그리고 그것들이 위치해 있는 꼴을 보아 하루의 일손을 잡을 의욕이 있는지 없는지, 있다면 적극적인지 소극적인지까지도 짐작할 수 있는 것이다.

직원들은 책상을 쓰는 저마다의 독특한 버릇이 있는데, 그 버릇이 현저히 다른 양상을 보이는 직원을 그날 점심을 같이 먹을 파트너로 삼는다. 밥을 먹는 자리에서 넌지시 물으면 여직원이든 남직원이든 당사자는 십중팔구 품고 있는 고민거리를 내비친다.

부부 싸움을 했거나, 부모님과 갈등이 있거나, 집안 식구 중 누군가 아프거나, 사귀고 있는 연인과 다투었거나, 혹은 숨겨둔 애인과의 문제이거나…….

속내를 다 밝히지는 않더라도 전해지는 느낌으로 그런 고민거리를 충분히 낚아 올릴 수 있다. 그런 뒤, 당사자의 인간적 존엄성이 다치지 않을 만큼 어루만져 주면 오후부터는 뭔가 달라도 달라지는 것이다.

일부러 출근 시간을 넘기고 사무실에 들어와 차를 타 준다는 구실로 직원들의 심리를 살피는 일, 그것은 초읽기라는 제한 시간을 넘겨버려 승부가 가름난 뒤부터 비로소 수읽기를 시작하는 우스운 꼴이 아닐 수 없다.

바둑판 앞에서야 어림도 없는 웃음거리가 될 이야기일지언정 실제로는 아주 유용한 방법이라 직원들과 고용주가 더없이 신뢰하는 분위기가 형성된다. 그러나 이런 의도적인 출근도 자주 한다면 바람직한 일이 못 된다는 것을 잘 알고 있다. 꼼수는 아주 드물게 써야 상대방이 눈치채지 못하는 법이 아닌가.

"첫눈이라도 내릴 것 같은 날씨 아니에요?"

"출근하다가 뉴스에서 들었는데 오늘 눈이나 비가 올 확률이 40%래."

창 너머로 희뿌연 하늘을 바라본다. 아닌 게 아니라 눈발이라도 비칠 것만 같다. 그때 경리 직원 박수현 씨가 의미심장한 소리를 내뱉는다.

"첫눈이 우리 사무실에는 돈눈으로 펑펑 쏟아졌음 좋겠다."

다들 웃는다. 따라서 웃음이 난다. 사무실이 처해 있는 형편을 생각하면 직원들의 웃음을 받아들일 만한 처지가 아니지만 그들 앞에서 한숨뿐인 속내를 비칠 수는 없는 일이다. 수익 창출 방안을 획기적으로 마련하지 못한다면 조만간 직원을 반으로 줄여야 한다.

한 지붕 아래에서 잠을 자는 혈연적 가족보다도 더 많은 시간을 보내온 사회적 식구들과의 이별. 떠나는 자와 남는 자로 나누어지기보다 차라리 남는 자 없이 다 뿔뿔이 흩어지는 편이 덜 고통스러우리라. 그러나 남는 자가 있어야 떠나는 자가 나중에 돌아올 곳이 있다.

해후의 기약, 그리고 기다림.

떠나는 자보다 남는 자가 더 아픈 것은 바로 움직일 수 없는 하나의 좌표가 되어 그것을 감내해야 하기 때문이다. 반이 줄고, 그 반에서 또 반이 줄고 마지막 반이 줄어 나 혼자만이 덩그러니 남을지라도 그 좌표만큼은 잃고 싶지 않다.

규형이가 제안한다.

"우리 내기해요"

"무슨 내기?"

"오늘 점심시간 전까지 눈이 올지 안 올지 내기해서 그 돈으로 맛있는 점심 먹기로 해요."

"거 좋다. 다들 좋지?"

내기를 하겠다면 다들 대세에 따라 동참하겠다는 표정들일 뿐, 드러내 놓고 싫다는 사람은 없다. 인간은 단언코 호모 겜블러스일 게다. 낮웃음이 또 한차례 인다.

"자, 시작합니다. '눈 온다'에 걸 사람?"

서로 눈치를 보는 중에 경리 여직원 박수현 씨와 홍보 담당 장 대리 사이에 미묘한 감정의 눈빛이 흐르는 것이 얼핏 느껴진다. 하긴 미혼들이니.

눈이 내린다에 건 사람은 네 명이다.

"그럼 나머지 분들은 '비 온다'에 건다는 말씀이죠?"

"그런 셈이지, 뭐."

"사장님은요?"

"진눈깨비가 내리면 눈으로 봐야 해? 비로 봐야 해?"

그 순간 내기를 제안한 규형이가 잠시 고민한다.

"음, 그럴 경우에는…… 무승부로 하죠."

"좋아. 그렇다면 나는 눈도 비도 '다 안 온다'에 혼자 걸겠어."

"예에?"

규형이가 반문하자 정호 형이 갑자기 크게 소리 내어 웃는다.

"하하하."

'올 겨울 첫눈'이라는 말에 설레어 눈이 내렸으면 하는 '바람'만을 판단 변수로 삼은 것에 대한 뒤늦은 깨우침. 눈이나 비가 올 확률이 40%라면 아무것도 안 내릴 확률은 그보다 훨씬 높은 60%라는 현실 인식을 한 데서 나온 어이없음이 아니고 무엇이랴. 더구나 그 40%의 가능성마저 눈과 비, 그 두 편으로 나누어지니 확률적으로 보아 승산이 어느 쪽에 더 많은지…….

터뜨린 웃음의 의미를 몰라 어리둥절해 하는 직원들에게 정호 형이 차근차근 설명해 주자 직원들은 비로소 귀신에 홀렸다가 깨어난 듯한 표정을 짓는다.

"하여간 못 말려요, 사장님은."

"사장님, 미워 정말."

"하하. 무르기 없기예요."

한마디 던지고는 내 방으로 들어선다. 담배를 피워 물며 컴퓨터를 켠다. 부팅이 되는 동안 창밖을 응시한다. 하늘빛을 보니 하늘은 마치 자신이 무슨 패를 가지고 있는지 너희 인간들이 맞혀 보라는 듯이 그 패를 꼭꼭 감추고 있는 모습이다.

인간이 창조한 도박, 그것을 가장 즐기는 건 인간이 아니라 오히려 자연인지도 모른다. 그렇다면 자연이 가장 가소롭게 여기는 도박 상대는 바로 인간이리라. 무모함이라는 측면에서 본다면 지구상에서 인간을 따라올 존재가 없으니.

몸을 돌려 사이트에 접속해 들어가자 홈페이지가 뜬다. 이윽고 음성화 프로그램이 되어 있는 홍보 직원 조나연 씨의 메크로 에코가 스피커를 통해 흘러나온다.

'심심마을에 오신 것을 환영합니다.'

2.

아침부터 대국실이 시끌벅적하다. 대기실 채팅창에 도의, 양식, 인간성 어쩌고 하는 낱말들이 오르내리고 있는 걸 보면 아마도 어제 무슨 일이 있었던 모양이다. 내막이 궁금하여 가만히 채팅창에 오르는 글들을 주시하기 시작한다.

[사슴벌레-4급] 아무리 머니에 눈이 멀었기로서니 어떻게 그럴 수 있어요?

[노란해적선-5급] 맞아요. 인간성 문제인 것 같군요.

[사슴벌레-4급] 관리자님, 어젯밤에 신고한 거 확인하셨죠?

[관리자2] 네.

[kty41-13급] 벌칙을 줘야 마땅하다고 생각해요.

[青海-2단] 그렇다고 그때 베팅하지 말라는 법은 없어요.

[kty41-13급] 제 말은 도의적인 잘못을 물어야 한다는 거예요.

[사슴벌레-4급] 수억 가지고 있어봐야 껌 한 통 못 사는 걸 가지고

[사슴벌레-4급] 왜들 바득바득 따려고만 하는지 모르겠네요.

[kty41-13급] 기분 문제겠죠.

[kty41-13급] 고스톱도 칠 때만큼은 부모형제가 없다잖아요.

[사슴벌레-4급] ㅎㅎㅎ 맞아요.

[青海-2단] 관리자님, 어쩔 건가요? 뱃놀이가세님한테 벌칙을 줄 건

가요?

[관리자2] 글쎄요. 관리자로서도 어떻게 판단해야 할지 난감하군요.

규형이가 쩔쩔매고 있는 바로 그때 한 회원이 던진 질문이 화살처럼 눈에 박혀든다.

[노란해적선-5급] 그건 그렇고, 관리자님.

[관리자2] 네.

[노란해적선-5급] 홈페이지에 있는 여러 배너 중에서

[노란해적선-5급] 오른쪽 위에 있는 MR 배너는 뭐예요?

[노란해적선-5급] 들어가 보려고 하니까 관리자 고유인증번호를 입력하라던데?

[관리자2] 아 그거요? 그건 매니저 룸(Manager Room)이라고 하는 곳입니다.

[관리자2] 사이트 관리자들이 모여서 회의도 하고 정보도 주고 받는 방입니다.

[노란해적선-5급] 관리자님들은 한 사무실에 모여 있는 것 아닌가요?

[관리자2] 평소엔 그렇지만 휴가나 휴일 등으로

[관리자2] 전체 관리자가 사무실에 모여 있지 못하게 될 때

[관리자2] 다른 컴퓨터로 접속해 들어와서

[관리자2] 관리자 기능을 수행할 수 있도록 하기 위해 만든 것입니다.

[노란해적선-5급] 예에, 그러니까 일반회원은 들어가지 못하는 곳이군요.

[관리자2] 그렇죠.

[노란해적선-5급] 잘 알았어요. ㄱㅅ.

[관리자2] 관리자는 잠시 회의하러 갑니다. 오늘도 즐거운 시간 되세요

똑똑 소리가 들린다. 화면에서 눈을 뗀다. 규형이가 방으로 들어온다.

"무슨 일이야? 벌칙을 줘야 되느니 하는 얘기들?"

"어젯밤 늦게 송강 7단과 흑풍백우 7단과의 호선대국에서 백 송강 7단이 50수째를 놓고는 돌연 접속중단이 되었는데, 그와 동시에 관전하고 있던 뱃놀이가세님이 흑에 고액 베팅을 했고 흑도 그와 동시에 51째 수를 놓아 공교롭게도 그 판이 유효 베팅이 되었어요"

"그렇지. 착점 50수 이하라야 베팅이 무효가 되지."

"백이 결국엔 제한 시간 4분 내에 재접속을 못하는 바람에 흑 흑풍백우 7단이 시간승을 했고, 뱃놀이가세님이 판돈을 먹은 것 때문에

여러 유저들이 베팅 매너 상으로 그럴 수 있느냐며 분개하여 뱃놀이가세님의 매너점수를 깎아달라는 말이에요."

"의도적이든 아니든 뱃놀이가세님은 번번이 사고를 치는군. 그러다 유저들한테 따돌림 당할 텐데."

"어떻게 할까요?"

"그게 베팅 룰 위반이야? 아니야?"

"엄정히 보아 위반이라고 말하기는 어렵지 않나 싶어요. 접속중단은 대국자 책임이고, 그래서 접속중단패도 인정하고 있잖아요. 베팅도 그런 위험까지 고려해서 해야 하는 거죠 뭐. 대국자 개인정보를 보면 그런 전적도 다 나와 있으니까."

"그렇다면 그냥 넘어가지. 도의적인 문제이지 룰을 위반한 건 아니니까. 말 많은 유저들 잘 타일러 봐."

"예. 그리고……."

규형이는 보고서 파일을 한 장 앞으로 되넘긴다.

"그에 앞서 조작대국 시비가 한 건 있었어요."

"누구와 누구의 대국에서?"

"TNT 9단과 건맨 8단의 정선대국이었어요."

"그래? 짜고 둘 사람들이 아닌데……."

"그러게 말이에요. 대국 중반부터 일찌감치 유리한 형세를 이끌던 백이 종반에 좌중앙 다섯 점을 이어야 할 자리를 마다하고 제 집 메우는 격으로 엉뚱한 자리에 돌을 놓는 바람에 아깝게 패해 버리자 백에게 베팅을 한 유저들이 조작대국이라며 판돈을 내놓으라고 한바탕 소란이 났었어요."

"기보 검토해 봤어?"

"검토해 볼 것도 없어요. 저도 관전하고 있었거든요. 그 수를 두는 순간, 저도 순간적으로 의아스러웠는데 TNT 9단이 곧바로 클릭 미스란 걸 밝혔어요. 그러자 건맨 8단이 한동안 백 다섯 점을 따내지 못하고 망설였는데, 백이 마무리 하자고 해서 어쩔 수 없이 따낸 뒤 계가까지 갔어요. 결과는 흑 3집반 승이었고요. 대국 후에 TNT 9단이 자신에게 베팅한 유저들에게 거듭 사과를 했는데 몇몇 사람이 받아들이지 않았어요."

"관전했다면 흑에게 정중히 부탁해서 무승부를 만들지 그랬어?"

"관리자 ID로 들어가지 않고 일반회원 ID로 들어가 있는 바람에 그러지 못했어요."

"판돈이 얼마나 되었어?"

"백 TNT 9단에게는 1억 9천만, 흑 건맨 8단에게는 2천 3백만이 걸렸었어요."

"대박 터졌군. 한데 요즘 손들이 왜 그렇게 커졌지?"

"연말이 가까워지니 쓰임새가 많은 모양이죠. 하하.

사이버머니. 수의 크기에 불과한 숫자놀음. 하지만 아무리 개념뿐인 가짜 돈으로 재미삼아 한다고 하더라도 도박은 도박임에 틀림없다. 그렇기에 딴 편은 조용히 딴 기분을 만끽하기 마련이고 잃은 편은 언제나 시끄럽게 말이 많은 법이다.

"어떻게 처리했어?"

"여러 관전자들이 이구동성으로 조작대국이 아닌 것 같다고 분위기를 몰아가서 2, 30분 지나자 잠잠해졌어요. 그밖에 몇 가지 자질구레한 것이 있었는데 아침에 제가 다 처리했어요."

"수고했어. 심심마을은 그러면 되었고……. 나가거든 P2님 좀 들어오라고 해."

제2프로그래머인 정호 형은 대학 선배이다. 마치 산속 깊은 계곡 그늘자리에서 이끼를 잔뜩 덮어쓴 채 말없이 앉아있는 바위처럼, 언제나 사무실 한쪽 벽 모서리에 웅크리고 있는 사람인데, 컴퓨터 프로그램 개발에 관한 한 귀신같은 재주를 가지고 있는, 사무실 내의 보물이다.

그가 거의 혼자 개발하다시피 한 인공지능형 자동계가 시스템, 그리고 대국과 동시에 복기가 가능한 동시타임 복기 시스템은 아직도 다른 사이트에서 흉내 낼 수 없는 기술로 인정받고 있다. 더구나 회사가 그 두 기술의 특허권까지 보유하고 있는 것이 아직도 나와 직원들을 버티게 하고 있는지도 모른다.

정호 형이 들어서자 일어나 소파 쪽으로 간다. 그 역시 서류 파일을 들고 있기에 탁자를 사이로 마주 앉으며 물어본다.

"블랙 쪽에서는 별일 없었어요?"

"어젯밤에 베팅맨 하나가 크게 먹었어."

"거기서도 대박이 났다고요?"

"심심마을에서도 대박이 터졌던 모양이지?"

"예. 한데 같은 대박이라도 어디 심심마을과 비교하겠어요. 얼마짜리였어요?"

"1백 70만이야. 배당률은 3.2배였고."

"크긴 컸네요."

"한데 말이야. 대박 먹은 그 베팅맨의 올 한 달 평균 베팅 승률이 76%에 육박하고 있어."

"76%? 정말이에요?"

"정확히는 75.89%야. 이거 한번 봐. 지난달과 이번 달 그 베팅맨의 베팅 관련 자료야."

자료 파일을 보니 베팅 횟수는 그리 많지 않지만 베팅 승률이 높을 뿐만 아니라 획득배당률도 높았다.

"베팅맨 사이에 그다지 알려지지 않은 ID 같은데요?"

"그럴 거야, 아마. 그 뒷장에 보면 나와 있지만, 3년 전에 가입한 뒤로 1년여 활동하다가 돌연 휴면에 들어간 ID인데, 두어 달 전쯤부터 다시 출입을 재개했더군."

"예전에는 그다지 활동을 하지 않았군요."

가입 초기 1년 남짓한 동안 월 평균 베팅 횟수는 10회 남짓이었다. 1회 평균 베팅 액수는 2만5천 정도라 큰손 축에 들지는 않았지만 베팅 승률이 거의 90%에 이른 기록이 눈길을 끈다. 월 평균 베팅 횟수가 30회 미만일 경우에는 베팅 횟수 미달로 각종 기록 집계에서 제외시켜 오고 있어 나나 여러 베팅맨의 주목을 받지 못했던 것 같다.

"활동을 재개하고부터는 가입 초기와는 달리 본격적으로 베팅 전선에 나설 모양인데, 앞으로 윤 사장이 한번 겨루어 볼만한 사람인 것 같아. 그의 지난달 베팅 승률이 근소한 차이로 윤 사장에 이어 2위이니까. 그나저나 이거, 윤 사장이 4년 연속 지켜온 베팅 황제 자리가 걱정되는데?"

"하하. 내공이 더 강한 고수가 나타나면 언제고 자리를 내어드려야죠."

엷은 웃음을 띠며 말을 돌려본다.

"다른 일은요?"

"없었어."

도박 속어에 초장끝발 종장개발이라는 말도 있지 않은가? 가입 초기, 한두 달 동안은 높은 승률을 뽐내던 베팅맨들이 시간이 갈수록 점점 하향곡선을 그리는 것을 수없이 봐 온 터라 큰 염려는 되지 않았지만 왠지 그의 ID는 뇌리에 깊이 박히는 기분이다. 호적수를 만난 듯한 본능이랄까, 오랜 기간 잠에서 깨어난 고수를 만난 느낌이랄까.

산화.

산에 피는 꽃이라는 산화(山花)인가? 시들어 흩어진 꽃을 뜻하는 산화(散花)인가? 그것도 아니라면, 장렬히 산화했다고 할 때의 그 산화(散華)인가? 어떤 한자어인지 알 수 있다면 그의 성향을 짐작하는 데 일말이라도 도움이 될 것 같은데.

산화, 산화, 산화라……

그때 내 방 밖으로 미지의 손님이 사무실 문을 열고 들어와 무언가 문의하는 말소리가 들려 온다.

3.

"실례합니다. 윤세준 사장 계십니까?"

"누구시라고 전해 드릴까요?"

"신문사 김강산 이사라고 합니다."

조나연 씨가 들어와 그가 찾아왔음을 전한다.

"모시고 오세요."

양복 차림을 한 사람이 열린 문을 들어서며 날카로운 눈매를 감추려는 듯 미소를 지어 보인다.

"아, 형! 어서 오세요."

"다행히 외근 안 나가고 있었네?"

"전화라도 하고 오시지. 일찍부터 웬일이에요?"

"근처에 볼일 보러 왔다가 들렀어."

"어젠 잘 들어가셨어요?"

"집 앞에서 한잔 더 했지. 고독을 씹으며. 하하. 속이 쓰려서 아침을 걸렀더니 시장하네. 안 바쁘면 아점 얻어먹을 겸 왔는데 괜찮겠어?"

"저도 출출하던 참이었는데, 해장국 먹으러 가죠."

강산 형을 선바람으로 세워 두고 외투를 입는다. 방을 나서며 규형이에게 한마디 남긴다.

"근처에 있을 거야."

박수현 씨가 웃음기를 섞어 뒷머리에 한 문장 꽂아온다.

"사장님, 아까 한 내기 잊지 마세요."

대답은 구석 자리에 앉아있는 성호 형의 입에서 나온다.

"잊어버려."

"P2님, 그게 무슨 말씀이세요?"

"우리가 사장님과 내기해서 몇 번 이겨봤어? 오늘도 질 게 뻔하니까 하는 소리지."

"그래도 저는 포기 못해요. 점심때까지는 아직 시간이 많이 남았으니."

"하하. 박수현 씨 말이 맞아요. 내기는 마지막까지 누구도 모르는 거죠."

"한데 눈이 왜 이렇게 안 온담. 오려면 빨리 오든지 하지 않고."

내기의 결과에 대한 집착이라기보다는 첫눈을 기다리는 간절한 심정이 묻어난다. 그때 장 대리 컴퓨터에서 영화 <러브 스토리> 주제곡이 경음악으로 잔잔히 흘러나온다. 직원들은 엄지손가락을 세워 들며 그 시의적절함을 인정해 준다.

"하하. 좋은데요. 저는 이만 다녀오겠습니다."

해장국에 해장술까지 한잔 기울인다.

"해장은 막걸리 석 잔이 최고지."

들이키고 난 뒤, 강산 형은 속에 든 보따리를 풀어낸다. 10여 년 전, 갓 스물의 나이로 교통사고를 당하여 요절한 전설적인 바둑인 김산의 일대기를 지난해 재단이 나서서 소설로 구성하기로 결정했는데 작가 선정과 자료 조사를 완료했다는 소식이 그 서두이다.

느닷없이 그에 관한 얘기를 꺼낸 걸 보아 지나가던 걸음에 들른 것이 아님을 직감적으로 느낀다.

바둑계에 김산이라는 인물에 관해 알려진 건 거의 없다. 사실인지 아닌지 확인할 수 없는 일화로 '죽음의 16연전'이라는 것이 한 토막, 그리고 어떤 계기에선지 알 수 없지만 그를 '천파기인(天派棋人)'이라고 부르는 기사들이 더러 있다는 것 정도이다.

"천파기인이 무슨 뜻이에요?"

"하늘이 보낸 바둑인이란 말이지."

"그만큼 잘 두었다는 뜻인가요?"

"그건 나중에 얘기하기로 하고⋯⋯. 재단이 소설을 연재할 인터넷 바둑매체를 입찰로 선정하기로 한 사전 공지는 윤 사장도 알고 있지?"

지난달 초에 나온 공지였음이 떠오른다. 당시 관심이 없지 않아 직원들과 회의를 가졌지만 남 과장이 직원 월급조차 주기 어려운 최악의 재정 상황을 들어 일축하는 바람에 더 이상 논의하지 않기로 했던 사안이다.

그날 남 과장의 말이 틀린 것은 아니었다. 그동안 여기저기에 손을 벌리고 발품을 팔아 쌈짓돈, 뭉칫돈 되는대로 끌어다 대었지만 최근엔 그것도 한계에 봉착해 있는 형편이었기에.

강산 형은 사무실에 들어설 때부터 끼고 있던 큼직한 서류봉투를 내놓는다.

"뭐예요?"

"입찰 참가 신청서야."

"형, 우리는⋯⋯."

"어려운 것 다 알아. 우리 신문사에서 따내려고 주간님이 욕심을 많이 내었는데 이사회에서 무산시켜 버렸어. 그 뒤로 대안을 마련하고자 고심하시는 눈치가 역력했었는데 오늘 아침에 문득 '심심마을 어때?' 하시더군."

"주간님이 우리 사이트를요?"

"그 뒷말씀이 '돈은 없어도 기술력이 가장 좋잖아.'였어."

"주간님이 우리 심심마을을 그렇게까지 인정하고 계신 줄은 몰랐네."

"나중에 책으로 펴내면 대박은 못 되어도 최소한 중박은 될 거라는 말씀도 하셨어. 그분이 어디 헛소리 할 분이야?"

최상한. 그가 누구인가. 바둑계에 몇 안 되는 산증인이 아닌가. 좀처럼 말이 없는 그의 입에서 나온 말이라면 일단 신뢰할 만하다. 그만한 인품의 소유자이므로 더구나 소설, 다큐, 관전기, 해설문 등 바둑에 관한 글이라면 전 분야를 아우르는 안목과 문장력을 가지고 있기에 김산의 일대기에 관해 주목한 이유가 그 나름대로 있었을 것이다.

"벌써부터 연재권을 따려는 로비가 치열한 모양이야."

로비를 할 만한 여력을 가진 업체라면 포털 게임사이트의 대표주자인 도도이스를 비롯해 게임인월드, 사이버나라, 프로클럽 정도일 것이고, 우리 심심마을과 같은 바둑전문 인터넷사이트로는 난가난가, 바둑361, 순장바둑 등일 터이다.

그간 어려울 때마다 신문사로부터 크고 작은 도움을 받아 온 터라 차마 포기하겠다는 말이 쉽게 나오지 않는다.

"형도 알다시피 우린 로비할 만한 총알이 없어요."

"봉투 안에 신문사 명의로 심심마을을 추천한다는 추천서가 들어 있어. 이 정도 무기라면 한번 붙어볼 만하지 않겠어? 신문사가 어렵다고는 하지만, 지는 노을빛일망정 아직까지는 그 권위의 빛을 바둑계 구석구석 드리우고 있으니 말이야."

또다시 도박을 해야 하나 말아야 하나. 아무리 생각해도 그에 관한 자금을 마련할 방안이 보이지 않는다. 베팅을 하려고 해도 칩이 없는 것이다.

"낙찰금은 어느 정도 될까요?"

"그것까지는 아직 몰라. 윤 사장이 적극 참여하겠다면 주간님과 내가 입찰에 관한 여러 정보를 수집해 볼게. 연재 후 출판권까지 귀속된다면 베팅해 볼 만한 일 같은데, 어때?"

"하는 수 없네요. 형도 그렇고 주간님까지 적극적으로 밀어주시겠다니 입찰에 참여까지는 해야 도리일 듯하네요."

바둑계의 일에 좀처럼 나서지 않는 최상한 주간이 자청해서 도움을 주겠다는 걸 보면 무언가 깊은 수읽기를 해 두었다는 뜻은 아닐까? 그렇든 아니든, 이거 영락없이 강제된 도박이군. 그래, 기왕지사 4년 전부터 바둑판에서 시작한 베팅이니 가는 데까지 가보는 거야.

베팅 칩이 모자란다면 마지막 뒷주머니인 블랙 쪽의 잔고를 털어서라도

"저녁에 신문사로 놀러 와. 옆 호텔에서 지난번에 열린 세계대회 시상식과 축하연이 있는 거, 알지?"

"오늘은 가봐야 할 곳이 있어요"

담배를 피워 물며 강산 형 얼굴에 겹쳐 산화라는 ID를 또렷이 떠올려 본다. 베팅 승률 76%라는, 그 미지의 고수를 만나러 갈 심산이다.

블랙 스퀘어즈

1.

홈페이지 화면에 있는 여러 배너 중에서 오른쪽 위 네모 테두리 속에 단순히 영문자 MR이라고만 표시되어 있는 배너에 마우스 커서를 옮겨 놓는다. 심심마을 유저들에게 매니저 룸(Manager Room)이라고 알려져 있는 바로 그곳이다.

클릭하자 하얗게 바뀐 화면 한가운데에 '관리자인증번호 13자리를 입력하시오.'라는 메시지와 함께 그 아래에 13개의 네모 칸이 뜬다.

'BB72TT81RR625'

엔터키를 치자 다시 화면이 바뀐다.

'주민등록번호를 입력하시오'

번호를 쳐 넣고 다시 입력키를 치자 이번에는 비밀번호 6자리를 입력하라는 명령어가 나타난다.

'18TT27'

ID를 입력하라는 마지막 문구가 기다리고 있다.

'무상수'

화면은 일순간, 한가운데를 경계로 하여 위아래로 나누어진다. 위쪽은 북두칠성을 비롯한 뭇별이 떠있는 밤하늘로 바뀌었고, 아래쪽에는 황금바둑판이 번쩍번쩍 빛을 내며 밀려나오기 시작한다.

비스듬히 조감된 황금바둑판이 다 나오자 갑자기 오른쪽 하늘 모서리 부근에서 유성우가 쏟아져 내린다.

스타 샤워(star shower)!

말 그대로 샤워기 꼭지에서 별 방울들이 무수히 쏟아져 나오는 형국이다. 유성우는 황금바둑판의 검은 줄눈 곳곳에 박히며 흑백 바둑돌로 변해 간다.

한차례 화려한 쇼를 보여준 화면 위로 입체 글자가 나타난다.

'블랙 스퀘어즈'

바둑판에 그려져 있는 가로세로 모눈들을 뜻하는 말이다. 그 아래엔 영문자가 표시되어 있다.

'Black Squares'

이윽고 화면 가득 폭죽이 터져 나온다. 폭죽 소리는 간헐적으로 나오는 것이 아니라 마치 다연발총을 쏘아 갈기는 듯 빠빠빠빵 터지고 있다. 프랑스 영화 <퐁네프의 연인들>의 주무대인 퐁네프 다리 위에서 밤하늘을 수놓는 불꽃놀이를 바라보는 듯하다.

폭죽 소리가 잦아드는가 싶더니, 성대에 기름을 곱게 발라놓은 듯한 조나연 씨의 목소리가 메크로 에코로 흘러나온다.

'베팅의 짜릿함, 대박의 즐거움, 그리고 잭팟의 행운이 있는 곳, 저희 블랙 스퀘어즈에 오신 것을 환영합니다.'

배너들이 뜬다. '대국실', '각종랭킹', '내 정보'이다. '내 정보' 항목을 누른다.

'잔고 내역 18,320,000원'

'출금 가능 금액 18,000,000원'

잔고를 확인한 뒤 '내 정보' 항목 속에 딸려 있는 소배너인 '베팅 관리' 항목을 본다.

'베팅 승률 '77.4%'

10번 베팅했다고 친다면 8번 가까이 땄다는 말이다.

'획득배당률 166.9배'

1만을 걸었다고 친다면 평균 6천6백9십을 땄다는 뜻이다.

다시 '내 정보'로 돌아가 나온 뒤 '각종랭킹' 항목에 들어간다. 베팅 승률과 획득배당률, 두 부문 모두 전체 베팅맨들 중에서 여전히 랭킹 1위를 지키고 있다. 2위에 올라있는 ID에 눈길이 머무른다.

정호 형 말대로 산화는 두 부문에서 똑같이 2위에 올라 내 턱밑을

찌르고 있다. 아닌 게 아니라 자칫 잘못하면 1위 자리를 내어주어야 할 위기감이 스친다.

잔고랭킹을 본다. 그간 큰 변동은 없었던가 보다. 1위는 ID 시리우스가 7천3백만 남짓. 2위는 마이더스가 6천8백만, 3위는 머니메이킹이 6천2백만이다. 검색어에 산화를 쳤더니 그의 잔고는 4백만 남짓으로 전체 300여 명의 베팅맨들 가운데 212위에 올라 있다.

"4백만이라……. 두 달 동안 벌어들인 것치고는 그다지 많지 않은 액수인데? 휴면에 있다가 다시 베팅을 재개할 즈음에 워낙 잔고가 없었나보군."

'대국실' 배너를 클릭한다. 꼭 복권에 당첨된 것을 축하하기라도 하듯이 환영음악이 요란하게 울려 퍼진다. 그런 뒤 멘트가 흘러나온다.

'베팅의 고수, 무!상!수! 님께서 입장하셨습니다.'

대국실은 대국방과 대기실 두 영역으로 나뉘어져 있다. 대국방은 대국이 열려 실제로 베팅을 하는 곳이고, 대기실은 다시 분할되어 대기대국자 명단 창, 베팅맨 명단 창, 그리고 채팅창, 세 창으로 나누어져 있다.

들어서자마자 채팅창에 올라오고 있는 글들이 눈에 들어온다. 어젯밤에 산화가 대박을 먹은 얘기로 떠들썩하다. 웬만한 경우에는 하루가 지나면 없었던 일인 듯 잊혀지기 마련이지만 산화의 경우에는 예외인 듯하다.

"재등장한 지 얼마 지나지 않은 탓이겠지."

어떤 이들은 산화가 최근에 신규로 가입한 회원인 줄로 알고 있기도 하다.

[머니메이킹-3급] 그렇죠, 관리자님?

[관리자9] 신규 회원님은 아닙니다. 오랫동안 휴면하고 계셨거든요.

[마이더스-2급] 어디 산속에 들어가서 도라도 닦고 나온 모양이네.

[UFO-4급] ㅎㅎㅎ

[광물자원-7급] 맞아요. 그렇지 않고서야 어떻게 승률이 그렇게 높을 수가 있겠어요?

[마이더스-2급] 나중에 오면 어디서 도 닦았는지 가르쳐 달라고 해야겠다.

[흰늑대-9급] 요즘 베팅맨들이 줄어드는 추세죠?

[관리자9] 그렇지는 않아요.

[흰늑대-9급] 전에는 간혹 보이던 ID를 쳐 보니 탈퇴했다는 메시지가 많이 뜨던 걸요.

[머니메이킹-3급] 쩐 다 잃었으니 탈퇴한 거겠죠.

[광물자원-7급] 아니면 한몫 잡고 나가버렸거나.

[시골사람-3급] 그런 사람들 다시 잡아와야 되겠네.

[머니메이킹-3급] 순진한 시골사람이 어디 가서 그런 약아빠진 님들을

[머니메이킹-3급] 잡아온다는 거예요?

[흰늑대-9급] 마져.

[시골사람-3급] 잡아오라면 잡아올 수 있어요

[마이더스-2급] 시골사람님은 수사관이라도 되시나봐.

[시골사람-3급] 예. 제 직업이 수사관이에요

[마이더스-2급] 거짓말. 이런 불법사이트에 버젓이 들어와서 노름하는 수사관도 있나요?

[시골사람-3급] 수사관은 사람 아닌가요 뭐.

[흰늑대-9급] 소가 들어도 웃을 일이로다. ㅋㅋㅋ

[시골사람-3급] 허, 다들 안 믿으시네.

그즈음에서 비집고 들어간다.

[무상수-2급] 안녕하세요 반갑습니다.

[UFO-4급] 어? 베팅 황제님 납시었네. 오랜만이에요.

[광물자원-7급] 그간 왜 그렇게 안 나타나셨어요?

[무상수-2급] 많이 바빴어요

[머니메이킹-3급] 얼마만이죠, 무상수님?

[무상수-2급] 보름쯤 되나 보네요

[UFO-4급] 어젯밤에 대박 터진 것 아세요?

[무상수-2급] 몰라요

[UFO-4급] 산화님이라고, 그분이 170만 먹었어요

[무상수-2급] 그래요? 축하할 일이네요

그간 산화를 한 번도 만나지 못했던 것에 대해 아쉬움이 든다. 어쩌면 만나긴 만났을지도 모른다. 아마도 그때는 산화가 잃었거나 하여 내 기억에 들어오지 않았을 수도 있는 일이 아닌가.

대기자 창으로 가 베팅맨들의 명단을 점검한다. 본격적인 베팅에 들어가기에 앞서 큰손들이 얼마나 들어와 있나 봐 두는 것이 우선이다. 그들의 ID를 클릭해 '공개정보' 항목에서 잔고를 확인한다. 베팅 가능한 금액이 얼마나 되는지도 알아두어야 할 필요가 있는 것이다.

"잘하면 오늘도 큰판 하나 열리겠는데……."

산화는 아직 들어오지 않은 모양이다. 베팅맨들의 ID 속에서 찾을 수가 없다. 기다려 보기로 한다.

대국이 진행 중인 방은 5개이지만 어느 방에도 그다지 들어갈 마음이 나지 않는다. 돈도 걸어 놓지 않고 대국만 지켜본다는 것만큼 베팅맨들에게 무의미한 일은 없는 것이다.

채팅창에 새로운 대국이 개시된다는 메시지가 뜬다. 쌍살벌 6단과

스콜피온 5단의 대국이다. 대기하고 있던 베팅맨들과 이미 진행 중인 대국방에서 관전하고 있던 이들이 하나둘 그 방으로 몰리기 시작한다. 따라 들어간다.

돌은 이미 자동으로 가려져 있는 상황이다. 두 대국자의 ID 아래에 씌어져 있는 전적을 본다. 백 스콜피온 5단은 68승 72패, 흑 쌍살별 6단은 64승 42패.

착점 10수도 되기 전에 베팅 열기가 후끈 달아오른다. 베팅맨들은 거의 다 두 대국자의 객관적 전력인 대국 승률을 보고 베팅을 하는 양상이다. 베팅은 쌍살별 6단 쪽으로 기울어지고 있다.

승률, 단위도 스콜피온 5단보다 높은데다가 대국 시작 전에 대국자간 상호 합의한 대국조건이 호선인 듯, 그리하여 자동으로 돌이 가려진 결과 금상첨화로 흑을 쥐었으니 당연한 일이다.

그러나 기력(棋力)이란 마주한 대국자에 따라 다르게 나타나는 상대적인 것이기도 하고, 시간대별, 대국 당시의 컨디션, 그리고 처해 있는 환경 등에 영향을 받기 때문에 한결같이 나타난다고 보기는 어렵다. 단위(段位)가 곧 실력이라는 등식을 성립시키는 것도 위험천만한 일이다. 경력과 경륜도 감안해야 하지 않나 싶다.

두 대국자의 포석을 보아 향후 구상하는 바를 짐작해본다. 어딘지 모르게 흑의 포석이 무리한 감이 없지 않다. 돌 놓인 꼴이 징검다리처럼 정돈된 깔끔한 느낌을 주지 않고, 여기저기 아무렇게나 던져 놓은, 마치 공사판에서 쓰다만 벽돌이 흩어져있는 듯한 모양새이다.

"흑의 자신감인가, 자만인가?"

착점은 베팅 마감 20수에 가까워지고 있다. 본능적으로 감지된 느낌으로 19수째에 백 스콜피온 5단에게 10만을 건다. 잠시 뒤 베팅이 마감되자 베팅맨들은 관전을 하면서 떠들기 시작한다.

[UFO-4급] 으음. 19만 대 78만이라…… 균형이 너무 안 맞는군.

[마이더스-2급] 그나마 백에 그만큼이라도 걸린 게 다행이에요.

[광물자원-7급] 맞아요. 누군가 19수째에 10만을 안 걸었으면 초대박도 ㅋㅋ

[마이더스-2급] 님은 쌍살벌의 독침을 잘 모르시나봐.

[마이더스-2급] 하긴 쏘여보지 않은 사람은 그 매운 맛을 모르는 법이죠.

[머니메이킹-3급] 전갈한테는 물리면 즉사하지요.

[마이더스-2급] 아따 그 전갈 저리 굼뜬데 잘도 물겠네.

잔고 보유 랭킹 2, 3위를 서로 다투고 있는 두 사람의 신경전이 막 벌어지고 있다. 말마따나 쌍살벌 6단은 엉성한 포석이나마 날개 소리를 앵앵거리며 경쾌하게 날고 있는데 전갈은 바쁠 것 없다는 듯 사막의 모래 위를 어슬렁거리고 있는 형국이다.

한 시간 남짓 지났을까. 종반에서 끝내기 단계로 막 넘어갈 무렵, 형세는 흑 쌍살벌 6단이 우세한 가운데 백 스콜피온 5단이 잠시 착수를 멈추고 장고(長考)에 들어간다.

흑의 약점을 찾아 응징하라! 백에게 떨어진 과제이다. 지금 찾지 않으면 다시는 기회가 오지 않는다. 나는 속으로 외친다. '좌변이야, 좌변. 전갈아, 좌변으로 가야 한다. 거기 수 날 자리가 아직도 안 보인단 말이냐?' 조바심이 난다.

바로 그때, 마침내 결심을 굳힌 듯 백의 한 수가 놓인다. 바로 좌변, 예상한 곳이다. 장고를 했으니 정밀한 수읽기를 한 것이겠지. 믿고 싶다. 필경 넘어가는 수를 보았으니 비장한 한 수를 두었으리라.

베팅맨들은 반신반의한다. 수가 나느냐, 안 나느냐? 백이 무리한 것 아니냐?, 마지막 승부수를 띄운 것이다, 저기서 수가 안 나면 던져야 한다, 맞다, 백이 던질 곳을 찾는 거겠지……

그러는 가운데 백은 정확한 수순을 따라 두고 있다. 흑이 받아 가는 길도 필연이다. 흑은 과연 알고 있을까? 그 일대에 어떤 묘한 변화가 숨어 있는지…… 또박또박 두어나가던 흑이 잠시 손길을 멈추더니 갑자기 돌을 거둔다.

백 대국자가 불계승 하였습니다.

그와 동시에 화면에 창이 하나 뜬다.

베팅 성공을 축하합니다.

메시지 밑에는 베팅 금액, 배당률, 획득금액 순으로 정확한 숫자가 적혀 있다. 10만을 걸어 40만 가까이 벌어들인 셈이다.

베팅맨들은 저마다 어리둥절해한다. 말 많은 베팅맨들이 가만히 있을 리 없다. 뭐야? 왜 던져? 어떻게 된 거야? 누가 설명 좀 해 봐요 그러자 돌을 거둔 흑 쌍살벌 6단이 대국 종료 후 대국자들만이 가지는 동시타임 복기 기능으로 그 이후의 수순을 두어놓고는 표연히 사라진다.

그제야 베팅맨들이 혀 차는 소리를 낸다. 자충이 되어 흑이 1선에 내려서지 못하는 모양. 그렇다면 결과는 '백이 1선에 기는 수로 넘어가서 산다.'는 것이다. 덤을 내고도 10여 집 남길 것 같던 흑은 백이 넘어가는 바람에 집 부족이 완연해진다. 25집 날 자리가 4집으로 줄었으니 형세는 백 우세, 더구나 그 이후로 백이 끝내기 할 곳도 더 많아 바둑의 신이 오더라도 재역전은 거의 불가능해 보이는 반상이다.

물론 끝내기까지 하여 계가로 마칠 수도 있겠지만 그렇게 당하고 나면 그 순간 바둑 둘 맛을 잃게 마련이다. 우려한 것처럼, 초반 포석에서 두 칸 벌릴 자리를 세 칸 벌려 둔 모양이 화근이 되어 흑이 결국 가랑이가 찢어지는 아픔을 안은 채 무릎을 꿇고 만 대국.

[흰늑대-9급] 잔고 보유액을 확인해 보니

[흰늑대-9급] 아까 19수째 백에게 10만 거신 분은 무상수님이시군요.

[UFO-4급] 무상수님은 역시 베팅 고수야, 고수. 오늘도 인정!

[무상수-2급] ㄱㅅ

[흰늑대-9급] 무상수님, 님의 ID 뜻이 뭐예요?

[무상수-2급] 無想手예요. 아무 생각 없는 덜컥손이라는 말이죠

[흰늑대-9급] 한데, 생각 없이 지르는 손이 아닌 것 같군요

[머니메이킹-3급] 흰늑대님은 무상수님의 베팅 실력을 잘 모르시는 것 같네요

[흰늑대-9급] 가입한 지 일주일 되었거든요

[머니메이킹-3급] 그러면 앞으로 배운다 생각하고

[머니메이킹-3급] 무조건 무상수님이 거는 편에 따라 거세요

[흰늑대-9급] 그래야겠네요. 그런데

[흰늑대-9급] 무상수님이 어디다 거는 지는 어케 알 수 있나요?

[머니메이킹-3급] 그게 바로 숙제인거죠 ㅎㅎㅎ

밤 11시가 넘어설 무렵, 드디어 베팅맨들이 학수고대하던 빅 매치가 열린다. 명목상이긴 해도 바둑이 신의 경지에 들었다는 입신(入神)과 가만히 앉아서 수를 다 꿰뚫어 본다는 좌조(坐照)의 대국인 것이다.

12번 방에서 만년설 9단과 내손이약손 8단의 대국이 시작됩니다.

베팅맨들이 대거 몰려든다. 12번 대국방 채팅창에는 그들 한 사람 한 사람의 입장을 알리는 메시지가 계속 뜨고 있다. 그 가운데 눈에 확 띄는 글 한 줄.

산화님이 입장하셨습니다.

드디어 왔군. 첫 대면을 큰판에서 하게 된다 이 말이지……. 바라던 바가 아닌가. 온몸이 달아오르며 묘한 흥분에 휩싸여 간다.

2.

베팅 타임을 노리며 관전하고 있는 베팅맨들을 살펴본다. 80명을 넘어서고 있다. 큰손들도 대부분 들어와 있음을 느낀다. 큰 장이 열릴 것이 분명하다. 판돈이 적어도 수백만, 많으면 천만 단위까지 이를 수 있는 조짐인 것이다. 느긋한 마음으로 산화가 어찌하나 보기로 한다.

대국이 개시되자마자 누가 처음 걸었다는 신호로 베팅 바가 밀린다. 베팅 바는 가로로 긴 막대 모양이다. 중앙을 경계로 하여 왼쪽에는 붉은색 표시로 백을 나타내고, 오른쪽에는 파란색으로 흑을 나타내는 것인데, 각각의 바 끝에 나타나는 숫자와 함께 시각적으로 한눈에 알아볼 수 있도록 양쪽에 걸린 베팅액을 백분율로 그려 보여 주는 것이다.

앞서 흑 쌍살벌 6단에게 걸었다가 잃은 누군가가 냉정함을 찾지 못하고 성급한 속내를 보이듯 백 만년설 9단에게 서둘러 1백만을 친 것일까.

백 100%, 흑 0%

밤이 깊어질수록 베팅맨들은 피로가 쌓인다. 그리하여 두뇌가 제 기능을 유지하지 못하고 베팅 리듬을 잃는 경우가 많다. 오래 머무른 경우가 대부분이라 심신이 지쳐감에 따라 긴장감도 떨어지기 때문이다.

더구나 그들은 주로 잃은 사람들이다. 손실액에 대한 복구 심리가 강하기 때문에 쉽사리 미련을 떨치고 나가지 못한다. 또 잃으면 잃을수록 담력이 커져 판은 점차 커진다. 그러나 상대 쪽에는 그다지 많은 금액이 걸리지 않기 때문에 어느 한쪽은 대박을 노리는 양상이 되고, 다른 한쪽은 현저히 낮은 배당률을 보인다. 거의 같은 금액으로의 맞베팅이 이루어지지 않는다면.

결국 잃으면 많이 잃게 되고 따더라도 소액을 따게 되므로, 손실액에 대한 복구는 거의 불가능해질 뿐 아니라 더 크게 잃을 가능성이 오히려 높아진다.

그 전형적인 베팅 양상을 앞서 잃었던 누군가가 보여주고 있다. 1백만. 아무리 큰손이라 하더라도 한 판의 금액으로는 쉽지 않은 베팅이다.

베팅 바의 붉은색이 흑의 파란색을 다 밀어내어 버린 것도 잠시, 흑 쪽 파란색이 조금씩 백 쪽 붉은색을 왼쪽으로 밀어가고 있다. 98%와 2%, 90%와 10%, 85%와 15%…….

때로는 베팅맨들이 대국사에 관한 징보나 포석의 장단점을 베팅 판단의 변수로 삼지 않고, 고액 베팅이 되어 있는 대국자의 반대편 대국자에게 무조건 거는 경우가 있다. 그들이 그렇게 '묻지마' 베팅으로 노리는 것은 오직 고배당이다.

그러나 소액을 쳐서 고배당을 노리고픈 마음은 혼자만 가지고 있는 게 아니다. 고배당을 노린답시고 거는 손이 점차 많아져 베팅 마감 즈음에는 양쪽에 걸린 금액이 거의 균형을 이루는 경우가 많다. 그럴 경우, 고배당은 고사하고 푼돈 모아 목돈 가져다 바치는 꼴이 되고 만다.

베팅 바의 파란색이 점차 살아나는 것은 누군가 백에 건 1백만을 노려 흑에 소액 베팅을 하는 베팅맨들이 많아지고 있다는 반증이다.

대국 승률이 90%에 이르는 대국자가 등장했을 때, 큰손들 중 누군가가 확신을 가지고 놀랄만한 고액을 베팅하는 경우도 있다. 그럴 때면 작은손들은 그 고액의 유혹을 이기지 못하고 개미처럼 반대편에 몰려든다. 큰손이 노린 전략에 걸려들게 되는 것이다. 설령, 작은손들이 많이 걸려들지 않아도 큰손은 느긋하다. 대국 승률 90% 이상이면 어차피 그 판에서의 베팅 승률도 90%가 넘는다고 보니까. 그러나 이번 대국은 그런 경우와는 거리가 멀다.

두 대국자의 정보를 살핀다. 최근 전적이 중요하다. 누가 상승세인가, 누가 하강 곡선을 그리고 있는가, 그리고 돌이 놓여지는 속도를 본다. 누가 생각하고 두는가, 누가 감각적으로 두는가. 그리고 초반 흐름이 흑백 중 어느 쪽의 페이스로 가고 있는가……

[흰늑대-9급] 무상수님은 누구에게 걸 건가요?
[무상수-2급] 글쎄요

[UFO-4급] 그걸 가르쳐 주는 사람이 어디 있겠어요.

[UFO-4급] 사이버머니로 베팅하는 심심마을에서도 그런 건 함부로 안 가르쳐 줄걸요

[흰늑대-9급] 그런가요? ㅎㅎㅎ

[머니메이킹-3급] 노름은 자기 책임.

[시골사람-3급] 지당하신 말씀.

[흰늑대-9급] 전적과 급수를 보고 걸어야 할지 어떨지 모르겠네.

나는 혼잣말을 한다. '이 친구야, 다른 변수를 고려하지 않겠다면 전적을 보고 걸어야지.' 전적으로만 보면 백이 조금 앞선다. 그러나 흑도 만만치 않다. 머잖아 입신에 오를 대국자임에 틀림없다.

급수는 낮지만 승률이 높다면 고수일 가능성이 높다. 그러나 아무리 고수라 여겨져도 빨리 두는 대국자는 일단 피해야 한다. 덜컥수한 수로 간다. 특히 긴장감 떨어지기 쉬운 밤늦은 때에는.

[시골사람-3급] 내손이약손님한테 접속중단패가 많네.

옳지. 접속중단패를 점검하는 걸 보니 시골사람, 너는 싹이 보이는군. 접속중단패, 그건 거의 예측 불가능한, 그리고 무시무시한 승부의 돌발변수이다. 잘 두어 나가다가도 돌연 대국 당사자의 컴퓨터 자체

의 문제로 제한된 시간 내에 재입장을 하지 못하는 경우도 간혹 발생하기 때문이다.

그와 더불어 또 한 가지 간과해서는 안 되는 것이 매너점수이다. 대국자의 매너점수가 깎인 적이 있는지 없는지를 반드시 점검하라.

대국자의 성격이 다 드러난다. 대국수에 비해 점수가 깎인 듯 여겨진다면 그 대국자에게 베팅하기를 피해야 한다. 아무리 이길 가능성이 높다고 하더라도 차라리 조용히 관전만 하는 편이 나을지도 모른다. 신경질적인 대국자일 경우가 대부분이기 때문이다.

바둑이 제대로 풀리지 않으면 평정심을 잃어 한순간에 무너지기 쉽다. 더구나 그런 경우 상대 대국자에게 불손한 언행을 하거나 이상 착점, 계가 거부, 억지 사석 지정 등의 작태를 보일 가능성이 높다. 결국 룰에 의거하여 관리자 직권으로 몰수패를 당할 우려를 다분히 안고 있는 대국자인 것이다.

대국을 시작하기 전, 또 시작함과 동시에 대국자의 인사성도 점검하라. 이 점도 놓쳐서는 안 될 변수 중의 하나이다. 상대 대국자나 관전자들에게 인사를 정중히 하는 사람은 바둑도 신중히 둘 가능성이 많다.

[머니메이킹-3급] 포석 유형을 보니 장차 중앙 승부가 관건이겠군.
[마이더스-2급] 하수의 눈에는 그렇게 보이기도 하죠.

[광물자원-7급] 싸우려 들지 말고 두 분 중 누가 해설 좀 해봐요

    사사건건 붙는 두 사람. 머니메이킹과 마이더스이다. 툭 하면 자존심을 걸고 붙기 때문에 고액 베팅이 걸리지 않을 만한 대국이 그들 두 사람 때문에 곧잘 큰 베팅장으로 돌변하기도 한다. 사이트의 운영자 입장으로 봐서는 고마운 사람들이다. 베팅이 커지면 그에 따라 회사의 수수료 수입도 많아지게 되므로.

    머니메이킹의 말에 일리가 없지 않다. 중앙 경영에 유난히 신경을 써 초반에 귀에서 변에 이르는 영역에 큰 집을 내주거나, 그 반대로 지나치게 귀에 집착하여 중앙을 소홀히 하는 기풍을 가진 대국자는 조심해야 한다. 두 경우 모두 유연성이 떨어져 전자는 중앙에 집다운 집을 짓지 못하고, 후자는 중앙 진출이 막혀 중원을 송두리째 내주기 일쑤이다. 그리고는 뒤늦게 중앙을, 혹은 귀를 깨러 들어간답시고 들어가 무리수만 두다가 자멸하는 경우가 허다하다.

    [시골사람-3급] 전적을 보니 만년설님의 천적은 검은고양이님일세.
    [시골사람-3급] 내손이약손님의 천적은 강호제일검님이고
    [흰늑대-9급] 아따, 시골님은 그러다 베팅은 어느 세월에 하려고 그래요?
    [광물자원-7급] ㅎㅎㅎ 맞아요.

바로 그것이다. 천적도 있음을 알아야 한다. 대국자의 '공개정보' 안에 있는 '기보보기' 항목을 보아 개별적 상대전적도 고려해야 한다. 고수를 만나면 유난히 강해지는 하수들이 있는 반면, 특정 대국자를 만나면 힘 한 번 못 쓰고 번번이 좌절하는 대국자도 있다.

또한 기보를 검토하여 5집 안쪽으로 진 적이 많은 대국자는 유의해야 한다. 초반 포석은 유리하게 이끌었더라도 중반 이후 종반과 끝내기에서 밀리는 대국자일 가능성이 높다. 뒷심이 딸린다는 것은 두어갈수록 두뇌 체력이 저하된다는 것을 뜻하고, 그것은 또 그가 연로한 대국자일 추정을 낳게 한다.

[마이더스-2급] 베팅한 사람보다는 안 한 사람들이 더 많군.
[마이더스-2급] 베팅 분위기 좀 띄웁시다.
[머니메이킹-3급] 아까 잃더니만 크게 먹고 싶어 안달이 난 게로군.
[마이더스-2급] 자신 있으면 반대편에 못 걸 이유가 없을 텐데?

둘의 신경전은 여전하다. 잔고를 확인해 보니 산화가 아직도 걸지 않고 있다. 그것은 필시 나를 의식해서이리라. 그렇다면 선수를 쳐야겠군. 어찌하나 한번 볼까.

'베팅하기' 항목을 클릭하여 15수째에 이르러 백에게 2백만을 걸었다. 물론 여러 변수를 고려한 결과, 승리를 예견해서이다. 일찍이 베팅맨 ID 무상수가 아니라 대국자 ID인 검은고양이로 들어와 두 대국자와 여러 판 두어 봐서 누구보다 그들의 내공을 잘 알고 있기에 베팅에 망설임은 없다.

더구나 소설로 구성한다는 김산 일대기의 연재권과 출판권을 따려면 부지런히 벌어 두어야 할 판이 아닌가.

2백만을 건 순간, 베팅 바의 백 쪽 붉은색이 흑 쪽의 파란색을 길게 밀어간다. 그러나 그 찰나, 흑 쪽의 파란색이 다시 백 쪽의 붉은색을 밀어붙인다. 17수째이다. 대체 어떤 덜컥손이 흑에 고액을 걸었나? 혹시나 하여 한 베팅맨의 잔고내역을 살펴본다.

"산화?"

아, 그는 다름 아닌 산화이다. 그가 흑에 2백만을 건 것이다! 나도 모르게 입 밖으로 중얼거린다.

"너무 무모한데?"

그 바람에 베팅 바의 흑 쪽 파란색이 오히려 백 쪽으로 넘어와 있다. 그제야 그때까지 미처 걸 대국자를 결정하지 못하고 있던 베팅맨들이 바삐 손을 놀려 백에 걸기 시작한다. 18수, 19수, 20수……

흑의 21수가 놓이자 채팅창에 '베팅 마감'이라는 글귀가 뜬다. 마감이 되고 보니 어이없게도 베팅 바의 붉은색이 흑 쪽으로 밀려가 있다. 베팅내역을 살펴본다. 백 61%와 흑 39%의 마감. 금액은 백 380

만과 흑 243만. 그리고 백 1.63배와 흑 2.56배의 배당률이다. 입신과 좌조의 대국치고는 베팅 금액이 예상에 못 미친다.

"너무 신중하게 재다가 못 건 베팅맨들이 많았군."

초반부터 두 대국자 사이에 치열한 기 싸움이 펼쳐지고 있다. 백도 흑도 상대방 의도대로 둬 주지 않겠다는 결의가 대단한 양상이다. 그러다보니 때 이른 접전이 벌어진다. 어느 한쪽이라도 쉽게 잡히지는 않겠지만 누가 선수를 뽑아 다른 큰 자리로 가느냐 하는 것이 부분적으로 관건이 되어 간다.

[광물자원-7급] 사슴을 쫓는 자, 산을 보지 못한다고 했는데……

[마이더스-2급] 산을 보는 사이에 사슴은 달아나버리고 말지요

[머니메이킹-3급] 총 쏘면 되지.

[흰늑대-9급] ㅎㅎㅎ

[마이더스-2급] 흑이 원교근공(遠交近攻)의 길을 가려고 하네.

[광물자원-7급] 헉. 그 어려운 말을?

좌하귀와 하변 일대의 접전은 백이 하변 2선과 3선에 걸쳐 10집 가량 내면서 살고, 흑은 좌하귀에 15집 가량, 그리고 다소간의 약점은 엿보이지만 3, 4, 5선으로 뜬 하변 일대의 돌들을 멀리 우하귀와 연결해 가는 모양을 갖추며 다소간의 외세를 쌓은 결과로 나타난다.

[머니메이킹-3급] 백이 손해 아닌가?

[마이더스-2급] 흑이 집 날 자리였으니 백이 성공이지. 3급이 그것도 모르네.

[광물자원-7급] 하수 눈에도 흑 외세가 좋아 보이는데요

[시골사람-3급] 자원님이 보는 눈이 많이 늘었네요

[광물자원-7급] 감사.

[마이더스-2급] 저런 눈들을 가지고 있으니 매번 베팅해서 잃지. ㅉㅉ

[머니메이킹-3급] 아까 잃은 사람이 누군지 모르겠네.

흑의 외세가 빛을 발하고 있는 것을 두고 볼 백이 아니지 않겠는가. 멀리 좌변에 근거를 둔 말을 끌고 나오면서 삭감의 길을 모색하지만 여의치 않아 보인다. 결국 끊겨버리자 어디에도 뿌리를 내리지 못하고 상중앙 쪽에 둥둥 떠 있는 6점과 연결할 수밖에 없다.

"무리수를 두면 안 되는데……."

그 우려는 바로 나타난다. 하변 일대와 우하귀 쪽 흑의 외세를 염려한 백이 하변의 약점을 추궁하려는 듯 중앙으로 머리를 내밀고 있던 흑의 두점머리를 두들긴 뒤 얼른 끊어버린다. 흑은 기로에 선다. 하변에 10집 내고 산 백을 검은 기와지붕처럼 덮고 있는 말들의 안

전한 삶을 먼저 도모하느냐, 아니면 끊어온 백을 응징하느냐……

"살고 봐야지."

그러나 흑은 잡을 테면 잡아보라는 배짱을 보인다. 두점머리를 두들긴 돌과 끊은 돌 모두를 검은 포대기로 감싸 안으며 질식사시키려는 의도이다. 수싸움을 불사하겠다는 말인데? 패인가?

여러 길을 생각하며 컴퓨터 모니터 화면 가득 떠 있는 바둑판을 들여다보다가 문득 송곳처럼 뇌리 밖으로 뚫고 나올 듯한 낱말 하나가 입술을 떨게 만든다.

'비비…… 빈 축!'

백이 손을 빼면 백 넉 점이 빈 축에 걸리게 되어 있다. 활로가 두 개지만 나가다가 두 쪽 다 막혀버려 결코 포위망을 뚫고 나갈 수 없는 모양. 아, 백돌들은 죽음에 이르는, 운명처럼 정해진 길 앞에 서 있는 것이다.

아무리 하수라도 축인 줄 알고 나가는 바보는 없다. 미처 모르기에 두어 발짝 너머에 있는, 천길 나락 같은 사로(死路)를 무심코 활로(活路)인 줄 알고 나가는 것이다. 나가면 살 수 있을 것만 같은 희망…… . 그러나 살 수 없다는 걸 깨닫는 데는 그리 오래 걸리지 않는다. 이미 늦은 때.

빈 축은 고수들도 깨닫지 못하는 경우가 종종 있다. 불과 서너 수 앞에 빈 축의 함정이 도사리고 있다 하더라도 20분이라는 제한 시간을 다 소진해 버려 30초 초읽기 3회를 남겨둔 상황이라면.

백도 어느덧 상황을 직시했는지 섣불리 착점을 못하고 있다.

초읽기가 2회 남았습니다.

설상가상이다. 손을 뺀다면, 빈 축으로 넉 점이 잡혀 하변 흑은 그 자체로 살아가게 되고 우변 백 8점도 한 눈 뿐이라 자연사. 그렇다면 백은 흑의 외세를 삭감하러 왔다가 아무것도 한 것이 없게 된다. 한 게 없는 것이 아니라, 양식 얻으러 왔다가 오히려 바가지를 바친 꼴 이다.

다른 것을 드릴 테니 목숨만 살려주소서 하고 백 넉 점이 설령 빈 축의 함정에서 빠져 나온다 해도 두 수나 더 두어야 한 눈을 더 내는 모양을 갖추면서 우변 8점과 연결이 가능하여 흑의 포위망을 완전히 벗어나게 된다.

그즈음 흑은 하변에 기와를 몇 장 더 얹어 보강할 것이고, 계속 선 수를 잡아 상중앙 일대 백 대마를 노릴 것이다. 쉽게 죽지는 않겠 지만 넓고 엷게 긴 살얼음판 전체를 와장창 깨뜨릴 기세로 흑이 돌팔매 질을 해 온다면?

어쩔 수 없이 사탕을 주어서 달래어 보내야 하는데 그 사탕이 다 름 아니라, 우상귀 가까이에 있는 백 석 점을 끊어 주든가, 아니면 상변 일대의 공터를 흑벽돌로 담을 쌓게 해 주든가.

아!

[시골사람-3급] 백이 어려운 장면이군요

[머니메이킹-3급] 어려운 정도가 아니라 망했네요

[머니메이킹-3급] 초반에 백 성공이라던 사람은 말이 없네.

마이더스는 아무 말 없이 퇴장하고 만다. 그지없는 분개는 어떤 말
도 필요치 않다는 걸 보여주기라도 하듯이. 연거푸 베팅 실패에서 오
는 자의식, 그건 곧 스스로에 대한 분노로 나타나기 마련이다.

이후 20여 수 더 두어가던 백이 흑이 상변에 3선으로 20여 호에
가까운 큰 집을 짓자 더 이상 미련을 가지지 않고 항복을 선언한다.
그 순간, 머리가 아찔해져 온다.

산화의 승.

첫 대면에서 보기 좋게 참패라니. 그것도 선수 베팅을 한 마당에.

기가 막힌다. 아무 생각도 나지 않는다. 사무실에 늦게까지 홀로
남아 있지만 주위에 여러 사람이 비웃고 있는 것처럼 부끄러움이 엄
습한다. 이 당혹스러움을 어찌 벗어나야 한단 말인가?

누군가 채팅창에 올려놓은 글귀가 눈에 띈다. 조만간 새 베팅 황제
가 등극할지도 모르겠군.

그러자 내면 깊은 곳에서부터 끓어오르는 치욕에 잠시 몸이 떨린다.

아니야, 도박이란 그런 거야. 그럴 수도 있지. 이길 확률과 질 확률, 오직 그것으로만 승패가 갈린다면 누가 도박을 하겠는가. 이미 치러진 수많은 승부도 바로 뒤에 이어지는 그 한판의 결과를 담보하지 못하는 것이기에 도박을 하는 것이 아닌가. 그러나……

[흰늑대-9급] 산화님.

산화는 아무런 반응이 없다. 흰늑대가 여러 차례 부르자 산화는 마지못한 듯 한마디 답한다.

[산화-6급] 네.
[흰늑대-9급] 베팅 잘 하는 비결 좀 일러줘요

산화의 대답이 이어지지 않는다.

[흰늑대-9급] 그러지 마시고 한 가지만 가르쳐줘요 베팅 성공 기념으로

한참 뒤에 산화의 말이 뜬다.

[산화-6급] 베팅 황제로 불리시는 무상수님의 반대로 한번 걸어보
았을 뿐이에요
[흰늑대-9급] 그래요?
[머니메이킹-3급] 흰늑대님은 그 말을 믿어요?
[시골사람-3급] 바둑 급수와 베팅 급수는 확실히 다른가 보군.

그 말을 남기고 산화는 대국방을 나간다. 대기창에서도 그의 ID를
볼 수 없다. 그 한 판만을 먹고 로그아웃을 한 것이다. 갑자기 허탈한
기분이 든다. 일방적으로 상대가 사라져 버린 데서 오는 공허감이다.
내가 건 반대쪽에 한번 걸어보았을 뿐이다? 2백만이라는 거액을
아무 생각 없이?

천파기인

1.

　재단이 정한 응찰보증금을 마련하지 못해 끙끙 앓다가 결국은 블랙 스퀘어즈에 들어있는 잔고 가운데 1천만 원을 회사 계좌로 이체해 낼 작정을 한다. 산화와의 첫 대면을 시작으로 앞으로 이어질 긴 승부를 염두에 두면, 잔고의 반이나 넘는 금액을 빼낸다는 결정이 쉽지만은 않았지만 달리 도리가 없는 일이다.

　입찰에 앞서 1차 서류 심사가 있었는데, 심사 내용은 기술력, 회원 수, 재무상태, 성장 가능성, 추천인, 연재 시 배너 디자인, 홍보 방안이었다. 심사에 참가한 총 14개 업체 중 6개 업체가 통과되었고, 심심마을은 70점 만점에 52점을 얻어 5위에 올랐다. 가장 낮은 점수를 얻은 항목이 재무 상태와 성장 가능성임은 두말할 것이 없다.

1위는 68점으로 포털 게임사이트 도도이스, 2위는 65점으로 게임인월드, 바둑전문 인터넷사이트 난가난가가 61점을 얻어 3위에 자리매김했다. 그 뒤를 이어 4위엔 59점을 얻은 프로클럽, 그리고 우리 심심마을에 이어 바둑361이 51점을 얻어 마지막 6위에 턱걸이를 한 것이다.

재단 회의실은 그곳 사무국 직원들과 여러 사이트에서 입찰에 참가하러 온 사람들로 북적이고 있다. 입구 안쪽에 마련된 접수대로 가서 입찰보증금 납입 증명서로 무통장 입금증 사본과 입찰 참가 신청서를 내놓고, 응찰액 기입 용지를 한 장 받는다.

"낙찰 받지 못하게 되는 업체들은 언제 응찰보증금을 돌려받게 됩니까?"

"낙찰자가 응찰액 전액을 납부하는 열흘 뒤에 일괄적으로 통장에 입금됩니다."

여러 사람들과 인사를 나누고 있는 겨를에 입구 쪽으로 강산 형이 머리가 희끗한 초로의 신사와 다정히 들어서고 있다. 다름 아닌 신문사 최상한 주간이다.

"어이, 윤 사장."

"형. 주간님도 오셨네요. 그간 안녕하셨어요?"

최 주간은 내 어깨를 툭 친다. 격려의 한 방이라는 느낌이 전해져 온다.

"요새 잘 나간다며?"

"하하. 곧 던질 판입니다."

"던질 때 던지더라도 한판 붙고 던져야지. 그게 사나이 기백 아니겠어?"

최 주간 주위로 사람들이 몰려든다. 바둑계에 미치는 그의 영향력이 아직도 살아있음을 짐작케 하는 광경이다. 다른 사이트에서 온 사람들이 신문사가 심심마을을 밀어준 까닭에 대해 푸념을 늘어놓는다. 그에 대한 최 주간의 대답이 명쾌하게 들린다.

"심심해서."

그 진의를 파악하지 못한 사람들은 그저 웃음을 머금을 따름이다. 이윽고 재단 사무국 직원이 마이크를 잡고 장내를 정돈한다. 웅성이던 사람들은 자리를 잡고 앉아 모두 그의 말에 귀를 기울이기 시작한다. 그는 단상에 앉아 있는 한 사람을 먼저 소개한다.

"잘 아시는 대로, 한국 바둑사를 『돌의 자취를 따라, 세월의 흔적을 따라』라는 제하의 대하소설로 구성하여 호평을 받으신 바 있는 이기훈 작가님이십니다. 이번에 재단이 기획한 프로젝트의 한 부분인 김산 일대기의 소설화 부문에서 글 작업을 맡으실 작가로 선정되셨습니다. 격려의 박수를 보내주시기 바랍니다."

박수 칠 마음은 아예 없는 듯 팔짱도 풀지 않은 채 최 주간이 나지막이 입을 연다.

"순 거짓말만 써 놓은 걸 가지고 호평은 무슨. 김산 얘기가 슬그머니 걱정 되네, 이거."

"그래도 그렇게라도 쓴 게 어디예요?"

"능력 밖의 일이라면 능력을 가진 자가 나타나기를 기다려야지. 의욕만 앞서서 자기 최면에 걸려 오만불손 안하무인으로 글을 그렇게 쓰면 안 되지."

박수 소리가 수그러들자 사무국 직원이 말을 잇는다.

"최저 응찰액은 2천5백만 원이며, 십만 단위로 최고액을 제시한 업체에 낙찰됩니다. 동일 금액이 나올 경우, 그 업체들만 재입찰을 합니다. 낙찰자는 소설에 대하여 모든 매체에 대해 배타적 연재권을 가지는 동시에 연재 후 출판권을 보장 받게 됩니다. 연재권과 출판권의 유효 시한은 5년입니다. 그럼, 입찰에 들어가기에 앞서 궁금한 점이 많으실 테니 질문을 받도록 하겠습니다."

프로클럽에서 온 직원이 물었다.

"재단에서 작가의 집필료는 어떻게 지불합니까?"

"낙찰 금액 중에서 작가의 집필료로 1천만 원이 지급됩니다. 연재후 책으로 출판할 경우에 낙찰자는 발행부수 기준 책값의 7%에 해당하는 인세를 작가에게, 3%는 재단에 지급해야 하며, 그 경우 작가가 집필료로 미리 받은 1천만 원을 초과하는 인세분부터 지급하면 됩니다."

"재단이 낙찰금으로 전국 바둑대회를 열겠다고 했는데 그 부분에 대해 자세히 설명해 주시죠."

"낙찰금 가운데 작가에게 지급할 금액을 뺀 나머지 전액과 재단이 인세로 지급 받을 금액은 매년 개최될 '김산배 전국아마바둑대회'의 운영비용으로 쓰입니다. 그에 부족한 비용은 여러 기업체로부터 후원을 받아 추진할 계획입니다."

"모든 법적인 문제에 관해 김산의 가족에게 동의를 받았습니까?"

"재단이 법적 절차를 밟아 지난 석 달간 일간신문에 공고를 내었습니다. 그래도 아무도 나타나지 않아 그 부분은 문제될 게 없다고 봅니다."

팔짱을 끼고 앉아있던 최 주간이 또 중얼거린다.

"이사장이 갈리고 나서는 재단이 뭔가 달라지는 느낌이야."

"재단도 시대감각에 맞게 열려야 하지 않겠어요?"

"때늦은 감이 없지는 않지만 요즘 그런대로 잘하고 있는 것 같군. 아마단증 발급에 관해서도 발급 비용을 아예 없애버린 일도 칭찬할 만하고."

"그 때문에 아마 바둑계가 신임 이사장을 호평하고 있는 모양이에요."

"당연하지. 프로 재단이 아마 기사들한테 돈 받고 단증 장사를 한다는 게 말이나 되는 소리야?"

질문이 더 이상 나오지 않는다.

"그러면 바로 입찰에 들어가겠습니다."

커다란 상자가 밀차에 실려 나온다.

"지금이 오후 4시 정각입니다. 4시 30분까지, 입찰에 참가할 각 업체 관계자 분들은 응찰액 기입 용지에 금액을 적어서 이 상자 안에 넣어주십시오. 정해진 시간이 1초라도 경과하면 응찰 포기로 간주됩니다. 그 점 유의하시기 바랍니다. 시간은 회의실 벽시계를 기준으로 하겠습니다."

사람들이 자리에서 하나둘 일어난다. 다른 사이트에서 온 사람들은 삼삼오오 떼를 지어 밖으로 나가기 시작한다. 응찰액을 얼마로 적어 넣을까 업체마다 논의를 하러 가는 것일 게다.

최 주간이 강산 형에게 묻는다.

"김 이사."

"예, 주간님."

"얼마면 될 것 같아?"

"글쎄요. 최저 응찰액이 2천5백만이라니……."

"금액을 한번 말해 봐."

"으음. 제 생각으로는 3천 정도면 무난하겠는데요."

"3천은 넘길 걸."

"예에? 그렇게 생각하신 특별한 근거라도 있습니까?"

"그냥 감이지 뭐."

마감 시간이 점점 가까워지고 있다. 상자에 맨 먼저 응찰 기입 용지를 꼬깃꼬깃 접어 넣은 업체는 난가난가이다. 그리고 프로클럽, 바둑361순으로 용지를 넣고는 자리로 돌아가 앉는다. 도도이스와 게임인월드 쪽 사람들은 밖으로 나간 뒤 마감 10분 전인데도 들어오지 않고 있다.

최 주간이 무심한 음색으로 내뱉는다.

"이젠 적어야지."

"주간님은 예상 금액을 어느 정도로 보고 계십니까?"

"글쎄."

강산 형이 웃으면 말한다.

"술 한잔 내기 하죠. 낙찰가에서 차이가 가장 많이 나는 금액을 제시한 사람이 사는 겁니다. 저는 3천5백만 원으로 보겠어요."

"오우케이. 나는 4천으로 하지."

"윤 사장은?"

"어려운데요."

"시간 다 되었네. 5분 남았어."

"알겠습니다. 운명에 맡기죠."

실은 낙찰 받을 마음이 그다지 없다. 낙찰금을 마련할 길이 요원하기 때문이다. 최 주간의 배려 때문에 여기까지 오기는 온 셈인데, 막상 입찰에 참여하고 보니 돈 구하는 건 둘째 치고 아무런 대책도 없으면서 일단은 따내고 싶은 마음이 슬슬 인다. 이게 바로 도박꾼의 속성인가.

응찰액 기입 용지에 금액을 적어 넣는다.

"얼마 적었어?"

"나중에 말씀드릴게요."

상자에 넣고 돌아와 앉는다. 시간이 되자 재단 사무국 직원이 경찰 한 사람과 다시 나타난다. 그 뒤를 따르던 두 사람은 단상 한쪽 구석에 있던 화이트보드를 사무국 직원 뒤쪽에 밀어다 놓는다. 직원은 보드에다가 각 업체의 명칭을 먼저 적어놓고는 돌아선다.

"자, 그럼 각 업체의 응찰 금액을 공개하겠습니다. 공정을 기하기 위해 모신 분입니다. 안국현 경사이십니다."

가벼운 박수 소리가 난다. 직원은 상자에 채워진 자물통을 열고 용지들을 꺼낸다. 그리고는 한 장 한 장 펴며 적혀져 있는 금액을 크게 외쳐 댄다.

"게임인월드 응찰액 4천1십만 원. 다음, 바둑361 응찰액 2천5백5십만 원. 난가난가 응찰액 4천2십만 원."

여기저기서 탄성이 쏟아진다.

"뭐야, 너무 많이 적은 거 아냐?"

"낙찰자 바로 나왔군."

직원은 용지에 적혀 있는 금액을 부른 뒤, 일일이 경찰관에게 보여주곤 한다. 경찰관이 인정한다는 듯 고개를 끄덕이고 나면 다른 직원이 보드에 금액을 적는다.

"프로클럽 응찰액 3천1백만 원. 그리고 도도이스……."

직원은 잠시 뜸을 들인다.

"도도이스는 응찰액이 4천3십만 원입니다."

또 한 번 놀라움이 터져 나온다.

"쳇, 돈 있는 회사는 다르구먼."

"기를 팍 꺾어 놓는군."

"갑시다."

"어딜 가요?"

"마지막 남은 건 심심마을 뿐인데, 오늘내일하는 업체가 도도이스가 적은 금액을 어찌 넘기겠어요?"

그 소리를 들은 최 주간이 나무란다.

"거, 예의 좀 지키시지. 젊은 사람들이 그러면 못 써."

그들은 털썩 앉는다. 게임인월드에서 온 사람들이다.

"마지막입니다. 심심마을……."

직원은 읽지 못하고 경찰관을 불러 적혀 있는 금액을 손가락으로 가리키는 듯하다. 둘이 무어라 중얼거리더니 경찰관이 물러선다.

"심심마을, 응찰액 4천5십만 원. 이로써 김산의 일대기 연재권과 출판권은 바둑전문 인터넷사이트인 주식회사 심심마을로 낙찰되었음을 선포합니다."

회의실 전체가 웅성거린다. 가장 가난하다는 업체가 가장 큰 금액을 적어내어 낙찰 받았다는 데서 오는 충격일 터이다. 다른 업체 직원들이 속속 빠져나가고 있는 가운데 도도이스 직원들이 다가온다.

"윤 사장님, 축하드립니다."

"고맙습니다."

도도이스는 우리의 인공지능 자동계가 시스템을 3년 동안 대여하고 있는 업체이다. 난다하는 자기네 프로그래머들을 시켜 5년째 개발 중인데 아직도 여의치 않은 모양인지 올해로 만료되는 계약을 갱신하겠다는 의사를 비쳐오고 있는 중이다.

"4천5십만이라……. 하여간 윤 사장님의 베팅 솜씨는 알아줘야 한다니까요."

그들이 인사를 남기고 가자 재단 사무국 직원이 다가온다.

"미리 납부하신 보증금을 포함하여 총 낙찰금 납입 시일은 18일까지입니다. 그날까지 납입이 안 되면 보증금은 몰수되고 재입찰을 하니까 착오 없으시기 바랍니다."

"잘 알겠습니다."

회의실을 나온다. 강산 형의 입이 열린다.

"차는 두고 가죠."

"김 이사가 한잔 사야 되는건가, 그럼?"

"내기는 내기니까 하는 수 없죠. 하하하."

"윤 사장, 그 금액을 적은 이유가 뭐야?"

"그간 장 대리 시켜서 알아보았더니 로비에 가장 열성적인 업체가 도도이스와 난가난가이더군요. 도도이스는 포털 게임사이트 선두 주자로서, 난가난가는 바둑전문사이트로서 회원수가 가장 많으니 반드시 따내겠다는 의지를 보일 것으로 생각했죠. 재단이 최저 응찰액을 2천5백만 원으로 정한 것을 보면, 3천만 원 선은 누구나 예상할 것으로 보았어요. 한데, 두 업체 외에 게임인월드도 자금력에서는 만만치 않으니까 결국 낙찰액은 4천만 원 선에까지 이르지 않을까 했고요.

그래서 일단 4천만 원을 상한선이라고 보고 그것만 넘기면 되겠다고 여겼는데, 아까 금액을 적기 전에 문득 다른 업체들도 그렇게 생각할 수 있겠다 싶었어요. 그렇다면 4천에 1, 2십 더하는 정도로는 안 되겠다 싶어서 5십을 더 얹어버렸죠. 그게 운 좋게 적중했네요."

두 사람이 역시나 하는 표정으로 웃는다. 그러나 나는 웃을 수 없다. 운 좋게 적중했다는 말보다는 운 나쁘게 낙찰 받았다는 표현이 더 옳을 듯하다. 이미 낸 보증금 외에 열흘 안으로 3천만 원이라는 거금을 더 만들어야 하는데 복권이라도 당첨되지 않는 한 어디서 그런 큰 돈을 확보한단 말인가.

아, 내가 무엇에 홀렸었나보다. 걱정이 태산이다. 열흘 안으로 나머지 3천만 원을 마련하지 못한다면 응찰 보증금으로 걸어둔 1천만 원을 눈 뜨고 고스란히 날릴 형편인 까닭이다.

아구찜 식당에 들어 자리를 정해 앉자마자 최 주간이 묻는다.

"한데, 윤 사장. 지금 동원은 가능해?"

얼른 대답이 나오지 않는다. 그러나 입만 다물고 있을 수만은 없는 노릇이다.

"현재로서는 어렵습니다."

"하긴, 보증금 마련하는데도 쉽지 않았을 테지."

그는 점퍼 안주머니에서 무언가 들어있는 편지 봉투를 꺼낸다.

"받아."

"뭡니까?"

"보면 알아."

열어보니 도장과 통장이 들어있다. 거금 3천만 원. 최 주간은 놀라는 나와 강산 형은 쳐다보지도 않고 술잔을 만지작거린다.

"집 잡혔어."

"예에?"

"주간님?"

나도 강산 형도 턱이 빠진 듯 터뜨리자 그는 고개를 들며 씩 웃는다.

"심심마을에 투자하는 거야. 알겠어, 윤 사장?"

"판단을 잘못 하신 겁니다. 주간님 성의는 고맙지만 이건 도저히 받을 수 없어요."

다시 내놓자 그의 눈빛이 빛을 더한다.

"승부사에겐 상대가 있어야 하지. 상대가 없으면 승부도 없고, 승부가 없다면 승부사는 승부사로서 살 수 없게 돼. 윤 사장이 심심마을이라는 패를 들고 긴 승부를 끌어왔다면, 내 승부는 이제부터야."

"주간님의 상대가 누구길래요?"

"세상이지. 허허. 세상이 김산이라는 인물을 알아주나 안 알아주나……. 나는 '알아준다'에 걸었어. 심심마을이라는 테이블을 빌려서."

"왜 하필 저희 사이트를 베팅 테이블로 삼으셨습니까?"

"딜러인 윤 사장이 속임수를 안 쓸 거라고 믿었거든."

"망하면 어쩌시려고……?"

강산 형의 걱정에 대한 최 주간의 대답이 스스럼없다.

"이 사람아, 나는 생각이 없는 줄 알아? 그때는 보유하고 있는 특허를 팔아서라도 돌려주겠지."

최 주간은 다시 나를 바라본다.

"설마하니 나를 집도 절도 없는 노숙자로 만들기야 하겠어. 안 그래, 윤 사장?"

"망하는 일은 없을 겁니다."

"그렇지. 바로 그거야. 자자, 사나이들이 돈푼 가지고 얘기 길게 하는 거 아냐. 빨리 넣어 둬. 술이나 들자구."

"이거 제가 의외로 한 방 맞은 것 같아 민망한데요?"

최 주간보다 심심마을에 더 가까이 있는 강산 형이 아무런 도움도 주지 못한 것에 대해 미안해하자 최 주간은 그의 마음을 어루만져 준다. 그간 당신 옆에서 고생한 것만 해도 충분한데 또 뭘 더 애쓰길 바라겠느냐고 심심마을이 본궤도에 올라 잘 굴러가도록 측면 지원이나 잘 하자고.

"자, 짠 한번 하지."

술이 얼근히 돈다. 어느덧 최 주간은 예전의 바둑계 얘기에 열을 올리기 시작한다. 강산 형과 나는 처음 듣는 얘기들이 많아 취기가 적이 올랐음에도 귀를 깊이 기울인다.

"아마 김산이 나타났을 때가 바로 그때였지. 안 그래, 김 이사?"

"마…… 맞습니다."

"윤 사장, 혹시 이상한 느낌 안 들어?"

"뭘요?"

"김산이라는 그 친구, 김 이사 이름과 비슷하지 않아? 김산, 김강산."

"하하. 말씀을 듣고 보니 그렇네요."

최 주간이 김산의 일대기에 관해 무모하게 여겨질 만큼 큰 베팅을 한 터라, 그와 무슨 불가분의 관계라도 맺고 있지 않을까 내심 반신 반의하고 있던 터이다. 한데 분위기가 일순간 바뀌어 김산의 그림자가 강산 형에게 맞닿아 가고 있다.

"김 이사, 이제는 얘기를 좀 해도 되지 않아? 윤 사장도 알 건 알아야지."

"그렇긴 합니다만."

"나도 다시 한번 들어보자고. 옛날 추억만큼 좋은 안주가 어디 있겠어?"

강산 형은 잔을 들어 한입으로 비운다. 무슨 얘기가 나오려나……. 어떤 큰 비밀 얘기라도 듣게 된 어린아이처럼 침이 꿀꺽 넘어간다.

2.

우리 고향집 난살이 머슴 김순규의 외아들인 김산은 날이면 날마다 마을을 흐르는 시내인 오내에 나가 검은 조약돌을 만지작거리며 혼자 놀았어. 김산이 머슴 아들이라 마을 아이들은 동네에서 마주칠 때마다 놀리기만 했을 뿐, 어느 누구도 동무가 되어주지 않았기 때문이야. 나 역시 예외는 아니었지.

5살 되던 해 봄, 김산은 아비를 따라 안동 장에 갔다가 장터 그늘 대 아래에서 두 사내가 바둑을 두는 것을 처음 보았다고 해. 아비가 그만 구경하고 가자고 해도 막무가내였다나. 으르고 달래도 안 되어 아비가 결국엔 포기하고 장을 다 봐 올 때까지 게서 기다리라고 하고는 혼자 장을 보았던 모양이야. 하긴, 복잡한 장터에 어린 아들을 데리고 이리저리 다니기보다는 그렇게 한 곳에 못 박은 듯 두는 것이 오히려 더 낫겠다 싶은 생각도 들었겠지.

그 뒤로 아비가 장에 가는 날마다 김산은 따라 나서겠다고 졸라댔고, 데려가기만 하면 바둑 두는 데를 찾아내어 하루 종일 구경하고 돌아오곤 했다는 거야. 바둑 두던 어른들은 장날마다 내기 바둑판 앞에 나타나는 어린놈을 보고는 바둑에 관심이 많은가 보다 기특하게 여겨 판 끝에 앉혀 놓고 조금씩 걸음마를 떼어 준 것 같아.

그렇게 꼬박 2년이 지날 무렵부터 김산은 오내의 검은 조약돌을 줍고, 마을 구석구석을 돌아다니며 희끄무레하게 생긴 돌까지 주워 모았어. 그리고는 두 마대주머니에 나누어 담아 허리에 차고 급기야 판자까지 한 장 구해다가 못으로 가로세로 줄을 그어 바둑판 꼴을 만들었지. 그때부터 다른 것은 거들떠보지도 않고는 그걸 놀잇감 삼아 가지고 놀기 시작했어.

당시 김산의 어미는 강냉이 자루를 리어카에 싣고 다니며 폐지를 수거해다 파는 일을 하고 있었는데, 김산은 집에 모아놓은 폐지더미 속에서 신문 기보를 발견하고는 그걸 들여다보기 시작했지. 돌에 번호가 적혀 있어 그대로 두어보곤 했던 거야. 한 장 두 장 찢어보던 것이 얼마 지나지 않아 가위로 정성껏 오려 보게 되었고 시일이 흐르자 제법 많은 분량이 되었어.

나중에는 신문에 기보가 실리는 요일까지 꿰고는 그 이튿날이면 염치불구하고 우리 아버지 사랑채에 쓱 들어와 신문을 얻어가곤 했어. 한동안 아버지께서는 김산이 제 어미 하는 일을 도우려고 신문을 얻어가려는 줄 아셨지. 한데 신문을 달라는 날이 정해져 있는 것을 의아히 여겨 물으셨어.

"네 이놈, 신문은 가져다가 뭣에 쓰느냐?"

김산은 신문을 펼치더니 기보를 손가락으로 가리켰어.

"이걸 보려고요"

"허허. 그래? 기특한 놈. 타고난 기재(棋才)가 있는가 보구나."

궁금해 하던 나도 물어보았어.

"뭐야? 그게?"

"바둑이라는 거예요"

"바둑? 바둑이 뭐하는 건데?"

나는 그때까지 그게 뭔지도 몰랐고 관심도 없었어.

"별 이상한 놈 다 보겠네."

마을 아이들이 김산을 두고 하는 말은 바로 그 한마디 뿐이었지. 그때만 해도 시골 오지 마을이라 농삿일을 뒷전으로 하고 한가하게 드러내 놓고 바둑을 둔 사람은 눈 씻고 봐도 없었으니까. 종가인 우리 집 사랑방에서도 1년 가야 바둑돌 놓는 소리 한 번 듣기 힘들 정도였으니 그의 행동이 이상하게 여겨진 건 당연했어.

여기저기서 주운 바둑돌과 제가 만든 바둑판, 그리고 신문 기보만을 가지고 마주 놀 동무도 없이 혼자서만 바둑과 씨름을 하던 김산의 머리 속에는 점차 기보가 통째로 자리하기 시작했고, 관전평이나 해설, 참고도까지 죄다 머릿속에 그려 넣기에 이르렀어. 그때가 아마 13살 무렵이었을 거야.

그와 동갑인 나는 중학년 때부터 서울로 유학을 왔어. 같은 반 아이들과 한 친구 집에 놀러 갔다가 모눈이 잔뜩 그려진 나무판에 검은 돌 흰 돌을 놓으며 죽었느니 살았느니 하는 것을 보고서 그것이 비로소 바둑이라는 것을 알았는데, 문득 고향에 있는 김산이 어릴 적부터 미쳤다는 소리까지 들어가면서 하던 짓거리임을 알게 되었어.

내가 그때부터 호기심이 발동해서 바둑을 배우기 시작한 것이 급속도로 발전하여 고교 때에는 학생들은 물론 교내 선생님까지 당할 자가 없었고, 대학 2학년이 되자 국내 아마바둑의 최정상에 올랐지. 바로 그해 세계 아마바둑대회에 나가서 준우승을 하고 돌아왔어.

그로부터 며칠 뒤, 재단에서 축하연을 베풀어주었는데 바로 그 날, 재단 수위실에서 나를 찾아온 사람이 있다기에 건물 입구로 내려가 보니 참으로 기묘한 차림을 한 내 나이 또래의 청년이 서 있는 게 아니겠어.

"너 김산이 아니냐. 네가 여기 웬일이냐?"

"한판 두러 왔어요."

"누구랑?"

"누구랑이라고 묻는 사람이랑."

"뭐야?"

나는 피식 웃고 말았어.

"나랑 바둑 두려고 고향에서 여기까지 찾아왔단 말이야?"

그는 말없이 고개만 끄덕였어. 나는 어이가 없어 한참 동안 그를 쳐다보았지. 서울에 유학 온 뒤로 방학 때면 고향에 내려갔지만 그와 바둑을 두어 본 일은 없었어. 바둑은커녕 그를 만날 기회조차 거의 없었거든.

"네가 얼마나 두는지는 몰라도 여긴 바둑 둘 자리가 아니야."

그리고는 그냥 돌려보내기가 뭣해서 치렛말을 건넸어.

"기왕 왔으니 올라가서 밥이나 먹고 가."

그러자 그냥 가려니 했던 그가 망설임 없이 따라 들어서는 게 아니겠어? 축하연 자리에 온 그는 모여 있던 사람들의 이목을 죄다 끌었어.

"누구야?"

"고…… 고향에서 온……."

뭐라고 소개해야 할지 말을 잇지 못하자 '영원한 국수'가 지레짐작으로 가져다 붙이는 거야.

"옳아, 고향 불알친구이시구먼."

밥을 먹으라는 말에 김산은 물만 한 잔 마시더니 다짜고짜로 그 자리에서 한판 두자고 조르기 시작했어. 처음엔 알아차리지 못하다가 마침내 눈치를 챈 '영원한 국수'가 취기 오른 얼굴로 한판 두어보라 며 웃는 것이었어. 그러잖아도 그의 성가신 방문에 난감해져 있는데 한판 두자고 졸라대니 더 이상 좋은 낯을 하기 어려웠지.

"자꾸 왜 그래?"

"저랑 한 판 두면 세계아마대회 결승전에서 진 원인을 가르쳐 드 리겠어요. 패착이라고 지목된 그 수 이전에 이미 패착이 있었거든 요."

"야, 임마!"

나는 급기야 소리를 버럭 지르고 말았어. 그 순간, 사람들이 일제 히 나와 그를 번갈아 쳐다보았지.

"너, 대체 바둑을 얼마나 둬?"

그는 여전히 담담한 어조였어.

"여기 모여 계신 분들은 그럭저럭 상대할 만해요."

그때 '불천위 명인'이 호통을 쳤어.

"이놈, 보자보자 하니 못 하는 소리가 없구나. 여기가 어디라고"

"……."

'불천위 명인' 옆에 서 있던 '영원한 국수'가 물었어.

"두어서 못 이기면 어찌 하겠나?"

"기어서 나가겠어요. 한데 이기면 어쩌실 거예요?"

"허어, 그놈. 오냐. 내가 한판 상대해 주마."

"약속 지키셔야 해요."

"알았다 이놈아. 어이 강산이 한판 둬봐."

하늘같은 프로 기사, 그것도 당시 세계 바둑계를 평정하신 분의 말씀을, 그때까지 프로 입문을 못해 햇병아리 축에도 들지 못한 어린 내가 어찌 감히 거역할 수 있었겠어.

연회 분위기는 갑자기 대국 분위기로 바뀌었고, 바둑판 좀 챙겨오라는 누군가의 말도 들렸어. 그즈음 김산은 지고 온 배낭 속에서 마대주머니 두 개와 접이판자 하나를 꺼내놓았지. '영원한 국수'가 물었어.

"그게 뭐냐?"

"바둑돌과 바둑판이에요."

한 주머니에 든 검은 돌들은 고향에 있는 개울인 오내에서 주운 듯한 것이었는데 정성스레 갈아서 매끈하게 만든 것이었고, 다른 주머니에 든 흰 돌들은 흰 것 희끄무레한 것, 누르스름한 것까지 섞여 있었어. 얇은 판자에 그은 모눈은 그 크기도 다르고 삐뚤삐뚤했어.

사람들은 어이가 없어 파안대소했어.

"이놈이 이제 보니 코미디를 하자는 거야, 뭐야?"

"저는 이걸로 15년 두었어요."

김산이 힘 있는 어조로 말하자 장내는 숙연해지고 말았지.

"그러면 돌 가리고 시작해봐."

"나 참."

음식을 치운 탁자를 가운데에 두고 그와 마주 앉았어. 돌을 가려 그의 흑번, 나의 백번이었어. 나는 얼른 끝내려고 바삐 두어나갔어. 그러나…… 얼른 끝낸 것은 내가 아니라 그였어. 불과 120여 수만에 대마가 잡혀 불계패를 당한 것이었지. 충격이었어. 그때 나뿐만 아니라 그 자리에 있던 사람들도 내심 느끼고 있었어. 그의 내공이 결코 만만치 않다는 것을.

'영원한 국수'가 분위기를 바꾸어 주었어.

"대접은 그쯤 해 줬으니 이번엔 바로 두어 봐. 제대로 된 바둑돌과 바둑판 가지고 말이야. 어이, 총각. 괜찮겠지?"

"저는 아무래도 좋아요."

두 번째 판. 구닥다리 정석에다가 얼기설기 서투른 그물코 짜 나가는 듯이 허술해 보이던 포석이 중반 이후부터 쇠심줄처럼 팽팽히 당기더니 그물코가 아니라 목줄을 옥죄는 사슬처럼 다가드는 느낌. 종반 무렵 패배를 직감했을 때에는 그의 돌 놓는 소리 하나하나가 마치 망치로 이마를 때려오는 듯 했어. 또 졌지. 나는 그가 잘 둔다는 것은 생각지도 않은 채 나 스스로를 도저히 이해할 수 없었어.

"어라? 이놈 보게? 제법 수가 있네, 그려?"

"약속은 지키실 거죠?"

"알았다. 강산이 비켜봐."

'영원한 국수'가 자리에 앉았어.

"두 점 놓거라."

"아뇨."

"그럼 몇 점이면 되겠느냐?"

"호선으로 두고 싶습니다."

그때 서 있던 '불천위 명인'이 나직이 나무랐어.

"이놈, 좀 둔다 여겼더니 간덩이가 부을 대로 부었구나."

'영원한 국수'가 웃었어.

"둔다고 약속했고 네가 원하는 바니 그렇게 둬 주지."

돌을 가려 두었어. 시간은 자정을 넘겨 새벽 2시. 기어이 믿을 수 없는 일이 일어나고야 말았지. '영원한 국수'의 3집반 패. 분위기를 얼른 추스린 '불천위 명인'이 연이어 붙어서 1집반 패. 날은 이미 훤히 밝아오고 있었어.

한국 아마바둑이 세계대회에 나가 준우승을 한 축하연 자리는 시골서 올라온 한 기묘한 청년으로 인해 망연자실할 수밖에 없었고, 그런 분위기는 나 알 바 아니라는 듯 김산은 지고 온 배낭을 다시 둘러

매었어.

"결승전의 패착은 216수였어요. 바둑계가 한입으로 지목한 패착 238수의 화근이 된 수지요. 그럼 이만."

그리고는 홀연히 사라졌어.

"간밤에 도대체 우리가 뭘 한 거야?"

"귀신이 왔다 갔나……."

"술이 너무 과한 탓이야."

나도 '영원한 국수'도 '불천위 명인'도 입을 열지 못하고 황급히 그 자리를 빠져 나올 수밖에 없었어.

며칠이 지나 그날의 충격이 가라앉을 무렵, '영원한 국수'와 '불천위 명인' 두 사람은 김산과 둔 바둑을 복기하며 그의 괴이한 기력(棋力)을 다시금 가늠해 보았어. 결론은 프로급, 그것도 강프로급이라는 진단이었지.

나를 통해 그의 정체를 알고 난 '영원한 국수'와 '불천위 명인'이 김산을 다시 데리고 와 비공식적으로 시험해 보자고 재단에 제의했어. 그러자 바둑계에 망신살이 뻗칠지 모른다는 우려 때문에 의견이 분분했어.

"거 참, 두 분이 약주가 과해 실수하신 걸 가지고"

"실수가 아닙니다."

"그렇습니다. 기보를 다 기억하고 있습니다."

"믿지 못하시겠다면 당장 이 자리에서 복기해 드릴 수도 있고요"

두 사람의 말에 바둑계는 더 이상 반대할 명분을 잃었어. 결국 재단이 나서서 당시 여러 기전을 휩쓸던 기존의 최고수 4인방과 신예 고수로 떠오르고 있던 4인방을 가려 각 2판씩, 한 판은 1시간짜리, 또 한 판은 3시간짜리로 모두 16판을 두기로 결정한 뒤 강남에 있는 한 호텔에 김산의 숙소와 대국실을 각각 마련해 놓고 그를 불러올렸어.

원래 계획은 20일 동안 두는 것이었는데 김산이 농사일을 그만큼 오래 팽개쳐 둘 수 없다고 고집을 부려서 대국을 강행군하여 열흘 만에 다 두었지.

결과는 14승 2패.

믿기 어려울 만큼 완벽한 김산의 승리로 끝나고 말았어. 그가 안은 2패는 '영원한 국수'와 '불천위 명인'이 한 판씩 건진 것이었는데 두 판 다 반집이었어. 나중에 면밀히 복기해 본 결과 그 두 판은 예우였을 가능성이 높다는 의견이 지배적이었지. '영원한 국수'와 '불천위 명인'도 어느 술자리에서 누군가, 아마 여기 계신 주간님이셨을 거야, 그것을 확인하고자 묻는 물음에 보일 듯 말 듯 고개를 끄덕였다고 해.

이윽고, 재단 정관을 고쳐서라도 김산을 정식 입단시켜야 한다는 목소리가 커지자 바둑계는 비로소 그를 인정하기 시작했어. 김산을 환생한 바둑신이라 하여 환생기신(還生棋神), 더러는 하늘이 보낸 바둑인이라는 뜻으로 천파기인(天派棋人)이라 부르며 연일 그 괴이한 기력을 말밥으로 삼았어.

정식 입단식을 앞두고 서울로 올라오기를 청하자 김산의 말이 의외였어.

"부모님을 두고 저 혼자 서울로 갈 수는 없어요."

또 다시 논의가 일었어.

"알았다. 부모님을 모시고 오너라. 생계 방안까지 마련해 놓았다."

드디어 김산이 서울로 온다는 소식이 전해지자 바둑계는 초긴장 상태가 되었어. 무명 시골 청년에게 판 전체를 내주어야 할지 모른다는 불안감에 떨고 있었던 게지.

그때 천재박명(天才薄命)이라는 말이 헛말이 아님을 증명하기라도 한 사고가 일어났어. 김산과 그 부모를 태우고 서울로 오던 버스가 그만 새재 고갯길에서 전복되어 세 사람 모두 비명에 간 안타까운 일이었지.

서울에서 그의 상경을 애타게 기다리고 있던 '영원한 국수'와 '불천위 명인'은 사고 소식을 접하자 한동안 아연실색하다가 김산 자신과 한국 바둑계의 박복을 탄하며 자신들의 대국 일정에는 아랑곳하지 않고 연일 마셔대기만 했지.

일가친척 아무도 없는 그 가족의 시신은 동네 사람들이 나서서 수습하여 장사를 지내 주었고, 그것이 김산 소동의 끝이었어.

나는 당시 전복된 버스 안에 검고 흰 조약돌이 널려져 있었다는 말을 듣고 사고 수습반을 찾아갔어. 김산이 어릴 적부터 오내 가에서 저 홀로 손때 묻히며 닳게 해온 것이리라 믿었던 그 유품을 받아온 것이 내가 할 수 있는 일의 전부였어.

김산이 죽고 난 뒤, 바둑계가 그에 관한 충격에서 어느 정도 벗어나 안정을 되찾게 되자 기사들 사이에 새로운 유행어가 나돌았지. 기사들이 만원 내기한다고 만원전이라 칭한 뒷방대국에서 아깝게 지게 될라치면 하는 농담이었어.

"그때 천파기인 김산이 한강다리만 건넜더라도……."

"건넜더라도? 건넜던들 무얼 어쩐단 말이냐? 다 진 바둑을?"

"그라면 이 대목에서 역전시킬 수 있을 텐데. 하하."

어릴 적에 한동네 살았던 머슴의 아들, 더구나 동갑내기이기도 한 그의 기력이 이미 프로 최고 수준에 올라 있었다는 생각을 하니, 그때까지 그 세계엔 명함도 못 내밀고 있던 나 자신이 그렇게 초라해 보일 수가 없었어. 그러던 중, 그가 스스로 이룬 큰 그릇의 깊이를 세상에 보이자마자 비명에 간 일로 더욱 큰 충격을 받게 되었지. 그때부터 이상하게 바둑이 잘 안 되기 시작하는 거야. 군 복무를 전후해서는 바둑에 대한 열정과 흥미를 거의 다 잃고 말았어.

한때 입단을 코앞에 둔 반짝 스타였다는 것조차 알려지기를 싫어

해 그 뒤로 이름을 감추고 살게 되었지. 세월이 점차 흘러, 내 이름이 바둑계에서 거의 다 잊혀질 무렵에 최 주간님의 배려로 신문사에 입사하게 되었는데 그때부터 왠지 바둑이 두고 싶어졌어. 아마도 그즈음에 이르러서야 지난날 내 머리를 뒤덮고 있던 무거운 굴레로부터 허허로워질 수 있었던 것 같아.

애기를 마친 강산 형은 바지주머니에서 검은 조약돌을 하나 꺼낸다.

"바둑을 둘 때, 형세가 불리하게 흐른다 싶으면 나도 모르게 이걸 만지작거리는 버릇이 있어."

"기사들이 김산을 두고 심심찮게 천파기인 운운한 이면에는 그런 기막힌 곡절이 있었군요."

이번에는 최 주간이 오랜 기억을 더듬는다.

"그 당시에 바둑 월간지 기자로 있었지. '죽음의 16연전'이라 불리는 열여섯 판의 대국 중에서 마지막 대국을 끝낸 김산한테 이것저것 묻다가 들은 애기 하나가 아직도 생생해."

"어떤 말이었길래요?"

"프로기사 되고 싶은 생각이 없는가 하고 물었지. 그랬더니, 프로건 뭐건 세상에 나와 바둑을 두게 된다면 제 이름을 산화로 쓸 작정이라고 하지 않겠어?"

"산화라고요?"

"왜냐고 하니까 바둑판에 올라왔다가 당당히 살아 끝까지 빛을 보지 못하고 전쟁터에서 장렬히 산화하듯 죽어간 돌들의 넋을 기리는 뜻에서 그리 정했다더군."

"해서 죽어간 돌이라면 네 죽은 돌들 말이냐? 패한 상대방의 돌들 말이냐고 물었지. 그때 그의 대답이 걸작이었어."

"뭐라고 했는데요?"

"'바둑이 생긴 이래 지금까지요. 처절히 죽어간 모든 돌들……' 이러는 거야. 허허. 지금 생각해도 승부사의 기질과 낭만적인 감각을 아울러 갖춘 멋진 친구였어. 승부사가 승부의 도를 깨우치게 되면 낭만스러워지지. 다만 그 낭만은 더 큰 승부의 도를 터득하기 위해 쉬어가는 과정이지만 말이야."

산화! 블랙 스퀘어즈의 베팅맨 산화와 같은 이름이 아닌가. 베팅맨 산화의 한자어가 김산이 장차 프로기사로 입문하여 기명(棋名)으로 쓰고자 했던 그 산화(散華)인지 아닌지 모르겠지만 적어도 한글상으로는.

한 사람은 기명으로 쓰려다가 미처 써 보지도 못한 채 죽어버렸고, 또 한 사람은 버젓이 가명(假名)으로 쓰고 있는 현실에 야릇한 기분이 온몸을 휘감아 돈다. 혹 김산이 그때 죽지 않고 기적적으로 살아남은 것은 아닐까?

순간적인 착각이 입을 열게 한다.

"사이트 회원 중에 산화라는 ID가 있는데 예사롭지 않아요."

강산 형의 대답에 비장감이 묻어난다.

"장례 때 주간님과 함께 내려가서 내 손으로 직접 화장장 불구덩이 속에 그의 시신을 밀어 넣었어."

최 주간도 놀랄 것 없다는 듯이 나지막이 말한다.

"그래, 그랬지. 윤 사장, 그건 아마 우연한 일치일 거야."

도박사의 언어

1.

[항아리-16급] 급구. 은알 좀 주실 분.

[사슴벌레-4급] 에구. 항아리님 또 구걸하시네. 이젠 좀 사서 쓰세요.

[항아리-16급] 돈이 없어요. 관리자님, 은알 좀 나눠줘요.

[관리자] 관리자는 그럴 권한이 없습니다.

[통키-4단] 항아리님, 50알 갔습니다.

[항아리-16급] 아, 감사. 통키님, 은혜 안 잊을게요.

[통키-4단] 그거 다 떨어지면 정회원에 가입하시거나 직접 구입해서 쓰세요.

[항아리-16급] 넵.

[qkraksdnr-10급] 번번이 나눠 주니 사이트의 정회원 수가 늘지 않지요

[사슴벌레-4급] 마져. 그렇잖아도 심심마을 운영이 어렵다던데…….

[qkraksdnr-10급] 관리자님.

[관리자2] 네.

[qkraksdnr-10급] 유저들 사이에 은알이나 금알, 사이버머니 이전하는 걸 금지하시죠.

[관리자2] 그런 인정까지 어떻게 매몰차게 차단하겠어요.

심심마을의 수익 창출 방안은 유저들 수를 늘리는데 초점이 맞추어져 있다. 유저가 늘면, 당연히 정회원 가입자 수도 늘 것인데, 유저들이 바로 그 정회원에 가입하고자 할 때 결제하는 가입비용으로 사이트의 손익분기점을 돌파하려는 계획. 아직 애초의 그 계획에 변함이 없다.

"무료회원에 비해 정회원의 혜택이 너무 적은 거 아니에요?"

"고작해야 대국 중에 형세를 무한정 볼 수 있다는 것 외에 이렇다 할 만한 게 없으니 가입자 수가 늘지 않는 것 같아요."

"그렇다고 무료회원을 크게 차별한다면 위화감이 생겨서 사이트를 이탈하는 유저가 많아질지도 몰라요."

직원회의 때마다 심심찮게 나오는 논란거리이다. 바둑 인구가 많

다고는 하지만 연세가 지긋하신 분들과 여성들, 나이 어린 기객들이 인터넷으로 들어와 두는 경우는 그다지 많지 않은 편이다.

그리고 스무 개가 넘는 바둑사이트가 다 그만그만한 콘텐츠 수준을 가지고 있다 보니, 아무리 싫증을 잘 내는 젊은 사람들이라 할지라도 맨 처음 가입한 사이트에서 다른 사이트로 적을 옮기는 경우는 드물다.

바둑이라는 두뇌스포츠가 오프라인에서와 마찬가지로 온라인상에서도 바둑돌과 바둑판, 그리고 상대만 있으면 되기 때문에 굳이 낯익은 곳을 버리고 낯선 사이트로 가야할 이유가 없기 때문이다. 가입해 있던 사이트에서 잘못을 저질러 퇴출을 당했거나, 다른 어떤 사이트에 아주 호기심을 자극하는 뭔가가 있다는 소문이 나돌지 않는 한.

"정회원 수가 눈에 띄게 늘지 않는다면 하는 수 없이 배너 광고 수주라도 좀 받아야 하지 않을까요?"

"바둑 마니아들을 상대로 할만한 광고가 어떤 게 있지?"

"술, 담배 광고를 하겠어? 다른 먹을거리나 옷 같은 광고를 하겠어?"

"금융 계통의 광고는 가능하지 않을까 싶은데요? 유저들 대부분이 성인이니."

"바둑과 전혀 관계없는 광고를 한다면 사이트의 질만 떨어뜨리게 될 거야."

"그렇다고 무료회원들이 정회원에 가입하기만을 마냥 기다릴 수는 없지 않겠어요?"

사이트에 처음 방문하는 사람은 누구나 아무런 비용 없이 실명으로 가입할 수 있고, 가입 즉시 대국을 비롯한 모든 콘텐츠를 이용할 수 있다. 그들에게 기본적으로 지급되는 것은 30만이라는 마을머니와 은알 10알이다.

무료회원이 된 뒤에는 다시 정회원에 가입할 수 있는데, 한 달, 석 달, 6개월, 1년으로 구분되어 있는 가입 기간 중에서 임의로 선택이 가능하다.

한 달 정회원에 가입할 경우 마을머니 3백만과 은알 100알을 지급하며 가입비용은 2천 원, 석 달의 경우 1천만과 은알 400알에 5천 원, 6개월의 경우 2천만과 은알 750알에 1만 원, 1년인 경우에는 5천만과 은알 1,000알에 가입비용은 2만 원이다.

정회원 중에서도 장기간 회원이 되고자 원한다면 VIP 회원에 가입할 수 있다. 가입 기간은 3년, 마을머니 1억과 은알 5,000알을 지급하며 가입비용은 5만 원이다.

정회원 가입과는 별도로 은알이나 금알만 구입하는 것도 가능하다. 그리고 은알은 여러 용도로 활용할 수 있다. 먼저 아이템 숍에서 여러 아이템을 구입할 수 있는데, 정석, 포석, 사활, 끝내기 등 급수별 기력 증진 프로그램인 '전자북'을 구매하여 기력 향상을 꾀할 수도 있고, 친하게 지내는 유저나 응원하는 대국자에게 축하, 위로 등의 목적으로 꽃다발, 화환, 난 등을 구매하여 보낼 때 지불 수단으로도 쓸 수 있다.

또 지도사범으로 지정된 9단진에게 지도대국을 신청하여 지도대국료로 지불하기도 하며, 자신의 대국 중에 형세 판단을 할 시간적 여유가 없을 경우, 인공지능 프로그램인 '형세보기' 항목을 보고자 할 때 유용하게 쓸 수도 있다.

마을머니로 바꾸어 베팅에 쓰기도 한다. 은알 100개는 마을머니 1천만으로 교환된다. 또 은알 100알은 금알 1알로 바꿀 수 있다. 은알 금알 하는 것은 다만 가치 크기에 따른 구분일 뿐이다. 마을머니나 은알을 많이 가지게 된 유저들은 대부분 그것을 금알로 바꾸어 보유하는 경향이 있다. 부의 축적을 다른 유저들한테 과시하는 것이다.

정회원에 가입하여 지급 받은 은알이나 마을머니를 베팅 등으로 크게 불렸다고 하더라도 현금으로 되바꾸어 주지는 않는다.

"문제는 다양한 콘텐츠 개발에 있다고 봐요."

"다양한 콘텐츠를 보유한 뒤에 특정 콘텐츠 몇 개 정도만 정회원만이 이용할 수 있도록 한다면 어떨까요?"

"좋은 생각이에요 유저들이 은알을 쓰는 경향을 보면 크게 두 부류로 나누어져 있어요. 한 부류는 대국 중에 '형세보기' 항목을 보려고 할 때, 또 한 부류는 그것을 마을머니로 바꾸어 베팅을 즐기는 데

주로 쓴다는 거죠.”

“아이템 숍에서 구매할 수 있는 아이템을 대폭 늘리는 것과 동시에 콘텐츠도 좀 더 다양하게 구비해야 할 것 같아요.”

“정회원만 볼 수 있는 콘텐츠를 만든다면, 무료회원들의 반발이 크지 않을까요?”

“냉정히 생각해 보면, 가입비용을 지불한 정회원에 대한 혜택이 너무 적은 거 아닌가요? 고작 마을머니와 은알을 지급하는 것이 다잖아요?”

“무료회원들의 반발 때문에 정회원에게 부여할 특혜를 더 창출하지 않는다는 것은 납득하기 어려운데요?”

“더구나 요즘은 이상한 분위기도 감지되고 있잖아요.”

“이상한 분위기?”

“정회원이 되지 않고도 마을머니나 은알을 많이 보유하고 있음을 하나의 과시로 여기는 유저들이 나타나고 있는 추세예요.”

“그러니까 무료회원이 될 때 사이트가 기본적으로 제공하는 머니나 은알로 베팅을 해서 크게 불렸다, 뭐 이런 식의 과시 말인가요?”

“그렇죠.”

“하하. 하긴, 그것도 자랑거리가 되긴 하겠네요.”

“그런 심리 때문에 마을머니나 은알이 다 떨어지면 정회원에 가입하기보다는 구걸하게 되는 거죠.”

심심마을에서는 구걸하는 것이 자연스럽기까지 한 것이 사실이다. 평소 채팅창에서 친하게 대화를 나누던 유저가 머니나 은알이 다 떨어졌다고 하소연이라도 하면 내가 주겠노라 서슴지 않고 나누어 주기도 하고, 때로는 그런 표시를 전혀 내지 않고 은밀히 건네주기도 한다.

언제 꼭 갚으라는 말도 없고 반드시 갚겠다는 말도 없다. 그저 고맙다. 은혜 안 잊겠다. 나중에 갚겠다…… 막연한 인사말만 오간다. 그 나중이 되어서도 주고받은 당사자이건 아니건, 갚았는지 안 갚았는지에 집착하거나 관심을 두는 유저는 거의 없다.

"좋은 말로는 그만큼 측은지심이 통하고 따뜻한 인정이 흐르는 사이트라고 할 수 있지만, 운영하는 입장에서 보면, 바람직한 현상은 아니잖아요"

"그렇다고 구걸하지 말라고 할 수도 없고, 주지 말라고 할 수는 더더구나 없는 노릇이죠"

"심심마을의 베팅이 실제 현금을 가지고 하는 도박이라도 그렇게 쉽사리 주고받을 수 있을까?"

"하하. 그걸 말씀이라고 하세요?"

"블랙 스퀘어즈에서는 서로 꿔 주고 받는 경우가 있어요?"

"언감생심이죠. 철저히 손익계산이에요. 빈말이라도 돈을 좀 꾸어 달라느니 꾸어 주겠다느니 하는 말은 나오지 않죠. 꾸어 달라는 뜻을 슬그머니 비치기라도 하면 그 베팅맨은 그 뒤부터 따돌림을 받는 분위기가 형성되고 말아요. 오직 따느냐 잃느냐가 있을 뿐이에요."

블랙 스퀘어즈에서는 꿈도 못 꿀 일이지만, 심심마을에서는 비록 마을머니일망정 1억을 예사로 치는 유저들이 있다. 그뿐만 아니라 가만히 살펴보면, 수천만, 수백만, 수십만…… 보유하고 있는 액수의 크기에 따라 서로 비슷한 금액을 베팅하는 유저들 그룹이 형성되어 있기까지 하다.

대부분은 보유하고 있는 마을머니의 액수에 비례하여 베팅하는 금액의 규모도 일정 수준을 넘지 않지만 더러 가지고 있는 마을머니를 판판이 올 인하는 유저도 없지 않다. 그러다 큰 금액을 따는 경우도 있지만 잃게 되면 머니나 은알을 구걸하여 베팅을 재개하곤 하는 것이다.

시작한 지 얼마 지나지 않은 한 베팅 대국방에 관리자 ID로 들어가니 채팅창이 시끌벅적했다.

[신라의달빛-6단] 나한테는 왜 머니를 많이 걸지 않죠?
[qkraksdnr-10급] 아직 베팅 마감 전이니 속단하긴 일러요
[사슴벌레-4급] 대국자가 자기한테 머니 많이 안 건다고 푸념하는 경우는 또 처음 보네.
[항아리-16급] ㅎㅎㅎ

[신라의달빛-6단] 갑자기 바둑 두기가 싫어지네요.

블랙 스퀘어즈와는 달리 심심마을에서는 대국자도 채팅창에 글을 올리며 유저들과 교감할 수 있도록 되어 있다. 어디까지나 모든 것이 재미 삼아 이루어지는 곳이므로.

베팅 내역을 살펴보니, 백 신라의달빛 6단에게는 25만 남짓, 흑 은 하수 5단에게는 1천5백만이나 걸려있다.

그도 그럴 것이 백의 전적은 185승 192패인데 비해 흑의 전적은 최근에 가입한 이래 11승 전승이기 때문이다. 그중 4승은 6단 중에서 도 기력이 7단에 근접한다는 대국자들로부터 얻은 것이기에 유저들 대부분은 흑의 기력이 백에 앞선다고 판단하고 있는 상황이다. 다만 백이 운 좋게 이기기라도 한다면 높은 배당이 돌아올 것이기에 마을 머니를 그다지 많이 보유하고 있지 않는 유저들이 백에 소액을 걸어 둔 형편이다.

판을 보니 40수를 넘기고 있다. 백은 흑에게 세 귀를 내어주고도 변과 중앙에 세력도 변변히 얻지 못한 형세를 나타내 보인다. 당장에 눈에 띄는 확정가도 흑이 많을 뿐더러, 앞으로 바둑이 진행되는 동안 흑의 활약이 눈부실 것이 자명하다.

그즈음에 이르러, 흑백 양 대국자 어느 쪽에도 머니가 더 걸리지 않고 있다. 유저들이 흑에는 더 걸어보았자 본전 외에 얻을 수 있는 배당이 거의 없다는 생각을 하고 있는 것 같고, 백에는 가망 없는 바둑, 공연히 보태줄 일 뭐 있나하며 소액이나마 거는 것도 아깝게 여기는 분위기임에 틀림없다.

백이 자신에게 머니가 더 걸리지 않는 것을 보고, 흑이 그렇게 센 바둑 같으냐는 둥, 나도 한칼 한다면 한다는 둥, 착점할 생각은 않고 채팅창에 계속 엉뚱한 소리를 늘어놓자 관전자 중 한 사람이 보다 못해 점잖게 응수한다.

[사슴벌레-4급] 판돈은 단님들의 인기에 비례하지도 그렇다고 실력에 비례하지도 않습니다.

[사슴벌레-4급] 다만 하수들이 상수를 보다 가까이 만날 수 있는 수단일 뿐이죠.

[통키-4단] 캬아, 사슴벌레님 역시.

[항아리-16급] 명언이네요. 명언!

[사슴벌레-4급] 명언은 무신. ㅎㅎㅎ

[qkraksdnr-10급] 게시판에 올려서 두고두고 보게 해야겠어요

[qkraksdnr-10급] 그렇죠, 관리자님?

[관리자11] 마음 같아서는 상이라도 드리고 싶군요

[항아리-16급] 역시 관리자11님은 관리자2님보다 너그러우셔.

[qkraksdnr-10급] 두 분 중에 누가 더 높아요?

[사슴벌레-4급] 아마 관리자2님이 더 높으실 거예요. 나이도 더 많을 거고 맞죠?

[관리자11] 글쎄요. ㅎㅎ.

조나연 씨가 알려온다.

"사장님, 회의 시간 다 되었어요."

"알았어요. 다들 모이라고 하세요."

심심마을에서 나온 뒤 홈으로 가서 MR 배너로 들어간다. 블랙 스퀘어즈로 통하는 관문이기도 하지만 직원들이 실제로 모여 회의도 하는 곳이다. 다만, 회의 때 입력하는 고유인증번호는 블랙 스퀘어즈에 들어가는 번호와 다를 뿐이다.

직원들이 다 들어온 것을 확인하고는 회의 안건을 올린다. '김산 일대기의 연재를 통한 회원 증원 방안'이다. 만성적인 적자에 시달려 온 심심마을의 마지막 회생 카드로 삼은 것이 김산의 일대기 연재와 연재를 끝낸 뒤 출판하는 일인 만큼 연재에 앞서 홍보 방안을 미리 강구해 두어야 한다는 생각이다. 언제까지 블랙 스퀘어즈가 벌어들이는 수수료 수입으로 심심마을의 적자를 메울 수는 없는 일이다.

[윤세준] 애초에 잡은 홍보 방안이 심심마을의 오피니언 리더 격인 유저들에게 입소문을 내도록 개별적으로 요청하자는 것이었지요?

[장희쉬] 그렇습니다.

[윤세준] 그 방안 말고는 유저들 증원 방안이 달리 없을까요?

[박수현] 소설을 연재하는 초기부터 각 회 연재 분의 다음 회에 이어질 내용을 유저들에게 추정케 하여 그 내용을 어느 정도 맞추면 상품을 제공하는 것이 어떨까요?

[남상록] 좋은 생각인데요? 그러면 소설 조회수도 자연히 늘 것이고, 그에 따라 입소문도 나지 않겠어요?

[윤세준] 상품은 어떤 것이 적당할까요?

[정규형] 은알 100개 정도면 무난할 듯 한데요.

[윤세준] 또 다른 방안은요?

[이정희] 연재가 시작되면 유저들에게만 맡길 것이 아니라, 직원들 모두 다른 사이트에 들어가 심심마을에 재미있는 글이 연재되고 있다고 입소문을 내야 합니다.

[남상록] 당연한 말씀.

[장희쉬] 저는 연재와 동시에 주위에 있는 모든 인맥을 동원해 각 언론사에 기사로 보도될 수 있도록 추진하겠습니다.

[윤세준] 바둑계에 대한 홍보는 제가 맡도록 하지요. 아무튼 김산 일대기의 연재는 우리 사이트의 사활이 걸린 문제라 해도 과언이 아니니 다들 각별한 관심과 노력을 부탁드립니다. 각자 내신 방안에 대한 구체적인 추진 계획을 잡으셔서 다음 주말까지 저의 이메일 주소

로 보내주십시오

회의를 마치자 정호 형이 내 방으로 들어온다. 사무실에서 담배를 피우는 사람이 그와 나 둘뿐이라 다른 직원들의 눈총을 자주 받는다. 올 시무식 때 사무실은 물론 내 방과 회장실에서조차 금연해야 한다는 요청에서 한발짝 물러선 직원들이 내 방에서만은 흡연을 허용해준 탓에 정호 형이 담배를 피우러 가끔 들르기도 하는 것이다. 그냥 들어오기가 뭣해 애깃거리 하나쯤은 품고서.

"요즘 산화의 활약이 대단해. 승승장구하고 있거든."

"그래요?"

"윤 사장이 자주 들어가서 기 좀 꺾어놔야지 안되겠어."

"무슨 일 있어요?"

"베팅 황제 무상수의 인기가 예전 같지 않아서 하는 소리야."

"난 또. 하하."

얼굴은 웃어놓고도 마음으로는 웃음이 번지지 않는다. 이상하게도 김산이라는 이름을 떠올리면 산화라는 익명의 ID가 눈앞에 그려지고, 산화 애기를 들으면 김산의 그림자가 뇌리에 어른거린다. 들을 때마다 느끼는 것이지만, 두 낱말이 전혀 별개의 것이라고 생각되지 않는 이유가 대체 무엇이란 말인가.

어쩌면 필연일 수밖에 없는 두 낱말을 우연인 것처럼 내 앞에 던져놓은 데에는 운명이라는 신이 무슨 깊은 곡절을 전하려 하기 때문은 아닐까.

"안 되겠어. 산화, 이 친구. 원점에서 다시 곰곰이 생각해봐야겠어."

2.

김산과 산화.

한 이름이 두 귀로 들린 것인가.

이것저것 여러 추측을 가져다 붙여도 산화가 김산일 가능성은 만에 하나도 엿보이지 않는다. 사고 후 병원에 안치된 시신의 얼굴을 보고 강산 형은 단박에 그라는 것을 알아보았다지 않는가. 더구나 형 손으로 장례까지 치러 주었다니. 죽은 김산이 버젓이 살아 산화로 나타났을 리는 없고······.

블랙 스퀘어즈에 드나드는 산화가 김산이 아니라면 혹 그의 가족은 아닐까. 김산이 서울에서 벌인 일과 그의 포부를 알고 있는 가족. 만약 그런 인물이라면 충분히 산화라는 ID를 쓸 만도 하다. 바둑에 관한 한 천재성을 보였던 청년의 피가 다른 가족에게는 도박사의 피로 흐르지 말라는 법은 없다. 승부사나 도박사나 별반 차이가 없는 속성을 지니고 있지 않은가.

그러나 그의 일대기를 소설로 펴내겠다는 구상을 한 재단도 여러 가지 법적 문제가 야기될 것을 우려해 그의 가족을 찾아 나섰었다가 어느 한 사람도 못 찾고 신문에 공고까지 내었다는 것을 보면…….

그렇다. 만약 일가친척이 단 한 사람이라도 있었다면 강산 형을 비롯한 동네 사람들이 장사를 지내주었을 리 없지 않는가. 사고가 언론 매체에 오르고 사망자 명단까지 났음에도 불구하고 장사를 지낸 뒤에라도 먼 일가 한 사람 나타나지 않았다는 것을 보면 산화를 더 이상 그 부모의 가계와 연결시키는 것은 무리임에 틀림없다.

그렇다면 산화가 혹 김산의 친구 중 누군가는 아닐까. 어렸을 적에는 친구가 없었다고 하지만 나이가 들면서부터는 한두 사람이라도 사귀었을 것이다. 사람이 21살에 이르는 동안 단 한 사람의 친구도 가지지 않았다는 말을 곧이곧대로 믿을 사람은 없다. 아무리 별난 인간이라고 할지라도 살 냄새가 그리워 그저 살덩이끼리 만나는 정도의 친구는 몇 사람쯤 있기 마련 아닌가.

김산이 비록 그 신분이나 자라온 환경을 보아 스스럼없이 속을 터는 친구는 두지 못했다고 할지언정 오다가다 안부나마 묻는 정도의 또래가 한둘은 있지 않았겠는가. 그러나 생각이 그즈음에 이르러서도 머리가 가로저어진다.

"어렸을 때에는 아이들이 철이 없어 따돌렸다고 하지만, 20년 넘도록 고향에 뿌리박고 산 그에게 그때까지도 친구라 할 만한 녀석 하나 없었던가봐. 타지에 나간 놈 중에서 장사 때 얼굴을 보인 놈은 아예 없었고, 그처럼 농사를 지으며 한 마을에서 붙박이로 살던 또래들 몇이 화장장에 나타나긴 했지만 팔짱만 끼고 멀찍이 서 있기만 했지."

"거참."

"그놈들은 김산 가족 때문에 온 게 아니라, 그들과 한 버스를 타고 가다가 똑같이 변을 당했던 이웃 마을 친구 놈 때문에 온 거였어."

"어떻게 그 나이가 되도록 친구 하나 못 사귀었을까?"

"바둑이 친구고 애인이었겠지."

"바둑도 상대가 있어야 하잖아요?"

"우리야 그렇지. 한데 어느 수준을 넘어서면 바둑 그 자체와 즐기게 되는가봐. 상대도 승부도 떠난 경지겠지."

결국 두 이름이 한 귀로 들린 것인가.

어떤 가능성을 두고 살펴보더라도 블랙 스퀘어즈의 베팅맨 산화를 죽은 김산이나 김산의 주위와 연관시키는 것은 억지스럽게 여겨진다.

오랜만에 블랙 스퀘어즈에 들어간다. 이른 오전부터 들어와 밤늦게까지 하루 종일 베팅을 하면서 채팅창을 점거하고 있는 대표적인 베팅맨들이 여전히 그 자리를 지키고 있다. 게다가 새로 가입한 지 얼마 지나지 않은 ID 흰늑대도 가세하고 있는 모양새이다. 분명한 건 베팅맨들이 어느새 산화를 무상수만큼이나 강렬하게 인식하고 있다는 점이다.

　[UFO-4급] 어서오세요. 무상수님.

　[머니메이킹-3급] 베팅 초절정 고수님이 무명 베팅맨한테 한 방 당하신 뒤로는 처음이군요

　[UFO-4급] 무명 베팅맨이라뇨?

　[머니메이킹-3급] 산화님요

　[시리우스-18급] 아하. 한데 그런 것 가지고 뭘 그래요

　[흰늑대-9급] 산화님은 들어오시는 시간이 정해져 있는 것 같아요

　[흰늑대-9급] 밤 11시에서 12시경에 주로 계시거든요

　[마이더스-2급] 맞아요. 그 시간이면 번개처럼 나타나서는

　[마이더스-2급] 적으면 한두 대국방, 많으면 서너 대국방에 베팅해놓고는

　[마이더스-2급] 결과도 보지 않고 사라지는 때가 많아요

　[시골사람-3급] 그러면 한 판 정도 놓치고는 다 건지시더라고요

　[머니메이킹-3급] 산화님은 아마 프로 도박사일지도 몰라요

　[시골사람-3급] 설마?

　[광물자원-7급] 내가 잘 아는 분이 미국에 있는데

　[광물자원-7급] 라스베이기스에서도 알아주는 도박사예요

　[광물자원-7급] 혹시 그분이 귀국해서 우리 블랙에 가입하신 건지

도 모르지요

[시골사람-3급] 의외로 여류도박사일지도 모르죠.

[시리우스-18급] 남자분이건 여자분이건,

[시리우스-18급] 아무튼 전문적인 도박 훈련을 받으신 분일 거예요.

[흰늑대-9급] 혹시 외국인인가? 관리자님은 알고 계시지요?

[관리자9] 저희도 베팅맨들의 신상에 관해서는 일일이 확인하지 않습니다.

[시골사람-3급] 처음 가입할 때 확인하시잖아요?

[관리자9] 대리인을 내세우는 분도 있고 해서 확실치 않죠.

[시리우스-18급] 산화님은 채팅을 거의 안 하는 편인가 봐요.

[시리우스-18급] 몇 번 말을 걸어보았지만 대꾸를 한 적은 거의 없어요.

[광물자원-7급] 마져.

[머니메이킹-3급] 누가 과연 산화님의 입을 열게 할 것인가…….

[마이더스-2급] 거의 맞수인 무상수님뿐이겠죠. 안 그래요, 무상수님?

[무상수-1급] 글쎄요. ㅎㅎ

[UFO-4급] 하긴, 입을 열어야 뭔가 알 수 있을 텐데.

[시골사람-3급] 타인의 마음을 읽을 줄 아는 사람일지도 몰라요.

[시골사람-3급] 그렇기에 채팅창에서는 말을 거의 안 하는 것이 아

닐까요?

독심술(讀心術)을 하는 사람?

지난번의 베팅 때 산화로부터 들은 단 한마디. 나의 반대로 한번 걸어보았다는 그 말이 떠오른다. 어쩐지 무심코 내뱉은 말이 아니라는 생각도 든다. 그렇다면 그 말 속에 들어있는 진의는 무엇이었을까.

산화도 내가 저를 의식하고 있었음을 알고 있었던 것인가. 나와 그의 베팅 타임과 베팅 액수를 돌이켜 본다. 내가 만년설 9단에게 걸었을 때 바로 뒤따라 내손이약손 8단에게 건 것, 그저 반대로 걸어보았다는 말과는 어울리지 않는 베팅 양태이다.

시험 삼아 반대로 걸려고 했다면, 내가 건 베팅 타임과 거의 노타임으로 걸 수는 없다. 일말이라도 생각할 시간이 필요한 것이다. 또 한두 푼도 아니고 2백만이라는 거액을 건 것을 보면, 그는 걸기 전에 이미 자신이 베팅할 대국자를 내심 결정해 두었고, 때마침 그 반대에 거액이 먼저 걸리자 망설임 없이 친 것인지도 모른다. 그가 만약, 내가 만년설 9단에게 걸 것이라는 예상을 하며 그때를 기다리고 있었다면?

아, 그에게 내 속내를 들켰었다는 말이 되는가.

20년 가까이 승부사, 더러는 도박사로 살아오면서 속내 한 번 들킨 적이 없다고 자부하는 바다. 그것은 대학 때 한 선배의 조언을 듣고 크게 깨달은 뒤부터이다.

당시엔 대학가에 포커가 크게 유행했었는데, 나는 포커에 관한한 자타가 공인하는 '인문대제일손'이었다. 사나흘이 멀다하고 더러는 공납금을 들고, 혹은 입시생을 상대로 고액 과외 아르바이트를 한 벌이를 가지고 몰려든 친구들과 그 친구들의 친구들, 여러 선후배들과 거의 날을 새다시피 포커판을 벌이곤 했다.

"안 되겠군. 세준이를 상대할 사람은 따로 있는 것 같아."

"누구?"

"공대제일손."

"공대제일손? 그가 누군데?"

"지금은 군대 가 있지."

그러던 어느 날, 공대제일손으로 인정받고 있는 그가 군 복무를 마치고 포커판에 등장했다. 그러나 그도 처음에는 내 상대가 되지 못했다. 번번이 큰판에서 나에게 밀리곤 했다. 나는 의기양양했다. 어느덧 학교 전체를 평정하고 있다는 소리를 듣기에 이르렀다. 한데 그것도 잠시 그 무렵부터 그한테 간간이 깨지는 것이었다.

나는 이해할 수 없었다. 그가 마치 내 패를 속속들이 읽고 있는 것만 같았다. 카드를 바꾸어보기도 하고, 자리를 옮겨 보기도 했지만 다 허사였다. 결국 그에게 손을 들지 않을 수 없었을 때, 그는 졸업을 앞두고 있었다. 우리의 불문율은 졸업생은 재학생 판에 끼지 않는다는 것이었다.

2인자. 무엇보다 그 말을 듣기 싫었다. 그해 겨울, 그와 벌이는 마지막 판이라는 비장한 각오를 하고 하룻밤 판을 벌였다. 새벽이 지나고 아침이 되자 내 앞에는 달랑 만 원짜리 몇 장 남았었고, 그의 무릎 밑에는 수표며 현금이 수북이 쌓여있었다.

"형한테는 도저히 안 되네요."

인정해야 했다. 그 또한 2인자의 품격을 지키는 일이므로

"세준이는 나랑 갈 데가 있어."

그는 판돈을 챙겨 넣더니 따라 나서라고 했다. 그리고는 24시간 문을 열어두는 한 술집에 들어갔다.

"뭘 먹을래?"

"저는 소주나 한 병 시켜줘요."

그는 같이 잔을 기울였다. 한 병을 다 비울 무렵, 나지막이 일러주는 것이었다.

"세준이 너에게는 속내를 드러내는 한 가지 버릇이 있어."

"예에?"

"마지막 카드 한 장을 받고는 그것을 죄어본 뒤에 말이야. 그 카드가 네가 기다렸던 것이거나, 아니면 엉뚱한 카드를 받아서 형편없는 패가 되었을지라도 다른 사람의 바닥 패를 보면서 베팅을 하느냐 마느냐 결정을 하지."

"그래서요?"

"한데, 좋은 패, 네가 원했던 패가 구성되어 베팅을 하려고 하는 바로 그 순간에만 너는 긴장감을 해소하려고 입술에 침을 묻히는 버릇이 있어. 혀로 입술을 훔친다는 말이야."

"예에?"

"처음엔 나도 몰랐지. 한데 네가 베팅할 때 무언가 자꾸 눈에 띄어 유심히 보니 그렇더란 말이야. 몇 번 시험해 보았어도 마찬가지였지."

나는 할 말을 잃고 말았다. 나 자신도 느끼지 못했던 그런 세세한 것까지 보고 있었단 말인가.

"무릇 도박꾼은 남의 패나 내 패만 볼 것이 아니라, 상대의 버릇, 더 나아가 숨소리가 달라지는 것까지도 느낄 수 있어야 해. 그러나 그것만 가지고도 충분치 않지. 남의 버릇보다도 자기의 버릇을 냉정하게 살필 줄 알아야 진정한 도박꾼이 되는 것이야."

"……."

"승부사나 도박사가 다른 사람한테 자신의 속내를 들키게 되면, 그건 그 사람이 도박판이라는 세계에 진입하기엔 아직 멀었다는 뜻이지. 또 그동안 그 세계에 몸담고 있었던 사람이라면, 그만 은퇴할 때가 되었다는 신호가 되는 거야."

"그걸 지금 알려주는 이유는 뭐예요?"

"이유?"

"형이 나도 모르고 있었던 나의 큰 약점을 밝히는 까닭 말이에요."

"며칠 뒤면 졸업이니, 나도 판에서 은퇴해야 되잖아."

그는 잠시 나갔다 오더니 돈다발이 들었음직한 두툼한 봉투를 내게 건네주었다.

"받아."

알면서 물었다.

"뭐예요?"

"그간 네 약점 붙잡고 딴 거야. 그리고 너도 이참에 손 털었으면 좋겠다."

"이러지 마세요. 거 비참하게 만드시네."

"판돈 돌려주는 연습 한번 해봐. 그러면 손 끊을 수 있을 거야. 그간 학교 내에서 1, 2인자 소리 들었으면 되었지, 뭘 더 바랄 게 있어?"

"형에는 못 미쳤어요."

"나보다 상수는 언제나 존재하게 마련이야. 나 역시 군대 가기 전에는 한 고수한테 엄청나게 당했었지. 제대한 뒤로 손 끊으려고 하다가 네 소식 듣고 걱정이 되어서 상대해 준 거야. 이제 이 악순환의 고리 좀 끊자."

당시의 공대제일손! 아니, 교내제일손!

다른 학교에서 이름난 제일손들과의 원정 도박을 한사코 마다했던 그를 다시 만난 건 졸업한 지 꼭 10년 만이었다.

"아직 노름해?"

"글쎄요. 노름인지 뭔지……. 뭘 하긴 해요. 하하. 형은요?"

"예전에 너를 마지막으로 본 뒤부터 끊었어."

"그게 쉽게 되던가요?"

"도박보다 더 재미난 걸 찾았거든."

"뭐예요 그게?"

"컴퓨터 프로그램 개발. 퀘퀘한 방에서 고만고만한 인간들과 마주 앉아 종잇조각 몇 장 들고 머리싸움 하는 것보다 나만의 세상 속에서 창조하는 일을 하고 있으니 얼마나 근사해? 하하하."

"그래요? 그렇다면 마침 잘 되었네. 예전엔 내가 2인자였지만 이젠 형을 2인자로 스카우트할까 보다."

그날 내가 하고 있는 일에 대해 얘기해 주자 형은 며칠 말미를 달라더니 그로부터 나흘 뒤에 흔쾌히 수락했다. 회사가 본 궤도에 오르면 모르겠지만 그렇지 않다면 5년만 같이 있어 줄 거라며.

그가 바로 지금 P2로 있는 정호 형이다.

베팅 승률 77.2%.

산화의 '공개정보' 내역을 검색해 보니 그의 승률이 나와 거의 동률을 이루고 있다.

김산 일대기의 연재권을 낙찰 받은 뒤 재단 관계자들과의 회동이 부쩍 많아지고 있고, 그간 돈을 조달한 여러 곳에서 우려와 격려의 목소리를 보내온 데 대한 화답의 표시로 일일이 찾아가 안심시켜 주느라 저녁마다 밤마다 '윤세준'이라는 실존이 내 것이 아닌 요즘이다.

산화는 내가 자주 못 들어가는 동안 번번이 족집게처럼, 이길 것으로 예상되는 대국자에게 걸어 판돈의 대부분을 가져갔음은 말할 것도 없다.

"도대체 그가 베팅의 판단 근거로 삼는 게 뭐지?"

혼란스러워지고 있다. 적어도 산화는 여러 베팅맨들이나 내가 기준으로 삼고 있는 대국자의 데이터와 초반 형세라는 변수 외에 다른 특별한 기준을 가지고 있을 것만 같기에.

그러나 그런 생각이 드는 한편으로 나와의 한판 승부에서 이긴 일만은 아직도 우연이라고 여겨지기만 한다. 아마도 내 속의 내가 패배감을 달래고픈 본능적 발로일 것이다. 겉으로든 속으로든, 아직은 패배를 인정하고 싶지 않다. 다른 베팅맨들은 모르겠지만, 적어도 그와 나 사이엔 승부의 서막이 막 오른 것에 불과하므로.

"그래, 우연이었든 고도로 치밀하게 계산된 베팅이었든, 이젠 더 두고 볼 수가 없지."

이대로 가다간 랭킹 수위를 빼앗길지도 모른다. 그렇다면 베팅맨들이 내심 기대하고 있는, 새로운 베팅 황제의 등극이 이루어지게 된다. 그런 일은 없어야 한다. 또 다시 정호 형에게 충고를 듣는 일도 없어야 하고

슬슬 전의(戰意)가 인다. 산화가 기다려지기 시작한다. 마치 떨쳐버리려 해도 하루 종일 머리를 떠나지 않는 첫사랑 연인을 기다리는 심정인 것만 같아 웃음이 난다.

"이따가 들어오면 말이라도 한마디 걸어 볼까?"

그러나 곧 고개가 저어진다. 도박사끼리의 언어는 오직 판에서의 베팅이므로

보려고 하지 않는 자의 눈

1.

"윤 사장도 전화 받았어?"

"예. 한데 무슨 일이래요?"

"나도 영문을 모르겠네. 7시까지 무조건 오라고 하시니……. 당장 출발하기엔 시간이 아직 이르군. 차 한잔 하고 가지."

"그래요, 그럼."

"전에 말한 산화라는 친구, 기력이 어느 정도야?"

"심심마을 유저가 아니라, 블랙 스퀘어즈에서 베팅맨으로 활동하고 있는 사람이에요."

산화가 가입한 뒤 1년 남짓 활동하다가 돌연 휴면에 들어갔고, 그런 뒤 다시 1년이 훨씬 지난 최근에야 활동을 재개한 일, 그로부터 승률이 77%를 넘어선 일, 그래서 휴면에서 활동을 재개할 무렵에 불과 수십만에 불과하던 잔고가 두 달 사이에 1천만에 가까워지기까지 자세히 설명하는 동안 강산 형은 잠자코 듣기만 하다가,

"노름꾼인가 보네."

한다.

"단순한 노름쟁이로 보기엔……."

정호 형에게 그에 관한 애기를 처음 듣고 블랙 스퀘어즈에 들어가 한 베팅 대국방에서 맞붙었던 일까지 들려주자 형답지 않게 고개를 흔든다.

"그래? 우연인 것 같기도 하고 안 그런 것 같기도 하네. 하여간 묘한 친구로군."

"머지않아 베팅맨들의 주머니를 다 털어갈 것만 같은 느낌이 들어요."

"윤 사장이 그런 우려를 하고 있다면 예삿일이 아니군. 혹시 산화가 베팅한 대국방들의 자료를 좀 볼 수 있겠어? 대국자들의 기보나 베팅액 같은 거 말이야."

"그거야 어렵지 않죠."

정호 형을 시켜 자료를 받아 건넨다. 살펴볼수록 강산 형의 날카로운 눈매가 점차 빛을 더해 간다.

"햐, 이것 봐라?"

"뭔가 짚이는 게 있어요?"

"윤 사장이 졌다는 판 말이야. 만년설과 내손이약손의 대국."

잔뜩 호기심 어린 얼굴로 다가간다. 강산 형은 10수 단위로 나누어져 수순이 기록되어 있는 기보 20여 장을 자료더미 속에서 따로 빼내더니 한 장 한 장 넘기며 보여준다.

"기보를 잘 봐. 만년설이 선택한 정석에 일종의 자만 같은 것이 엿보이지 않아? 소목으로 3선으로만 두었다는 것은 먼저 실리를 챙긴 뒤에 세력을 지우겠다는 전략이었나 본데……."

"그걸 자만이라고 할 수 있나요?"

"일종의 자만이지. 내손이약손이 비록 8단에 머물러 있다고는 하지만 그 나름대로 한 바둑 한다는 친구 아냐? 아무리 봐도 만년설이 초반부터 중앙 쪽을 너무 무시했어. 하변에서 10집 내고 사는 동안, 흑 외세가 보기 좋게 두터워졌네. 타개하려고 한 방향도 무리한 감이 있군. 좌변 말을 끌고 나오면서 삭감의 길을 찾을 게 아니라, 상중앙에서부터 밀고 내려와야 했어."

그는 기보를 한 장 넘긴다.

"결국 이 장면에서는 좌변 끊기고, 상중앙 돌들 뜨고……. 백 돌들이 사분오열 지리멸렬된 기분인데?"

"그렇군요. 하지만 감각적인 행마가 뛰어나 속기에 강하고, 또 타개의 명수이니 아직은 그런대로 두고볼 만하지 않나요?"

"패색이 엿보이기 시작하는 대목이지. 더구나 흑이 물러서지 않고 맥점을 짚으며 강수를 두어 가니 당혹감이 들었을 거고 내손이약손의 행마를 봐."

"신중에 숙고에 침착에…… 결의가 대단하네요."

또 한 장을 넘긴다.

"결국 이 자리군. 빈 축을 못 보다니. 여기서부터 집으로도 모자라고, 두터움도 별게 없고……. 오히려 미생마만 널려 있는 형국이 되어버렸네. 이래가지고서는 도저히 승산이 없지."

"7급만 되어도 그 자리가 빈 축이 된다는 것이 단박에 눈에 들어오는데……."

"놓고 나면 눈에 들어오지. 마음이 바쁠 때는 단수도 못 보는 것이 바둑이잖아."

"혹시 만년설이 술을 먹었던 것은 아닐까요?"

"그럴 리가 있겠어?"

초기엔 음주대국도 더러 있었다. 승자에게만 대국료를 주고 패자에게는 주지 않았기 때문이다. 월간 고정 기료를 받으려면 규정 대국 수는 채워야 되고, 시간은 없고……. 그러다 보니 음주 상태에서도 규정 대국 수를 채우려고 두는 경우가 많았다.

애초에 패자에게 대국료를 주지 않는 방침을 정한 것은 대국자들로 하여금 승부에 심혈을 기울이게 할 목적이었다. 패장에게도 상을 주는 그런 전쟁이 어디 있느냐는 관점과 더불어.

그러나 시일이 흐르자 그것이 역효과를 나타내기 시작했다. 칼과 칼을 서로 겨뤄보고 상대의 칼이 현저히 강하다고 느껴지면 몇 수 두어나가다가 지레 움츠려드는 버릇이 생긴 것이다. 그리고 자꾸 지니까 둘 마음을 잃고 사이트를 이탈하는 대국자가 늘어갔다.

결국 대국료 제도를 바꾸지 않을 수 없는 상황에 이르고 말았다. 다달이 규정 대국 수 50판을 채우면 기본급에 해당하는 월정액 기료를 일괄적으로 지급하는 한편, 매 대국마다 승자에겐 베팅맨들이 양쪽에 건 베팅 총액, 즉 판돈의 3%를, 패자에게는 1%를 지급하기로 하고, 연승일 경우 승을 하나씩 추가할 때마다 0.5%의 보너스를 복리 개념으로 지급하기로 한 것이다.

그 뒤부터는 대국자들이 대국에 임하는 분위기가 쇄신되었다. 지더라도 대국료를 받으니 시간 낭비만 한 것이 아니라는 생각이 들었을 것이고, 또 연승일 경우 보너스도 받으니 모든 대국에서 저마다 승부에 대한 결의를 다지는 모습들이었다.

더구나 질 때 지더라도 화끈한 승부, 기세가 서로 격돌하여 일진일퇴, 용호상박, 변화무쌍, 상전벽해와 같은 내용을 연출하는 대국자들이 많이 나왔는데, 그런 박진감 넘치는 대국에는 으레 판돈이 많이 걸리기 일쑤였고 그것은 곧 그들이 대국 후에 받을 대국료와 비례했다.

한 판 한 판의 대국료는 별게 아니다 싶어도 한 달 동안 쌓이면 제법 된다. 게다가 월정액 기료까지 합치면, 하루 두어 시간 할애하고 벌어들이는 아르바이트 임금치고는 꽤 짭짤한 금액이 되는 것이다.

그런 분위기가 정착되자 음주 대국은 절로 자취를 감추었다. 혹 긴장감을 달래기 위해 저녁식사 때 반주로 한두 잔 하고 말거나, 어느 정도 마신 뒤라면 아예 대국하러 들어오지 않는 경향이 자리 잡아 갔다. 들어오더라도 다른 대국자들의 대국만 관전할 뿐.

"자, 단편적인 면은 이만 살펴보고, 이제 통계적 분석을 해 볼까?"

강산 형은 붉은 볼펜을 청하더니 두 대국자의 자료 여기저기에 밑줄을 긋기 시작한다.

"뭘 하시는 거예요?"

"잠깐만 기다려 봐."

그가 중얼거리기 시작한다.

"대국 패턴을 보면…… 그러니까 흑번이냐 백번이냐, 그리고 소목, 화점, 외목, 고목, 삼삼……. 각각의 정석 유형을 선택한 대국에 따라 승률이 어찌 되나……."

나름대로 분석을 마친 강산 형은 고개를 든다.

"윤 사장이 질 만한 데 걸었네."

"예에?"

"다시 아까 그 기보를 보자고 자 봐. 내손이약손이 흑을 쥐고 화점 정석을 들고 나왔을 때 만년설이 백을 들고 소목으로 맞섰지?"

"그렇죠."

"두 사람의 총 전적 중에서 내손이약손이 흑번 화점 정석일 경우에는 전적이 7승, 만년설이 백번 소목 정석을 가지고 나왔을 때의 전적이 2승. 약 78%와 22%이네. 윤 사장은 결과적으로 승률 22%에 걸었고, 산화는 78%에 건 셈이었네. 하하."

"어디, 어디 좀 봐요."

사실이었다. 비록 손셈이긴 하지만 그럴 듯한 확률이 아닌가.

"그럴 듯한 게 아니라 백의 필패는 거의 정해져 있었다고 해도 과언이 아니지. 통계적으로 볼 때 백이 유난히 소목 정석 유형에 약한 면을 가지고 있지 않아? 만년설 자신도 그것을 극복하려고 자꾸 그 정석으로 두어보는 걸 거야."

강산 형이 도출해 낸 백분율에 눈길이 꽂힌다.

"한데 산화가 이런 걸 머릿속에 다 꿰차고 있었단 말이에요? 에이, 설마?"

"아냐. 그건 모르는 일이지. 도박꾼들 중에는 천재성의 일종인 '계산된 영감'을 지니고 있는 경우가 있어. 그들 대부분은 자신이 가지고 있는 계산된 영감의 크기와 깊이가 어느 정도인지를 저 자신도 모르고 있지."

"'계산된 영감'이라뇨?"

"그런 게 있어, 이 사람아. 다른 사람들은 그걸 보고 다들 운이라고 하지만. 하하."

"말을 꺼낸 김에 자세히 설명 좀 해 줘요."

"달리 말하면 지극히 평범한 베팅 원리를 지킨다는 거지."

"베팅 원리?"

"확률에 따른 베팅 말이야. 초반 20수, 베팅 마감 전에 산화가 감지한 것이 바로 그 베팅 원리에 따른 것이란 말이야."

"우연일 수도 있잖아요?"

"시간이 나면, 산화가 베팅한 판을 다 발췌해서 흑백 두 대국자의 여러 유형별 대국 데이터를 도출해 봐. 그런 뒤에 산화가 각 판마다 어느 쪽에 걸었는지 대조해 보면 우연인지 아닌지 결론을 낼 수 있을 것 아냐? 아마 내 말이 맞을 걸?"

"으음."

"지극한 평범을 지키는 것이 바로 지극한 비범!"

"산화가 혹시 바둑계의 현역 고수는 아닐까요? 여러 기사들의 기풍을 잘 알고 있는."

"그럴 수도 있겠군. 많이 두어 본 기사라면 포석 단계만 보아도 아 저건 누구일 것 같다, 지겠다 이기겠다, 열에 일곱은 맞출 수 있거든."

강산 형의 말을 듣자 그간 산화가 쌓은 경이적인 베팅 승률이 우연만은 아닐 것 같은 느낌이 무겁게 젖어든다. 산화로 짐작될만한 몇 몇을 떠올려 보았지만 마땅히 심증이 가는 사람은 없다.

"누구일까요?"

"아마든 프로든 알려진 기사들 가운데 한 사람이라면 적어도 도박을 즐기는 사람이겠지. 프로에서도 도박을 즐기는 기사로 '영원한 국수'를 비롯해 여러 사람이 있잖아? 아마에서는 셀 수도 없을 정도이고. 또 바둑계 사람이 아닌 전혀 의외의 인물일 수도 있으니까 어느 한 쪽에 너무 집착하지는 말아."

강산 형이 일어난다.

"그만 나가자고 시간이 된 것 같으니. 내 차로 가지."

"그러죠."

나가면서 정호 형에게 부탁한다.

"P2님. 블랙 스퀘어즈에 등록된 모든 대국자의 요소별 자료를 전방위로 검색할 수 있는 포괄적인 데이터베이스 시스템을 만들 수 있겠어요?"

"무슨 말인지?"

"야구 중계를 보면 거 왜 있잖아요? 선수 개개인마다 상대방과 상황에 따라서…… 그러니까 예를 들어 타자가 타석에 들어서면 필드에 주자가 있을 때 타율이 얼마이니, 그중에서도 3루 있을 때 타율이 얼마이니, 어느 투수에게는 타율이 얼마이니…… 또 투수도 타자별로 피안타율이 얼마나 되느니 하는 것과 마찬가지로 블랙 스퀘어즈의 모든 대국도 프로 야구의 데이터 시스템처럼 만들어 보라는 말이에요."

"아, 그런 거? 그거야 오래 걸리지 않지."

2.

"요즘 신문사는 어때요?"

"보급률이 계속 떨어지고 있어. 아무래도 오래 버티기 힘들 것 같아."

"도대체 문제가 뭐예요? 주간님을 비롯해서 바둑계에서 한몫한다는 사람은 다 모여 있는데?"

"한마디로 말하자면, 신문으로서의 전통적인 품격 유지라는 측면과 열린 신문, 젊은 신문이 되어야 한다는 견해가 대립되어 있어."

사회적으로 매체가 다양하지 못했던 예전 신문이 가졌던 속성에서 벗어나기가 그렇게 힘든 일인가. 최정상계의 소식을 자꾸 담으려 하기보다는 프로든 아마든, 재미난 소식이나 기보가 있으면 싣기도 하고, 다양한 방법으로 독자들이 능동적으로 참여할 수 있는 길을 터놓는다면 그다지 외면당하지는 않을 듯한데.

"그러니까 한쪽은 옛 기원 스타일을 고집하고, 다른 한쪽은 어린이 바둑교실 같은, 혹은 요즈음의 인터넷사이트 같은 스타일로 가야 한다고 하나 보죠?"

"그런 셈이지."

아무리 전문 신문이라고는 하지만 동양 3국에 각 하나씩, 전 세계에 3개뿐인 신문사가 아닌가. 더구나 수십 년째 세계 최강으로 군림하고 있는 나라의 바둑신문이 가장 먼저 사라진다면, 책임 소재는 어디가 될지 몰라도 바둑계에 보이지 않는 문제가 잉태되고 있음을 예고하는 것과 다를 바 없을 것이다.

"말이야 바른 말이지만 요즘 누가 신문을 거들떠보기나 해요? 컴퓨터만 켜면 실시간으로 온갖 기사가 다 올라와 있는데."

"맞아. 그러니까 인터넷도 영향을 미치지 못하는 영역까지 아울러야 하는데 그렇게 하기가 쉽지 않은가봐."

비록 인터넷 바둑 보급률과 이용률이 세계 최고라 해도 어디까지나 지면이라는, 그러니까 종이에 씌어져 있는 글, 그려져 있는 그림, 실려 있는 사진…… 그것들을 한눈에 볼 수 있는 통시성(通示性)이라는 측면에서는 작은 모니터 화면이 신문을 따라갈 수 없는 일이다.

"만약 신문이 정간이나 폐간이라도 된다면 어쩌실 참이에요?"

"나야 뭐. 카 딜러나 해 볼까? 그것도 외제차 쪽으로 말이야."

"형도 참. 고작 생각한다는 게……."

"그게 어때서?"

"분야가 너무 다르잖아요"

"일과 취미는 그렇게 180도 달라야 하는 법이야. 나야 그럭저럭 살길 찾는다고 하지만 문제는 주간님이셔. 그 연세에 무슨 새로운 일을 찾아 새 출발을 하실 수 있겠어? 평생 바둑계에만 계셨는데."

"한데, 주간님은 이기훈 작가가 김산의 일대기를 소설화 하는 것에 대해서 왜 그렇게 부정적이신가요?"

"그거? 오래전에 한 사건이 있었지. 주간님이 기자로 있을 적에 수십 년 동안 모아 온 자료를 가지고 심혈을 기울여 '한국현대바둑사'를 내놓았던 거 알지?"

"그럼요"

"그 책이 출간되고 난 뒤 1년쯤 지났을까. 이기훈 작가가 주간님한테는 한마디 언급도 없이 그 책에 담긴 내용 중에 여러 부분을 제멋대로 인용하여 『돌의 자취를 따라, 세월의 흔적을 따라』라는 제하의 소설을 내놓았지. 그런데 은근슬쩍 인용에서만 그친 것이 아니라, 집필 후기에 자기가 직접 발로 뛰어 조사한 것처럼 그 내용들을 밝혀 놓아서 주간님이 노발대발하셨던 거야. 어디서 인용했느니, 무슨 자료를 참고 했느니 굳이 밝히지 않아도 바둑계의 발전을 위해 그냥 넘어가려고 했는데 모든 걸 제 손으로 발굴했다는 식이었으니 도저히 묵과할 수 없으셨던 거지."

"점잖은 분을 건드려 놓았네요"

"그래서 멱살시비를 벌인 일이 있었어. '영원한 국수'나 '불천위 명인'처럼 주간님과 절친한 기사들이 사석에서 주간님한테만 밝힌 자신들의 치부를 이기훈 작가가 자기 글에서 침소봉대하기도 하고 평소 제 마음에 안 드는 기사는 난도질하기도 했거든. 아마 소설이니 누가 뭐라고 할 사람 없겠지 싶었던가봐."

"형 말을 들으니 문제가 있는 작가로군요."

"『한국현대바둑사』에 김산의 이야기가 짤막하게 나와. 그런데 이 기훈 작가는 자신의 소설에서 그 부분을 다루지 못했어. 주간님이 너무 짧게 언급해 두었거든. 그렇게 한 이유는 나중에 김산에 관한 부분만 가지고 따로이 글 한 편을 묶으려 하셨기 때문이야. 아주 짧은 시간 동안의 만남이었지만, 주간님이 김산을 세상에 하나밖에 없는 보물처럼 무척 아꼈던 것 같아. 그를 위해서는 뭐든지 다 하실 것만 같았어.

아마 재작년 초일 걸? 소설 양식을 빌려서 그에 관한 애기를 신문에 연재하려고 한다는 애길 들었어. 그 말을 들은 나는 윤 사장이 운영하는 사이트에 동시 연재가 되면 좋겠다고 생각했지. 그래서 말씀을 드렸더니 흔쾌히 동의하셨어. 원고료는 술 한잔이다 하시며 말이야."

"그런 일도 있었군요."

"한데 신문사가 점점 어려워지자 글을 쓸 여유가 없어서 차일피일 미루어 오셨는데 뭔가 물건이 되겠다 싶었던지 재단이 선수를 치게 된 거야. 게다가 재단이 정한 작가도 주간님 입장에서는 눈엣가시 같은 작가이다 보니 심사가 여간 뒤틀리지 않으셨던 게지."

"한데 왜 하필 이기훈 작가로 정했대요? 예전에 한바탕 소란이 있었다면 마땅히 피했어야 할 것 아니에요? 자질이 의심스러운 작가이니."

"얼마 전에야 들은 건데, 이기훈 작가가 여러모로 인맥을 동원하여 재단을 쑤셨다는 말이 있더라고."

"설마? 그렇게까지야?"

"윤 사장은 아직도 윤 사장의 상식선에서만 모든 걸 판단하려고 하는 습성이 있어. 그거 하루 빨리 고쳐야 돼. 별의별 인간이 다 있는 세상이라, 상식선이니 상식적이니 하는 말은 애초부터 성립하지 않는 게야."

"도무지 이해가 안 되네. 이기훈 작가가 무엇 때문에 재단을 부추겼단 말이에요?"

"지금 바둑계 최고의 글쟁이가 누구야?"

"그야 주간님이시죠."

"바로 그거야. 이기훈 작가는 그 벽을 넘고 싶은 거지. 바둑에 관한 글 하면 바로 나다. 나로 통한다. 뭐 이런 거 말이야."

"참 나. 별 걸 가지고 다 욕심을 내네."

"생각해봐. 바둑은 물론이고 김산을 가장 잘 아는, 그리고 자타가 인정하는 바둑계 최고의 글쟁이가 있는데 재단이 굳이 다른 사람, 그것도 한때 타인의 저작물을 베껴 쓰는 바람에 바둑계에서 큰 분란을 일으켰던 사람을 선정한 것이 의문이 아니고 뭐야?"

"주간님한테는 사전에 귀띔도 없었던건가요?"

"그렇다고 하시대."

"그렇다면 너무 심했는데 이거?"

"세상사 다 그런 거야."

최 주간의 집 근처에 차를 주차시킨 강산 형은 트렁크를 열어 무언가를 조심스럽게 꺼내든다. 낡은 배낭이다.

"뭐예요 그게?"

"가서 보면 알게 돼. 자 들어가지."

최 주간은 한복을 단정히 차려입은 모습으로 우리를 반긴다. 사모님과 거의 다 장성한 자식들의 인사를 받고 거실에 앉는다. 상이 차려지기를 기다려 강산 형이 여쭌다.

"대체 무슨 날입니까? 주간님 생신도 아니고, 그렇다고 사모님 생신은 더더욱 아닐 테고요?"

"오늘이 무슨 날인지 정말 모르겠어? 짐작도 안 가나?"

"허, 이것 참."

"바둑돌과 바둑판을 들고 오라는 말을 잘 생각해 봐야지, 이 친구야."

"그럼 혹시 김산의 생일이나 기일이라도 되나요?"

말을 뱉어 놓은 당사자인 강산 형의 입에서 바로 잇달아 신음이 새어나온다.

"아, 오늘이 바로……."

"이제 불 들어왔군. 허허. 기일에 제사는 못 지내주더라도 우리 먹는 술상 앞에 신주 대신 유품이라도 놓고 술 한잔 치고 싶어서 오라고들 한 게야. 김산이 그 친구가 평생 가장 아낀 것이었을 테니 말이야. 가져온 거 이리 줘."

강산 형은 선선히 낡은 배낭을 건넨다. 최 주간이 꺼낸 것은 바둑돌이 든 두 마대주머니와 찢어진 듯 부서진 얇은 판자바둑판의 조각들이다. 비워 둔 한 방석 위에 그것들을 놓고 최 주간은 강산 형에게 잔을 준다.

"자네가 먼저 올리게. 초헌이라고 생각하자고."

그리고는 그 잔에 술을 가득 따른다. 잔을 들고 잠시 묵념을 하던 강산 형은 유품이 놓인 자리 앞의 상 위에다가 두 손으로 엄숙하게 놓는다. 그 다음 아헌은 최 주간이, 종헌은 내가 하고 난 뒤에야 각자의 술잔을 들기에 이른다.

"음복인 셈이군. 허허. 자, 들지."

"사모님도 모시지요."

"됐어. 바둑이라는 말만 들어도 몸서리치는 사람인 거 다 알잖아."

술이 두어 잔 돌자 최 주간의 입에서 옛 이야기가 쏟아져 나오기 시작한다.

"'영원한 국수'의 은밀한 배려로 기자 신분으로서는 '죽음의 16연전'에 유일하게 초대되었지. 나중에 한국 바둑사에서 빠져서는 안 될, 하나의 역사적 사건이 벌어지는 현장에 사가(史家)가 없어서는 안 된다는 생각을 했던 것 같아. 그것도 입 무겁고 믿을 만한 사람으로.

대국을 다 끝내고 난 뒤, 고향으로 내려가는 김산을 바래다주러 버스터미널로 갔다가 홀로 보내려니 이상스레 마음 한구석이 허전해지더군. 그래서 배웅에서 그치지 않고 안동까지 동행했지. 가는 동안 버스 안에서 얘기를 많이 나눌 수 있겠다 싶기도 했고 말이야.

한데, 그 친구 참 말수가 적더군. 처음 바둑 얘기를 꺼냈다가 별 대답을 못 듣자 작전을 바꾸었지. 세상 살아가는 얘기로 말이야. 이래 봬도 말을 안 하려고 하는 사람들의 입을 열게 하는 재주 하나는 알아주는 몸이잖아?"

"하하. 그래서요? 결국 입을 열게 하셨어요?"

"물론이지."

안동 청년 김산이 프로 최고수 여덟 기사와 열여섯 판을 두기로 한 것을 두고 나는 '죽음의 16연전'이라는 이름을 붙였다. 14승 2패라는 비밀스럽고도 경이로운 기록을 세우며 대국을 다 끝낸 그가 서둘러 안동으로 내려가는 길에 동행하며 물었다.

"자네, 묘한 버릇이 있더군. 흑을 들었을 때마다 자네가 먼저 한 수를 놓은 뒤에 왜 백에게 '시작했습니다.'라는 인사말을 했던 거지? 백번이었을 때에는 흑이 첫수를 놓으니까 '시작하겠습니다.' 한 것도 이상하고 말이야."

"그게 이상한 거예요?"

"이상하고말고 상대방이 자신을 놀리는 말로 들을 수도 있기에 하는 소리야. 자네가 흑번이었을 때 돌을 먼저 놓음으로써 당연히 바둑은 시작되는 것이고, 또 백을 들었을 때에는 흑이 먼저 돌을 놓아 시작하는 것이 당연한데 흑의 첫 착점 후에 무얼 또 시작하겠다는 말인지. 안동에서는 바둑 인사가 그런 모양이지?"

"아, 그것 때문에 오해를 하시나 보네요. 제가 흑을 들었을 때에는 돌 하나를 처음 놓는 것이 그 판 바둑의 시작이기도 하지만, 백을 든 상대방도 저처럼 자기 자신으로서는 첫 돌을 올려놓으니 그것으로써 그도 시작이 되지요. 다시 말씀드리자면, 나의 시작만이 그 판의 시작이 아니라 상대방의 시작도 그 판의 시작이라는 뜻이에요. 그러니 첫 돌을 놓아 바둑을 시작한다고 하지만 상대방이 놓기 전에는 시작이 아닌 게 되지요."

"듣고 보니 일리 있는 말인데?"

"그걸 문자로 말하자면 일시무시일(一始無始一)이 되는 거예요."

"뭐라고? 일시무시일? 자네 혹시 그 말의 출전도 알아?"

"그럼요. 천부경(天符經)의 첫 구절이지요."

"이거 다시 봐야겠는 걸. 그럼 두 번째 구절도 알겠네?"

"물론이죠. 석삼극무진본(析三極無盡本)이죠."

"그건 어떻게 해석해?"

"내가 구상한 대로 두어 나가고자 한 시작, 그리고 상대방도 그 나름대로 구상하여 두어 나가고자 한 시작, 또 그 두 시작이 서로 섞이고 부딪히고 어우러져 일어나는 접전으로서의 시작, 비록 시작을 그렇게 세 부분으로 나누어 보아도 각각의 시작이 본래의 구상처럼 바둑판에서 끝까지 갈 수는 없다. 이런 뜻을 석삼극무진본(析三極無盡本)이라고 하는 거예요."

"호오, 자네 스스로 깨우친 거야, 아니면 누구한테 들은 말이야?"

"스승님이 가르쳐 주셨어요."

그 소리에 갑자기 뻥 하고 귀가 뚫렸다.

"스승님이 계셨어? 그분이 누구신데?"

김산은 잠시 대답을 하지 않다가,

"눈먼 분이셨는데…… 돌아가셨어요."

짤막하게 한마디 하고는 입을 다물었다.

장님이라……. 그는 어떤 사람이었을까? 몹시 궁금했지만 돌아가셨다는 말끝에 애절함이 묻어나는 그에게 바로 캐물을 수는 없었다. 초야의 숨은 고수인가? 버스가 영남 지방으로 넘어가는 고갯길인 이 화령을 넘을 무렵에 슬그머니 말을 다시 붙였다.

"성함이 어떻게 되지?"

"몰라요."

"그분도 바둑을 아주 잘 두셨겠네?"

"바둑요? 아저씨도 참. 눈먼 분이 바둑을 어떻게 둬요?"

"그럼 네 스승님은 바둑을 전혀 모르는 분이셨다는 거야?"

"그럼요. 천부경, 음양오행, 팔괘, 이런 걸 가르쳐 주셨어요."

"한데 어떻게 그런 구절을 바둑에 빗대어서 설명하실 수 있었을까?"

"제가 바둑 좋아한다고 하니까 그러신 거겠죠."

"허허."

"나중에는 스승님의 명령으로 줄 없는 바둑판 위에 돌을 놓아보는 연습까지 한 걸요."

"줄 없는 바둑판이라니?"

김산은 보물처럼 안고 있는 바둑판을 보여주었다. 접이바둑판을 펴자 앞면은 바둑판의 모눈이 그대로 다 그려져 있는 바둑판인데, 돌려 뒷면을 보니 가장자리에 테두리만 그어져 있는 것이 아닌가. 다만 한가운데 작은 점 하나가 찍혀 있을 따름이었다. 한눈에도 그곳이 천

원(天元)임을 알 수 있었다.

"여기다가, 줄도 모눈도 없는 여기다가 돌을 놓았단 말이야?"

"그럼요."

'이런 바둑판이라면……. 착점에 앞서 마음속으로 똑같은 간격으로 그려진 모눈을 가늠한 뒤에 놓아야 할 자리에 정확히 돌을 놓아야 함과 동시에 초반엔 포석, 그 뒤엔 전투를 벌이며 수읽기까지 병행해야 하는 고도의 정신력과 집중력을 필요로 하겠는데.'

나는 머리를 설레설레 흔들었다.

"아무래도 믿기지 않는군. 이런 바둑판은 처음 보는 것이고 이런 데다 돌을 놓았다는 말을 듣는 것도 처음이야."

"아저씨도 한번 연습해 보세요. 처음엔 어렵지만 나중엔 361개의 모눈 자리가 눈에 훤히 그려져요."

곧이곧대로 믿을 수도, 그렇다고 덮어 놓고 믿지 않을 수도 없었다. 잠시 입을 다물고 있으려니 김산이 부연 설명인지 아닌지 알 수 없는 몇 마디를 보태어 주었다.

"여러 개의 돌을 놓지만, 결국은 하나의 돌을 시간이 지남에 따라 여러 번 놓는 것이 바둑 아니겠어요. 먼저 놓인 돌은 그 자리에 한 번 놓았다는 자취를 표시한 것일 뿐이라는 말이죠. 그래서 하나의 돌을 여러 번 놓는다는 말은 결국 먼저 놓은 돌의 자리를 확인시키고 기억시킨 뒤에는 들어낼 수 있고, 그 들어낸 돌을 다른 자리에 또 가져다 놓는다는 거죠."

"아리송한 말인데?"

"쉽게 얘기하면요. 우리는 바둑을 둘 때 보통 돌을 놓은 뒤에 그대로 두잖아요. 따먹히지 않는 한은요."

"그렇지."

"그렇게 돌을 놓아두는 이유가 뭐라고 생각하세요?"

"먼저 놓아둔 돌들을 보고, 그것을 바탕으로 구상도 하고 수읽기도 하고…… 그러는 거 아냐?"

"만약에 놓아둔 자리를 바둑 두는 두 사람이 아무 차질 없이 정확하게 다 기억하고 있다면 놓아둘 필요가 있겠어요, 없겠어요?"

"뭐야?"

"실제로 바둑 두는 데에는 판도 돌도 필요 없어요. 굳이 가져다 놓자면 바둑판 하나에 돌 두 개만 있으면 되는 거예요. 기억을 확실히 하기 위해서 두었다가 다시 다른 곳에 반복해서 둘 수 있는 흑백 돌 하나씩 말이에요.

하지만 그 경지마저 넘어서면 마주 앉아서 모눈 자리에 미리 붙여놓은 번호만 서로 불러주고도 둘 수 있는데 성가시게 손으로 돌을 집어서 판에다 놓은 행위를 반복할 필요가 뭐 있나요?"

너무 기가 막힌 나머지 말도 꺼내지 못하고 있는데 버스는 어느덧 안동터미널로 들어서고 있었다. 나는 내 옆에 앉아있는 젊은이가 꼭 귀신, 그것도 고금에 두 번 다시 나타나지 않을 바둑귀신에 씌어 있는 것만 같아 소름이 쫘악 끼쳤다.

"주간님 말씀을 듣고 나니 저도 갑자기 온몸이 떨리네요."

강산 형은 아무 말이 없다. 생각하지 않으려 해도 그다지 좋은 기억으로 자리 잡지 않은 옛 일들이 떠올라서일 것이다.

"김산이 말한 눈먼 스승, 김 이사는 그에 대해 짐작 가는 사람 없어?"

"없어요, 전혀. 우리 마을이나 근처 마을에 눈먼 도인이 있었다는 말은 못 들어봤어요."

"마지막으로 들은 가르침이 곧 그 스승의 유언이었다는데 '보려고 하지 않는 자의 눈은 장님보다 더 멀어있는 눈이다.'라는 거야."

"아아, 듣고 보니 의미심장하네요."

강산 형이 빙긋 웃으며 나를 본다.

"윤 사장, 줄 없는 바둑판이라는 거. 그거 재미있을 것 같지 않아? 우리도 한번 해볼까, 시험 삼아?"

최 주간이 잔잔히 웃으며 강산 형에게 묻는다.

"김 이사는 몇 수까지 놓을 수 있을 것 같아?"

"글쎄요. 윤 사장과 한번 해 보면 알겠죠, 뭐. 자랑 큼직한 종이 한 장만 주세요. 검정 싸인펜도 하나 있어야 되겠네."

최 주간의 큰아들이 가져다 준 것들을 들고 강산 형은 거실 한쪽에 놓여있는 바둑판 앞으로 가더니, 종이를 착 붙여대고는 비치는 바둑판의 가장자리 선만 자를 대어 그대로 따라 그어 들고 온다.

"자, 둬 보자고 기왕이면 김산의 돌로."

강산 형과 흑백 돌주머니를 나눠 가진다. 눈어림으로 귀에서부터 칸을 분할하여 화점이라고 생각되는 곳에다가 첫 돌을 놓자 강산 형은 빙긋 웃는다.

"몇 수나 놓을 수 있을지……. 직접 판을 대하니 막막하기만 하네. 자 나는 소목이야."

눈 목 자로 벌린다고 벌린 곳을 두고 보니, 벌린 나 자신도 그것을 확신하기 어려울 정도이고, 강산 형은 날 일 자 굳힘인지 눈 목 자인지 쉽게 가늠하기 힘들어하는 눈치를 보인다.

"좀 제대로 놓아봐."

"정확히 둔 거예요. 제 나름대로는."

"이거 포석이고 뭐고, 없는 모눈자리 어디에다 돌을 놓을까 생각하다가 영락없이 시간패 하고 말겠군. 하하."

여러 번 시도해 보지만 번번이 10수 넘기기가 힘들다. 정확한 모눈자리를 찾지 못하다 보니 마지막 판은 서로 상대방이 놓은 돌에 붙여두는 식의 진행으로 20여 수 둔 것이 고작이다. 이른바 '가둬먹기'를 처음 배운 코흘리개 아이들처럼.

"허허, 그만들 해. 환생기신이나 천파기인 소리는 아무나 듣는 줄 알아?"

"쩝."

우리가 입맛을 다시며 자리를 정리하는데,

"자네들 혹시 김산의 육성 듣고 싶지 않아?"

두 귀에 번쩍 번개 치는 소리가 들린다.

"육성이라뇨?"

"예전에 그와 함께 안동으로 갈 때, 버스 안에서 나누었던 대화를 몰래 녹취해 둔 게 있지."

"정말요?"

"자네들한테만 특별히 공개하는 거니까 어디 가서 소문 내지 말어."

최 주간은 안방에 들어가더니 작은 카세트와 테이프 몇 개를 들고 나온다.

"버스 소리가 하도 시끄러워서 더빙해 둔 거야. 자, 이건 김 이사 꺼, 이건 윤 사장 꺼. 기념으로 하나씩 가져가."

"귀한 걸 이렇게 염치없이 받아도 될지……."

"가질 만한 사람들한테 주는 거니까 부담 느낄 필요 없어. 자, 이 걸로는 한번 들어볼까."

야릇한 흥분이 온몸을 휘감는 겨를에 투박한 경상도 안동 지방의 사투리가 흘러나온다. 나지막하지만 성량이 맑고 깊은 목소리이다. 누가 가르쳐 주지 않아도 최 주간의 음성과 번갈아 들리는 그 목소리의 주인공은 환생기신! 천파기인! 바로 그 김산임에 나는 몸이 후끈 달아오른다.

"……."

테이프가 다 돌아갈 때까지 누구도 입을 열지 않는다. 그저 묵묵히 술을 치고 잔을 비우고, 비운 잔에 다시 술을 치곤 할 뿐이다. 다 듣고 나자 분위기가 숙연해진다. 어차피 그를 기리고자 마련한 자리이니 굳이 웃고 떠들 것까지는 없다. 주거니 받거니 거나하게 마실 자리도 아니고 해서 몇 잔 더 비운 뒤에 일어난다.

테이프를 가지고 집으로 돌아오는 길에 강산 형은 김산의 유품 배낭에서 돌주머니를 꺼내들더니 흑돌과 백돌 하나씩 골라내어 내게 건넨다.

"무슨 의미예요?"

"그냥. 행운이 따를 것 같아서. 승부사, 도박사의 마스코트라고나 할까."

강산 형은 자신의 바지주머니에 든 것을 꺼내 보인다.

"나처럼 말이야."

"이럴 땐 꼭 어린애 같다니까."

"혹시 알아? 그걸 지니고 있으면 앞으로 산화라는 베팅맨과의 승부에서 좋은 결과를 얻게 될지. 하하."

　강산 형의 말끝에 달린 웃음이 억지스럽다. 그러나 그 웃음과 함께 묻어나온 그의 속을 짐작 못 하는 바는 아니다. 김산에 관하여 새삼스럽게 솟구쳐 흐르는 회한을 내게 보이고 싶지 않아서라는 것을 말이다.

시간의 승부사들

1.

정호 형이 CD를 흔들어 보인다.

"뭐예요?"

"프로그램명, 블랙 스퀘어즈 검투사들의 데이터베이스 시스템!"

"벌써 완성했어요?"

"심심마을에도 적용할 수 있어. 데이터만 별도로 쳐 넣으면."

"하여간 프로그램 만드는 솜씨는 알아줘야 해. 하하."

"잠깐 비켜봐."

정호 형은 내 자리에 앉아서 컴퓨터 본체에 CD를 넣고 프로그램을 설치한다.

"모든 데이터를 전방위로 검색할 수 있는 거죠?"

"어허, 두말하면 잔소리지. 자, 누구 것으로 검색해 볼까?"

"기왕이면 제 대국자 ID인 검은고양이 9단으로 해봐요."

"그것도 좋지."

시스템 수준이 어떤지는 몰라도 짧은 시일 내에 만든 것이 가히 경이롭기까지 하다. 내 대국자 ID를 쳐 넣고 입력기를 치자 우선 총전적, 단별 전적이 한눈에 들어온다. 검색어에 따라서 흑번 혹은 백번인가에 따라, 그것도 화점, 소목, 고목, 외목, 삼삼 등 여러 정석의 유형별로 전적과 승률이 검색 가능하도록 해 놓은 것이다.

그뿐만이 아니라, 오전, 오후, 저녁, 심야, 새벽으로 나눈 시간대별 전적과 승률, 평균 착점 시간에 따른 전적과 승률, 최근 20대국을 보아 상승세인지 슬럼프인지를 한눈에 볼 수 있도록 해 두었고, 상대 대국자별 전적까지도 세밀하게 검색 가능하도록 해 놓은 대목에 이르러서는 감탄 연발을 하지 않을 수 없다.

"형 참, 대단해. 정말 놀라워."

"강호제일검 9단과의 대국을 보니…… 윤 사장이 오전에 흑을 쥐고 삼삼 정석을 들고 나왔을 때가 승률이 가장 높은데? 6전 5승 1패이니."

"그래요? 하하."

"자, 나는 나가서 일 볼게."

"예, 고마워요. 술 한잔 살게요."

정호 형이 나가려다 말고 돌아보며 한마디 더 한다.

"하지만 어디까지나 통계적인 것일 뿐이야. 그 점 명심하라고. 무슨 뜻인지 알지?"

"물론이죠."

정호 형이 나간 뒤, 활동을 재개한 후부터 산화가 베팅한 대국 번호와 그때의 흑백 두 대국자들을 차례로 띄워 다각적으로 그의 베팅 양태의 분석에 들어간다. 그 결과 역시 강산 형의 말이 옳았음을 느낀다.

"놀랄 일이군. 귀신이 아닌 다음에야 어떻게 이럴 수 있나? 그게 아니라면 형의 말대로 정말 '계산된 영감'이니 하는 게 있단 말인가?"

산화의 정체가 궁금해지기 시작한다. 처음 가입 때 본인이 직접 입력해야 하는 '개인정보' 항목을 띄워 그의 인적 사항을 확인한다.

성명 정동훈. 1958년 5월 11일생. 직업은 건설노동자. 주소지는 서울특별시 광진구 군자동. 휴대폰 번호와 집 전화번호는 기재되어 있었지만 이메일 주소는 없다. 가입 당시 이메일 주소는 필수 기재사항이 아니었던 탓일까.

"그게 아니라면 컴퓨터를 그다지 즐기지 않는 사람이란 말인데…… 모를 일이군. 휴면하는 동안 어디 가서 전문적으로 도박하는 교육이나 훈련을 받고 왔나?"

심심마을에 들어갔다가 나와서 블랙 스퀘어즈에 들어가는 일과를 지나칠 일도 아니거니와 문득 정호 형이 만든 프로그램을 시험해 보고 싶은 마음이 간절하다. 들어가자마자 대기실 채팅창에 눈에 확 띄는 낱말이 있다.

[메니메이킹-3급] 앗, 산화님이 나타나셨다!
[UFO-4급] 이 시간에 웬일이지?
[비상금-13급] 산화님, 어서 오세요
[시골사람-3급] 반갑습니다. 산화님.

그러나 산화는 아무런 대꾸를 하지 않는다. 대기실 창에 떠 있는 그의 ID를 물끄러미 바라본다. 밤에만 나타나던 그가 갑자기 오전에 들어온 이유 같은 거야 상관없는 일이 아닌가. 기왕 들어왔으니 나는 정호 형이 만든 데이터베이스 시스템에 의거하여 그와 다시 한판 붙었으면 하는 바람, 오직 그 뿐이다.

22번 방에서 태극권 2단과 수리수리 2단의 베팅 대국이 시작됩니다.

창에 글이 뜨는 것과 동시에 산화의 ID 옆에 '대기'라고 되어있던 글자가 이내 '관전'으로 바뀐다. 필경 22번 방에 들어간 것이리라. 마치 나더러 얼른 저를 따라오라고 손짓을 하는 듯한 기운이 느껴진다.

대국방에 들어서니 돌은 5수째 놓이는 찰나이고, 그와 동시에 베팅 바가 온통 붉은색으로 변해버린다. 또 누가 성급하게 묻지마 베팅을 했나보다 하고 살펴보는 순간 깜짝 놀랄 수밖에 없다. 산화가 백 대국자에 400만을 친 것이 아닌가. 그리고는 얼른 퇴장해 버리는 바람에 어안이 벙벙하다.

앞서거니 뒤서거니 들어선 베팅맨들이 나름대로 여러 가지 내역과 두 대국자의 공개 정보를 검색해 보고는 한마디씩 하기 시작한다.

[UFO-4급] 산화님이 400만이나?

[시골사람-3급] 누가 보아도 백이 딸리는 대국인데?

[UFO-4급] 한데도 거액을 쳤다니 거 참.

[시골사람-3급] 영문을 알 수 없네.

[메니메이킹-3급] 뭘 믿는 거지?

[비상금-13급] 그거야 알 수 없죠.

[메니메이킹-3급] 다른 사람들은 모두 흑에 걸라는 거야, 뭐야?

공개된 정보를 보니, 흑 대국자 수리수리 2단은 전승가도를 달리고 있다. 초단에서부터 1패도 없이 14전 전승이다. 5단까지는 무패 전승으로 오를 기력은 충분히 된다는 것이 베팅맨들의 중론이다.

그에 비해 백 대국자 태극권 2단은 승률이 50%를 겨우 넘는다. '약우(若愚)지킴이'라는 별명이 붙어있는 기사이다. 사이트 개설 초창기부터 두어온 이래 지난 가을에 1천 대국을 돌파하여 그것을 기념하여 상금 100만을 받았고, 또 대국 수만으로는 전체 기사 가운데 2위에 올라 있다.

"도대체 무슨 생각으로 백에다가 거액을 건 뒤, 대국방을 나가서 대기실로 물러나 있는 거지?"

베팅맨들 뿐만 아니라 나 역시 그런 베팅 행태를 이해할 수 없다. 돈이 돈으로 안 보인다면 모를까 400만이 어디 적은 금액인가? 아침부터 술에 취해 한껏 호기를 부리는 것도 아닐 테고

"알 수 없는 일이군."

블랙 스퀘어즈 데이터베이스 시스템, 약칭 BSDS로 한 대국자의 정보를 검색해 들어간다. 흑 수리수리 2단은 전승이니 볼 것도 없어 백 태극권 2단에 관해서이다. 초반 포석은 흑의 미니 중국식 포석에 맞서 백이 양화점에 둔다. 검색어를 좁혀 들어간다.

태극권 2단, 오전, 집백……. 입력기를 치자 72승 69패. 수리수리 2단을 상대로 한 전적은 2전 2패. 최근 20대국 전적까지 살펴보니 8승 12패. 태극권 2단의 정보는 어느 것 하나 눈여겨 봐줄 만한 게 없다.

"이런 걸 알고도 태극권한테 400만을 걸었다?"

믿기지 않아 다시 베팅 내역을 살펴본다. 내 눈이 잘못된 건 아님이 분명하다.

"거참."

망설이던 베팅맨들이 하나둘 흑에 걸기 시작한다. 그러나 거는 액수는 그리 많지 않다. 대국자들의 대국 승률보다는 산화의 베팅 승률을 의식한 탓이리라. 온통 붉은색인 베팅 바의 백분율은 좀처럼 백 쪽으로 밀려가지 않았다.

그러나 대국자들의 착수가 10수를 넘어서자 베팅 바가 서서히 달아오른다. 흑 쪽의 푸른색이 살아나더니 점차 백 쪽의 붉은색을 밀어가고 있다. 흑 쪽의 푸른색 베팅 바 끝에 표시되어 있는 백분율 수치가 20%를 넘어선다.

나는 무심코 강산 형에게서 받은 김산의 바둑돌을 만지작거린다. 정호 형이 만든 프로그램인 BSDS의 첫 시험 무대이기도 하다. 게다가 나의 감각과 객관적이고 통계적 수치에 위배되는 건 아무것도 없다. 그렇다면 더 이상 망설일 이유가 없는 일이다.

'베팅하기' 항목을 클릭하여 흑 쪽에 3백만을 가만히 올려놓는다. 그리고는 마우스 왼쪽버튼을 한 차례 두드리자 베팅금액이 흑 대국자에게 얹혀진다.

내가 걸고 나자 그때까지도 망설이던 베팅맨들은 비로소 자기 자신들의 확신을 확인이라도 했다는 듯 앞다투어 걸기 시작한다. 던져

진 먹잇감에 대한 뿌리치지 못할 유혹이다. 비록 한쪽이나마, 먹으라고 던져 준 먹잇감을 코앞에 두고 그조차도 베어 먹지 못한다면 베팅맨으로서의 자격이 없다는 소리를 듣게 되기라도 하는 것처럼.

착점 18수에 이르자 베팅 바는 흑백 간에 균형을 이루더니, 이윽고 그 균형마저 깨어지고 있다. 백 48% 대 흑 52%. 미처 걸지 못한 베팅맨들이 망설일 시간은 그다지 많지 않다. 두 대국자의 착점 속도를 보아 19, 20수를 놓는데 걸릴 시간은 불과 1분 남짓. 시간이 바람을 잡아주고 있다. 45% 대 55%……. 백 20수가 놓이자 갑자기 베팅 바의 푸른색이 붉은색을 길게 밀어간다.

"누구지?"

때마침 '베팅 마감'이라는 글귀가 뜬다. 베팅이 종료되고 보니, 베팅 바의 백분율은 백 28% 대 흑 72%로 적혀 있다. '베팅내역'에 들어가 '자세히보기'를 클릭한다. 마지막에 흑 수리수리 2단에게 건 베팅맨은 머니메이킹, 그가 500만을 걸었기에 베팅 균형이 심하게 기울어진 것임을 확인한다.

백 태극권 2단에게 건 사람은 처음 400만을 건 산화뿐이고, 흑 수리수리 2단에겐 나를 포함해 무려 31명으로부터, 금액도 1천에서부터 500만에 이르기까지 다양하게 걸려 있다. 최종 금액은 400만 대 1,028만, 배당률은 3.57 대 1.38이다.

환산해 보면, 백에 건 산화는 2만 5천7백을 먹자고 1만을 건 셈이고 나를 포함해 흑에 건 베팅맨들은 3천8백을 먹자고 1만을 건 꼴이 아닌가. 어이가 없다. 결과만 놓고 본다면, 도박 아닌 도박을 한 셈이다.

최소 베팅 최대 배당! 도박의 제2원칙에 반하는 일이다. 그러나 '승산'이라는 제1원칙을 염두에 둔다면 부적절한 베팅도 아니다. 비록 400만 대 1,028만이라고 하더라도 그건 어디까지나 질 확률과 이길 확률에 대한 믿음인 동시에 객관적으로 드러나 보이는 두 대국자의 기력에 대한 베팅맨들의 심리적 평가이기에.

여느 때 같으면, 베팅을 해 두고도 그 이후의 착점 한 수 한 수에 신경을 곤두세우던 베팅맨들이 느긋한 분위기를 즐기고 있다. 흑 수리수리 2단이 반드시 이길 것이라는, 자신들의 판단이 빗나가는 일은 없을 것이라는 집단적 확신 때문이다. 그건 또 심리적 동류의식의 발로이기도 하다. 각자의 확신에다가 그 확신이 서로 위안을 주고 있으니…….

오히려 그러한 점 때문에 예감이 좋지 않다. 어쩐지 불길한 생각이 든다. 산화에게 잇달아 패배하면 어쩌나 하는 심리 때문일까. 그로 인해 공연히 나만 불안한 것일까.

[시골사람-3급] 베팅 내용을 보니 산화님이 혼자 31명을 상대하고 있는 꼴이군.

[메니메이킹-3급] ㅎㅎㅎ

[시골사람-3급] 대단한 분이셔.

[UFO-4급] 백이 과연 흑의 전승 전적에 멍 자국을 하나 낼 수 있을 것인가.

[비상금-13급] 흑의 전적에 멍 자국이 난다면 그건 대반란이죠.

[메니메이킹-3급] 기대하는 것 자체가 무리일 듯싶네요.

[비상금-13급] 그건 그래요.

포석이 채 끝나기도 전에 우상귀에서 접전이 벌어지기 시작한다. 흑은 수리수리 마치 주문을 외우며 도술을 부려 호풍환우하는 듯하고, 백은 태극권의 유연한 손길로 그것을 받아내고 있는 형국이다. 국지전이던 전단이 점차 우변 일대로 전운이 번져 나가는 겨를에 흑의 손길이 빨라지고 있다.

"승부처로 보는 건가? 얼른 불계로 끝내고 싶은 마음인가보군."

이기는 대국자에게는 판돈의 3%, 42만이 넘는 돈이 지급되기 때문에 그에 대한 기대감이 아마도 흑 수리수리 2단의 가슴을 설레게 하고 있는지도 모를 일이다. 상대인 태극권과는 두 판 두어 두 판 다 이긴 전력도 있기에 설마 지기야 하랴는 생각은 머릿속 저쪽으로 나앉아 있을 법하다.

그러나 신물경속(愼勿經速)이라 하지 않던가? 경솔함을 삼가고 빨리 두지 말라······.

아무리 태극권의 기력이 객관적으로 딸린다고 하더라도 그는 그간 1천 대국을 둔 관록이 있는 기사이다. 블랙 스퀘어즈에 등록되어 있는 기사라면 누구나 적게는 두세 판, 많게는 거의 1백 판이나 두어 보아 어느 기사건 할 것 없이 속속들이 그 기풍을 꿰어 차고 있을 것이다.

흑 수리수리 2단이 속전속결의 길로 가려는 것을 백 태극권 2단도 마다하지 않고 있다. 우상귀와 우변에 걸쳐 얽혀있던 흑백 돌들이 서로 난타전을 벌이기 시작한 지 얼마 지나지 않아 치열한 수싸움이 벌어진다.

그 바람에 떠들며 관전하고 있던 베팅맨들은 하나둘 숨을 죽이며 반상에 눈길을 꽂고 있다. 어느 한쪽이 잡힌다면 바둑은 그것으로 끝날 양상이다. 반상 1/4이 넘는 영역에서의 싸움이기 때문이다. 국지전이라기보다는 그 국지전이 그대로 전면전이 되어버린 형국이라고 하는 편이 옳다.

흑은 광속으로 나는 구름 위에서 적진으로 사뿐히 날아 내려와 도술지팡이로 통쾌하게 적을 무찌르기라도 하는 듯이 백 진영에 들어가 백에게 오히려 두 눈을 내어주지 않으려고 힘을 쏟고 있고, 백은 내 영역에 들어와 네가 살기를 바라느냐는 배짱으로 나긋나긋이 응수를 하고 있다.

"흑은 빅을 유도하자는 작전 같은데……."

빅, 그 불생불사(不生不死)의 규칙. 타협하지 않으래야 않을 수 없는 절대의 길로 가는 수순이라면?

판 전체를 살펴본다. 우상귀와 우변 일대는 백 진영이라 빅이 난다면, 애초에 백 집이 어느 정도 날 곳 전체가 초토화 되는 셈이라 흑이 대성공을 거둔 결과라면, 판세가 흑에게 절대적으로 유리해지는 형국이다. 역시 기력 차이가 너무 나는가? 베팅맨들은 바둑이 거기서 끝난 것으로 여겨 더 한결 느긋해진다.

한데 백은 빅이 나더라도 관계없다는 듯 무심히 두어가고 있다. 마치 스스로 저의 인내심을 시험하고 있는 것처럼. 그도 그럴 것이 백 태극권 2단의 기풍은 웬만해서는 던지는 일이 없다. 불리한 바둑도 끝까지 최선을 다해 두어서 집 차이를 줄여 계가로 가는 일이 많은 기사이기에.

태극권이 손을 쓱 내밀어 백돌 외곽을 에워싸고 있는 흑의 돌담 한 곳을 끊는다. 그러나 그건 빅 형태의 백돌이 탈출하자는 뜻을 가진 수가 아니라 허술한 흑 외세의 단점을 찾아 중앙에 큰 집을 지어주지 않으려는 의도로 보인다.

백 진영으로 침투해 들어가 성공적인 모험을 끝낸 흑은 이후 수순에서는 백이 걸어오는 싸움에 정면으로 응하지 않고 슬쩍슬쩍 비켜나고 있다. 누가 보아도 백이 조바심이 나는 바둑이라는 걸 알 수 있다. 싸움을 걸어도 안 받아주는 것만큼 허탈한 것은 없다. 그러나 백은 꾸준히 참으며 두어가고 있다. 승기를 잡았다고 해서 언제까지 양보만 할 것이냐 두고 보자는 다짐이 엿보인다.

종반으로 치달을 무렵, 집계산을 해 본다. 끝내기에서 아무리 백에 양보를 한다고 하더라도 흑이 반면으로 예닐곱 집은 너끈히 남길 바둑이다. 그 순간, 집 차지 면에서 흑을 따라 잡으려고 무던히 헐떡이며 달리던 백이 잠시 숨을 가다듬는다. 그러더니 흑이 벌리고 있는 한 아가리에 불쑥 손을 집어넣는 것이 아닌가. 빅 형태를 가진 우상귀와 우변 일대 흑돌의 호구자리이다.

"던지려는 것인가?"

눈길이 그곳에 멈춰진다. 한데 흑은 따내지 않고 시간을 들이고 있다. 항복하고자 하는 적장의 의도를 읽었다면, 얼른 항복하도록 도와주는 것도 또 다른 의미에서 덕장이 갖추어야 할 자질인 것이다. 흑이 따내지 않고 뜸을 들이는 것은 망설이고 있는 것이 아니라, 항복을 선언하고자 하는 적장의 의도를 높이 산다는 의미일 듯하다.

바로 그때,

[시골사람-3급] 어?

"어라니?"

시골사람의 놀람에 순간적으로 무슨 묘수라도 있나 하여 그 일대를 얼른 살펴보다가 나도 모르게 시골사람의 한마디를 그대로 터뜨렸다.

"어?"

다시 들여다본다.

"아……."

이럴 수가? 호구에 집어넣어 따내게 한다면 백이 후수로 한 집 날자리! 드물고도 드물게 나타나는 꼴인 '호구에 집어넣어 사는 수' 바로 그것이 아닌가! 초반에 그 일대에서 싸움이 벌어졌을 때 그런 묘수를 까맣게 보지 못한 채 그저 자충 자리라고 여기고 있던 자리, 흑수리수리도 그 수를 간과하고 있었음이 자명하다.

"예감이 좋지 않더라니, 에이!"

마침내 우려하던 바가 눈앞에서 벌어지려는 찰나이다. 만약 흑이 그 한 점을 잡는다면 백은 다시 단수를 친다. 그때는 양단수를 당하는 꼴이라 흑은 안 이을 수 없고……. 그렇다면 백은 옥집이라고 여기고 있던 곳의 마늘모에 빈삼각으로 두어 온전한 한 눈을 가지게 된다. 결과적으로 흑백 간에 빅 모양이던 것이 한순간에 유가무가로 '흑 사망'이라는 진단이 내려지게 되는 사태에 직면해 있는 것이다.

흑도 비로소 수순을 깨달았는지 더 이상 착수를 하지 못하고 아연실색하고 있다. 시간만 물 흐르는 듯 가고…….

[비상금-13급] 왜 안 따내지?

그러나 그 말에 댓글을 다는 베팅맨은 아무도 없다. 그들도 수가 놓인 뒤에야 비로소 그 뒤에 일어날 묘수의 변화를 인지한 것일 터이다. 모든 승부가 그렇듯 바둑도 어차피 한 수 싸움이 아닌가? 단 한 수를 누가 먼저 놓느냐에 따라서 그 승부의 운명이 하늘과 땅처럼 서로 갈리는.

한 수 제한 시간이 3분 남았습니다.

그 자리에서 죽게 된 흑돌은 자그마치 20여 개, 물경 40집에 이르는 규모이다. 항복을 할 것으로 보였던 백이 순식간에 적 군사들을 대거 포로로 잡아들이면서 전세를 단번에 역전시켜 놓은 꼴이다.

한 수 제한 시간이 2분 남았습니다.

운이라고 볼 수 없다. 1천 대국의 관록을 자랑하는 백 태극권 2단. 그는 필경 그 묘수 아닌 묘수를 보아두고도 짐짓 다른 곳으로 손을 돌려 기울어 가던 판세를 만회하려는 시늉을 줄곧 보아 온 것이 틀림없다. 그럴 경우 대부분의 상대 대국자는 일말의 양보를 하게 마련이므로. 그가 노린 것은 바로 그것임을.

한 수 제한 시간이 1분 남았습니다.

시간은 흐르는 것이 아니라 사라지는 것이다. 한 수 제한 시간 5분은 막바지에 이르고 있지만 흑은 어디에도 돌을 놓지 못하고 있다. 아무리 둘러보아도 재역전 시킬 곳은 보이지 않는다. 억지 패라도 만들어낼 자리조차 없는 것이다. 전 판을 통해 백 행마의 교묘함이 빛나는 순간이다.

마지막입니다. 하나, 둘, 셋, 넷, 다섯, 여섯, 일곱……

일곱을 세는 소리가 들리는 순간, 컴퓨터 화면 중앙부에서 승리를 눈앞에 두고 적장의 목을 쳐야 하나 말아야 하나를 고민하고 있던 흑이 오히려 느닷없이 날아든 비수에 찔려 장검을 떨어뜨리며 고개를 숙인 채 무릎을 꿇는다.

백 대국자께서 불계승하셨습니다.

그 창이 뜨는 것으로 대국, 아니 전쟁은 끝났다. 나의 화면에는 더 이상 어떤 창도 나타나지 않는다. 나와 함께 흑에 걸었던 30명의 베팅맨들의 컴퓨터 모니터에도 마찬가지일 것이다. 오직 산화의 컴퓨터 화면 좌측 상단에 떠 있을 창 하나만 눈에 선하다.

베팅 성공을 축하드립니다.
나의 베팅액   4,000,000원
배당률   3.57배
배당금액   12,852,800원

총 베팅액 1,428만 중에서 사이트 수수료로 5%인 71만 4천이 빠져 나가고, 승리한 백 대국자 태극권 2단이 3%인 42만 8천4백을 가져가게 된다. 그리고 패한 대국자 흑 수리수리 2단은 1%인 14만 2천8백을 대국료로 받게 되고, 마지막으로 잭팟 기금으로 들어가는 1% 14만 2천8백을 제외한 나머지 금액이 산화가 받을 배당 액수가 되는 것이다.

[비상금-13급] 이런 경우가 다 있다니.
[시골사람-3급] 산화님이 방금 한판 먹은 게 내가 가입한 뒤
[시골사람-3급] 지금까지 먹은 걸 다 합친 액수랑 비슷하군.
[UFO-4급] 님은 그래도 흑자 인생이네요. 나는 지난달만 해도 3백

만이나 잃었소

[메니메이킹-3급] 귀신이 곡할 노릇이군.

[비상금-13급] 그러게 말이에요

[메니메이킹-3급] 혹시 이거 짜고 둔 거 아냐? 관리자도 안 보이네.

[시골사람-3급] 짜고 두더라도 이렇게까지 둘 수는 없죠

[메니메이킹-3급] 무상수님, 짜고 둔 것 아닐까요?

[무상수-1급] 짜고 두었다면 이렇게 길게 끌고 가지는 않았겠죠

대국방을 나와 대기실 창에서 가만히 도사리고 있는 산화라는 낯

말을 보는 순간 문득 떠오르는 것이 있다.

'계산된 영감'

그 앞에서는 김산의 바둑돌의 효험도 통하지 않았다. 창에서 ID

산화가 사라진다. 판돈을 모두 쓸어 담아가지고 마치 익명이 가득 흐

르는 거리의 인파 속으로 홀연히 자취를 감추는 듯한 모습이다.

홀로 남은 기분.

도박사의 금기인 동정(同情:동정심), 역정(逆情:화), 만정(慢情:자만).

그 삼정(三情) 가운데 나는 도대체 어느 것을 간과했는가? 아무리 생

각해도 잃은 원인을 찾을 수가 없다. 다만, 백 태극권 2단이 이겼다

는 결과만 각인되고 있을 뿐이다.

흐린 날도 있고 맑은 날도 있는 것처럼 도박을 하다보면 잃기도

하고 따기도 한다. 그런데 진정한 도박사는 조금씩 잃다가도 크게 먹어야 할 판에는 반드시 크게 먹어야 하는 것이다. 맑아도 그저 그런 대로 맑은 날이 아니라 햇볕 쨍쨍 빛나는 밝은 날을 담보하기에 흐린 여러 날을 인내할 수 있는 것이 아닌가.

딴 때의 기분은 그 잠시이나 잃은 때의 기분은 오래 간다. 그래서 도박에서는 죽는 날까지, 아니 죽은 뒤에라도 영원히 이기고 싶은 심정은 고스란히 남는 것인지도 모른다. 잃었다면, 날렸군. 땄다면, 먹었군. 오직 이 두 마디 외에 더 이상의 감정은 금물임에도 산화와의 두 번째 대결마저 패하고 난 느낌은 그렇지 않다.

구태여 BSDS를 돌려보지 않더라도, 드러나 있는 객관적인 자료만 보더라도 기력이 현저히 차이가 나는데 어떻게 모든 데이터를 깡그리 무시하고 그것도 승부 예측이 전혀 불가능한, 단 5수가 놓인 상황에서 그리 대담한 베팅을 할 수 있었는지…….

400만이면 남 과장이나 장 대리의 두 달 치 월급에 해당하는 액수가 아닌가? 그런 큰돈을 하루아침, 단 한 판의 대국에, 그것도 거의 승산이 없는 쪽에 쏟아 부은 산화. 그리고는 판돈을 싹쓸이해 간 것, 참 기이한 인물이 아닐 수 없다.

"무당이나 술사처럼 앞을 내다보는 능력이라도 가지고 있다는 말인가? 아니면, 일이관지(一以貫之)하는 능력을 천성적으로 타고 났다는 말인가? 그게 바로 '계산된 영감'이라는 것이란 말인가?"

도저히 이해가 되지 않는다. 이번에도 절대적 우연이라고 믿고 싶은 생각만이 간절하다. 하지만 그의 베팅 승률을 생각하면 우연이라는 말은 끼어들 자리를 잃고 만다. 마치 다른 차원에서 온 것만 같은 사람. 어쩌면 지극한 3차원의 현실에서 2차원으로의 회귀가 가능한 인물이 아닐까 하는 야릇한 생각마저 인다.

복잡한 머릿속을 가라앉히자 한 가지 생각이 피어오른다. 어쩌면 지금껏 여겨왔던 것과는 달리, 산화는 승률보다는 수익률, 즉 배당률을 염두에 두고 베팅을 해 온 것은 아닌가 하는 점이다. 그가 자주 베팅을 하지 않은 건 바로 그러한 판이 도래하기를 노려오지 않았나 하는 느낌이다.

두 대국자의 기보를 검토해 보기 시작한다. '호구에 집어넣고 사는 수'를 까맣게 자충수로만 여겼던 반성을 하기 위해서이다. 쓴침을 삼키며 처음부터 마지막까지 따라 놓고 나자 문득 뇌리를 스치는 게 있다. 이전에 태극권 2단이 수리수리 2단에게 패한 두 기보는 어땠을까 하는 궁금함이다.

"이게 뭐야?"

전에 둔 두 판의 대국을 검토해 보다가 소스라치게 놀라고 만다. 초반 포석이 두 판 다 아까 두었던 판과 거의 흡사하다. 그런데 눈길을 끄는 것은 수리수리가 2전 2승이긴 했지만 한 판은 집반승, 또 다른 한 판은 반집승이 아닌가.

"이런!"

다른 기사와의 대국에서는 판판이 불계승을 거두던 수리수리가 유독 태극권을 만나서는 막판까지 승부를 쉽게 단정할 수 없는 바둑을 두었다는 것, 그것도 똑같은 초반포석을 들고 나왔다는 것, 바둑 내용면에서 만큼은 수리수리보다는 태극권이 오히려 활발해 보인다는 것, 그리고 방금 전에 끝난 대국도 바로 그 포석이었다는 데 생각이 이르자 태극권이 이긴 것에 일말의 납득이 간다.

"거참."

태극권이 비록 앞서 둔 두 판을 다 졌다고는 하지만 내용상으로는 더 돋보이는 바둑이었다. 그건 자신의 스타일대로 이끌며 유감없이 두었다는 걸 의미했다. 강자를 만나서도 판을 내 방식으로 이끌어갈 수 있는 저력, 그것은 용기와 관록에서 나오는 것이다.

아! 앞서 두 판을 아깝게 진 태극권이 절치부심했을 것은 자명한 일이 아닌가.

기보를 복기해 보고 또 복기해 보아 대응책 마련에 고심했을 것이다. 끝내기로 가면 불리하다. 항복을 하든, 항복을 받든, 종반에 이르기 전에 한판 붙어 승부를 판가름 내어야 한다. 그렇다고 먼저 덤벼서는 안 된다. 그래, 싸움을 걸어오기를 기다리자. 내가 적진에 들어가 싸움을 걸기보다는 적이 내 진영에 들어오기를 기다리자. 참고 또참고 오직 무리수 한 수를 두어 올 바로 그때를 기다리자.

"하하."

내가 간과한 것은 도박사의 금기인 삼정이 아니라 승부사들의 결투 안에 숨어있는 또 다른 변인(變因), '지피지기(知彼知己)'임을 깨닫는 순간이다.

승부를 진정한 승부사의 관점에서 헤아려볼 줄 아는 인물, 산화. 도대체 그는 어떤 내력을 가진 사람인가?

2.

산화에 관한 소문이 베팅맨들의 입에서 입으로 전해지고 있음을 직감할 수 있는 요즘이다. 블랙 스퀘어즈의 신규 가입은 전적으로 기존 회원이 소개하는 사람에 한해서만 이루어지는 점조직 형태인데, 신규 회원 추천 횟수가 부쩍 늘고 있다. 새로 가입하려는 사람들이 한결같이 묻는 말이 있다.

"프로도박사가 출입한다는데 정말이에요?"

그에 대한 대답도 한결같다.

"글쎄요. 직접 경험해 보시죠."

사실 그간 산화에 대한 소문이 나돌지 않은 것이 이상했을 정도이다. 봉해 둘 수 없는 향기처럼, 산화의 이야기가 번져 나가고 있다는 반증에 회사 입장에서 본다면 즐거워해야 할 판이다.

바둑을 빌미로 한 도박. 그리고 그것의 인기.

바둑은 디지털 시대에 완벽한 아날로그적 개념을 고수하고 있는 두뇌 스포츠이다. 그러나 반상이 아무리 2차원의 세계라 하더라도 눈여겨 들여다보면 무수한 차원들이 숨어있다. 죽은 돌을 살려내기도 하고, 멀쩡히 산 돌을 죽이기도 하며, 뻔히 알면서도 죽음의 길로 내몰리기도 하고, 더구나 키워서 죽이기까지 한다.

죽음과 삶의 곡예를 벌이는 '패'라는 규칙이 있고, 죽지도 살지도 않은 '빅'이라는 모양도 있다. 활로 하나가 열려 있기는 하지만 죽은 꼴이 되는 '축', 또 비록 여러 활로가 열려 있기는 하지만 그 또한 살 수 없는 형태인 '장문'이 있다. 살을 주고 뼈째 얻어내는 '먹여치기' 수법이 있는가하면 그 변형인 '후절수'도 있다.

반상이라는 평면 위에서 벌어지는 단순한 놀이에서 2차원 세계의 극한을 볼 수 있다. 그렇다. 비록 2차원 놀이이라고는 하지만 알고 보면 바둑은 다차원, 그것도 무수한 차원으로 통하는 통로인 것이다. 바둑을 통해 사람들은 2차원적인 게임을 다차원적 개념으로 끌어올려 즐긴다.

그래서 바둑은 무수히 많은 차원을 숨겨 놓은 집적회로이다. 승부가 나기 전까지는 끊김과 이어짐을 단정할 수 없는 반도체이다. 돌들 하나하나가 초연한 우주심(宇宙心)을 가지고 있는 것만 같은, 인간이 만들어 낸 범우주적 퍼즐이다.

흑백 간에 누가 이기느냐 지느냐에 따라 누가 따느냐 잃느냐. 바둑을 매개로 하는 도박 또한 본질적으로는 2차원의 아날로그적 개념에 다름 아니다. 그러나 실용성이 있다면, 2차원이 아니라 다른 3차원의 분야로 응용될 여지가 개입된다면 그것은 도박이 아닐 것이다.

다시 말해 도박심을 다른 분야에도 활용할 수 있다면 그건 도박이 아니라 기예가 된다. 이걸 해서 뭐하나? 어디에 활용할 수 있지? 아무데도 활용할 길이 없다. 오직 그 자체로 시작되고 그 자체로 끝을 맺게 된다. 그러하기에 규칙만 알면 모든 사람들에게 너무나 평등하게 적용된다. 실용성, 활용성, 기술성……. 다른 어떤 요소도 개입되지 않기에 그 자체에만 몰두할 수 있다. 그렇기에 지겨울 리 없다.

세상에 권태로운 도박도 있을 것인가?

세상사 모든 일에는 도박과 같은 판단이 따른다. 그리고는 바라는 결과를 얻기 위해 힘써 노력해야 하고, 언제까지나 기다려야 하는 일들이 비일비재하다. 판가름 난 뒤에는 돌이키지 못할 상황에 처하는 경우도 허다하다. 인생이 그것으로 끝난 것만 같다.

그러나 도박은 그것과는 정반대이다. 판단을 한 뒤에는 이내 승부가 판가름 난다. 그다지 오래 기다릴 것도 없다. 판가름 나면 희비가 엇갈리지만 곧바로 다시 시작할 수 있다. 도박은 긴 한판의 인생이 아니라, 짧은 인생의 여러 판이다.

판단을 내린 뒤에 기다려야 할 시간이 길어진다면 아무도 도박을 하지 않을 것이다. 즉시 결과가 나와야 한다. 하루, 이틀, 사흘…….
무릇 도박에 있어서는 시간에 비례하여 배당이 커져야만 사람들이
기다릴 수 있다. 복권이 그러하듯.

"윤 사장님, 조민식이라는 분의 이름으로 계좌에 100만 원이 입금
되었어요"

"알았어요"

정호 형이 블랙 스퀘어즈에 관리자2로 들어가 있을 때 머니메이킹
이 일대일 대화를 청한 뒤 소개한 사람이다.

"잘 알고 지내는 후배인데요, 바둑은 기원에서 3급 정도 두는 실력
이고 특히 내기바둑을 잘 둬요. 블랙 스퀘어즈 얘기를 했더니 자기도
가입하고 싶다고 졸라대기에 소개해 드리는 거예요"

"이름과 전화번호를 주세요. 연락해 볼게요"

조나연 씨가 유선으로 상담을 한 뒤에 계좌를 불러주고 입금 요청
을 하자 자신은 처음에 100만으로 시작해 보겠다고 했다는데, 박수
현 씨가 확인해 보고는 입금 완료 되었다는 소식을 알려온 것이다.

"장 대리는 오늘 바쁜가 보죠?"

"재단에 갔어요. 김산 일대기를 다룬 소설 때문에 오후 늦게야 들
어온다고 하던 걸요"

별다른 할 일도 없는 터라 직접 처리하기로 마음먹는다. 그는 마포
전철역 바로 앞 오피스텔에 근무처를 둔 프리랜서 대체의학자였다.

"어서 오세요. 보시다시피 사무실이 어수선합니다. 하하."

"아닙니다. 저희 사무실에 비하면 깔끔한 걸요."

그가 권하는 탁자 앞에 앉는다. 신분증으로 본인임을 확인한 뒤에 묻는다.

"저쪽에 있는 컴퓨터를 쓰실 건가요?"

"그렇습니다."

"잠시만 같이 가시죠."

켜져 있는 컴퓨터를 끈 뒤에 본체와 프린터를 연결하는 터미널에 버클을 장착한다.

"뭐죠, 그게?"

"보안 버클입니다. 가입하셨다고 해서 모든 컴퓨터에서 접속이 가능한 게 아니고, 접속하고자 하는 컴퓨터 본체의 프린터 잭에 저희 회사가 교부한 이 보안버클이 반드시 부착되어 있어야 합니다.

다시 말씀드리자면, 이 보안버클에 내장된 비밀번호체계와 저희 회사에서 조 선생님께 부여한 고유인증번호의 일런체세가 일치할 때만 프로그램이 정상적인 반응을 하게 되는 것이지요."

"만약 그 보안버클이라는 거, 다른 컴퓨터에 옮겨 달면 어떻게 되요?"

"그럴 때에는 프로그램이 반응하지 않습니다."

"그러면 다른 곳에서는 어떻게 하죠?"

"그때에는 번거로우시더라도 저희 회사에 연락을 주셔서 새로운 고유인증번호를 부여 받아야 합니다. 전국 어디에 계시더라도 달려가서 처리해 드리고 있습니다."

"제주도라도요?"

"물론이죠."

"해외에서도 접속을 할 수 있나요?"

"아직 해외까지는 영업망을 구축하지 못하고 있습니다."

"대국하는 기사들은 대개 어떤 분들인가요? 프로도 있다고 들었는데?"

"주로 아마 최강자급, 연구생, 그리고 연구생이었다가 중도에 탈락했거나 포기한 경우도 있고요. 갓 입단한 프로 저단진, 연로하여 은퇴한 프로기사도 몇 분 계십니다."

"그렇다면 상당한 기력이겠네요?"

"그런 셈이죠."

"그분들은 어떻게 모셔 와요?"

"그건 저희 고유 업무이라 말씀드리기가 좀……. 아무튼 대국자로 인증되어 처음 ID를 얻게 되시는 기사는 누구나 할 것 없이 초단부터 시작됩니다."

"프로에서 몇 단을 두었더라도요?"

"그렇습니다. 그런 뒤에 대국의 승패에 따라 승점을 얻어 승점 100

점을 초과 획득하면 2단, 또 2단에서 같은 방식으로 3단……. 그렇게 점진적으로 승단을 하게 되는 됩니다. 물론 패가 많아지면 실점을 하게 되어 같은 방법으로 강단도 되지요."

"만약 초단과 9단이 두면 초단이 몇 점 깔고 두게 되나요?"

"모든 대국은 단위에 상관없이 전적으로 호선으로 이루어집니다. 특별한 경우를 제외하고는요."

"룰이 그러면 누가 초단에게 걸겠어요, 고단자에게 걸지."

"그렇게 두는 경우는 잘 없습니다. 조 선생님 말씀처럼 베팅의 형평이 거의 이루어지지 않기 때문입니다. 그래서 주로 비슷한 단끼리 자동으로 돌을 가려 호선으로 두는 경우가 많습니다."

"프로기사까지 들어와 둔다면, 승률이 아주 높은 기사들도 있겠군요?"

"그렇지도 않습니다. 호적수는 언제나 존재하게 마련이거든요. 전체적으로 보아 잘 두는 기사가 대국 승률이 60%대이고 못 둔다는 기사군이 40%대로 형성되어 있습니다."

프로그램을 다 설치한 뒤에 재부팅을 해서 심심마을 홈페이지를 띄운다.

"잘 보세요. 여기 'MR'이라고 적혀 있는 배너를 클릭하시면 관리자 고유인증번호를 입력하리는 창이 하나 뜹니다."

"어, 심심마을에는 제 집사람 이름으로 등록해서 바둑을 두고 있는데? 하하. 바로 거기였군. 그러니까 블랙 스퀘어즈는 심심마을 사이트 내에 감춰진 또 하나의 사이트이네요."

"맞습니다. 심심마을과 링크가 걸려 있는 일종의 백사이트인데, 그곳으로 들어가는 관문이 바로 이 배너입니다. 대국자로 들어가려면 맨 첫 글자를 반드시 F로, 베팅맨으로 들어가려면 반드시 B로 시작하는 패스워드를 쳐 넣어야 합니다. 조 선생님께서 B로 시작하면서 숫자와 영문자로 조합되는 15자리를 직접 쳐 넣어보세요."

자리를 비켜주자 그는 잠시 생각한 뒤에 15자리를 쳐 넣는다. 이어 주민번호와 비밀번호, ID까지 입력한다. 쳐 넣는 순간 바로 등록되도록 프로그램 되어 있기 때문에 별도의 가입 절차를 밟지 않아도 되는 것이다.

"잠깐만요."

"왜 그러세요?"

"ID가……."

"어때서요?"

"다른 걸로 하면 안 되겠습니까?"

"이 ID가 문제 되나요?"

"혐오감을 주거나 성적인 표현이 노골적으로 나타나는 ID는 금지하고 있어서요."

"이게 그렇다는 말씀인가요?"

딱히 무어라 말할 수 없다.

"그렇다는 게 아니라……."

"이걸로 하도록 해 주세요. 왠지 행운이 따를 것 같으니까."

하는 수 없이 그 ID를 등록하도록 해준다. 사이트에 들어서자 설레는 마음을 감출 수 없었던지 그는 담배를 문다.

"멋진데요. 심심마을과는 분위기부터 다르네요."

"감사합니다. 심심마을에서도 베팅을 해 보셨습니까?"

"예, 가끔. 한데 자주 베팅 시기를 잘 놓쳐서요. 그리고 가짜 돈이라, 뭐. 하하."

"베팅은 시간의 승부라고 해도 과언이 아니죠. 바둑도 마찬가지지만 말입니다."

"그런 것 같아요."

"아시다시피 블랙 스퀘어즈에서도 베팅 방식은 심심마을과 거의 같습니다."

그는 심심마을에 드나든 유지답게 익숙하게 대국실로 들어가 이것저것 검색해 보기 시작한다.

"전체 회원 수는 얼마나 되죠?"

"그건 말씀드릴 수 없고요. 평균 접속 회원은 약 100명 내외입니다."

"베팅한 대국자가 이기게 되면 건 사람이 반대편에 걸린 돈을 다

먹게 되는 건가요?"

"사이트가 수수료로 판돈의 5%, 대국 승자가 3%, 패자가 1%, 그리고 잭팟 기금으로 1%가 들어가게 되고, 그 나머지인 90%를 베팅액에 대비한 배당률로 나누어 지급 받게 됩니다. 또 한 가지가 있는데 대국자가 앞 대국에 이어 연승을 했을 경우에는 그 대국자가 추가로 0.5%의 금액을 더 가져가게 되고요."

조민식은 대국 중인 한 베팅 대국방에 들어가더니 베팅액부터 띄운다.

"72만 2천 대 55만 8천이라……. 평균 베팅액은 얼마나 되죠?"

"그건 별 의미가 없습니다. 고단진에게도 소액이 걸리는 경우가 있고, 저단진에게 의외로 많은 액수를 거는 분들도 계시거든요."

그는 관전자들의 ID를 살펴보더니 채팅창에 뜨고 있는 글들을 한참 주시한다.

"여기는 대국자들이 바둑을 두면서 말을 별로 안 하네요."

"아, 이곳에서는 대국자들은 채팅창에 글을 올릴 수 없습니다. 창도 보이지 않고요. 그건 대국에 전념하라는 뜻이기도 합니다."

"하긴, 말 많은 사람들이 대국자 속을 긁어 놓는 경우가 많으니. 참, 우리 같은 사람을 베팅맨이라 부른다지요?"

"그렇습니다."

"그러면 여기서는 베팅만 할 수 있나요?"

"아닙니다. 대국도 즐기실 수 있습니다. 다만 자기 대국에는 베팅이 금지되어 있습니다."

그는 고개를 끄덕인다.

"급수를 속일 우려 때문이군요?"

"그렇습니다."

"베팅맨들의 기력은 어느 정도 되나요? 심심마을이나 그와 비슷한 사이트에서는 기원 급수보다 높게 형성되어 있잖아요."

"블랙 스퀘어즈에서는 기원 실력과 거의 맞먹는다고 보면 됩니다. 대부분의 분들이 베팅을 해 두고 초조함을 달래려고 두시는 경우가 많기 때문에 가볍게 두고 싶어 하는 경향이 있거든요. 그래서 자신의 급수에는 크게 연연해하지 않습니다. 그러다보니 전체적으로 급수가 떨어져 실제 기원 급수 수준으로 형성되어 있습니다. 잠깐만 실례하겠습니다."

나는 그의 어깨 뒤에서 마우스를 쥔 다음, 베팅을 한 뒤에 대국이 진행되어감에 따라 '형세보기' 기능, 도중에 '복기' 기능으로 실시간 복기를 해 볼 수 있다는 것까지 설명해 준다.

"그건 심심마을에서 해 봐서 잘 알고 있어요."

"참, 그러시겠군요."

"바둑을 직접 둔 것도 아니고 돈 따 먹으려고 관전한 걸 복기까지 해봐서 뭘 하겠어요?"

"그래도 안목을 기를 수 있지 않겠습니까?"

"하하. 그렇긴 하겠네요 아저씨네 회사 직원들도 여기 들어와서 베팅을 하기도 하나요?"

"글쎄요 그건 자율이라서요"

"인간이 왜 도박을 하는지 아세요? 인간이 바로 자연의 도박 칩이기 때문이지요. 그건 그렇고, 미리 입금한 돈을 다 잃으면 어떻게 해야 하죠? 자동으로 탈퇴가 되어버리나요?"

"그렇지는 않습니다. 정해진 규정에 따라 퇴출당할만한 죄를 짓지 않는다면 탈퇴는 가입자 본인 의사에 달려 있습니다. 몇 년 동안 베팅을 하지 않더라도 ID가 삭제되거나 하는 일은 없습니다."

"다 잃었을 때 돈을 더 넣고 싶다면, 전에 불러준 계좌로 송금하면 되는 건가요?"

"그렇습니다. 입금하신 뒤에는 곧바로 저희 회사로 연락을 주시거나 사이트 내 24시간 상주하는 관리자에게 말씀하시면 그 즉시 처리해 드립니다."

그는 웃는 낯으로 묻는다.

"영수증은 안 주지요?"

"요청하시면 드립니다. 그리고 입금하시는 금액은 기부금으로 처리되니까 세금 공제 혜택도 받으실 수 있습니다."

"노름돈에 세금 공제라고요? 하하하. 수완이 보통 아닌가보네요,

기사 아저씨네 회사 사장님 말이에요."

나는 빙긋 웃어 보인다.

"가입 기념품 같은 건 없나요?"

"처음 가입하시는 분들에게는 베팅 자금 10만이 지급됩니다. 다만 그 금액을 인출하실 수는 없습니다."

"만약 돈을 많이 불리면 그때는 인출이 되는 거죠?"

"물론입니다. 지정해 주시는 계좌로 즉시 송금해 드립니다. 단 인출 가능한 금액 단위는 100만 단위입니다."

"왜 그런 거죠?"

"베팅맨들의 인출과 입금이 빈번해지면 업무가 늘어나 저희도 직원을 더 들여야 하는데, 그렇게 되면 수수료도 올라갈 수밖에 없습니다. 회원님들과 저희 회사가 서로 득이 되는 장점이 있어 그렇게 규정하고 있습니다."

"추천해 준 사람한테 상 같은 것 주는 규정은 없나요?"

"새로 가입한 회원이 석 달 이상 활동하면서 베팅횟수가 300회를 넘으면, 그 사람을 소개한 기존 회원에게 증원 포상금 30만이 지급됩니다. 조 선생님 같은 경우에는 머니메이킹님께 지급되지요."

"나중에 그거 받으면 형한테 술 한잔 사라고 해야 되겠네. 그리고 저도 앞으로 ID로 불러줘요."

"알겠습니다, 조금만져줘님."

복기

1.

[정규형] 블랙 쪽에 회원 수가 많이 늘었다지요?

[이정회] 많이 는 건 아니고, 월 평균 대비 20% 가량 신장세에 있어요

[장희수] 베팅맨 하나가 활개를 치고 있다면서요?

[이정회] 하하. 그 베팅맨이 프로도박사라는 소문이 호재로 작용하고 있기는 해요

[정규형] 그나저나 심심마을의 회원은 좀처럼 늘지 않네요

[조나연] 문제는 무료회원에게 지급하는 30만이라는 마을머니에 있어요

[조나연] 그것을 다 소진하지 않는 한, 정회원에 가입하지 않는 것

같고,

[조나연] 또 다 소진하고 나면 그 ID를 버리고 다른 이름으로 가입하는 경우가 많아요

[박수현] 하긴 같은 실명일지라도 탈퇴한 지 일주일 뒤부터는

[박수현] 다른 ID로 새로 등록을 할 수 있기 때문에 굳이 정회원에 가입할 필요성을

[박수현] 느끼지 못하는 것 같아요 마을머니를 아예 없애야 할까 봐요

[장희수] 없애는 건 너무 냉정하고, 줄일 필요는 있다고 봅니다.

[윤세준] 줄인다면 어느 선이 적당하겠어요?

[장희수] 비록 사이버머니이긴 하지만 블랙 쪽과 마찬가지로 10만 선이 어떨까 싶네요

[이정희] 찬성합니다.

[윤세준] 그건 좀 더 지켜보기로 합시다. 얼마 안 있으면 소설도 연재 되니

[윤세준] 그때 가서 논의해도 늦지는 않겠지요?

[정규형] 동감입니다.

[윤세준] 한데, 남 과장님은 어째 한 말씀도 없어요?

[남상록] 드릴 말씀이 별로 없네요.

회의를 마치자 남 과장을 방으로 부른다.

"요즘 무슨 고민거리라도 있어요?"

남 과장은 품에서 봉투 하나를 꺼내 책상 위에 두 손으로 올려놓는다.

"그간 생각 많이 했습니다."

직감적으로 그것이 사직서라는 걸 깨닫는다.

"남 과장님?"

"집에서도 너무 힘들어하고…… 저 역시 버티기 힘들어서 더 이상 사장님 곁에 있지 못할 것 같습니다."

"이제 곧 본격적인 궤도에 오를 거예요. 아까 회의하면서 블랙 쪽에 회원이 급증하고 있다는 얘기 못 들었어요?"

"그것만 가지고 어디 회사가 탄탄한 기반 위에 설 수 있겠습니까? 말이야 바른 말이지, 수사 당국에 걸리기라도 하면 그 길로 끝장나는 것 아닙니까?"

"여느 때와는 달리 말씀이 지나치시군요."

"그간 고마웠습니다, 사장님. 배려도 잊지 않겠습니다."

그가 돌아서서 나가려는 걸 바라만 보려니 가슴을 도려내는 듯하다.

"직원 누구와라도 상의한 적 있어요?"

"없습니다."

그가 나가고 난 뒤에 곧바로 정호 형을 불러들인다. 듣고 난 정호 형은 오후 시간을 내달라고 한다. 남 과장을 어디 술집에라도 데려가 달래보려는 것일 터이다.

"잘 좀 타일러 보세요."

"장 대리도 데려갈까?"

"그러세요."

두 사람을 데리고 나간 정호 형은 퇴근 시각까지 소식이 없다. 사무실에 남아있는 규형이와 조나연 씨도 일손이 잡히지 않는 듯 어수선한 분위기이고, 박수현 씨는 아예 몸이 아프다는 핑계로 조퇴를 해버린 뒤라 규형이가 얼어붙은 분위기를 풀려고 마음에도 없는 소리를 뱉어낸다.

"심심마을 이거, 진짜 심심하네."

조나연 씨가 웃는다.

"남자들은 하고많은 오락 중에 왜 하필이면 바둑을 두어요?"

"여자들도 바둑 두는 사람 많아요."

"다른 오락에 비하면 극소수잖아요."

"그건 그렇네요. 그리고, 왜 바둑을 두느냐…… 닳는 게 없잖아요 바둑판이 닳아요, 바둑돌이 닳아요? 그렇다고 두는 손이 닳아요?"

"시간이 닳잖아요."

"시간? 그거 보내려고 두는 건데?"

"참, 듣고 보니 그렇네."

정호 형이 혼자 들어온다. 불그레한 얼굴이다. 내 방 소파에 털썩 앉는다.

"많이 취해서 장 대리 딸려서 집에 보냈어."

"잘 했어요. 이유가 뭐래요?"

"비전이 없다는 것. 그 뿐이야."

"진심이 아닌 것 같은데요?"

"돌려서 말한 거지. 비전이 없다는 말은 앞으로도 돈이 안 될 것 같다는 말이잖아. 나이 서른 중반에 친구들은 빚더미일망정 다들 조그만 아파트라도 엉덩이 밑에 깔고 있는데 아직 두 칸짜리 사글세방을 전전하는 제 신세가 한탄스러운가봐."

그가 근무한 세월을 헤아려 본다. 한숨이 나온다. 4년 동안 월급 올려준 일은 고사하고 제때 주지 못한 기억만 머릿속에 가득 찬다.

"웬만하면 몇 푼 올려주지 그래."

"월급요?"

"블랙 쪽 수수료 수입이 늘었다는 말에 다들 설레는 모양이야. 적어도 월급날 늦춰지는 일은 없겠지, 조만간 얼마라도 올려주겠지 하고 말이야. 장 대리도 내심 바라는 눈치더라고."

"알겠어요."

"나는 신경 쓰지 않아도 돼."

"형도 참."

"정말이야. 5년간 함께 있겠다는 약속 이외에 다른 건 없어."

그가 나간다. 참 믿음직한 사람이다. 힘들 때마다 사무실의 분위기 메이커를 맡아 수습하곤 하는 능력은 어디에서 나오는지……. 무슨 마력이라도 가지고 있어 사람을 흡입하는 것만 같다. 그런 묘한 재주를 반만이라도 가졌으면 하는 마음이다.

"사장님, 재단에서 전화가 왔는데 원고를 가져가라네요."

"원고라면 김산의 소설 원고?"

"예, 드디어 나왔어요. 하하. 얼른 가서 가져올게요."

어제와는 달리 오늘은 아침부터 분위기가 되살아나고 있다. 남 과장도 출근하자마자 방으로 들어와서 자신의 생각이 경솔했다며 사과를 한 마당이다. 말을 하지 않아도 규형이, 박수현 씨, 조나연 씨도 어제 오후의 일을 다 알고 있는 눈치이다. 참 신기한 일이다. 아마도 그것이 직감이라는 것이리라.

강산 형에게 전화를 건다.

"형, 원고 나왔대요. 와서 좀 보지 않을래요?"

"봐야지."

"주간님과 같이 오세요."

"외근 나가 계셔. 나중에 보여드리기로 하고, 우선 나 혼자라도 갈게."

장 대리가 두툼한 봉투를 들고 들어선다. 직원들의 눈길이 일제히 쏠린다. 방 밖 사무실에 나와 있다가 그지없이 반긴다.

"어느 정도 분량이에요?"

"전체의 1/5 정도래요."

"다가 아니고?"

"연재소설은 원래 연재하면서 써 나가는 거잖아요. 하하."

A4 36장이다. 맨 앞에 첨부한 별지를 보니 200자 원고지로 환산한다면 270장 분량이라고 적혀있다.

"다음 번 원고는 언제 준대요?"

"이번 달 말에 주겠대요."

"그렇다면 이걸 한 달간 실어야 한다는 말이네요?"

"그런 셈이죠."

조나연 씨가 다가온다.

"그러면 주 1회, 월 4회로 나누어 싣는 게 좋겠어요."

"한꺼번에 다 올려버리지 뭐."

"사장님도 참. 뭘 모르시긴. 연재소설이란 건 원래 감질 맛도 나고 그 뒤에 어떤 내용이 이어질까 궁금증도 남겨야 제 맛인 거예요."

"하여간 싣는 방법이나 뭐 그런 거에 대해서는 서로 의논해 보도록 하세요."

원고를 복사한 뒤, 복사본은 연재 담당인 조나연 씨에게 주고 재단에서 가져온 원본은 방으로 가지고 들어오려는 찰나, 강산 형이 사무실로 들어선다.

"마침 잘 왔어요."

강산 형과 방으로 들어와 표제를 살펴보았다. 제목은 '천파기인'이 아니라 '환생한 기신(棋神)'이었다. 강산 형이 그걸 보더니 눈살을 찌푸린다.

"제목이 뭐 이래? 차라리 간단명료하게 환생기신이라고 하던지."

"하하. 실을 때 제목을 바꾸면 되죠, 뭐."

"무슨 소리야? 그러면 저작권에 위배된다는 거 몰라?"

"그래요? 그러면 어떻게 하죠?"

"그건 조금 있다가 생각하기로 하고 우선 내용부터 훑어보자고 얼마나 잘 썼는지."

소설 내용은 강산 형에게서 들은 얘기와는 사뭇 다르다.

"김산이 실제보다 한껏 영웅화된 느낌이 드는데요?"

"큰일 났군. 주간님이 읽어보신다면 크게 역정을 내실 것 같은데……."

……오내 냇가의 검은 조약돌은 마치 판을 끝내고 통에 쓸어 담기 직전의 바둑판 위에 쌓여있는 돌무더기 같았다. 그때 아이의 눈이 반짝였다. 아, 돌들! 돌들이 하나둘씩 저절로 굴러가 바둑판의 모눈 위

에 자리 잡고 있는 것이었다.

초를 읽기 위해 가져다놓은 탁상시계처럼 냇물이 규칙적인 소리를 내며 흘러가고 있었고, 아이의 머릿속에는 어제 장에서 보았던 대국 장면이 처음부터 떠오르고 있었다. 아이는 저도 모르게 돌 하나를 집었다가 놓았다. 화점이라고 생각하고 둔 것이었다. 그때 멀리서 아이를 부르는 소리가 들렸다.

"산아, 산아!"

쪼그려 앉아있던 아이는 고개를 돌렸다. 어머니였다. 부르던 소리와는 달리 다가온 어머니의 음성은 그지없이 부드러웠다.

"오늘도 돌을 가지고 놀았구나. 그래, 돌이 네게 뭐라던?"

"좋은 자리에 놓아 달라고 애원을 해요."

"좋은 자리?"

"바둑판 위 좋은 자리 말이에요."

"그랬구나. 그래서 놓아주었니?"

"아직은 어느 곳이 좋은 자리인지 잘 모르겠어요."

"차차, 알게 된단다. 그만 가서 저녁 먹자."

아무리 만류해도 듣지 않았다. 어머니가 아이의 관심사를 넘겨다 보기 시작한 지 석 달째였다. 비록 가난한 살림이지만 어머니는 현명했다. 한 가지만 잘하면 나중에 자라서 뭔 수가 나겠지 하는 마음이었다.

"이게 뭐예요?"

"네가 좋아하는 바둑이라는 거잖니?"

"어디서 났어요?"

"신문에 그려져 있길래 오려둔 거란다. 그 옆에 설명도 잘 되어 있지?"

"예, 어머니."

"나는 까막눈이라 봐도 몰라서 그저 테두리 쳐 놓은 것을 오렸는데 잘려나간 부분은 없니?"

"없어요."

"앞으로도 그 그림과 설명이 난 것을 보면 오려다 주련?"

"예, 어머니. 꼭 그렇게 해 주세요."

그렇게 오려다 주기 시작한 종이쪽은 1년이 채 못 되어 아이의 사물함인 사과 궤짝에 가득 차게 되었다.

"아이는 그렇다 치고 어미란 사람이 아이의 놀음에 장단을 맞추고 있으니 영문을 모르겠소."

"두고 보셔요. 나중에 우리 산이가 저런 것 하는 재주로는 나라 안에서 으뜸이 될 터이니."

"거참."

어머니는 아이의 태몽을 떠올렸다. 집 마당에서 고추를 말리고 있는데, 호호백발을 한 두 노인이 들어서더니, 그중 한 노인은 고추를

말리던 멍석 위에 검은 돌을 한 줌 뿌렸고, 또 다른 노인은 흰 돌을
한 줌 뿌렸다.

"어구머니나, 어찌 이러시오?"

검은 돌을 뿌린 노인의 말이,

"나는 북두칠성인데 내 재주를 지상에 전하러 왔느니라."

흰 돌을 뿌린 노인의 말이,

"나는 남두육성인데, 내 재주를 지상에 전하러 왔느니라."

어머니의 말이,

"대체 누구한테 전한단 말이오?"

두 노인은 멍석에 널어놓은 고추를 이리저리 살펴보더니 한 꼭지
씩 들고는 서로 내 것이 실하다며 우기기 시작했다. 그러다가 바로
그 자리에 앉아 고추를 쓸어내어 버리고는 던져두었던 돌을 수습하
여 멍석에 난 골을 바둑판 모눈 삼아 바둑을 두기 시작했는데 해가
저물도록 승부가 나지 않았다.

"우리 그러지 말고 저 아낙네에게 고추를 하나 집으라고 하세나."

"그러세. 그게 좋겠군."

"이보오 이 중에서 가장 마음에 드는 고추 하나 골라보오."

어머니가 고추 한 꼭지를 집어드려는 순간 그만 잠이 깨었다.

"그 얘기는 수십 번도 더 들었소."

"그러니, 저 아이는 북두칠성님과 남두육성님이 함께 점지한 아이

가 아니겠어요? 아이가 자라면서 가지고 노는 것도 그때 그 노인네들이 던졌다가 마주 앉아 번갈아 가며 한 개씩 놓던 것과 하나도 다르지 않아요. 우리 산이는 틀림없이 크게 될 터이니 두고 보셔요."

"나는 모르겠으니 알아서 하구려."

어머니는 산이의 스승을 찾아 줄 생각을 했다. 강냉이를 손수레에 싣고 골목골목 다니는 틈틈이 그 동네에 혹 바둑을 잘 두는 사람이 있는가 수소문하고 다니던 어느 날, 운명 같은 인연이 닿았다.

오동산 아래에 있는 작은 암자인 자실암 암주스님이 바둑 고수라는 바람말을 듣고 아이를 데리고 찾아갔다.

"바둑을 가르치겠다고 했는가?"

"예, 스님."

"가르쳐서 뭘 하려고?"

"제 가진 재주가 그뿐인 듯하오니 다른 길이 없을 성싶습니다."

그리고는 어머니는 그간의 이야기를 다 들려주었다. 그래도 스님이 아무런 말이 없자 어머니는 급기야 태몽까지 세세히 말했다.

"이런 지경이니 어찌 다른 길이 있겠습니까?"

"길이 없으면 닦으면 될 터."

"스님, 부디 부탁이오니 제발 좀 가르쳐 주십시오."

암주스님은 그때서야 아이에게 눈길을 주었다.

"바둑을 배워 뭘 하려느냐?"

"이치를 알고자 할 뿐, 다른 건 생각해 보지 않았습니다."

스님은 다시 어머니에게 물었다.

"집에서 예까지 몇 리 길인가?"

"30리 길입니다."

"허면 두고 가게."

"예에?"

"싫으면 말고"

그 이튿날부터 아이는 자실암에 들었다. 그러나 스님은 바둑을 가르쳐 주기는커녕 뜻도 모를 경전 한 권을 주면서 무조건 외우라고 했다. 천부경이었다. 아이는 그 경전이 얼마나 오묘한 이치를 담고 있는지 알 턱이 없었다. 암자에 들고부터는 그나마 봐오던 기보조차 대할 수 없어 나날이 애가 타기만 했다. 경전을 외우고 나면 바둑을 가르쳐 주겠거니 하는 일념으로 아이는 결국 보름 만에 다 외워내었다.

"스님, 다 외웠습니다."

"들어오너라."

요사채 중방에 들어선 아이는 가슴이 벅찼다. 스님이 바둑판 위에 바둑돌을 한 점씩 놓고 있었다.

"이리 와 앞에 앉거라."

아이가 무릎을 꿇고 공손히 앉자 스님은 대뜸…….

"역시 소설은 소설적으로밖에 쓰지 못하는 겐가?"

"아무리 소설가라지만 어떻게 이런 발상을 다 했을까요? 이기훈 작가, 바둑 좀 둔대요?"

"'가다묵기' 정도는 알겠지. 그간 무던히 바둑계를 얼쩡거렸으니."

"좀 과장되고 허황한 대목도 많이 있지만 재미는 있는데요, 안 그래요?"

"고인이 된 사람의 인생을 재미삼아 그려놓으면 안 되지."

나는 입을 다문다.

"사이트에 올려놓고 보시라고 말씀드릴 수도 있지만, 예의상 지면으로 보여드려야 할 것 같지 않아?"

"저도 동감이에요."

강산 형이 최 주간에게 연락을 한다. 어디로 오라는 것 같다.

"강남으로 오라시네. 우리가 가는 시간과 볼일 마치는 시간이 맞아떨어질 것 같다고 하시는데 움직일 수 있겠어?"

"저야 상관없어요. 형은요?"

"나도 괜찮아. 그럼 바로 출발하자고"

최 주간은 무심한 얼굴로 원고를 받아든다. 그리고는 마치 바둑 복기라도 하는 것처럼 꼼꼼히 읽어보고는 찻집 탁자 위에 던지듯 내려놓는다.

"이기훈이 소설적 재미만을 고려하여 썼군. 참 유치한 발상이야."

강산 형이 거든다.

“인간적인 냄새가 덜 나는 건 사실이지만 소설 한계상……”

“한계? 한계가 어디 있어, 글쟁이가?”

“안 되겠군. 또 한 사람 바보 만들게 생겼네. 내가 때를 봐서 다시 써야 되겠어. 영웅 김산이 아니라 사람 김산으로.”

“하하, 그렇다면 이기훈 작가의 소설을 복기하는 셈 되겠는데요?”

“복기든 뭐든.”

2.

어디다 두었는지 찾을 길이 없다. 직원들이 먼저 보려고 말없이 가져갔을 리도 없고, 틀림없이 방 안에 있어야 할 것이 발이 달렸는지 어디론가 사라지다니. 문을 열고 밖을 향해 묻는다. 누구에게랄 것도 없이.

“누가 이번 주 신문 못 봤어요?”

“신문요?”

장 대리가 고개를 든다.

“사장님, 아직 소식 못 들으셨어요?”

“무슨 소식 말이에요?”

“이번 주부터 신문이 휴간에 들어간다고 들었는데……”

“그래요? 장 대리는 어디서 그런 말을 들었어요?”

"재단 내에도 소문이 좌악 퍼져 있던 걸요. 직원들 월급은 고사하고 종이 값도 석 달째 못 주고 있었다고."

아, 신문은 사라진 게 아니라 아예 배달되어 오지 않았구나. 강산 형이 어렵다 어렵다 하던 말이 엄살이 아니었네. 그러고 보니 요새 강산 형에게서 통 연락이 없다. 사나흘에 한 번씩 전화를 해서 만나 술 한잔 하자고 해도 이 핑계 저 핑계로 피해 왔음을 깨닫는다. 오늘은 무슨 수를 써서라도 끌어내어야겠군.

저녁에 만난 강산 형은 초췌한 얼굴이다.

"왜 그렇게 연락이 안 돼요?"

"윤 사장도 소식 들은 듯한 얼굴인데?"

"소식을 듣고 말고 할 게 어디 있어요? 신문이 안 나오니 짐작하는 수밖에."

"이번엔 휴간이 아니라 아예 폐간될 것 같아."

"설마요?"

"정말이야. 이제 종이 신문은 사망선고를 받은 거야."

그의 말이 틀린 것도 아니다. 바둑계의 소식이라고 해보았자 국내 기전이나 세계 기전에 관한 게 거의 전부라 해도 과언이 아닌데, 스무 개가 넘는 인터넷사이트에서 실시간으로 생중계를 하는데다가 해설에 복기까지 거의 동시에 제공해 주고 있으니, 일주일에 한 번 나오는 신문은 그런 순발력을 당할 재간이 없다.

"인터넷이 하지 못하는 영역으로 꾸려 나가면 되지 않겠어요?"

강산 형은 고개를 젓는다.

"사람들이 너무 경직되어 있어. 신문은 반드시 이러해야 한다는 고정 관념에서 도대체 헤어날 줄을 모르니."

"출근은 언제부터 안 한 거예요?"

"한 보름쯤 되나?"

"그럼 그동안 어디서 뭐 했어요, 사무실에나 놀러 오지 않고?"

"여기저기 돌아다녔어."

그간 몸담았던 신문사가 문을 닫게 된 데 대한 애증과 회한으로 방황하고 있었음이 짐작된다. 바둑인의 방황. 그래도 갈 곳은 기원뿐일 것이다. 진정한 바둑인은 방황도 바둑판 위에서 하는 처절함이 있다.

"어느 기원에 나갔었어요?"

"도사네. 바로 집어내는 걸 보니?"

"뻔하죠, 뭐. 제가 형을 하루이틀 만났나요, 어디?"

"내기 바둑 두러 다녔어. 수원, 안양, 인천 같은 데로."

"땄어요?"

"바둑이 잘 안 되더군."

"심란한 중에 두는 바둑이 잘 될 리 있겠어요? 참, 주간님은요?"

"그냥 집에 계신가 봐."

"이기훈 작가의 글이 마음에 안 든다고 김산에 관한 글을 직접 쓰시겠다고 하신 건요?"

"말이 그렇지, 누가 지나간 자리에서 뒷북치실 분이 아니라는 거, 윤 사장도 잘 알잖아?"

잠시 입을 다물던 그가 술잔을 몇 차례 비우고는 다시 말문을 연다.

"윤 사장, 자기 학대도 도박의 일종이라는 것 알아?"

"글쎄요. 묘한 말인데요?"

"작게 망할 땐 되도록이면 더 작게 망하는 쪽으로 힘을 기울이게 되지만, 크게 망할 땐 때로는 자포자기 심정이 되어 철저히 망하자는 심리가 발동하지. 그러면 자기 학대가 시작되는 거야. 하지만 겉으로는 그러면서 본능적으로는 기사회생의 길, 기적이 일어나 주기를 끊임없이 바라게 돼. 다만 그걸 체념으로 위장해 놓고 있기는 하지만 말이야."

"형답지 않네요. 세상사 망하기도 하고 흥하기도 하는 건데, 너무 심각하게 생각하는 것 아니에요?"

"더 이상 갈 데가 없어. 이 나이엔 불러주는 곳도 없고."

"찾아보면 왜 없겠어요?"

"아냐, 없어. 구걸하다시피 한자리 얻어 들어가지 않는 한은."

"그러면 구걸이라도 하죠, 뭐."

강사 형은 내 눈을 쏘아보듯 쳐다보았다가 힘을 뺀다.

"다녀 보았더니 구걸할 곳도 없더군."

절망. 그에게서 전해지는 것은 오직 그것뿐이다. 큰아이가 대학입시를 쳐 의대에 들어가게 된 일을 기뻐하던 일이 엊그제 같은데……. 아마도 장차 들어갈 학비며 또 둘째가 2년 뒤에 대학에 진학하게 될 때를 생각하면 앞이 캄캄할 것이다.

그나마 형수가 교편을 잡고 있어서 당장은 입에 풀칠하는 일이 걱정되지는 않는다. 하지만 문제는 앞으로의 일이 아닌가.

"곰곰이 돌이켜보니, 내 평생에 잘못 놓은 한 수 때문에 지금에 이른 것 같아."

"그게 어떤 수였길래요?"

"중학교 때 친구 집에 가서 바둑을 알게 된 것."

"얼마 전까지만 해도 좋았잖아요."

"좋아 보인 수가 이제야 악수로 판명된 거지."

강산 형은 정말 스스로를 모질게 학대하고 있다. 신문사에 나가지 않은 날부터 지금까지 지난 보름간 자신의 인생을 속속들이 돌이켜 보았음 직하다.

"윤 사장, 복기가 뭐야?"

"예에?"

"꿈 같이 흐른 한판의 수순을 뒤늦게 천천히 돌아보면서 다시 그대로 그 수순의 잘잘못을 곰곰이 씹어보는 것. 그게 복기 아냐?"

"그런 셈이죠, 뭐."

"인생도 복기가 가능할까?"

"복기야 할 수 있겠지만 무르기는 안 되는 것 아니에요?"

"그렇군. 윤 사장이 나를 복기 좀 해 봐."

"그게 무슨 말이에요?"

"내 인생을 윤 사장이 복기 좀 해 보란 말이야."

웃을 수밖에 없다.

"하하, 복기를 한다고 해도 이미 놓았던 돌을 다른 곳으로 옮겨 놓을 수 있겠어요, 어디? 옮겨보았다가 다시 그 자리에 가져다 놓아야 하는 걸요."

"그렇지? 복기에서는 한 수 무르기도 청할 수 없겠지?"

"형도 참. 대국 때에도 없는 무르기가 복기 때 있을 리 있겠어요? 그렇게 무르고 싶으세요?"

"무르기보다……."

그는 잠시 숨을 고른다.

"멈추고 싶은 때가 있었어."

"그래도 시간은 가잖아요. 멈추었다가 초읽기에 몰리면 어떻게 하려고요?"

"그렇군. 멈출 수도 없겠군. 그저 순간순간 두어나가는 수밖에."

"형은 어떤 인생을 살고 싶었어요?"

"그런 생각, 어릴 때부터 그다지 해 보지 않았어."

"그러면, 지금부터 다른 생이 주어진다면 어떤 생을 살고 싶어요?"

"아프리카에 가서 바둑을 보급해 볼까?"

"거 좋은 생각인데요? 대륙 전체에서 최고수 소리를 듣게 될 것 아니겠어요? 멋지다. 하하하."

"내 인생에서 아프리카로 가 바둑 보급 운운할 경우도 다 생기다니, 하하하. 나 같은 생각을 하는 사람이 또 있을까?"

바둑에 있어서 총 경우의 수는 361계승(階乘:팩토리얼)이다. 첫 수를 놓을 때에는 361의 모눈 가운데 하나이므로 361분의 1이 된다. 그 다음 경우의 수는 360분의 1……. 그러므로 361 곱하기 360 곱하기 359……. 그렇게 하향계단식으로 곱해나가 마지막 1까지 곱하여 나온 수치가 바로 첫 착수에서 마지막 수에 이르기까지 그 많은 갈림길의 개수를 뜻하는 것이다.

자릿수로는 10의 778승. 1조의 자릿수가 10의 12승인데 비하면 도무지 그 경우의 수를 상상조차 할 수 없다.

무한대에 가까운 큰 수를 뜻하는 말로, 10의 52승인 항아사, 10의 56승인 아승기, 10의 60승인 나유타, 10의 64승인 불가사의, 마지막으로 10의 68승인 무량대수가 있다. 바둑의 수 10의 778승은 불가사의나 무량대수의 10배보다도 더 큰 수이다.

수학에서는 10의 마이너스 50승에 이르면 확률 자체를 인정하지 않는다. 그런 확률 개념은 도출할 가치조차 없다는 말이다. 실생활에서 일어날 가능성이 전무하다는 뜻이기도 하다. 더구나 10의 마이너스 778승이라면? 똑같은 바둑이 나올 경우는 수학에서 무시하는 것보다 120배보다도 더 불가능하다는 말이 아니고 무엇이랴.

'나랑 똑같은 인생'이라는 말은 내가 둔 바둑이 다른 어떤 이가 둔 바둑과 똑같다는 말과 다를 바 없다. 눈에 보이는, 지극히 일부분이 유사한 것을 두고 똑같다는 말을 써 오고 있다. 그대로 복기를 하는 것 말고는 다른 사람이 둔 것과 똑같은 바둑을 둘 수 없는 것처럼 누구도 다른 어느 누구의 인생과 똑같이 살 수는 없다.

"인류가 지구상에 등장한 이래 똑같은 인생이 하나도 없었으니, 누구나 특별한 인생을 살고 있다는 말이 되잖아요?"

"그런가?"

"그러니 너무 상심 마세요. 자, 짠!"

"그래, 우선은 짠!"

강산 형과 나는 술잔을 댄다.

"짧은 인생에 복기를 할 여유가 어디 있어요? 복기를 해보려고 하면 또 다른 승부가 코앞에 와 있는데. 느긋한 복기는커녕 한순간이라도 돌을 놓지 않으면 바로 초읽기죠."

"너무 처참하지 않아?"

"안 두어 나가려면 던져야죠."

"던진다? 포기인가?"

"바둑에서는 포기이거나 기권이지만, 인생에서는…… 자살이죠"

"자살?"

"돌을 거두듯 존재를 스스로 거두는 것."

"그렇더라도 그때까지의 궤적은 남겠지? 기보가 남듯이."

"그렇죠. 바둑은 이길 때도 있고 질 때도 있지만 인생은 결국 죽음이라는 상대 앞에서 패배를 당하는 것 아닌가요. 살아서는 도저히 못 빠져나가는 판이죠."

"승패가 도대체 뭘까?"

"그걸 알면 신이게요."

"하핫. 그렇군."

"형이 스스로 형 인생을 복기해 본다면 어때요?"

"실수투성이야. 안 두어야 할 수를 너무 많이 두었어."

"손 따라 두었다는 말씀인가요?"

"그래. 세상이라는 손을 따라 두었어. 어떤 때에는 자충인지 모르고 두기도 했고, 축인 줄도 모르고 쭉쭉 뻗어나가기도 했고, 후절수도 못 보고 목전의 달콤한 맛에 젖기도 했고, 귀곡사로 죽은 때도 살아 있다고 믿기까지 했지."

"엄살은. 하하. 그래도 그 고비마다 묘수 두어서 다 타개했으니 여기까지 왔죠"

"묘수라고 둔 것들이 다 악수야, 이 사람아."

"왜 그렇게 비관적이세요?"

"비관이 아니라 냉정한 형세 판단이지."

"새옹지마라고 했어요. 언제 어디서 누가 새로운 판을 들고 한 수 합시다 하고 나타날지 모르니 그 판을 맞이할 준비를 하는 게 어때요?"

"인생은 바둑과 비슷하지만 똑같은 건 아니야."

"아니에요. 똑같은 거예요. 살아 숨 쉬고 있다는 건, 아직 바둑돌과 바둑판이 눈앞에 있다는 말이 아니겠어요?"

"살아있다면 언제든 새 판을 시작할 수 있다는 말인가 보네?"

"물론이죠."

"젊음이 좋긴 좋군."

"젊기는요. 벌써 흰머리 나는 나이인데."

"에이, 이 사람. 그리고 언제나 새 판을 시작할 수 있다는 말은 그저 말의 유희에 불과해."

"참 나. 아니라니까 자꾸 그러시네, 정말?"

"미안한 얘기지만, 내가 그래도 윤 사장보다는 인생을 더 많이 살아봐서 잘 알아."

"죄송한 말씀이지만, 제가 그래도 형보다 바둑을 더 많이 두어 봐서 잘 알아요."

강산 형은 빙긋 웃고 만다. 나 역시 따라 웃음이 난다.

유령의 ID

1.

"술을 먹었나? 그럴 리는 없을 텐데?"

블랙 스퀘어즈에서 대국자들의 급수는 묘하게 형성되어 있다. 오프라인 상의 아마와 프로의 중간 정도 되는 기력이라고 해도 지나친 말이 아니다. 아마라 불리기엔 기력이 세고, 또 프로라고 보기엔 충분하다고 할 수 없는 제3지대의 기객들로 구성되어 있어 그런지도 모른다.

흑을 쥔 기암성 5단. 실은 프로 입단 3년차인 기사이다. 추리소설에 나오는 괴도 뤼팽을 좋아해 대국자 ID를 그를 주인공으로 하는 소설의 제목으로 정한 듯하다. 올해 21살. 프로에 입단한 이래 여태이렇다 할 성적을 내지 못해 아직도 여전히 초단에 머물러 있다. 2년 전인가 국내 어느 기전에서 예선 2회전에 오른 것이 최고의 성적이라 바둑계를 호령할 만한 기재로 보이지는 않는 기사이다.

그러나 비록 프로 바둑계에서는 수졸(守拙)에 머물러 있다고 하지만 가입한 지 2년이 지난 지금 블랙 스퀘어즈에서는 지혜를 활용할 줄 안다는 용지(用智)에 올라 있다. 5단에서의 승률은 53% 남짓.

그의 행마가 이상하다는 느낌을 받은 것은 30여 수를 지나면서부터이다. 바둑은 초반 포석이 가장 중요하다. 아메리칸 풋볼처럼 누가 먼저 대세상의 요소를 선점해 나가는가, 그리고 그 선점한 돌이 다른 곳에 놓은 돌들과의 호응은 어느 정도 이루고 있는가 하는 형태의 싸움이 아닌가.

대국을 하다보면 천하 고수라도 기리(棋理)에 반하는 수를 한두 수 둘 수는 있다. 다소간 기리에 어긋난다고 하더라도 자존심이 눌리는 것도 또한 견디지 못할 일이므로 참지 않고 반발하는 것이다.

"뭐야? 벌써 끝내기를 하고 있잖아?"

다른 큰 곳에 둘 데도 많은데 2선에 뒷문 열린 곳을 막고 있는 걸 보니 의아스럽다 못해 한심하다는 생각마저 든다. 비루먹은 노새가 잔등에 짐을 가득 싣고 뚜거덕뚜거덕 조는 중에 걷는 듯한 행마를 흑이 보이는 것과는 달리, 상대인 백 잠자는종마 3단은 날개를 단 천마처럼 종횡무진 날아다니고 있다.

이윽고 좌상변 쪽에서 전단이 벌어진다. 백은 흑이 억지 패를 만들어 온다고 해도 피해버리면 두 눈을 갖춘 형태이나 혹은 어째 위태로워 보인다. 그런데도 밖으로 먼저 머리를 내밀어 둘 생각은 않고 안에서 살려만 달라고 비는 꼴이다.

백은 싸울 만한 힘이 있다는 투력(鬪力)이라는 별칭에 걸맞게 흑의 숨통을 조여 가고 있다. 설상가상으로 돌 하나를 흑의 등덜미에 올려다 놓자 검은 노새는 다리를 휘청거린다. 그 한 수로 탈출로조차 봉쇄되어 버린 것이다.

"저리 막히고도 안에서 살 자신이 있다는 말인가?"

5급만 되어도 볼 수 있는 자리. 회돌이, 즉 몰아떨구기 모양이 나흑 대마가 잡히는 수순이 기다리고 있다. 몇 수 더 놓지 않아 흑이 돌을 던진다. 이상한 정도가 아니다. 비록 초단이라고는 하지만 현역 프로 기사가 아닌가. 같은 프로도 아니고 프로에 입문도 하지 못하고 중도에 포기한 대국자를 맞이해 너무 나태하고 무기력한 행마를 보인 것이다.

"혹시?"

두 대국자의 기보를 복기해 본다. 우려는 의심으로 깊어진다. 마침 정호 형도 들어와 있다. 일대일 대화를 신청한다. 우리 두 사람만의 창이 열린다.

[무상수-1급] 형, 방금 끝난 17번 방 대국 복기 좀 해 봐요

[관리자] 잠자는종마 3단과 기암성 5단의 대국 말이야?

[무상수-1급] 네.

[관리자] 안 그래도 항의 쪽지가 날아들고 있어서 복기 좀 해 보려고 했는데…… 잠깐 기다려봐.

정호 형도 3급 실력은 너끈한 기력을 갖추고 있다. 그가 의심을 한다면 두 사람이 타짜바둑을 둔 것이 거의 명백해진다. 잠시 후 정호형이 대화를 청해 온다.

[관리자] 조작대국이라는 의심이 든다는 말이지?

[무상수-1급] 네. 형 생각은 어때요?

[관리자] 나도 그런 생각이 드네. 충분히 살 수 있는 대마를 일부러 죽인 것 같아.

[무상수-1급] 으음. 잘 알았어요

베팅 내역을 살펴본다.

"엥?"

백 잠자는종마 3단에게는 1천만이 걸려 있고 흑 기암성 5단에게는 1,720만이 걸려 있는 것이 아닌가? 3단과 5단의 바둑에 걸린 것치고는 기록적인 액수이다. 흑에게 건 사람은 13명이었고, 백에게 건 베

팅맨은 단 둘, 머니메이킹과 광물자원이다. 두 사람이 나란히 500만
씩 걸어둔 것도 미심쩍다.

관리자11 ID로 들어가 베팅 내역을 상세히 살펴본다. 베팅 타임을
살펴보니 대국이 시작되자마자 머니메이킹과 광물자원이 백에게 똑
같은 액수를 걸었고, 그 이후에 흑에게 돈이 걸리기 시작한 것이었다.

두 베팅맨 다 평소의 베팅 유형이 아니다. 3단과 5단의 호선 대국,
그것도 5단이 흑을 쥔 상황인데 두 사람이 약속이나 한 듯이 7초 차
이로, 그것도 똑같은 금액을, 이길 확률이 현저히 적은 대국자에게
걸었다?

그러고 보니 6천만 남짓 보유하고 있던 머니메이킹의 잔고가 4천
을 겨우 넘기는 액수로 줄어있고, 광물자원 역시 최근엔 계속 잃었는
지 눈에 띄게 잔고가 내려가 있다. 그들의 베팅 내역을 살펴본다.

"아!"

두 사람 다 번번이 산화한테 잃었다. 두 대국자와 두 베팅맨이 어
떤 인적 연관을 맺고 있는지 추천 내역을 본다. 의심할 여지가 없는
대목이 하나 눈에 들어온다. 머니메이킹이 흑 대국자 기암성 5단을
대국자로 추천한 기록이 있다.

"1년에 한두 번은 꼭 이런 일이 생기는군."

비록 늦은 시간이지만 강산 형에게 전화를 건다.

"형, 자요?"

"아니. 웬일이야, 이렇게 늦게?"

"블랙에 좀 들어와 보실래요?"

"내일 들어가면 안 돼?"

"급해서 그래요."

"무슨 일인데?"

두 대국자의 기보를 좀 봐달라고 했더니 강산 형은 이내 누군가 타짜바둑을 둔 것으로 짐작한다. 사이트에 들어온 강산 형은 나를 불러들여 기보를 상세히 복기한다. 복기가 아니라 해부를 했다고 하는 편이 옳을 만큼.

"조작대국이야."

"결정적인 증거는요?"

"회돌이로 대마가 잡히기 전에 말이야. 한 수를 잘못 놓았다면 실수라고 하겠지만 세 수나 엉뚱한 자리에 두었네. 이건 하급자도 눈치 챌 수 있는데 채팅창에서 아무 말 없었어?"

"정호 형 얘기를 들으니, 항의 쪽지가 수십 편 날아들었다고 하네요."

"파장이 더 커지기 전에 수습해야 되겠네."

"그래야 되겠어요. 미안해요. 늦게 전화해서."

"괜찮아. 이만 나갈게."

그래도 베팅맨들이 점잖은 편이다. 어쩌면 심야 시간인지라 채팅창에서 왈가왈부할 마음은 없었는지 모른다. 조용한 항의. 그것을 해명하거나 바로 잡아주지 않으면 더 큰 불길이 일어날 것이라는 걸 잘 알고 있다.

관리자 전용인 '공지사항' 창에 두 대국자의 기보를 공개 해설한다고 알린다. 그리고 그 내용을 채팅창에도 올린다. 두 대국자와 두 베팅맨을 청하자 왜 그러느냐며 주저한다. 그들도 나름대로 눈치를 챈 것이다. 이런저런 핑계로 머니메이킹과 잠자는종마 3단은 사이트를 빠져 나가고 기암성 5단과 광물자원이 마지못해 들어온다.

기보를 복기하며 설명해 나간다. 그리고 의심이 드는 착수마다 그 의도를 묻는다. 몇 차례 피해나가던 기암성 5단이 회돌이로 대마가 잡힌 대목에 이르자 말문이 막히기 시작한다. 변명이라 할 수도 없는 구차한 말들을 늘어놓다가 급기야 입을 다물고 만다. 그즈음 일대일 대화를 신청한다.

[관리자11] 누가 먼저 타짜판을 제의했나요?

[기암성-5단] 딱 한 판만 하자고 해서…….

[관리자11] 누가요?

[기암성-5단] 머니메이킹님이요.

[관리자11] 잠자는종마님도 동의하고 두었겠죠?

[기암성-5단] 네.

[관리자11] 광물자원님은 누가 끌어들였어요?

[기암성-5단] 그건 모릅니다.

[관리자11] 수익은 어떻게 분배하기로 했어요?

[기암성-5단] 총액 기준으로 25%씩.

[기암성-5단] 아무튼 죄송합니다. 물의를 일으켜서.

[관리자11] 전에도 타짜판을 둔 적이 있었겠죠?

[기암성-5단] 없습니다. 이번이 처음입니다.

[관리자11] 앞으로 몇 판이나 더 두기로 했어요?

[기암성-5단] 사흘에 한 판씩만 두자고 하더군요.

[기암성-5단] 동참할 다른 기사도 알아보겠다며.

[관리자11] 조작대국에 관한 처벌 규정 아시죠?

[기암성-5단] 모릅니다.

[관리자11] 홈페이지에 보면 '대국규정', '베팅규정' 배너가 있습니다. 읽어보세요.

네 사람의 계좌를 잠정적으로 폐쇄할 수밖에 없다. 그리고 장 대리를 시켜 그들 한 사람 한 사람을 만나 보안버클을 회수한 다음, 타짜 대국으로 딴 돈을 몰수해 그 판에서 잃은 베팅맨들에게 돌려준다.

그리고는 네 사람의 나머지 잔고 중에서 가입초기에 회사에서 제공한 10만을 뗀 금액을 그들이 지정한 통장 계좌에 입금한 뒤에 ID

를 영구 삭제하여 강제 퇴출시켜버린다.

"이상한 반응 보인 사람은 없었어요?"

"웬걸요. 기암성 5단을 제외하고는 다들 까발려버리겠다고 협박성
발언을 하던 걸요."

"그래서 어떻게 했어요?"

"까발려 보라고 했죠."

"그랬더니요?"

"다른 주민번호로 다시 가입할 테니 그리 알라고 하더군요."

"3개월 뒤에 재가입 되는데도 그렇게 말해요?"

"처벌이 풀리는 그 기간을 못 참겠다는 거겠죠. 참, 광물자원은 신
고해 버리겠다고 협박하다가 나중에는 애원하더라고요. 다시는 안 그
럴 테니 제발 한 번만 봐 달라고요."

"규정은 규정이니까 그럴 수는 없죠."

"다들 뒤탈을 일으키지는 않을 것 같았어요. 염려마세요."

"수고했어요."

네 사람이 조작대국을 벌인 일과 그 처벌의 결과를 '공지사항' 배
너에 올린다. 돈을 돌려받은 베팅맨들은 항의 쪽지가 아니라 감사하
다는 쪽지를 보내오며, 다시는 그런 일이 없었으면 한다는 바람을 말
미에 꼭 달아둔다. 정호 형이 일일이 답신을 보내주느라 애를 먹은
날이다.

이상한 것은 그 일이 있은 뒤부터 베팅맨들의 눈길이 더욱 산화에 집중되고 있다는 점이다. 산화 역시 몇몇 대국자를 포섭해 조작대국을 주도적으로 벌여오지 않았나 하고 의심하는 분위기가 만들어지고 있는 것이다.

[관리자9] 그렇다면 조작대국으로 의심되는 대국의 고유번호를 알려주세요. 공개 해설방을 만들어 당시 대국자들을 초빙하여 기보 분석을 해 보도록 하겠습니다.

베팅맨들이 올린 기보는 모두 일곱 판이다. 블랙 스퀘어즈가 베팅 분위기보다는 난데없는 해설 열기로 뜨거워진다. 어차피 한번은 짚고 넘어가야 할 일이라는 생각이 들어 일곱 대국을 모두 공개 해설한다.

대국자들도 성의껏 응해 준다. 어느 대국에서도 짜고 두었음직한 신빙성을 확보하지 못해 모두 사실무근으로 판명되자 베팅맨들은 산화를 의심한 부끄러움을 감추고자 그의 베팅 솜씨를 더 높이 추켜세우기 시작한다.

그와 더불어 산화의 실체를 묻는 베팅맨들이 많아진다. 남자냐 여자냐, 나이는 얼마나 되느냐, 만나고 싶다, 술이라도 한잔 하고 싶다, 비용을 들여서라도 베팅 비결을 지도받고 싶다…… 이유는 각양각색이다.

그러나 어떤 일이 있어도 대국자나 베팅맨의 개인 정보를 알려 주지 않는다는 원칙에는 변함이 없다. 결국 그들은 나름대로 산화를 사이트에서 비용을 들여 초빙해 온 프로도박사라는 결론을 내기에 이른다. 아니라고 해도 몇몇 오피니언 리더들이 우기는 데에야 더 할 말이 없다.

[무상수-1급] 산화님의 배팅 실력을 보면 바둑의 고수라는 생각 들지 않아요?

[관리자] 바둑 잘 두는 거랑 베팅 잘 하는 거랑 큰 연관이 있을까?

[무상수-1급] 아무래도 판을 읽는 힘이 남 다르다면……

[무상수-1급] 제 생각에는 프로 기사가 아닌가 해요.

[관리자] 그럴 수도 있겠지.

[무상수-1급] 베팅 실력은 입신의 경지이면서 바둑은 6급이라니 의아스럽지 않아요?

[관리자] 활동을 재개한 뒤로는 대국한 적이 없네. 그 전에 두었던 기보들을 보니까 평범한 6급 정도에 지나지 않던 걸.

[무상수-1급] 모르죠, 그건. 바둑 고수라는 걸 감추려고 일부러 그렇게 둔 건지도.

[관리자] 에이 설마?

[무상수-1급] 도박 고수들의 속을 어느 누가 알겠어요?

[관리자9] 하긴 그래.

[무상수-1급] 나중을 위해서 산화님의 실체를 이 기회에 알아두는 편이 낫지 않을까요?

[관리자9] 나중? 어떤 나중을 위해서?

[무상수-1급] 그냥 나중요.

[관리자9] 언제는 알아 둘 필요 없다더니? 도박사는 오직 베팅으로 대화를 하는 거라면서?

[무상수-1급] 회사 차원으로 봐서 특별한 관리가 필요할 것 같아서요.

[관리자9] 특별한 관리라니?

[무상수-1급] 베팅 강좌를 개설하는 것도 괜찮을 것 같고 아무튼 회사와 좀 더 가까워질 수 있는 길을 만들어보고 싶어요. 형 생각은 어때요?

[관리자9] 아직은 시기상조로 보이는데? 그리고 산화님의 실체를 알게 되면 실망하지 않을까?

[무상수-1급] 실망이라뇨?

[관리자9] 온라인상의 익명을 만나보기를 잔뜩 기대했다가 오프라인 상에서 실제로 만나게 되는 경우에 대부분 실망이 크잖아. 기대에 못 미쳐서 말이야.

그러나 산화에 대한 궁금증을 더 이상 미루어 두고 싶지는 않다. 같은 도박사로서가 아니라, 인간적으로 만나고 싶은 생각도 없잖아 드는 것이다. 베팅 맞수로 여겨오다가 어느덧 그를 좋아하게 된 것인지도 모른다. 아마 그럴 것이다. 최적의 적수는 같은 길을 가고 있다는 동료애를 반드시 수반하는 것이기에.

"정동훈이라……. 누구예요, 이 사람이?"

"그냥 한번 알아봐줘요. 그의 인적 사항은 거기 적힌 게 전부니까."

"또 조작대국인가요?"

"아뇨. 블랙 스퀘어즈의 베팅맨인데 회사를 위해 알아두는 게 좋을 것 같아서요."

"알겠습니다."

표면적인 직함과 직무는 홍보와 관련된 것이긴 하지만 실제 장 대리의 업무는 회사와 관련된 모든 분쟁의 해결사 노릇을 하는 것이다. 또 회사가 필요로 하는 것이면 그 어떤 정보든 은밀히 탐지해 오는 정보수집가의 역할을 동시에 맡고 있다.

눈치를 보니, 그런 쪽으로 친구나 지인들을 많이 두고 있는 듯하고, 주먹을 쥐면 불거지는 네 뼈마디가 온통 굳은살로 뭉쳐져 있는 것만 보아도 그의 전력이 순탄하지 않았음을 짐작할 수 있다.

입사 전 면접 때 딱 한 번 물은 적이 있었다.

"전에는 어떤 일을 했어요?"

"철없는 남자라면……. 한번쯤 동경해 보기도 하고 기웃거려 보기도 하는 일을 했습니다."

"깡패였나요?"

그는 대답을 하지 않았다. 내 말이 너무 직설적이었나 하고 생각하고 있을 때,

"건달이었어요."

"깡패랑 건달은 다른 건가요?"

"전력이 문제된다면 그만 가보겠습니다."

"아니에요. 한 가지만 더 물어볼게요. 학벌이 좋은데 왜 그런 세계에 발을 들여놓았었나요?"

"학벌에 주먹벌까지 있으면 좋을 것 같아서요."

그날로 채용했다. 장 대리는 나중에 자신을 환영해 주는 저녁 모임에서 내게 물었다. 왜 면접에 합격했느냐고 내 대답도 거의 같은 수준이었다.

"두 벌을 가지고 있는 분을 채용하면 회사로서도 좋을 것 같아서요."

먼저 들어와 있던 여직원들이 무슨 말인 줄 몰라 하며 되묻자 장 대리는 깊이 알려고 들면 다친다며 씩 웃고 말았다.

예전에 월급 지급이 열흘이나 늦추어졌을 때, 일주일째 되던 날 나

에게 술을 한잔 사겠다고 해 같이 마신 적이 있었다. 그저 지나가는 말들을 안주 삼아 늘어놓다가 일어섰는데, 쇼핑백을 손에 쥐어 주는 것이었다. 직원 월급 못 주는 사장 마음이 오죽 아프겠느냐며, 이걸로 우선 지급 하고 나중에 갚아달라고, 돈이 어디서 났느냐고 했더니 빌려 왔다고…… 멍한 얼굴로 서 있는 나를 두고 사라져 버린, 말 그대로 사나이 직원이었다. 그 돈으로 월급을 지급하기까지는 사흘의 고민이 필요했었다.

외근을 나다니던 장 대리가 정동훈에 관해 입을 연 것은 일주일이나 지나서이다.

"사장님이 알아보라고 하신 그 정동훈은 2년 8개월 전에 사망했습니다. 간암으로요."

그는 그의 병적 기록과 사망진단서까지 내놓는다.

"뭐라고요? 죽다니요? 그…… 그럴 리가?"

얼른 서류를 보았다. 틀림없다. 주민번호가 일치한다.

"태어난 이래 군 복무 이외에는 줄곧 서울에서 살았고요. 단기 하사로 공병부대에 들어가 중사로 전역했습니다. 전역한 뒤에는 한 중견 건설사에서 토건 공사 담당 반장으로 있었습니다. 그러다 사고가 나 입원하게 되었고, 그때 여러 가지 검사를 하는 동안 병원 측에서 우연히 간암임을 발견해 말기 진단이 내려졌었습니다. 그로부터 3개월 뒤에 죽었고요."

"가족이나 주위 사람들에 관해서는 알아보았어요?"

"부모는 어릴 적에 죽었고, 시집간 누나 집에서 고등학교까지 마치고 군대에 자원한 것 같습니다. 아마 목돈을 모으고 싶었던가 봐요. 한데, 그 누나도 정동훈이 군에 있을 때 남편과 이혼한 뒤에 자살을 했더군요. 결국 정동훈의 가족은 아무도 없게 되고 말았습니다."

"가족은 그렇다 치더라도 친척은 남아 있을 게 아니에요?"

"이모가 둘 있는데, 왕래가 그다지 없었는지 그나 그의 누나가 죽은 것도 까맣게 모르고 있었습니다."

"거참."

"주위를 조사해 보았지만 이렇다할 만한 친구나 선후배도 없었습니다. 예전에 함께 일한 공사판 사람들이나 건설회사 사람들도 그의 이름을 얼른 기억해 내는 사람이 없었고요."

"그의 유품 같은 것이 남아 있는 곳은 없었어요?"

"죽은 지 3년이 다 되어가는 사람의 유품이 어디에 어떻게 남아 있는지는……."

"그렇군요."

"더 알아내어야 할 것이 있다면 좀더 깊이 추적해 봐야 할 것 같습니다."

장 대리의 그 말은 지인들과의 친분으로, 그리고 업무상으로 알아낼 수 있는 정보의 한계라는 말과 동시에 추가로 어떤 정보를 알아내고자 한다면 비용이 들 것이라는 암시이다.

산화 ID의 소유자, 정동훈이 예전에 이미 죽은 사람이다?

그렇다면 죽은 자가 버젓이 사이트에 들어와 베팅을 하고 다니는 꼴이 아닌가. 유령이 아니라면, 정동훈의 ID를 승계하거나 도용한 인물이 누구란 말인가? 정동훈과 김산과의 연결고리도 찾을 수 없으니 김산이 바둑을 두게 되면 산화라는 가명을 쓰겠다고 한 것과 정동훈의 ID 산화는 아무런 관계가 없는 듯하다.

"돈 문제인가?"

잔고에서의 출금 흔적은 그가 죽기 3개월 전쯤으로 추정되는 시기에 뭉칫돈이 한 차례 이체되어 나간 것 말고는 더 없다. 죽기 전에 빚을 갚은 것인가? 아니면 병원비를 낸 것인가? 모를 일이다.

그리고 그 뒤부터는 1년여 휴면 상태에 있다가 지난겨울에 다시 나타나 마치 부활이라도 했음을 자랑하듯이 베팅판, 그것도 큰 판만 휩쓸고 다니고 있는 것이다. 그의 잔고 내역을 보니 4천7백만. 크게 불어나 있다.

"대체 누구일꼬?"

당장은 단서가 없어 난감하기만 하다. 그러나 어떤 경우에도 길은 있는 법, 보이지 않아 찾을 수 없는 게 아니라 찾지 않기에 보이지 않는 것이 아닌가.

과연 누가 죽은 정동훈의 ID 산화를 쓰고 있는지, 그 자를 찾아보아야 한다. 짐작되는 것은 정동훈이 자신의 컴퓨터를 물려주었을 것이고, 블랙 스퀘어즈에 들어가는 방법을 얘기해 주었을 것이라는 점이다. 그 정도 친분이 있는 자라면 가족, 친구, 호형호제하는 선후배 사이의 지인 정도가 아니겠는가?

사이트에 들어온다면 당신의 정체가 무엇이냐고 물어볼까? 누구이기에 죽은 정동훈 씨의 ID를 쓰고 있느냐고 성급한 물음이 될 것만 같기도 하다. 묻는다고 순순히 제 정체를 밝힐 가능성은 희박하다는 판단이 든다.

만약······.

그가 죽고 난 뒤에 휴면에 있던 그의 ID와 관리자고유인증번호, 비밀번호 따위를 누가 도용했을 가능성도 간과할 수 없는 일이다. 그렇다면 정체를 물어보는 일은 더더욱 깊이 생각해 보아야 한다. 도용한 자신의 정체가 탄로 날 것을 우려해 경계를 한다면 추적하기가 어려워질 것이 뻔하다.

"죽은 자의 ID를 도용할 수 있는 사람이라······."

인터넷이란 시공을 초월해 만나는 곳이다. 그렇기에 멀리 있는 사람을 아주 가까이에서 만나는 도구이기도 하지만, 그 반면에 가까이에 있는 사람을 아주 멀리서 만나는 도구이기도 하다. 산화는 어쩌면 생각보다 아주 가까이에 있는 인물인지도 모른다.

"설마?"

사무실 직원들의 얼굴이 하나둘 겹쳐 떠오른다. 아닌 게 아니라, 도용을 했다면 직원들밖에는 달리 의심을 둘 만한 사람들이 없다. 딱히 뭐라고 이름 붙일 수는 없지만 배신감의 일종과도 같은 감정이 울컥울컥 솟구쳐 오르기 시작한다.

2.

『천파기인(天派棋人)』

부제는 '실화소설, 바둑인 김산의 일대기'이다. 처음엔 시큰둥하던 반응이 날이 갈수록 조회 횟수가 늘더니 연재 중반 무렵에 이르자 폭발적인 반응을 보이기 시작한다. 그간 입에서 입으로 글의 내용이 전해져 다른 사이트에 있던 바둑 애호가들이 앞다투어 심심마을을 찾고 있는 것이다.

심심마을의 회원수가 급증함에 따라 정회원에 가입하는 유저들도 상대적으로 늘어 점차 적자폭이 좁혀지고 있다. 더구나 체면 있는 사람들이 많이 들어오는 경향이 있는 듯하다. 필경 그들은 김산을 기억하고 있는, 점잖은 중진이나 원로 프로기사들이리라. 그들이 정회원 가입에 앞장서고 있는 것이 바람몰이는 되지 못해도 유저들의 마음을 적시고 있는 것은 틀림없다.

"지금 생각해도 제목을 바꾼 건 참 잘한 일 같아요"

"그게 다 조나연 씨의 공로입니다. 하하."

첫 회분 연재에 앞서 그녀에게 이기훈 작가를 직접 만나 제목을 바꾸어줄 것을 간곡히 청했다. 그러자 조나연 씨는 대뜸 미인계를 무기로 삼아 바꾸겠노라고 호언하며 그를 찾아간 일이었다.

조나연 씨는 술을 치면서 애교 섞인 목소리를 내었다.

"선생님, 미리 만들어 놓은 배너를 바꾸기가 너무 힘들어요."

"힘들다니?"

조나연 씨가 연재 제목을 바꾸어 달라고 여러 차례 간청을 했지만 이기훈 작가는 시종일관 안 된다고 완강히 거절했다. 그러나 그녀가 옆에 앉아 팔짱을 끼고 술잔을 부딪고 하면서 도량 넓으신 작가가 흔치 않으니 어쩌고 하며 한껏 띄우자 마침내 그는 조나연 씨의 등을 쓰다듬으며 고개를 끄덕이더라는 것이다.

"예쁜 아가씨 부탁이니 하는 수 없군. 허허. 자네 마음대로 해 보게."

"고마워요. 선생님."

몇 잔 더 술을 친 조나연 씨는 노래방도 가야 되느니 하면서 이기훈 작가의 마음을 부풀게 해 놓고는 제목을 바꾸어도 좋다고 말한 일에 대해 나중에 기억나지 않는다고 시치미를 뗄까봐 준비해 간 서류에 서명해 주기를 부탁했다.

"뭐야, 이게?"

"이렇게 뵙게 된 것이 얼마나 영광인지 몰라요. 기왕이면 선생님 사인도 받아두려고요."

"한데, 위에는 뭐라고 적혀 있는 거야?"

"제목 바꾸는 걸 저 조나연에게 일임하셨다는 내용이에요."

"허허. 확실히 해 두겠다 이 말이지?"

그는 그 자리에서 흔쾌히 갈겨 주었다. 술집을 나와서는 이기훈 작가가 먼저 노래방 가자는 걸 조나연 씨는 집에서 전화가 왔다는 핑계를 대며 짐짓 민망스러운 표정까지 지었다. 잠시 허탈한 표정으로 서 있던 이기훈 작가 앞에 얼른 택시를 불러다 세우고는 기사에게 잘 모셔다 달라고 차비를 주어 보낸 그녀였다.

근처에 있다가 나타난 내게 서류봉투를 건네며,

"사장님, 어때요? 제 미인계 성공했죠?"

그녀는 깔깔거렸다.

"애썼어요. 바래다 드릴게요."

내 차에 탄 조나연 씨는 비로소 속에 있는 말을 꺼냈다. 평소에도 활발한 성격이라 뭔가 느꺼운 것을 넣어놓고 있지 못하는 편이었다.

"정말 작가 정신이 없는 사람이네요."

"제목 바꾸는 걸 허락해서요?"

"자기 글의 제목을 그렇게 쉽게 바꾸는 것만 보면 알 수 있죠."

"하하. 그걸 탓할 일만도 아니죠. 만약 제목 바꾸는 걸 허락하지 않았다면 조나연 씨의 미인계가 형편없었다는 말이 되잖아요."

"그런가요."

잠시 말을 끊은 뒤 다시 이었다. 그녀도 적게 마신 술은 아니었다.

"드라마 시나리오로 재구성 하는 문학 작품들의 작가들을 가만히 보면 참 한심하다는 생각이 들어요. 자기 작품을 마음대로 뜯어고쳐서 시나리오를 만드는 걸 예사로 여기고 있으니. 한마디로 작가 정신의 실종시대예요. 그러니 작가 대접을 못 받죠. 그것도 모르고 독자들을 향해 요즘 문학 작품을 안 읽느니 어쩌느니 개탄스러워 하는 꼴이라니. 정작 개탄스러워 해야 할 쪽은 독자들이에요. 외국 작가들이 자기네들의 정서와 문화적 소양을 바탕으로 쓴 소설들처럼 재미있고 밀도도 있고 참신한 작품을 쓴다면 독자들이 왜 외면하겠어요?

요즘은 문학을 상품으로 만드는 시대가 아니고 작가를 상품으로 만드는 시대예요. 문학은 사라지고 상술만 남은 시대죠. 너나나나 돈 돈 하니까."

"문학에는 문외한이지만 조나연 씨의 말이 맞는 얘기인 것도 같네요. 그러고 보니 문학에 조예가 깊은가 봐요?"

"학창시절에 문학소년, 문학소녀 아니었던 사람이 누가 있겠어요?"

"문학, 그거 사람 잡는 거예요."

"그런가요?"

"……."

말이 더 나오지 않았다. 아무리 회사를 위하는 일이라지만 미혼인 여직원에게 마음에도 없는 중년남자의 팔짱을 끼고, 술을 치고, 애교를 부리게 한 일을 떨치지 못하고 있었기 때문이다.

"시집 안 가요?"

"가야죠."

"사람 있어요?"

"사장님답지 않게 그런 걸 물으시네요? 저한테 관심 있으신 건 아니죠?"

"관심? 하하. 많지요. 너무 일을 잘해 주니까요."

"저도 남 과장님처럼 다른 직장을 알아볼까 여러 번 생각했지만 여기보다 마음 편한 직장은 다시 구할 수 없을 것 같은 생각이 들어서 눌러앉아 있기로 했지요. 언젠가는 사장님이 성공하리라고 믿었어요. 한데 요즘 그 길머리에 들어서고 있다고 생각하니 왠지 불안해요."

"왜요?"

"호사다마라는 말이 있잖아요? 꼭 무슨 다른 중대한 일이 생길 것만 같은 느낌이랄까."

조나연 씨의 말을 곱씹어본다. 어쩌면 그녀는 산화에 관한 얘기를 하고 있었던 것은 아닌지. 문득 그녀가 바로 산화일 수도 있겠다는 생각이 든다. 하지만 불러놓고 물어볼 수는 없다. 그녀가 아니라 직원들 중 누군가 산화라는 ID를 쓰고 있더라도 확실한 증거 없이는 어느 누구라도 마찬가지일 것이다.

아무리 사장이 잘해 주어도 직원들끼리 하는 애기가 따로 있다. 고용자와 고용된 자의 처지는 그 사고의 바탕부터가 엄연히 다르다. 사장이 직원들과 교감하는 동료의식과 그들끼리 느끼는 동료의식이 똑같다고 한다면, 다 사장이고 다 직원인 것과 다를 게 없다.

섣불리 산화에 관한 나의 의심이 새어나가서는 아니 될 일이다. 그간 고생한 직원들을 함부로 의심해서는 안 되지만 그렇다고 대두된 의혹을 그대로 묻어둘 수도 없다. 시간을 두고 생각해 보아야 한다. 시간을 두고······.

[青海-2단] 혼자서 기보를 독파하며 바둑 공부를 했다? 가능한 애긴가?

[선비골-1급] 어떤 스님한테 배웠다고 하잖아요.

[青海-2단] 첫 착점이 첫 착점이 아니다?

[青海-2단] 천부경의 첫 구절인 일시무시일을 논하는 대목은 무릎을 치게 하는군.

[황금방앗간-4단] 김산이 고향에 돌아갔다가 다시 한강 다리를 건너 왔더라면

[황금방앗간-4단] 누가 가장 벌벌 떨었을까요?

[선비골-1급] 그야 추운 겨울이었으니 옷을 가장 얇게 입은 사람이

겠지요. ㅎㅎ

[천파기인-4급] 안녕하세요. 처음 뵙겠습니다.

[황금방앗간-4단] 엥? 김산이 살아 돌아왔나?

[선비골-1급] 유령이 되어 떠돌다가 심심마을에 온 건가? ㅎㅎㅎ

[천파기인-4급] 얼른 아이디 바꾸었지요. ㅋㅋ

[青海-2단] 뉘신지?

[천파기인-4급] 이전 아이디는 비밀입니다.

[환생기신-16급] 저도 처음 뵙겠습니다.

[kty41-13급] 어라? 난리도 아니군.

[青海-2단] 급수를 보니 환생기신님은 기신 되려면 고생 좀 하겠네요.

[青海-2단] 한 번 더 환생함이 어떠한지요?

[선비골-1급] ㅎㅎㅎ 옳으신 말씀.

[환생기신-16급] 그렇죠? 여러 번 환생해야 되겠지요? ㅎㅎ

김산의 별칭인 천파기인과 환생기신이라는 ID까지 등장하는 것을 보면 소설의 인기를 짐작할 수 있다. 천파기인의 경우는 원래 가졌던 ID를 버리고 재가입한 경우이고, 환생기신은 다른 주민번호로 신규로 가입한 유저이다.

원래 가졌던 ID로 탈퇴하면 그 ID는 언제까지나 타인에 의한 재사용이 불가능하게 된다. 기보를 비롯한 온갖 정보가 남기 때문이다. 한마디로, 시체 ID가 되어 영원히 잠자게 되는 것이다. 더러 간곡히 다시 쓰게 해 달라고 부탁을 해 오는 경우가 있다. 그럴 때면 사정 얘기를 들어보고 죽은 ID를 살려 주기도 한다. 사람으로 말하면 시체가 다시 살아나는 꼴이다.

김산과 관련된 ID만 생기는 것이 아니라, 그의 말도 유행어가 되고 있다. 바둑을 둘 때면 '안녕하세요. 반갑습니다.'라든지 '처음 뵙겠습니다. 잘 부탁드립니다.' 또는 '한 수 배우겠습니다.'와 같은 매크로 인사말을 건네던 유저들이 인사말을 바꾸는 경우가 많아진 것이다.

흑 대국자가 첫수를 둘 때까지는 가만히 있다가 두고 나면 백 대국자가 비로소 '안녕하세요. 저도 시작하겠습니다.'라는 말을 건네곤 하는 것이다. 그러면 대개의 흑 대국자의 경우에 '예, 시작하세요.'라고 응수를 한다. 소설 연재 후에 생긴 유행이 아닐 수 없다.

[선비골-1급] 줄 없는 바둑판 만들어 주세요.
[황금방앗간-4단] 그래요. 우리도 한번 둬 보게.

천원 자리만 점으로 표시해 두고 나머지 줄과 모눈을 다 지운 바둑판을 선보인다. 착점을 하면 프로그램이 원래의 모눈 361자리를 기억하고 있다가 그곳에 가장 근접한 모눈으로 안착시켜 버리는 것이다.

대국 중에 한두 칸 뛰어 두면 눈대중으로 짐작이 가능하지만 그 이상이 되면 일일이 간격을 세어보아야 한다. 그러다 보니 초읽기에 몰리기 일쑤이고 대국 결과는 누가 먼저 시간패를 하느냐로 귀결되기 일쑤이다.

그러자 점차 시간패를 면하기 위해 어림짐작으로 놓는 일이 많아진다. 그 결과 끊기지 말아야 할 자리가 끊기기도 하고, 끊는다고 끊으러 간 돌들이 오히려 중구난방으로 놓이게 되는 경우가 속출하기도 한다.

"반응 좋은데?"

"P2님 다른 것도 한번 만들어 봐요."

"어떤 것?"

"제가 생각해 둔 게 있어요."

규형이와 정호 형은 머리를 맞대고 고심하더니 '단색 바둑'을 고안해 낸다. 바둑판은 여느 것과 다름없는 것이지만 바둑돌은 그렇지 않다. 흑백으로 돌을 가리는 것이 아니라 돌은 나나 상대나 다 같은 색인 짙은 회색이다.

자기가 둔 자리는 자기가 기억해야 한다. 잊어 먹고 두는 경우가 많아 느닷없이 돌들이 따내어지기도 하여 웃음보따리가 터진다. 다 두고 나서는 홀수 착점과 짝수 착점을 프로그램이 자동으로 기억해 두었다가 흑, 백 색깔로 바꾸어 준다. 뱅글뱅글 제자리만 맴돈 착점이 있는가 하면 내 집 메우기 착점도 있다.

또 '음양오행 바둑'이란 것도 만들어 놓는다. 김산이 배웠다는 음양오행에 착안하여 바둑판 자체를 오행 중에서 중앙을 황색으로 보고, 4인이 각각 검은 돌, 흰 돌, 붉은 돌, 파란 돌의 4색 바둑돌을 들고 네 귀에 한 사람씩 앉아서 두는 방식이다.

세 사람이 짜고서 한 사람을 공략하는 경우에 3점 접바둑 개념이 되고, 두 사람씩 편을 갈라 두는 경우엔 맞바둑 개념이 된다. 그것을 피하기 위해 고심하던 규형이와 정호 형은 단수가 되어 따내게 될 때, 그 따낸 돌과 따낸 자리가 따낸 사람의 사석과 집이 되는 것이 아니라, 따낸 자리의 외곽을 둘러싼 네 가지 색 돌의 많고 적음의 비율로 나누어 가지게 되는 것으로 프로그램을 고쳐 둔다. 처음엔 내 집 지키기 식으로 두어나가다가 어느 지경에 이르면 반드시 서로 얽히고설켜 난타전을 벌이게 되어 있는 것이다.

[천파기인-4급] 심심마을에 갑자기 콘텐츠가 풍부해졌네요
[kty41-13급] 줄 없는 바둑판에 이어 단색 바둑이 등장하더니
[kty41-13급] 얼마 전에는 음양오행바둑이라니, ㅎㅎㅎ
[선비골-1급] 다 몇 판씩 두어보았는데 혀를 내두르겠어요

[青海-2단] 왜요?

[선비골-1급] 그냥 바둑보다 훨씬 어려워요. 특히 네 가지 색 돌을 들고 하는 건.

[천파기인-4급] 다 제 탓입니다. 지송합니다아. ㅎㅎ

[황금방앗간-4단] 관리자님.

[관리자2] 네.

[황금방앗간-4단] 김산이 두었다는 대국들 말이에요. 다 합치면 20판 쯤 되는데

[황금방앗간-4단] 어느 기보라도 좋으니 구해 볼 수 없어요?

[관리자2] 네에. 알아보고 입수할 수 있다면 공개 해설방에 올려 두도록 하죠.

[황금방앗간-4단] 감사합니다. 특별방을 만들어 두어야 할 것 같네요.

[관리자2] 그렇죠. 영구히 개설해 두는 해설방이 되어야 하겠죠. 좋은 아이디어 감사드립니다.^^

김산의 기보를 구하는 일로 직원들을 모두 심심마을 홈페이지의 MR 배너로 소집해 회의를 열었다.

[정규형] 아직까지 기억하고 있을까요? 벌써 10년도 지난 일인데?

[이정회] 프로들은 특별한 사연이 있는 대국은 영원히 잊지 못하고 무덤까지 가지고 간다고 들었어요

[남상록] 그렇다면 한번 추진해 볼만도 한 일이네요

[장희수] 맨 입으로는 안 해 주겠죠?

[정규형] 거저 바랄 수는 없죠. 프로는 돈으로 움직이니까.

[조나연] 아무리 돈이 좋기로서니, 명예도 그에 못지않게 생각하는 프로기사들이 이름도 없는 시골 청년에게 패한 기보를 아무런 망설임 없이 재현해 주겠어요?

[남상록] 그건 그러네요. 더구나 자기 대국을 해설해 달라는 건 좀 ······.

[장희수] 그렇다고 부딪혀 보지도 않고 단념할 수는 없는 일이죠.

[박수현] 그분들은 바둑계의 거인들이시니 돈이나 명예보다는 어떤 명분으로 마음을 움직이도록 해야 할 것 같아요

[윤세준] 바로 그거예요. 대의명분 앞에서는 주저할 분들이 아니라고 생각해요. 소설이 우리 심심마을에 연재되는 걸 대부분 알고 계실 것이니 장 대리님이 대의명분을 한번 찾아보도록 하세요

[이정회] 그렇다고 비용을 무시할 수는 없을 것 같아요. 기보 재현과 해설에 어느 정도나 지불하면 될까요?

[정규형] 세계적으로 큰 대회가 있을 때 TV 등에 나와서 해설하는 비용에 준하면 어떨까요?

[윤세준] 좋은 생각이네요. 무조건 그 두 배를 제시하도록 하죠.

[박수현] 사장님, 또 베팅하시는 건가요? ㅎㅎ

[윤세준] 그럼요. 이런 기회를 놓칠 수 없죠. 독점권을 얻어서 우리 사이트가 유지되는 한 계속 실어놓을 수 있는 것인데 그 정도라면 흔쾌히 던질 수 있는 것 아니겠어요?

[이정희] 옳으신 말씀.

[정규형] 김산이 김강산 이사님과 둔 기보는 사장님께서 맡으시는 게 좋을 것 같네요.

[윤세준] 그러죠.

당시 세계대회 준우승 기념으로 재단에서 열어준 축하연에서 김산과 둔 바둑 두 판의 수순을 강산 형은 다행히 대부분 기억하고 있다. 추진하고 있는 프로젝트의 내용을 들은 강산 형은 웃는 얼굴로 농담인지 진담인지 한마디 한다.

"이거, 우리 바둑계에 결국 올 것이 왔네, 그래. 하하."

사무실로 온 강산 형은 이내 적어온 기록지를 보면서 순서대로 놓아주며 전체 대국의 마디마디를 끊어 글을 올린다. 그리고는 마이크에 입을 대고 순서에 따라 해설을 해 나간다. 누가 보아도 최선을 다한 해설이다. 녹음을 끝내고 나자 직원들은 박수를 친다.

"이사님, 이거 받으세요."

남 과장이 봉투 하나를 내밀자 강산 형은 어리둥절해한다.

"뭐예요?"

"명해설에 대한 조그마한 성의입니다."

"이런, 윤 사장?"

"저는 모르는 일이에요."

"허어, 좋아요. 오늘 한턱 쏘죠. 전에 두 판이나 진 바둑을 그대로 다시 또 졌으니 우울하니까. 다들 위로해 주시겠죠?"

"물론입니다."

"하하."

장 대리와 조나연 씨에게 가장 먼저 찾아가도록 한 사람은 '영원한 국수'와 '불천위 명인'이다.

"어떻게 되었어요?"

"우리 회사가 의도하는 사정을 듣고는 두 분 다 그 자리에서 흔쾌히 승낙을 하셨어요."

"뭐라고 했기에요?"

"이유야 어찌 되었건 그 당시의 기보를 보존하는 것이 바둑계의 책무가 아니냐, 예전 선현들의 바둑 기보가 남았더라면 하는 아쉬움을 우리가 가지고 있는데, 우리 시대에 보존할 수 있는 기보를 망각하게 된다면 우리 후손들이 또 다시 우리와 같은 아쉬움을 가지게 되지 않겠느냐, 그게 장차 우리 바둑계의 발전을 위해 해가 되겠느냐

득이 되겠느냐, 뭐 이런 식이었죠. 나오는대로 말해 버리고 말았어요."

"하하. 적절한 표현이었는데요?"

"그랬더니 물으시데요. 바둑 얼마나 두느냐고?"

"그래서요?"

"기원 가면 커피 날라야 하는 급수라고 얼버무렸어요."

"장 대리님 수완이 날이 갈수록 완숙해지는데요. 하하."

"평생 잊지 못할 대국이었다시며 나중에 기보와 해설지를 들고 사무실을 찾겠다고 하시던 걸요. 녹음은 사무실에서 직접 하겠노라고 약속해 주셨어요."

"얏호!"

"'죽음의 16연전'에 참여했던 다른 분들은요?"

"그분들도 '영원한 국수'와 '불천위 명인'의 예를 들자 '그래요?' 하시면서 참여하겠다고 하셨어요."

"하긴, 두 분이 하시는데 다른 분들이야 거절할 명분이 없었겠죠."

조나연 씨가 이해가 되지 않는다는 듯 고개를 갸우뚱거린다.

"그런데 참 이상해요."

"뭐가요?"

"어떻게 해서 10년 전에 깨알처럼 둔 바둑을 그때 당시의 모든 분들이 다 기억해 낼 수 있다는 거죠?"

정호 형의 말은 간단하다.

"승부이기 때문이죠."

"아무리 승부라도 그렇지. 정말 이해할 수가 없네."

"하하하. 진정한 승부사들만 알 수 있는 거라서 그래요"

한 달도 채 지나지 않아 김산이 한강 다리를 건너 와 당시 최고의 프로기사들과 둔 생전의 모든 대국을 거의 완벽하게 재현해 내기에 이른다. 그뿐만 아니라, 강산 형, '영원한 국수', '불천위 명인' 세 사람을 비롯하여 나머지 여섯 사람도 다 자신이 두었던 두 판씩의 대국 내용에 관해 직접 음성해설과 문자해설을 따로따로 해 주고 있다.

'천파기인, 김산의 특별 대국실'

김산이 두었던 20대국 전 기보와 음성 및 문자 해설을 실은 방 제목이다. 그리고 홍보 멘트는 '여러분을 10년 전 열렸던 「죽음의 16연전」 바로 그 현장으로 초대합니다.'이다.

유저들의 반응은 상상 밖이다. 호평을 받는 정도가 아니라 특별 대국실은 연일 유저들로 붐비고 있다. 게다가 아마 최고수들이 들어와 동시 복기 기능으로 나름대로 복기를 하는 경우도 있어 종일토록 그곳에서만 지내는 유저도 생겨나고 있다.

사무실에 전화도 폭주하기 시작한 지 오래다. 경향 각처에 있는 기원 회원들 그리고 직장 등에서 친목으로 만든 교우회 회원들이 단체로 회원 가입을 문의하는 전화들이다. 단체 가입 조건으로 내세우는 요구 사항의 대부분은 자기네들만의 동호회를 만들어 줄 수 있겠느냐는 것이다.

"들어오셔서 개설 절차에 따라 누구라도 만드시면 됩니다. 다만 다른 유저들에게 폐쇄적으로 운영하지 않는다는 조건이라야 합니다."

"정회원에 무조건 가입해야 됩니까?"

"안 해도 됩니다. 가입하고 싶은 사람만 가입하는 제도입니다."

"그래도 그냥 쓸 수 있나요 어디? 단체로 정회원에 가입하면 혹시 할인해 주기도 하나요?"

"10인 이상 단체로 가입할 경우에 5% 할인해 드립니다."

"우리는 50명인데 좀 더 안 되나요?"

"10% 할인해 드리죠."

전화를 받느라 전 직원이 하루 종일 입술이 말라 들어가고 있다. 갓 컴퓨터를 들여놓았다는 컴맹인 개인에서부터 단체에 이르기까지 바둑에 관한 것으로만 특화되어 있다고, 눈 어지러운 광고 배너 같은 건 하나도 없다고 소문이 난 심심마을로 발길을 들여놓고자 하는 문의 전화 앞에서 직원들은 파김치가 되어갈지언정 즐겁기만 한 표정이다.

"아자자자자!"

규형이가 갑자기 소리를 지르며 벌떡 일어나자 박수현 씨가 깜짝 놀라 묻는다.

"왜 그래요, 갑자기?"

"형! 아…… 아니지, 사장님! 화면 좀 봐요!"

"어딜?"

"심심마을 동시 접속 회원 수 3000명 돌파!"

"정말?"

밖에 나와서 전화 받는 일을 거들어주고 있던 나도 화면으로 눈을 돌려본다. '접속 회원 수'라는 글자 옆에 적혀 있는 숫자가 3011이다. 잠시 바라보노라니 회원 수는 줄어들 기미를 보이지 않고 점점 늘어만 간다.

'아…….'

그 이상은 어떤 말도 나오지 않는다. 말없이 방으로 들어와 서랍을 열고는 일기수첩을 꺼내 든다. 그리고는 그 갈피 속에 든 빛바랜 종이 한 장을 조심스레 펼친다. 사업을 시작한 직후 5년 내에 달성해야 할 목표를 적어둔 것이다.

'5년 내에 가입 회원 수 10000명, 평균 접속회원 수 3000명 돌파!'

그 아래에 있는 글귀로 눈을 돌린다.

'월 손익분기점 돌파!'

사업을 시작한 이래 햇수로 5년째에 접어들어서 이루어낸 '손익분기점 돌파'이다. 바둑계라는 승부처에 발을 들여 놓은 이후 지난 만 4년간의 베팅에서 줄곧 잃기만 하다가 비로소 본전 회수라는 희망의 판세를 받아놓게 된 것과 다름없는 현실을 마주하고 있는 것이다.

맨 처음 사이트를 개설할 당시의 일이 떠오른다. 중국에서 사업을 하다가 고국에서 인터넷바둑사이트라는 희대의 사이트가 개설되기 시작된 소식을 접하고는 숙명처럼 '내 사업이다'라는 생각이 들어 서둘러 귀국한 일이다.

말리지 않는 사람이 없었다. 그러나 각오한 일이었다. 인생사에서 결과를 좇으면 비난 받아 마땅하고, 과정을 만들어 간다면 칭찬해야 옳은 법이라고, 누구나 쉽게 하는 그 말과는 달리 현실은 그 반대였다.

과정을 만들어 가는 시간을 인내하지 못하고 비난하기 일쑤었다. 설령 부분적인 시행착오가 예견될지라도 그래도 열심히 하고 있지 않느냐는 격려가 필요한데도 세상은 전혀 그렇지 않다는 것을 깨달은 때가 사업을 시작한 지 3년 만이었다. 천지에 홀로 된 느낌. 그러나 포기할 수 없었고, 단념이란 있을 수 없었다.

너무 힘들었던, 정말이지 가장 힘들었을 때, 강산 형이 왜 아직도 패를 들고 있느냐고 물었던 적이 있었다. 술에 취해 상 위에 엎드려 있다가 문득 그 질문이 내 귀를 뚫고 쾌도난마처럼 지나가는 것을 느끼고는 얼른 몸을 일으켜 젖은 목소리로 피를 토해내듯 소리쳤던 기억만이 새로웠다.

"마지막 장…… 최후의 그 한 장을 받아보려고요. 허엉, 형!"

히든카드

1.

누구지? 또 산화인가?

아닌 게 아니라 그에게는 베팅 성공이 일상적인 일이다. 그 때문에 프로도박사라는 확신을 낳게 했고, 그로 인해 블랙 스퀘어즈에 가입하는 신규 회원이 늘어가고 있는 추세이다. 원래 소문이란 한번 불길이 일어나면 걷잡을 수 없는 법이다. 심심마을에 연재하고 있는 김산의 일대기처럼.

누가 베팅을 해서 먹었나 보다. 대기실 채팅창을 주시한다.

[비상금-13급] 시골사람님은 요즘 베팅 성공률이 높네요.

[시골사람-3급] ㅎㅎ 감사.

[비상금-13급] 산화님한테 비결이라도 전수 받은 거 아니에요?

[시골사람-3급] 실은 이틀 전부터 대박을 노리고 다섯 판을 걸었는데

[시골사람-3급] 한 판 놓치고 나머지 네 판을 다 먹었어요

[바둑부인-7급] 저는 가입한 뒤로 열흘 동안 두 판밖에 못 먹었는데.

[시리우스-18급] 대박 좋아하다 보면 나중에 쪽박 차요

[흰능대-9급] 한데 머니메이킹님이랑 광물자원님이 통 안보이시네요

[시리우스-18급] 흰능대님이 오랜만에 오셔서 잘 모르시는군요 두 사람 다 조작대국으로 퇴출 당했어요

[흰능대-9급] 그런 일이 있었군요

[조금만져줘-3급] 안녕하세요 처음 뵙겠습니다.

[비상금-13급] 어서 오세요. 엥? 님은 아이디가 그게 뭐예요?

[조금만져줘-3급] 제 아이디가 어때서요?

[시리우스-18급] 조금만 져줘? 조금 만져줘? ㅎㅎㅎ 어딜 만져 달라는 말이에요?

[조금만져줘-3급] 에이, 다 아시면서 ㅎㅎ

[흰능대-9급] 얼마만져드릴까요?

[관리자9] 농담이 심하신 분은 경고 들어갑니다. 조심하세요

[흰늑대-9급] 이크. 얼마만 져 드릴까요? 히힛.

최근에 신규로 가입한 조민식 씨도 활동을 시작하려나 보다. 그의
ID 조금만져줘는 역시 다른 베팅맨들의 주목을 끌고 있다.

처벌 규정 중의 하나인 '경고'는 퇴출 다음으로 큰 벌인데 일주일
동안 베팅을 불가능하게 만들어 버리는 것이다.

대부분의 베팅맨들은 이미 베팅이라는 노름에 중독이 되어 있는
상태라 하루만 지나면 베팅 금지를 풀어달라고 통사정을 해 오게 되
어 있다. 그 때문에 다른 베팅맨들을 조심시키는 효과가 아주 크다.
경고를 두 번째 받게 되는 베팅맨은 자동 퇴출이다.

경고보다 가벼운 벌로는 '주의'가 있다. 주의는 만 48시간 동안 베
팅을 금지 하는 벌이다.

[조금만져줘-3급] 잭팟이 뭐예요? 화면 오른쪽 한가운데에 누적 잭
팟금액이라고 적혀 있고 그 옆에 표시된 금액이 늘어 가는데?
[UFO-4급] 홈페이지에 보면 설명이 있어요
[조금만져줘-3급] 아, 고마워요

그러고 보니 잭팟 터질 때가 얼마 남지 않았음 직하다.
잭팟. 모든 베팅맨들을 설레게 하는 보너스이다. 잭팟 금액은 모든

베팅 대국방에 걸리는 베팅총액 가운데 1%를 누적하고 있는 돈이다. 만약 어느 한 대국이 종료됨과 동시 잭팟이 터졌다면, 블랙 스퀘어즈 시스템은 그 이후부터 열리는 대국 수를 연산해 나간다.

그리하여 그로부터 777번째에 해당하는 대국이 끝났을 때, 그 대국의 승자에게 건 사람들이 그동안 누적된 금액을 나누어 가지는 제도이다.

중요한 것은 777번째 대국의 개념인데, 대국의 개시 시점이 아니라 종료 시점으로 결정된다. 개시 시점이라면 누구나 베팅 대국을 세어나가 언제 어느 방에서 터질지 짐작할 수 있지만 종료 시점이라면 귀신이 아닌 다음에야 그 터지는 때가 언제인지 알 수 없다.

예를 들어, 777번째 대국이 시작되었다고 하더라도 계가로 가는 바둑이 되어 시간을 많이 끌게 되면, 불과 얼마 두지 않고 불계로 끝나는 다른 대국이 777번째로 종료되는 대국이 되기도 하고, 또 그와 반대로 되는 경우도 있기 때문이다.

그 터지는 대국을 정확히 예견할 수 없다는 것과 더불어 잭팟이 가지는 매력은 배당에 있다. 777번째로 종료 되는 대국의 승자에게 건 베팅맨이 한 사람이 아니고 여럿일 경우에 베팅 금액은 각자 다를 것인데, 그 베팅 금액에 관계없이 잭팟 금액은 사람 수에 따라 똑같은 비율로 나누어 가지게 된다는 점이다.

이는 소액 잔고가 남은 베팅맨들을 붙들어 놓는 복권과도 같은 효과가 있다. 계좌의 잔고가 바닥이 났음에도 불구하고 더 이상 입금할 여력이 없는 베팅맨들에게 남는 유일한 희망이 되는 것이다. 그래서 잔고가 달랑달랑한 베팅맨들은 잭팟이 터질 시기를 노려 마지막 승부수를 띄우기도 한다. 그들에겐 그것이 이른바 '히든카드'가 된다.

[조금만져줘-3급] 나도 이제부터 잭팟을 노려야겠네.

[시리우스-18급] 노력하는 자에게 터지는 행운이지요

[UFO-4급] 계산하는 자가 아니고요?

[조금만져줘-3급] 맞아요. 부지런히 대국 수 세어봐야겠네요.

[흰늑대-9급] 그래도 소용없더라고요.

[시골사람-3급] 저는 우연히 한 번 먹어봤어요. 그 기분이란 ㅎㅎㅎ

회원이 많아짐에 따라 그들의 행태도 천차만별, 천태만상이다. 거액을 입금하면서 가입한 거부가 있는가 하면, 소액으로 가입했다가 대박을 먹은 졸부도 있다.

또 적은 베팅액으로 끊임없이 대박을 노리고 다니는 잔챙이들도 있고, 잔고가 거의 바닥이 났지만 미련이 남아 떠나지 못하는 베팅맨들도 있다. 그들은 이런저런 구실로 유머러스하게 구걸을 하기도 하지만 돈을 그들의 계좌로 이체시켜 주는 베팅맨은 거의 없다.

특히, 특정 시기에만 사이트에 들어와 베팅을 하는 얌체족도 있는데, 그들이 노리는 것은 두말할 나위 없이 잭팟이다.

　[바둑부인-7급] 700대국 이상이 열리려면 시일이 얼마나 걸리지요?

　[시리우스-18급] 평균적으로 보면, 터진 다음부터 20일에서 25일 정도가 걸려요.

　[조금만져줘-3급] 잘 아시는 걸 보니, 시리우스님은 그간 많이 먹었겠네요?

　[시리우스-18급] 잭팟에 눈이 팔리면 베팅이 안 되지요

　[시골사람-3급] 옳은 말씀. 베팅을 하는 중에 나도 모르게 먹어야 제맛인 거예요

　시리우스의 말대로 전에는 잭팟이 터지는 시기가 20여 일 걸리던 것이 요즘은 20일 안쪽으로 당겨지고 있다. 금액도 전보다 크게 늘었다. 대국자 수에는 큰 변동이 없지만 하루에 열리는 평균 대국수가 많아진 탓이다.

　전체 회원수가 늘어 평균 접속 회원 수도 그에 비례하여 느는 추세이고, 그로 인해 각 베팅대국방마다 베팅액이 높아져 있는데, 그런 만큼 대국자들도 자신에게 돌아올 대국수수료가 커진다는 것을 알고 평소보다 대국을 많이 하는 것이다.

　대국 수가 많아지고 있는 것은 대국 당사자뿐만 아니라 사이트나

베팅맨들에게도 좋은 일이다. 사이트는 그만큼 수수료 수입이 늘어서 좋고, 베팅맨들은 베팅할 기회가 많아지면서 딸 기회도 많아진다.

아이러니 한 것은 잃을 기회도 그만큼 많아진다는 점은 심리적으로 간과한다는 것이다. 잃을 마음으로 도박을 하는 사람은 아무도 없으므로.

베팅맨이 많아지니 이래저래 상승효과가 일어나 사이트가 전보다 더 활기를 띠고 있다. 그 활기는 또 다른 휴면 베팅맨들을 깨워 불러들이고 있고……. 즐거운 순환이 계속되면서 사이트 자체 수익률과 성장률 모두 점차 큰 원을 그려나가고 있다.

42번 방에서 무풍지대 4단과 광속구 3단의 대국이 시작됩니다.

그 방으로 들어간다. 베팅이 개시되자마자 전에 산화가 그랬던 것처럼 무풍지대 4단에게 거액 1천만을 거는 사람이 있다. 32전승 대 42승 38패의 대국이라 그렇게 안 걸리는 게 오히려 이상한 일일지도 모른다.

건 사람은 역시 막강한 자본을 바탕으로 하는 시리우스일 게다.

[마이더스-2급] 베팅 예의가 없군.
[UFO-4급] 배려도 없으시고요

[시리우스-18급] 허어, 도박에 예의와 배려를 따지네?

[시리우스-18급] 이 사람들 도박하러 온 사람들 맞나 모르겠네.

그의 말이 옳고도 옳다. 도박에 배려나 예의가 어디 있으랴. 오직 룰 속의 승패만 있을 뿐이다. 그 이외는 핑계고 변명이고 투정이고 핀잔일 뿐이다. 만약 마이더스가 먼저 칠 기회를 놓치지 않고 시리우스보다 앞서 걸었다면 그런 말이 나올 리 없다. 바라보고 있자니 속웃음이 난다.

친목을 도모하기 위해 모인 자리에서 노름판이 벌어지는 경우는 있어도 노름판 자체가 친목을 도모하는 판이 될 수는 만고에 없다.

[시리우스-18급] 자신 있으면 반대편에 걸어 대박을 먹고,

[시리우스-18급] 자신이 없다면 안 걸면 되지 무슨 흰소리들이야. 나 참.

[마이더스-2급] 베팅맨 여러분, 우리 반대편에 걸지 맙시다.

[UFO-4급] 그래요. 뻔한 승부네요

[바둑부인-7급] 단돈 한 푼도 걸기 아까워지는군. 그렇다고

[바둑부인-7급] 무풍지대님한테 걸어봤자 돌아올 배당도 없을 거고 저도 안 걸래요

[마이더스-2급] 다들 약속하시는 겁니다.

[UFO-4급] 그러죠.

[시리우스-18급] 담합을 하시겠다? 많이들 해 보셔.

시리우스는 잘 알고 있다. 담합이 될 리가 없다는 것을. 착수가 10수에 이르도록 광속구 3단에게 거는 사람이 없다. 그러나 나도 잘 알고 있다. 15수가 넘어가면 1천만이라는 유혹 앞에 무심하지 않은 베팅맨들이 나타날 것이라는 점을.

13수째에 이르러, 베팅 내역을 보니 1천, 1만, 3만……. 벌써 대여섯 사람이 아주 적은 금액을 걸기 시작한다. 워낙 비율이 낮아 베팅 바도 표시를 제대로 하지 못하고 있다. 적어도 1%, 1천만이니 10만은 걸려야 베팅 바의 색깔이 나타나기 때문이다. 착수가 진행될수록 걸지 말자던 담합은 허무히 깨어지고 있다.

[마이더스-2급] 걸지 말자고 해 놓고 다들 거시네.

[시골사람-3급] 저는 안 건다는 말 안 했어요.

[마이더스-2급] UFO님과 바둑부인님은 어떻게 된 거예요?

[바둑부인-7급] 손이 절로 가네요. ㅎㅎ

[UFO-4급] 도박판의 말을 믿을 수 있나요, 어디? ㅎㅎㅎ

마이더스는 바보가 되고 만 셈이다. 갑자기 광속구 3단 쪽의 베팅 바가 조금 살아난다. 마이더스가 마지막 20수에 이르러 1백만을 걸지 않았더라면 98% 대 2%로 왕대박 찬스가 될 뻔했다. 88% 대 12%도 대박에 해당하긴 하지만.

마이더스가 홧김에 건 것이 틀림없을 것이다.

[바둑부인-7급] 마이더스님도 거실 거였으면서 뭘 그래요?
[마이더스-2급] 다들 거니까 저도 보태주려고요
[시리우스-18급] 보태주려면 좀 많이 보태주시지 ㅎㅎㅎ
[시골사람-3급] 돈이 뭔지…….

도박에 있어서 돈은 상품을 만들어내지 못하는 영원한 원재료일 뿐이다. 원재료를 투입해서 획득해 낸 산출을 또 다시 그대로 재투입해야 하기 때문이다. 투입도 원재료, 산출도 원재료……. 원재료의 순환만 이어갈 뿐이다.

원가나 비용 개념이 없는 것이 도박이다. 그러하기에 도박사에게 있어 손익분기점이란 없다. 원가와 비용, 더구나 판매가 없기에 수익이 있을 리 없다. 도박판에서 돈을 땄다는 말을 좀처럼 들을 수 없는 것은 바로 그러한 이치 때문이다.

다만 도박을 주선하고 주관하는 자는 다르다. 마치 노름방을 빌려주고 뒷돈을 대주는 꽁지만 돈을 버는 것처럼 오직 그 도박의 터전을 제공하고 룰을 운영하고 판을 주관하는 자에게만 손익분기점 개념, 다시 말해 비용과 노동에 대한 수익 개념이 발생하는 것이다.

결국 돈을 따는 쪽은 도박판이고, 잃는 쪽은 언제나 그 판에 둘러앉은 사람들이다. 그것을 알기까지는 얼마나 많은 수업료를 내어야 하는지. 도박판이 사라지지 않는 한 그것은 끝없는 수업료이기도 하다.

흑 대국자가 불계승하셨습니다.

무풍지대 4단이 32연승에 또 하나의 승을 보탠다. 비록 시리우스가 판돈을 먹었다고는 하지만 이것저것 빠져나가는 액수를 제외하면 고작 2%, 20만에 불과하다. 1천만을 걸어 겨우 20만을 먹고 나면 푸념이 아니 나올 수 없다. 승부가 끝나기 전까지 혹 잃기라도 할까 얼마나 가슴을 졸여야 하는가. 그에 대한 보답으로는 적은 금액인 것만은 틀림없다.

[시리우스-18급] 베팅할 맛이 영 안 나는군.
[마이더스-2급] 도박이 뭔지 다시 배워서 와야 할 사람이 있네. ㅎㅎㅎ

마이더스가 1백만을 잃은 분풀이로 시리우스를 겨냥해 한 소리임을 모를 사람은 없다. 시리우스도 적잖이 열이 올라있는 상태라 채팅 창은 금방이라도 두 사람의 설전이 오갈 것만 같다.

[시리우스-18급] 뭐 저런 새끼가 다 있어?
[마이더스-2급] 뭐야? 새끼? 개새끼, 너 죽을래?
[시리우스-18급] 그러는 너는 개손자냐, 씹새야!
[마이더스-2급] 저 새끼가 어른도 몰라보고 진짜 죽으려고 쥐약 쓰네. 너 몇 살이야, 이 새꺄!

따거나 잃는데 대한 기분은 나이가 없다. 분위기 점점 더 험악해지자 정호 형이 보다 못해 나선다.

[관리자] 두 분 다 욕설 그만하세요.

그러나 두 사람은 이미 각오를 한 듯하다. 각오란 다름 아닌 주의나 경고를 받는 일이다. 무릇 싸움이란 그 뒤에 따를 처벌이나 불이익보다는 당장 두 손에 들고 있는 자존심을 버리지 못하고 주먹 안에 꼭 쥐기 때문에 일어나는 법이 아닌가.

[관리자] 시리우스님과 마이더스님, 두 분에게 주의 처벌을 내리

겠습니다. 두 분은 이 시각 이후 48시간 동안 베팅을 하실 수 없습니다. 물론 채팅도 금지됩니다.

두 사람 다 큰손들이라 사이트 수수료 수입 측면으로 봐서는 다소 손해이지만 하는 수 없는 일이다. 일벌(一罰)은 곧 백계(百戒)로 이어지는 것이므로. 정호 형이 두 사람에게 따로 일대일 대화를 청하여 다친 자존심들을 어루만져 줄 것이라 큰 걱정은 없다.

도박판에는 크게 두 가지 부류가 있다. 하나는 승부사이고, 또 다른 하나는 도박사이다. 승부사는 자신이 승패 결정 게임에 당사자로 참여하여 전적으로 자신의 판단 하에 게임과 베팅을 동시에 진행한다. 그 반면, 도박사는 남들의 승패 결정 게임에 제3자의 입장에서 참여하여 베팅만 하고 게임을 직접 수행하지는 않는다. 승부사와 도박사의 공통점은 두 부류 다 승패 결정 게임에 베팅을 한다는 것이고, 차이점은 당사자로서 그 게임에 참여하느냐 하지 않느냐이다.

승부사는 직접 베팅을 하여 판돈 몰수를 노리기 때문에 필히 이기고자 하지만, 도박사는 다른 사람의 게임에 간접 베팅을 하여 배당을 노리는 것이므로 오직 자신의 기분껏 판 자체를 즐기는 경우가 많다. 하물며 프로 도박사임에랴.

고수에 속하는 도박사는 베팅에 실패했을 때 내가 무엇을 간과했는가 자문하고 반성을 하지만, 하수인 경우에는 나는 왜 이다지도 운이 없는가 하고 자신을 한탄하다가 시간이 지나면 점차 그 원망의 대상을 외부에서 찾기 시작한다.

시리우스의 1천만을 노려 1백만을 홧김에 질렀다가 잃은 마이더스가 보인 언사가 바로 그러한 유형에 속하는 것임을 적나라하게 보여준다. 물론 그에 맞불을 놓은 시리우스도 예외는 아니다. 그런 점에서 볼 때, 시리우스나 마이더스는 도박사 중의 도박사, 산화를 따라가려면 한참 멀었다.

그때 '호랑이도 제 말하면 온다'가 아니라, '생각하니 오더라'라고 격언이 바뀔 만한 일이 일어난다. 베팅맨들이 기다리고 있던 산화가 등장한 것이다.

[시골사람-3급] 산화님 오셨어요?
[시골사람-3급] 앞으로 사부님으로 모실게요. 허락하실 거죠?

죽은 자의 ID 산화. 그는 여전히 아무런 말이 없다. 마치 유령처럼 소리 없이 왔다가 사라질 것처럼.

2.

[남상록] 사장님?

[이정희] 제가 생각해도 너무 무모한 일인 것 같은데요

[정규형] 그 사업은 하지 않는 게 좋을 것 같습니다.

[윤세준] 왜 다들 부정적인 면만 보시죠? 긍정적인 측면도 한번 살펴봐 주세요

[조나연] 그런 측면이 단 한 가지라도 보여야 말이죠

[장희수] 저는 생각이 다릅니다. 사장님 말씀에도 일리는 있어요

회의는 사흘 동안 계속된다. 폐간된 신문을 인수하여 사이버 신문화 하는 것이 안건이었다. 직원들 가운데 장 대리만 빼놓고는 모두 완강히 반대하고 있다. 여러모로 보아도 회생 가능성이 보이지 않는다는 것이 그 이유이다.

MR 배너에서 온라인으로 하던 회의가 제자리걸음만 맴돌자 급기야 논의를 사무실로 끄집어낸다. 직원들은 점차 나의 집요한 설득에 흔들리기 시작하더니 알아서 하라는 식으로 물러나 앉아버린다.

"전혀 불가능한 것만은 아닙니다."

"아무리 사이버 신문이라고는 하지만 어떻게 매일 발간할 수 있단 말씀이에요?"

"두고 보면 압니다. 자, 여러분들은 따라주기만 하세요."

"그러면, 그 일을 전담할 직원들을 새로 채용하실 겁니까?"

"예, 두 사람만. 채용이 아니라 초빙할 작정입니다."

페이퍼 신문의 소프트웨어적인 분야라고 해봤자 별게 없지만 신문의 명칭이 오직 그 하나뿐이라 명목상 인수 절차를 밟았고, 뒤이어 최 주간과 강산 형을 영입한다. 두 사람의 책상을 더 놓기엔 사무실이 너무 좁아 벤처빌딩으로 본사도 이전한다. 최 주간은 그전 직함 그대로 편집주간을, 강산 형은 종전 신문사에서 맡았던 총무이사가 아닌 기획이사 자리를 맡도록 한다.

새로운 각오로 출범 준비를 마친 뒤 새 직원들을 환영하는 취지로 회식을 한다. 직원들이 평소 사무실을 드나들던 강산 형을 다른 태도로 대하는 것이 느껴진다. 그가 오락가락하던 나그네가 아니라, 붙박이로 한 식구가 된 것에 대한 긴장감 때문일 것이다. 자리가 어느 정도 무르익자 서서히 신래풀이가 시작된다. 남 과장의 입이 먼저 열린다.

"김 이사님. 기획 부문을 맡으셨는데 신문을 앞으로 어떻게 운영하실 생각이죠?"

"운영이 아니라 관리만 할 겁니다."

"어떻게 관리하실 건지?"

"잘 관리해야죠. 하하."

강산 형이 번번이 피해가자 직원들의 물음은 어느덧 최 주간에게로 옮겨진다. 그는 아마도 강산 형보다 더 자연스럽게 빠져나갈 것이기에 아무 염려가 없다. 그에게도 이것저것 묻던 직원들이 그만 김이 빠졌는지 질문을 그친다.

"자, 짠 한번 합시다."

역시 관록이란 무서운 것이다. 경륜은 늘 지식의 견인차라고 믿어 왔던 바가 그대로 증명이 되는 자리이다. 최 주간이 너무 심하게 말미끄럼을 탄 것으로 생각했는지 조용히 입을 연다.

"신문은 신문을 운영하는 주체가 만들지 않습니다. 윤 사장이나 나나 여기 김 이사나 오직 관리만 할 것입니다."

"그럼 제작은 누가 하죠?"

"전국 각지에 흩어져 있는 객원기자들이 하게 됩니다."

"객원기자라뇨?"

"전국 행정구역 단위로 객원기자들을 뽑아 두었습니다. 다만, 심심 마을에서 2년 이상 활동한 유저들로 기력은 아마 3급 이상인 분들로 요."

"몇 사람이나 되죠?"

"46명입니다."

"예에?"

"그 사람들이 자기가 속해 있는 지역의 기원, 도장, 교우회, 동호회, 어린이 바둑교실 등을 다니며 지역 소식을 광범위하게 수집하여 그중에서 기사거리가 될만하다 싶은 것들을 전용 전송시스템을 통해 우리 쪽으로 보냅니다. 그러면 그것들 가운데 가려서 싣는 역할만 신문사가 담당하게 되는 거죠"

"그 많은 객원 기자들에게 월급을 주자면……."

"그런 건 지급하지 않습니다. 당장은 자원봉사입니다. 다만, 당분간 교통비 명목으로 월 10만 원씩 지급합니다. 그리고 객원기자를 하는 동안은 심심마을 정회원 자격을 부여합니다."

"그 정도 대우만으로 그 사람들이 직접 발로 뛰어다니는 수고를 하겠습니까?"

"신문사는 별도 법인으로 출범합니다. 그들이 바로 주주가 되는 것이지요"

"그 사람들이 투자까지 했다고요?"

"투자가 아니라 장차 이익이 발생하면 배당을 하는 조건을 붙여 무상으로 약간의 주식을 교부할 예정입니다. 구독 추이를 봐서 여러 콘텐츠도 차차 개발할 계획이고요. 신문사의 목표도 우리 심심마을의 목표처럼 벤처기업으로 등록해 상장하는 것입니다."

"그러면 초기 단계에서는 기사만 싣겠군요?"

"기사라기보다는 주로 각 지역에서 일어나는 일화들이 우선 됩니다. 음미해 볼 만한 기보나 사활 문제, 착각으로 인한 해프닝과 같은 것 말입니다. 그리고 광고도 싣습니다. 객원기자들이 광고를 수주해 올 경우에는 광고료의 10%를 지급합니다."

"그러면 최소한 신문 쪽에도 웹 마스터가 한 사람 있어야 하지 않나요?"

"물론이죠. 바로 접니다."

최 주간이 자신의 가슴을 가리키는 것을 보고 직원들이 어리둥절해 한다. 그럼에도 아랑곳하지 않고 최 주간은 얼른 남은 말을 더한다.

"김 이사는 객원기자가 상주하는 전체 지역을 돌아다니며 기획 취재물의 발굴과 우리 사이버 신문의 구독을 권장할 계획입니다. 물론 구독은 무료지요. 이제 궁금증이 좀 풀렸습니까?"

남 과장이 물었다.

"손익분기점은 어느 시기로 잡고 계십니까?"

그 대답은 강산 형이 한다.

"인건비가 나올 때까지 우리 두 사람도 무료봉사입니다. 하하."

더 이상 물을 것이 없다. 심심마을이 흑자를 낸다 하니 최 주간과 강산 형이 군침을 흘리며 신문을 인수토록 나를 꼬드겼거니 하던 직원들이다. 그런 의혹이 상당 부분 풀리자 그들은 스스로에게 민망해진 얼굴들이 된다. 남 과장이 시계를 보더니 일어선다.

"저……. 먼저 일어나봐야겠네요. 피치 못할 일이 있어서."

"10시가 넘었는데 피치 못할 일이라뇨?"

"그런 일이 있습니다. 죄송합니다."

그를 보내고 나자 갑자기 산화가 떠오른다. 죽은 정동훈의 ID를 그대로 도용한 미지의 인물.

'혹시?'

예전의 일이 생각난다. 생활고에 쪼들려 그만두겠다던 남 과장이다. 도용한 ID 산화로 베팅을 하여 어느 정도 불렸으니 꼬리가 밟히기 전에 뜨겠다는 말이었던가? 함부로 의심해서는 안 된다고 하면서 꼬리를 물고 일어나는 불신을 잠재울 길이 없다. 대상은 그만이 아니다.

원래 도박을 좋아해 블랙 스퀘어즈에 자신도 베팅맨 ID를 만들겠다던 장 대리도 주시 대상이다. 그것을 만류한 것이 벌써 2년 전인데 아직까지 그에 대해 두말을 하지 않는 것을 보면 그 역시 용의 선상에 올려놓기에 충분하다. 독신인데다 월급을 타는 날이면 예전 친구들과 포커판을 벌이기 일쑤인 사람이 아닌가.

더구나 경리과 박수현 씨와 은밀한 관계를 맺고 있는지도 모른다. 가끔 오가는 그들의 눈빛이 그것을 증명하고 있다. 뜨거운 눈빛은 오히려 박수현 씨 쪽이다. 노름도 하고 데이트도 즐기자면 만만치 않은 비용이 들 것이다.

게다가 규형이와 정호 형, 그리고 두 여직원까지 의심되기도 마찬가지이다.

'예사 일이 아니군. 누가 산화인지 시험해 볼 방법을 강구해야겠어. 더 늦기 전에.'

짧은 시간, 고민 끝에 그 수단을 술로 삼기로 한다. 사무실에서 술을 못하는 사람은 아무도 없으니까.

"우리도 이제 그만 일어나죠."

직원들을 모두 보내고 강산 형과 최 주간만 모시고 2차로 향한다. 주간님이 자주 가는 당신의 집 근처 포장마차이다. 우리끼리 앉자 먼저 말문을 연 것은 강산 형이다.

"윤 사장이 내게 극구 새 판이 열린다고 했던 말이 사실이었네?"

"거 봐요. 하하."

"주간님의 수읽기가 정확했어."

"입찰에 참가하여 소설을 따내도록 유도하신 것이 저에겐 마지막 승부수였는데 그것이 성공한 베팅이 되었네요."

"허허."

"윤 사장, 기억해?"

"뭘요?"

"2년 전인가 내가 물었지. 왜 아직도 패를 들고 있느냐고?"

"그랬었지요."

"그때 대답이 뭐랬더라?"

"최후의 한 장을 받아보려고 한다고 대답했었죠."

"맞아. 하하. 그 한 장이 뭐라고 생각해?"

"김산인가요?"

내 반문에 강산 형이 무어라 말하려고 하는 순간, 최 주간의 말이 가로질러 들어온다.

"아니지. 윤 사장 내부에 존재하는 신념이지. 그에 비하면 김산은 우연일 뿐이야."

"신념이라고요?"

"그렇지. 신념은 우연을 불러오는 힘이 있어. 하지만 실은 우연이 아니라 필연을 불러오게 되는 거야. 다만 그것을 우연이라 여기는 것일 뿐이지."

"우연이라는 포장지를 쓰고 오는 필연이라……."

"그 필연이란 게 뭐죠?"

"누군가의 눈. 신념은 누군가의 눈을 당겨오게 마련이야. 윤 사장, 자네의 눈 속에는 건강한 신념, 찌든 신념이 아니라 찌들수록 새로운 샘물이 솟는 것과 같은 그런 신념이 들어있었어. 나는 언제부턴가 그걸 보았지. 김 이사도 그렇게 보지 않았어?"

"하하. 주간님은 말씀도 꼭 글쓰기처럼 하신다니까."

참 멀리 내다볼 줄 아시는 분이라는 생각이 새삼스럽게 인다. 최 주간은 적어도 두 가지 패를 읽은 셈이다. 하나는 세상이라는 상대의 패이다. 세상이 새로운 영웅, 이전과 다른 분야에서 다른 형태의 영웅의 출현을 간절히 바라고 있었음을 꿰뚫어 본 것이다.

또 다른 패는 내가 가진 패이다. 오래전, 내 패가 형편없다는 걸 알고 있었다. 그리하여 히든카드 한 장을 주지 않으면 바둑계라는 판에서 더 버티기 어려울 것이라는 판단을 하였을 것이다.

'무서운 분이야.'

신문사가 망하게 될 줄 짐작하고 다른 방도를 강구한 것. 그것은 당신과 강산 형이 동시에 살아남는 수순을 밟는 길이었고, 그 길은 마치 바둑판에서 패를 내듯 현실에서는 소설 연재라는 패를 내는 것과 함께 내게 건넨 3천만 원이라는 팻감이 아닌가 한다.

그때의 나처럼 그에게 있어서도 그것이 바둑계에서의 마지막 판이라 보았을지도 모른다.

"윤 사장."

"예, 주간님."

"심심마을 말고 다른 비밀 사업도 있지?"

"왜 그렇게 생각하세요?"

강산 형이 혹시 말을 해 주었나 하고 그의 얼굴을 보며 반문한다. 강산 형은 자신은 아니라고 손짓을 한다.

"심심마을만으로 4년 넘게 버텨왔다는 것은 불가능해. 그렇지 않아? 전에 신문사에까지 심심마을을 인수하라고 요청할 정도였으니 다른 물주도 없을 테고 내 말이 틀렸어?"

이제 와 감출 일은 아니다. 목소리를 낮춰 블랙 스퀘어즈에 대해 간단히 들려준다. 그리고는 반응을 기다린다. 벼락이라도 떨어지면 어쩌나 하는 심정으로. 그의 침묵이 의외로 길다.

"가끔 들어와 바둑도 두시고 해설도 좀 해 주세요."

강산 형도 거든다.

"대국료가 만만치 않아 용돈벌이로 그만입니다."

"김 이사도 용돈을 거기서 조달했나?"

"용돈이라고까진 할 것 없고요. 가끔 들어가 두긴 했습니다."

"으음."

나는 얼른 산화 얘기를 꺼낸다. 최 주간 역시 도박사의 기질을 타고난 사람이 아닌가. 산화가 궁금해서라도 별다른 말을 꺼낼 수 없도록 만들고 싶다. 얘기를 다 듣고서야 최 주간이 입이 뗀다.

"그런 사람이 다 있었나?"

"그 산화님도 한번 만나봐 주시고요."

"블랙 스퀘어즈……. 실제 바둑 도박판……. 비밀, 불법……."

강산 형이 더 염려스러워 한다. 한마디로 '정리해'라고 한다면 수습하기가 쉽지 않는 일이다.

"그리고 산화라……."

산화 얘기가 솔깃하다는 반증이다. 적어도 일언지하에 블랙을 없애라는 말은 안 나올 것 같다.

"윤 사장이 남몰래 꼭꼭 감추어 둔 히든카드가 또 한 장 더 있었군."

내가 아무 말을 못하는 것을 본 강산 형이 이번에도 도와준다.

"필요악이죠. 그 때문에 여러 바둑인들이 바둑계를 떠나지 않고 있는지도 모르니까요."

"대국료 수입 때문에?"

"그럼요."

잠시 망설이던 최 주간이 낯빛을 바꾼다.

"그렇다면 나도 예전 ID를 살려볼까?"

속으로 길게 안도의 숨을 내쉰다. 블랙 스퀘어즈를 있는 그대로 받아들이겠다는 말에 다름 아니다. 내 목소리는 비로소 제 음색을 낸다.

"예전 ID라뇨?"

"주간님께서 인터넷 바둑사이트 초창기에 바둑을 꽤 많이 두셨거든. 한창 두던 그 시절에 지니셨던 ID를 말씀하시는 거야."

"그게 뭔데요?"

"코뿔소였나?"

"하하. 그랬죠. 무조건 쳐들어가 수를 내는 기사라고 사람들은 '쳐뿔소'라는 별명을 붙였지."

"하수는 남의 집을 보고 고수는 내 집을 본다고 했는데 그땐 내가 아마에서도 한참 하수였나봐. 하지만 어차피 싸워 이겨야 하니 싸울 수밖에. 허허."

하수라는 말은 사실이 아님을 잘 안다. 아마바둑계에서 알아주는 고수 중의 고수일뿐더러, 두 점 접바둑으로 그를 감당하는 프로가 많지 않다는 게 그의 바둑에 관한 일반적인 평가이다. 다만, 그는 상대방이 한 곳에 15집 이상 나는 꼴을 못 본다고 할 정도로 격렬한 싸움 바둑을 즐기는 기풍을 가지고 있다.

"코뿔소라는 ID는 아직도 알 만한 사람은 다 기억하고 있을 거예요."

"그런가? 그럼 어떤 걸로 하지? 윤 사장이 하나 지어봐."

최 주간은 나를 쉽게 대하는 듯하면서도 그 이면에는 사장 예우를 하고 있다는 단면을 보여준다. 나도 선선히 대답한다.

"그러죠. 며칠 시간을 주세요."

"참, 이기훈이 김산의 애인 얘기 쓴 부분을 읽어보았는데 말이야. 안동에 대대로 터를 잡고 살아온 권문세족 종가의 딸이데?"

"그랬죠."

"왜 그렇게밖에 못 만들었지? 가난뱅이 청년과 부잣집 딸, 아니면 부잣집 아들과 가난뱅이 집안 딸…… 뻔한 드라마처럼 너무 통속적이지 않아?"

"그렇긴 하지만 김산에게 애인이 없었으니까 가볍게 설정했겠죠."

"없었기는."

"예에? 그에게 애인이 있었단 말씀이세요?"

"그는 사내 아닌가, 뭐."

최 주간은 새로운 얘기를 꺼낸다.

"'죽음의 16연전'을 다 끝내고 김산이 중얼거리더군. 누가 고향에서 자신을 애타게 기다리고 있다고 말이야. 부모님이라는 말은 아닌 것 같이 들리기에 애인이 있느냐고 물어보았지. 얼굴을 붉히며 우물쭈물 대답을 못하더라고"

"이기훈 작가가 그 애인에 관한 건 몰랐나 보네요?"

"당연하지. 실은 이기훈이 소설이 연재되기 보름쯤 전에 날 찾아와 지난날의 잘못을 사죄했어. 그리고는 김산에 관해 묻더군. 그때 그가 진심으로 사죄하러 온 것이 아니라, 글에 관한 자료를 얻어내는 게 목적이었다는 걸 뻔히 들여다보면서도 인간이 불쌍해서 얘기해 주었지."

"원고 마감이 임박해지자 다급했던가 보네요."

"그래서 김산의 영웅화에 필요한 천부경, 줄 없는 바둑판 얘기를 해 주었어. 일부러 장님 스승과 애인 얘기는 빼고"

"그건 왜 안 해주셨어요?"

"나도 비장의 카드 한 장쯤은 남겨두어야 하겠기에 그랬지."

"결과적으로 보면 두 장이었네요. 장님 스승과 애인. 하하."

"애초부터 영웅화하는데 초점이 된 글이니 장님 스승이나 애인 얘기는 알려주어 봤자 안 어울리지."

"장님 스승 부분은 극적이지 않나요?"

"영웅화가 지나치면 유치의 극치를 달리게 돼. 그리고 애인은 김산 옆에 놓아두는 꽃 한 송이쯤으로 그려낼 것인데 어림도 없지."

"한데 그 비장의 카드를 지금 우리에게는 보이셨으니 남은 게 없네요."

"두 사람을 상대로 남겨 놓은 카드는 따로 있지. 허허. 비장의 카드는 상대에 따라 달리 써야 하는 법이거든. 안 그래, 윤 사장?"

"그렇습니다."

강산 형이 묻는다.

"참, 애인이 누구라고 하던가요?"

"꽃실이, 송꽃실이라고 하더군. 혹시 김 이사도 아는 이름인가?"

살인 대국

1.

"오늘 당번 누구예요?"

규형이가 고개를 든다.

"저예요."

"나도 사무실에 남을 거니까 내가 당번 볼게. 퇴근 후에 일 있으면 미루지 말고 봐."

"아…… 아니에요. 제 일은 제가 할 게요."

당번은 직원들이 6시에 퇴근을 한 뒤부터 다음날 새벽 2시까지 심심마을과 블랙 스퀘어즈에 관리자로 들어가 회원들의 분쟁을 조정하는 책임이 따른다. 그 이후의 시간에 일어나는 사항들은 회원 각자가 대국실에 있는 '신고' 기능을 이용해 신고를 할 수 있게 되어 있고 신고된 내용은 아침에 출근하여 즉각 처리하도록 방침을 정해 두고 있다.

직원들이 다 퇴근하고 나자 규형이가 커피를 들고 내 방문을 두드린다.

"늦게까지 남아 계셔야 할 무슨 중요한 일이라도 있어요?"

"오늘, 주간님이 처음 사이트에 들어오시는 날이야."

"그래요? 그러면 저도 인사드려야겠네요."

남자 직원들이 돌아가며 당번을 서도록 하고 있지만 이런저런 일로 규형이가 밤늦게까지 사무실에 혼자 남아 있는 경우가 많다. 고시원에 방을 얻어놓고 혼자 생활하고 있는 그는 6급 실력인데도 저보다 고수들의 대국 분쟁을 곧잘 해결해 주곤 한다.

딱 한 번, 그가 실수한 적이 있었는데 심심마을에서 1급들의 바둑을 조정해 들어갔다가 봉변을 당한 일이었다. 1급이라지만 기원 급수로는 7급 수준이라 대국자 중 한 사람이 귀곡사를 몰라 죽지 않은 돌이라고 우기는 것을 그만 편들어서 직권으로 그의 승리로 처리해 버리고 말았다.

그러자 관전하고 있던 유저들이 관리자까지 귀곡사를 모르느냐, 도대체 관리자는 몇 급이냐, 사이트 관리가 영 엉망이군…… 규형이는 새벽 1시에 자고 있는 나를 전화로 깨웠다. 들어가 보니 관리자의 무지를 단순한 실수로 여기지 않는 분위기였다. '여기 와서 바둑 못

두겠군.' 하는 말에 이르자 나는 간곡히 실수였다고 사죄하고 승패 수정을 해 준 적이 있었다.

"형, 귀곡사가 뭐예요?"

"9급이 그것도 몰라?"

"형은 다 아나요, 뭐."

"공부 좀 해."

당시의 9급 실력이 그 뒤로 일취월장하여 6급에 이르게 된 것이다.

"이젠 귀곡사 알겠어?"

"헤헤, 그럼요. 귀삼수도 아는 걸요. 그땐 참 바보 같은 짓을 했죠."

사람에 따라 다르지만, 웬만한 사람은 바둑을 배우기 시작한 지 얼마 지나지 않으면 쉽게 9급에 이를 수 있다. 그러나 9급에서 7급이 되기란 맨손으로 정글을 지나는 것만큼이나 큰 노력이 든다. 8, 9급은 거의 넘나들 수 있지만 7급이라는 밀림은 참으로 길이 없는 것만 같이 여겨지는 때이다.

책도 보고 고수에게 길을 물어 그곳을 지나면 그 다음에는 6급이라는 물살 센 강이 가로 막고 있다. 한동안 강기슭에서 머물며 그 강바닥 어느 곳이 얕고 어느 곳이 깊은지 살피고 또 살펴 조심스레 건넌 뒤에야 비교적 너른 벌판이 나타나는데, 그때는 바야흐로 4, 5급을 넘나드는 시기가 된다.

그러나 그 초원에는 곳곳에 맹수들이 도사리고 있다. 안전하다고 여기는 곳이 바로 사지일 수 있는 것이다. 맹수가 먹잇감의 냄새를 맡듯이 그 초원에서 삶과 죽음의 냄새를 구별해 낼 수 있는 힘을 얻게 되면 갑자기 암벽등반을 해야 올라갈 수 있는 가파른 바위산이 나타난다. 그 꼭대기가 바로 2, 3급 고지이다.

죽을힘을 다해 올라간다. 너무 힘이 들어 이런저런 꼼수를 써서 올라가려다가 미끄러져 떨어지기도 여러 번이다. 정도(正道)가 가장 쉽고 빨리 오를 수 있는 길이라는 걸 깨닫게 되면 홀연히 그 꼭대기에 서게 된다. 하지만 쉴 틈이 없다.

눈 덮여 얼어붙어 있는 산정, 1급이라는 깃발을 손에 넣으려면 천 길 나락과도 같은 크레바스를 건너야 한다. 자일과 카라비너는 이미 다 써버렸고 식량도 바닥난다. 악마의 아가리와도 같은 크레바스를 건널 방법이 도무지 보이지 않는다. 눈앞이 캄캄하다.

그러나 끈질기게 살핀다. 살피는 힘, 조금이라도 간격이 좁은 곳을 찾아 헤맨다. 어느 곳에 이르러 자신감이 생긴다. 건너 뛸 준비를 한다. 건넌다. 성공이다. 드디어 깃발을 손에 넣는다. 그럭저럭 아마추어 최고의 경지. 기쁨은 이루 말할 수 없다.

그러나 그것도 잠시, 하늘을 바라보니 크고 작은 새들이 무수히 날아다니고 있다. 그들은 어서 날아오르라고 손짓을 하고 있는 것 같다. 절망에 사로잡힌다. 깃발이 날개가 되어 줄 리는 없다. 그때 눈보라가 불어 닥친다. 얼른 내려가거나 하늘로 솟구쳐 올라야 한다.

절체절명의 순간, 그 자리에서 한 소식하여 문득 큰 홰를 치며 휘얼 날아오르는 것, 그때서야 바로 프로라는 하늘을 자유로이 유영하게 되는 것이다. 하지만 그곳은 무한한 자유지대가 아니다.

보기와는 달리 죽이지 않으면 살아남을 수 없는 피비린내 진동하는 잔인한 전쟁터이다. 새들이 한가로이 유영하는 듯이 보여도 실은 다른 새들에게 날개를 물어 뜯겨 추락하지 않으려는 처절한 몸부림이었다는 것을 깨닫게 된다.

그러한 세계에서의 6급⋯⋯.

"6급?"

그러고 보니 산화의 급수와 같다. 더구나 산화가 사이트에 접속하는 밤 10시에서 11시 사이는 당번을 도맡다시피 하는 규형이가 근무하는 시간대이다. 갑자기 규형이와 산화가 겹쳐 떠오른다.

'설마 규형이일까?'

이런저런 생각 끝에 기회를 보아 규형이를 가장 먼저 산화이냐 아니냐의 시험대에 올리기로 한다. 무릇 동전이 새는 주머니는 옷장 안의 옷에 달려있는 것이 아니라 입고 있는 옷에 있으므로.

블랙 스퀘어즈에 들어가자 두 사람이 인사를 한다.

[떠버리-1급] 어서오세요. 무상수님.

[하회탈-1급] 안녕하신교?

최 주간과 강산 형이 베팅맨 ID로 먼저 들어와 있다. 떠버리는 최 주간의 ID이고, 하회탈은 강산 형의 것이다. 강산 형은 하회탈이라는 ID를 진작 가지고 있었지만 대국자 ID인 강호제일검으로 들어와 바둑을 두는 경우가 많아 베팅맨 ID는 잘 쓰지 않는 편이고, 최 주간의 ID는 지난 번에 그의 요청대로 내가 지어준 것이다.

"떠버리?"

"너무 심한데?"

"베팅맨들에게 부담감 없는 ID가 좋지 않겠어요? 예전에 이곳저곳에서 날리시던 코뿔소님이라는 걸 전혀 눈치 못 챌걸요. 하하."

"좋아, 떠버리로 하지. 마구 떠벌려도 처벌하면 안 돼."

[무상수-1급] 떠버리님은 처음 뵙는군요

[떠버리-1급] 앞으로 잘 부탁드립니다.

[무상수-1급] 오히려 제가 드려야할 말씀입니다. 한데, 어느 정도나 되는 떠버리이신지 확인하고 싶군요 ㅎㅎㅎ

[떠버리-1급] 그거야 어렵지 않죠 ㅎㅎ

[관리자9] 떠버리님 안녕하세요?

[떠버리-1급] 안녕하세요, 관리자님. 사이트 번창을 기원합니다.

[관리자] 자주 좀 들러주세요

[떠버리-1급] 그러죠.

44번 방에서 수리수리 5단과 발칸포사수 5단의 베팅 대국이 시작
됩니다.

직감으로 떠오른 낱말이 '빅매치'이다. 두 대국자가 모두 전승가도
를 달리다가 멍 자국 하나씩 안은 것이 못내 아쉽다. 2단 때 1패씩
당한 것인데, 그들에게 패를 안긴 상대도 공교롭게도 동일인물이다.
'약우지킴이'라는 별명이 붙어있는 태극권 2단인 것이다. 그는 그 뒤
로 만년 2단이라는 뜻의 '약우지킴이'에서 '멍자국내기'로 별명이 바
뀌었다.

조건이 맞지 않는지 대국이 개시되기도 전에 무승부 처리가 된다.
누군가 기권을 한 듯하다. 설령 대국이 개시되더라도 착수 10수 이내
에서의 기권은 자동으로 무승부가 되도록 해놓고 있다.

대국이 시작되려면 먼저 대국을 신청하는 대국자가 대국시간, 초
읽기 횟수 등의 조건을 정해 상대 대국자에게 전송한다. 그때 상대
대국자가 수락하면 대국이 개시되는 것이고, 조건을 수정해 보내면
다시 애초의 대국 신청자가 그것의 수락 여부를 결정하게 되어 있다.

[무상수-1급] 떠버리님, 지금부터 떠벌려도 되는데요.

[떠버리-1급] 그런가요? 그러면 시작하죠. 시끄럽더라도 너그러이 양해바랍니다.

[조금만져줘-3급] 이거 이러다 대국이 무산되겠는데요.

[하회탈-1급] 그러게 말입니다.

[떠버리-1급] 결투의 때와 장소, 조건을 가리는 것은 결투에 응하기 전에 할 일이죠.

[떠버리-1급] 이미 결투에 응하겠다고 했으면 조건을 따지거나 물러서거나 하는 것은

[떠버리-1급] 승부사의 태도가 아니죠, 안 그래요?

[시골사람-3급] 이야, 구구절절 옳은 말씀이다.

[초대손님-8급] 대국자들이 떠버리님의 글을 볼 수 없다는 것이 안타깝네요.

다시 다른 방에서 만난 두 사람의 대국이 개시된다. 발칸포사수 5단이 백번, 수리수리 5단이 흑번, 제한 시간은 30분. 초읽기는 30초 5회. 대국 조건이 이례적이다. 통상적으로 15분에서 20분의 대국 시간, 30초 3회 초읽기에 비하면 그만큼 신중하게 두겠다는 각오가 엿보인다.

[떠버리-1급] 아, 돌이 가려졌군요 흑을 잡든 백을 잡든 승패는 반반이지만

[떠버리-1급] 흑을 잡게 되면 아무래도 심리적으로 좀 더 안정되죠.

[떠버리-1급] 초반만큼은 작전 구상을 먼저 할 수 있기 때문에요.

20수 베팅 마감에 이르기까지는 대국 제한 시간별로 평균 착수 시간이 있다. 대국 시간이 흑백 각 20분이라면 3분 19초, 각 15분이라면 3분, 10분이라면 1분 21초, 5분이라면 47초……. 베팅맨들은 그 짧은 시간 내에 모든 변수를 고려하여 베팅할 대국자를 결정해 베팅을 해야 하는 것이다.

제한 시간 30분짜리 바둑이라 그런지 두 대국자는 초반부터 여간 신중한 게 아니다. 수를 놓아가는 속도를 보니 20수에 이르려면 적어도 5분 이상은 소요될 것 같다. 대국자가 침착하게 두어나가는 것과 마찬가지로 베팅 분위기도 그에 따라서 조심스러워져 있다.

얼마 전에 베팅 프로그램을 업데이트했다. 한 베팅맨이 한 차례만 베팅할 수 있던 것을 세 번까지 걸 수 있도록 만든 것이다. 처음 걸고 난 뒤에 한 번 더 걸고 싶을 땐 '찬스! 원 모어 타임' 기능으로 가능하게 했고, 그것도 성에 차지 않아 또 한 번 더 걸고 싶을 땐 '빅 찬스! 베팅 레이스' 기능을 이용하도록 했다. 찬스 때엔 거는 금액의 1%를, 빅 찬스 때엔 3%를 베팅 직후 수수료로 선공제한다.

특히 이 두 기능이 작동하는 동안에는 흑백 대국자의 바둑판 위에는 천원 자리를 중심으로 가로세로 3칸 정도의 크기로 '관전자들이 베팅 레이스 중입니다. 잠시만 기다려주세요'라는 글귀가 씌어진 창이 뜨는 것과 동시에 일시 착수정지 기능이 적용된다.

이러한 새 베팅 프로그램의 요지를 사전 설문 조사하자 60%가 넘는 베팅맨들이 찬성했고, 대국자들의 찬성률은 거의 90%에 이르렀다. 어떤 방식을 도입하든 베팅액이 커지면 대국 후에 지급받는 배당도 그에 비례해 커질 것이라고 여겼음에 틀림없다.

최 주간은 베팅이 이루어지는 동안에는 해설을 하지 않고 있다. 해설이 베팅맨들에게 영향을 줄 수 있다는 생각을 했으리라.

베팅 분위기가 점차 살아나고 있다. 흑백 간에 포석 공방전이 치열하게 벌어지고 있는 것과 더불어 베팅 줄다리기도 이어진다. 베팅 바의 빨간색과 파란색이 서로 밀리지 않으려고 안간힘을 쓰는 듯하다. 착수가 18수에 이르자 두 대국자에게 걸린 금액은 모두 2천만에 육박한다.

그때, 바둑판 위에 베팅 레이스 창이 하나 뜬다. 누군가 '찬스'를 걸었다는 표시이다. 베팅 바가 움직이고 나자 창은 사라진다. 19수가 놓이자 또 한번 창이 떴는데, 그것은 좀처럼 사라지지 않는다. 베팅 레이스도 뜨겁게 벌어지고 있는 시간이다.

착수뿐만 아니라 화면 오른쪽 상단에 있는 제한 시간까지 정지되어 있는 것을 보니, 모든 것이 정지된 느낌이다. 세상이 일시적으로 멈춘 느낌이랄까. 유일하게 움직이고 있는 것은 베팅 바뿐이다.

'아.'

속으로 탄성을 지른다. 시간이 정지된 세계. 엄격히 말하면 보이지 않는 손들이 시간을 정지시킨 세계, 도박사들이야말로 시간의 지배자라는 것을 실감하는 순간이다. 우주는 그 스스로 시간을 창조한 창조자이다. 그러나 도박사는 창조된 시간을 지배하는 사람인 것이다.

시간은 누구에게나 어느 곳에서나 어떤 상황에서나 똑같이 흐르지 않는다는 것을 깨닫는다. 그 극명한 예가 바로 똑같은 시간이라고 할지라도 벌 받는 시간의 길이와 도박하는 시간의 길이 차이이다. 초조함 속에서의 시간과 몰두 속에서의 시간. 그 다른 두 시간의 길이가 어찌 같을 수 있단 말인가.

그러하기에 수많은 사람들이 다 똑같이 60년을 살고 죽었다고 하더라도 그들이 산 관념적 시간의 길이는 어느 한 사람도 다른 사람과 같을 수 없다. 그러나 아이러니하게도 그중에서 가장 긴 시간의 길이를 산 사람을 꼽으라면 일생을 초조함 속에서 산 도박사일 것이고, 가장 짧은 시간의 길이를 산 사람을 꼽으라면 그도 단연 세상없는 몰두 속에서 한 생을 보낸 도박사가 될 것이다.

[마이더스-2급] 드디어 마감되었군.

[흰늑대-9급] 마이더스님 320만을 올인하셨군요.

[마이더스-2급] 예.

[흰늑대-9급] 전에는 6천만이나 가지고 계시더니 어쩌다가……

[마이더스-2급] 이래저래 다 잃었죠, 뭐. ㅎㅎ

[흰늑대-9급] 저도 남은 거 17만을 다 걸었어요. 그거 잃으면 이참에 손떼려고요.

[마이더스-2급] 잭팟이라도 노려보지 않으시고……

[흰늑대-9급] 아무에게나 그 행운이 오나요, 어디.

[시골사람-3급] 그러고 보니 잭팟 금액이 500만을 넘어섰군요.

요즘, 베팅맨들이 드러내 놓고 말을 하지는 않지만 대국방에서의 베팅보다는 잭팟에 신경을 더 쓰는 눈치들이다. 그 대부분 소액 베팅을 해 두고 자신이 베팅한 대국자가 승리하는 시점에서 잭팟이 터지기를 기대하고 있는 것이다.

베팅 마감이 된 뒤에야 산화가 들어온다. 그는 거의 유일하게 잭팟에 신경을 쓰지 않는 베팅맨이다. 일주일에 사흘 정도 들어와서, 들어올 적마다 많아야 두어 차례 베팅을 하는 편이고, 들어왔다가 관전만 하고 나가는 날도 없지 않다.

[흰늑대-9급] 산화님 오셨어요?

[시골사람-3급] 앗, 사부님? 반가워요. 조금만 더 일찍 오셨더라면 좋았을 텐데.

[떠버리-1급] 산화님, 처음 뵙겠습니다.

최 주간이 인사를 건넸지만 관전하러 들어온 산화는 아무런 반응도 나타내지 않는다. 여러 베팅맨들이 인사 정도는 받아줘야 하는 것 아니냐, 너무 근엄한 분위기도 좋지 않다, 심지어 혹시 한글을 모르는 것 아니냐고 핀잔까지 주어도 그의 글은 끝내 올라오지 않는다.

[떠버리-1급] 인사성이 없는 사람이군. 자, 그러면 떠버리가 떠벌리기 시작하겠습니다.

[떠버리-1급] 해설 보조로 제 옆에 계신 하회탈님을 소개합니다. 여러분, 박수우!

[바둑부인-7급] 떠버리님과 하회탈님은 한자리에 계시나 보죠?

[떠버리-1급] 같이 44번 방에 있으니까요. ㅎㅎ

[하회탈-1급] 공연히 저까지 끌어들이시네.

최 주간이 강산 형을 끌어들이는 것을 보자 웃음이 났다. 해설을 하는 간간이 강산 형에게 바둑이나 대국과 관련해 이것저것 물을 것인데 대답을 하지 않으면 안 될 처지에 놓이게 된 것이다. 강산 형은

윗사람을 깍듯이 모시는 성품의 소유자이므로

[떠버리-1급] 먼저 포석 단계에서의 기풍을 보니, 혹은 실리형이고 백은 전투형으로 보이는군요. 한데 하회탈님은 이런 용어나 개념과는 다른 견해를 가지고 계시지요. 말씀해주실까요?

아니나 다를까 최 주간이 첫 마디부터 강산 형을 채팅창으로 끌어들인다. 난감해 하고 있을 강산 형의 얼굴이 눈에 선하다.

강산 형은 전부터 바둑을 해설하는 사람들이 기사들의 기풍을 보고 실리형이니 전투형이니 하는 말을 못마땅하게 여겨 왔다. 그보다 더 적절한 말이 있는데, 왜 그 말을 쓰지 않는지 모르겠다는 것이다. 나는 그게 무슨 소린가 했다.

"여러 기사의 기풍을 천차만별로 나누고 있지. 누구는 실리형이다, 누구는 전투형이다, 또 누구는 장고파다, 누구는 속기에 강하다, 누구는 세력을 선호한다, 누구는 쌈닭 같다, 누구는 화려한 기풍이다……. 이런저런 기풍을 죄다 모아 보면 크게 두 가지 기풍으로 나눌 수 있단 말이야."

"어떻게요?"

"농경형 기풍과 유목형 기풍이야."

"예에?"

"농경형은 농부가 일년 농사를 짓듯 바둑을 두는 유형이고, 유목형은 가축 떼를 끌고 다니는 유목민이 바둑을 두는 것과 비슷한 유형이야."

"새로운 이론인데요?"

"이론은 무슨. 지금 바둑계에서 대표적인 실리 선호형 기사가 누구야?"

"글쎄요."

"아마에서는?"

"저도 그런 쪽에 속하나요?"

"그렇군. 가까이에 있었네. 윤 사장 바둑을 가만히 보면 말이야. 꼭 농부가 농사를 짓는 것 같은 느낌이야. 매년 같은 시기에 같은 일을 반복하는 것처럼 정석에 크게 의존하지, 기후 조건과 토질 등에 맞추어 풍년이냐 아니냐를 예상하는 것과 같이 정밀한 계산을 해 나가면서 두지……."

나는 묵묵히 듣고만 있었다.

"태풍이 불어닥쳐 농사를 망쳐도 그나마 남은 것으로 연명해 가야 하는 숙명처럼, 끝없는 인내로 한 집이라도 더 챙기면서 계가까지 가지, 달리 바쁜 일 없이 논밭갈이 하듯 두텁게 두어 가지, 짓고 있는 농사를 행여 망칠세라 전전긍긍하듯 장고하지……. 생각해 봐. 윤 사장은 이런 농경형 기풍이지?"

"호오, 그리고요?"

"유목형 기풍의 대표 격인 분이 최 주간님이시지. 종횡무진 말 타고 달리며 가축 떼를 휘몰아 가는 것 같은 바둑 아닌가 말이야. 초반부터 포석이니 정석이니 깡그리 무시한 듯 동분서주 휘젓고 다니며 여기저기 전단을 만들고 난타전을 유도하여 갈가리 찢고 끊어 혼전을 펼치며 내가 죽나 네가 죽나 해보자는 식으로 전판을 질펀한 싸움판으로 이끌어 가시지, 연명할 최소 식량만 지니고 말을 타고 달리듯 날렵한 행마를 보이시지, 정해진 수순을 따르는 정석이 아니라 감각적으로 묘수, 꼼수, 잔수 등을 다 동원해 상대방의 근거지는 철저히 짓밟으시지, 집 수를 세어 승부 가르는 일은 다소 뒷전으로 미루어 놓으시지, 상대방이 초읽기에라도 몰리면 시간이 많이 남았음에도 불구하고 생각할 틈을 주지 않으려고 곧바로 착점하는 식의 시간공격까지 위험을 무릅쓰고 감행하시지…… 어때, 주간님의 바둑에는 말 갈기가 휘날리는 소리가 들리지 않아?"

"하하, 듣고 보니 그런데요?"

"컴퓨터 같이 체온 없고 감정 없이 두는 바둑, 오직 이기기 위해 두는 바둑, 그런 바둑이 초가집 속에 포옥 안겨 무기력하게 안주하는 농경형 기풍이라면, 조금이라도 자존심 긁히면 참지 못하고 붙어보자는 식, 사람 땀 냄새 피 냄새가 물씬 풍기는 바둑, 그래서 관전자들이 열광하는 바둑, 그게 게르를 둘둘 말아 싣고 말발굽 소리 내는 유목형 기풍이지."

"나라별 기풍도 그렇게 구별할 수 있나요?"

"물론이지. 일본 바둑을 한번 봐. 형태와 미학을 추구하잖아? 그게 뭐야. 정물화를 그리겠다는 거지. 아늑하고 안전하고 아름다운 농촌 풍경 말이야. 사소한 싸움도 반란도 혁명도 있을 수 없는 분위기지. 그에 비해 우리 바둑을 한번 봐. 치고받고 끊고 때리고 온통 말발굽 소리, 함성, 비명……. 판이 끝나면 결과로만 승자와 패자로 나누어지지. 잘 살펴보면 양쪽 다 성한 데가 없잖아."

"하하. 중국이나 대만은요?"

"폼만 남은 거지. 은근슬쩍 어찌어찌 해보려는 식으로 말이야."

"그건 농경형이라는 말이에요, 유목형이라는 말이에요?"

"둘 다 아니지. 비농비목(非農非牧)이랄까. 섞인 것도 아니고 섞이지 않은 것도 아니고 그래서 민족적 기풍이 정착되지 못해 혼란스럽고, 혼란스럽기에 강한 바둑이 나오지 못하고 있는 거야."

[하회탈-1급] 저는 농경형과 유목형이라고 봅니다.

뜸을 들이던 강산 형은 마침내 최 주간의 물음에 답을 올린다. 그 정도에서 그만 둘 최 주간이 아니다. 이어지는 질문은 좀 더 구체적이다. 강산 형은 하는 수 없다는 듯 예전에 내게 들려준 말들을 자판을 쳐 올리기 시작한다.

산화는 여전히 관전을 하고 있다. 망설이던 끝에 관리자11 ID로 일대일 대화를 신청한다. 그러나 거절당하고 만다. 좋은 기분이 들리 없다. '공지사항'을 만든다. 그리고는 그것을 관리자 공지 게시판에 올린 뒤, 대기자 채팅창에도 올린다. 강산 형의 말이 마무리되기를 기다려 대국방 채팅창에도 올린다.

공지사항

알려드립니다. 만약 대국자나 베팅맨 중에 다른 분의 ID를 승계하여 원래 등록한 실명과 ID 사용자가 다를 경우에 불이익을 받을 수 있습니다. 불가피한 일로 그런 분이 계시다면 반드시 관리자에게 신고를 해 주십시오. 그리고 만약 도용한 ID를 사용하고 있다고 판단되면 계좌에 있는 잔고는 전부 몰수하고 강제 퇴출 조치하겠습니다.

[시골사람-3급] 설마 남의 ID를 도용까지 하겠어요?
[바둑부인-9급] 어디에나 불법은 있군요
[조금만져줘-3급] 불법 사이트에서의 불법이라……
[초대손님-8급] 그러면 불법이 아니라는 논리가 되는데?

분명 읽었을 것임에도 산화는 요지부동 묵묵부언이다. 밖에 있는 규형이가 뭘 하는지 궁금하다. 급히 화장실을 가는 척하고 얼른 문을 열고 달려 나가 지나가는 겨를에 당번용으로 둔 컴퓨터를 쳐다본다. 그는 스타크래프트 게임을 하고 있다.

화장실에 다녀오자 이미 화면을 심심마을로 바꾸어 놓았다. 나를 보더니 뒷머리를 긁적인다.

"유저들이 관리자를 부르는 일이 좀처럼 없어서……."

가까이 가 화면 아랫부분을 본다. 블랙 스퀘어즈와 게임 창이 동시에 감춰져 있다는 표시의 화면 아랫단 가로막대가 눈에 들어온다. 그가 산화인지 아닌지 확인해 볼 기회이다. 그의 어깨에 가만히 손을 올려놓고 다정스럽게 말한다.

2.

"블랙에 들어가 봐."

"예."

"44번 방."

그는 내가 시키는 대로 방에 들어간다. 산화는 여전히 관전하고 있다.

"됐어. 다시 나와서 로그아웃을 해."

"예에?"

"내가 볼게."

"아니에요. 게임 안 할 게요."

"게임해. 내가 본다니까, 자자."

얼른 자판을 두들겨 로그아웃시켜버린다. 만약 규형이가 산화라면 산화도 함께 로그아웃이 되어 있어야 한다. 관리자 ID와 다른 ID, 두 ID로 들어갈 수 있지만 그 중 한 ID라도 로그아웃하게 되면 다른 ID도 자동으로 나오게 되어 있기 때문이다.

"소주 한잔 할까?"

"그러죠, 뭐. 안 그래도 출출하던 참이었어요."

"몇 병 하고 안주 좀 푸짐한 걸로 사와."

규형이가 사무실을 나가자 얼른 방으로 들어온 나는 자리에 앉아 절전모드에 들어가 있는 화면을 다시 띄운다. 아, 그러나 산화는 여전히 제자리를 지키고 있다. 적어도 규형이는 아니구나. 안도를 한다.

채팅창에는 최 주간과 강산 형이 신이 났는지 연신 해설 글을 올리고 있다. 내용은 국면과 직접적이지 않고 다분히 상징적이다.

[떠버리-1급] 아, 드디어 중앙 백 진영에 검은 수류탄이 한 발 날아드는군요. 저게 터지면 어찌 되나요?

[하회탈-1급] 만방이죠

[떠버리-1급] 그러나 얼른 보기에는 중머리에 삔 꽂으러 들어가는

형국이군요

[하회탈-1급] 네에. 헛손질을 하는 격이니 한마디로 살 수 없다 이 말씀이군요

[떠버리-1급] 백이 길목 곳곳에서 서릿발 같은 칼을 빼들고 있네요

[하회탈-1급] 그렇군요. 흑의 눈을 빼먹으려고 바늘을 겨누고 있는 것처럼 보이기도 하죠

[떠버리-1급] 아니면 저격수의 총구처럼 숨어서 싸늘히 지키고 있는 건가요?

[하회탈-1급] 살아가는 길이 보이는 것도 같은데요

[떠버리-1급] 그런가요? 패가 되나요?

[하회탈-1급] 네에, 패 형태에 가깝군요.

[떠버리-1급] 아, 그러나 포기합니까? 흑이 손을 빼네요.

[하회탈-1급] 살 자신이 없다고 여긴 건가요?

[떠버리-1급] 어떤 기사는 돌다리 두들겨 보고도 안 건넌다고 했습니다만

[떠버리-1급] 저 흑은 돌다리를 들추어 보고도 안 건너는군요

[하회탈-1급] 저리 두어서 이길 수 있겠습니까.

[떠버리-1급] 저 역시 의문입니다.

[하회탈-1급] 바둑삼락이란 게 있지요

[떠버리-1급] 뭐죠?

[하회탈-1급] 약 올리기, 꼼수내기, 이기기입니다.

[떠버리-1급] ㅎㅎㅎ 그렇군요.

[하회탈-1급] 백은 그 삼락 어느 구절에도 해당하지 않는 수를 두지만 흑은 간간히 두고 있군요

[떠버리-1급] 어째서 그렇게 보시는 건가요?

[하회탈-1급] 중앙을 화근인 것도 같고 아닌 것도 같이 여기게 해놓고

[하회탈-1급] 손을 뺀 것은 약 올리기가 아니겠습니까?

[떠버리-1급] 그렇다면, 곧 꼼수를 내어서 이기겠군요

관전자들이 줄곧 킥킥 웃음을 터뜨리고 있다. 쉴 새 없이 떠드는 두 사람 때문에 다른 사람은 끼어들 엄두를 내지 못하고 있는 모양새이다. 아니면, 각자 걸어놓은 돈을 잃을까 염려가 되어 가슴을 졸이고 있기에 글 올릴 마음이 나지 않는지도 모를 일이다.

산화의 정보를 본다. 베팅 승률이 89.8%로 90%에 근접해 있다. 획득배당률은 230.2%로 경이적이라 하지 않을 수 없다. 평균 1만을 걸어 2만3천을 먹었다는 계산이 나오는 것이다. 그에 비해 나는 각각 81.4%와 198.4%로 랭킹 순위에서 2위로 밀려난 지 오래이다. 한번 밀려나고 나니 좀처럼 회복할 기회가 오지 않는다. 사실, 베팅해서 딴다는 일이 예전 같이 절실히 와 닿지 않는 요즘이다. 사업이 정상

궤도에 올라 느긋해진 탓인지도 모른다.

베팅맨들 사이에는 4년간 왕좌를 지키던 무상수를 끌어내리고 새로운 베팅 황제로 등극한 산화를 인정한 지 오래되었다. 그리고 그 자리를 언제까지나 지킬 것임을 의심치 않는 눈치들이다.

가슴 속에 회한이 서린다. 그러나 아직은 절망할 때가 아니다. 당면한 현실은 어쩔 수 없다고 하더라도 물러난 2인자의 자리에서 체념하기엔 나의 존재성이 허락하지 않는다. 절망보다는 분노 어린 오기가 사람을 한 차원 더 끌어올리기도 한다.

문득 대학 때 즐겨 했던 포커판이 떠오른다. 그렇다. 학창 시절의 2인자와 사회인으로서의 2인자는 엄연히 달라야 하지 않은가.

[하회탈-1급] 승부는 오리무중이군요.

[떠버리-1급] 방치한 중앙에서 패가 날 듯한데요.

[하회탈-1급] 어느 쪽이든 패싸움에서 지면 끝장이 나겠군요.

[떠버리-1급] 패싸움은 총알 소모전이죠. 다 떨어질 때까지 쏘아대는 것 아니겠습니까?

[떠버리-1급] 그렇죠. 백이 착점을 못하는군요.

[하회탈-1급] 팻감을 헤아려보고 있나봅니다.

[떠버리-1급] 얽힌 돌들의 모양이 좀 이상하지 않습니까?

[하회탈-1급] 3단패가 날 것 같은가요?

[떠버리-1급] 아, 아니군요. 드문 일이지만 3패가 나겠군요.

　예견은 정확하다. 어느 누구도 포기할 수 없는 패. 다른 곳에 팻감을 쓰지 않아도 그 자체로 무한한 팻감을 지닌 돌의 형태. 장생패, 순환패와 더불어 영원한 패이다. 이때 승부의 관건은 단 하나 뿐이다. 두 대국자의 체력인 것이다.

　뻔한 자리라 초읽기 안에 둘 수 있는 것은 당연한 것이므로 시간 제한은 의미가 없는 일이 되고, 바둑판 또한 두 대국자 중 어느 한쪽 컴퓨터의 전원이 끊기지 않는 한 닳거나 사라지는 일이 없을 것이고, 바둑돌도 무한히 있으므로 걱정할 일이 못 된다. 억지를 쓰자면, 누가 따내기 시합에서 오래 버티느냐 하는 것이다.

　이윽고 대국자들이 다른 곳은 내버려 둔 채 서로 번갈아가며 삼패를 따내기 시작한다. 두 대국자 다 어차피 무승부라고 여긴 탓이다. 손가락 아프도록 자판을 두들기며 글을 올려대던 최 주간과 강산 형은 그즈음에서 할 말을 잃는다. 무승부가 된다면 해설은 헛고생인 셈이다.

　그 무승부를 없애기 위해 반집이라는 개념상의 장치를 부여해 놓고 있지만 그것도 1.438 곱하기 10의 779승이라는, 각기 다른 무한한 경우의 상황이 나올 바둑이라는 게임 앞에서는 무릎을 꿇을 수밖에 없다.

[흰늑대-9급] 저리 되면 승부는 어찌 되는 건가요?

[시골사람-3급] 무승부가 아닐까 싶네요

[마이더스-2급] 바둑이 묘하긴 묘하군.

[조금만져줘-3급] 어느 쪽도 양보할 생각이 없나 보군요

[바둑부인-7급] 양보하는 순간 지는데 누가 양보하겠어요

이윽고 최 주간의 글이 올라온다.

[떠버리-1급] 반상에서의 무자비한 폭력은 상대를 죽이는 게 아니라,

[떠버리-1급] 결과적으로는 더욱 강하게 만들지요

[떠버리-1급] 그래서 대국자는 어느 누구를 만나더라도

[떠버리-1급] 항상 최선을 다해 두어야 합니다.

[떠버리-1급] 그게 자신과 상대에 대한 예의이죠.

[떠버리-1급] 바둑이 이런 지경에 이르게 된 것은

[떠버리-1급] 백이 중앙에 침투해 들어온 흑의 숨통을

[떠버리-1급] 확실히 끊어놓지 않아서입니다.

[떠버리-1급] 이 판을 교훈 삼아 우리 모두 바둑이나 생업이나

[떠버리-1급] 최선을 다합시다.

[시골사람-3급] ㅉ ㅉ ㅉ

백 대국자 발칸포사수 5단이 부르는 소리가 난다. 대국자나 베팅맨 모두 채팅창에 관리자라고 치면 사무실의 모든 컴퓨터에서 소리가 나게 되어 있다. 대국자의 채팅창에 글을 올린다.

[관리자11] 무승부로 처리해 드릴까요?
[발칸포사수-5단] 네.
[관리자11] 수리수리님은 어떠세요? 발칸포사수님이 무승부 처리를 요청하셨는데?
[수리수리-5단] 잠시 기다려 주실 수 있나요?
[관리자11] 예. 하지만 대국 시간은 그대로 가게 됩니다.
[수리수리-5단] 명심하죠.

한 수 제한 시간이 임박하도록 고민하던 수리수리 5단이 뜻밖의 말을 한다.

[수리수리-5단] 패는 제가 양보하죠.
[관리자11] 예에? 그렇다면 일부러 지시겠다는 겁니까?
[수리수리-5단] 아무튼 저는 계속 두겠어요

[관리자11] 발칸포사수님, 수리수리님은 계속 두겠다고 하시네요.

[발칸포사수-5단] 패를 양보하고도 이길 수 있다는 말인지……. 하는 수 없죠.

[발칸포사수-5단] 두자고 하시니 계속 두는 수밖에.

대국이 재개된다. 흑은 자신의 말대로 패를 포기하고 좌상에 한 수 둔다. 백이 미련 없이 따내자 관전하고 있던 베팅맨들은 흑을 두고 미쳤다는 소리까지 내뱉는다. 좌상 백돌을 잡아 둔 것이 어찌 중앙 32집을 감당할 수 있다는 말인가. 기껏 29집이나 30집에 미칠까 하는 곳인데.

수리수리 5단은 초읽기의 마지막 1회, 아홉을 셀 때 얼핏 공배로 보이는 곳에 한 수 더 두어 작은 미생마인 흑돌을 이미 완생해 있는 말과 연결해 둔다.

[떠버리-1급] 흑 1집 반 승

짤막한 글을 올린 사람은 최 주간이다. 관전자들이 무슨 소리냐며 크게 술렁이자 강산 형이 몇 마디 붙인다.

[하회탈-1급] 패를 포기하고 버린 것과 좌상귀를 얻은 것의 차이는

흑 +2집

　　[하회탈-1급] 백이 마지막 남은 반패 따고, 흑이 공배 놓고, 백이 따낸 자리 이으면

　　[하회탈-1급] 바둑 종료 반면으로 백 5집 남겨, 흑 1집 반 승 확정.

　　[하회탈-1급] 이로써 해설을 모두 마칩니다.

　　삼패를 하는 간간이 팻감을 거의 다 쓰는 바람에 백이 반집 끝내기를 하자 흑백 간에 더 이상 둘 곳은 없다. 계가를 하자 최 주간과 강산 형의 계산이 정확했음이 드러난다. 나 역시 놀라 다시 그 자리를 본다.

　　일견 보기에 비교가 안 될 것 같던 집 크기가 공배로 여겨졌던 곳이 흑 집으로 돌변하는 바람에 몇 집이 더 불어나게 된 것이다.

　　바둑이 진행되던 내내 공배라는 관념이 자리 잡은 까닭으로, 그리고 흑이 패를 포기하고 그곳 일대의 백을 잡더라도 공배는 여전히 공배라고 여기고 있던 곳을 오직 수리수리 5단만이 가장 먼저 '흑 집'이 된다는 것을 발견한 것이다.

　　우리 관전자들도 놀라움을 금치 못하고 있는데 대국 당사자인 발칸포사수의 침통스러움은 얼마나 클 것인가.

　　오랫동안 침묵이 흐른다. 아니 적막이라고 해야 옳을지도 모른다. 혼신의 힘을 다한 바둑을 이렇게 질 경우, 그 패배의 충격이 얼마나

크며 얼마나 오래 갈 것인지는 오직 바둑을 두어 본 사람, 그것도 어지간히 둔다는 실력으로 두어 본 사람만이 알 수 있다.

…….

한동안 어리둥절해 하던 사람들을 정신 차리게 한 것은 한 베팅맨의 글이다.

[마이더스-2급] 저는 이로써 이만 베팅계를 은퇴하고자 합니다.

[마이더스-2급] 그간 만났던 많은 분들, 참으로 즐거운 시간이었습니다.

[마이더스-2급] 이후부터 블랙 스퀘어즈에서는 저를 만나실 수 없을 겁니다.

[마이더스-2급] 다들 안녕히 계십시오.

[시골사람-3급] 마이더스님?

[마이더스-2급] 예.

[시골사람-3급] 그간 얼마나 잃으셨죠?

[마이더스-2급] ㅎㅎ 그건 의미 없는 질문이군요

[흰늑대-9급] 아마 6천만쯤 될걸요

[마이더스-2급] 아닙니다. 들어올 때 3천만 정도 가지고 왔었습니

다.

[바둑부인-7급] 그러고 보니 마이더스님의 계좌가 텅 비어있군요. 제가 좀 드릴까요?

[마이더스-2급] 말씀만 고맙게 받겠습니다.

[마이더스-2급] 떠나는 사람이 말이 많으면 추한 법이지요 그럼 다들 안녕히……

그 말을 마지막으로 마이더스는 미련 없이 로그아웃을 한다. 내일이면 사무실로 전화가 걸려올 것이다. 보안 버클을 회수해 가라고 그의 퇴장으로 분위기가 갑자기 숙연해진다.

[조금만져줘-3급] 아 처량하다.

[비상금-13급] 측은해서 못 보겠군.

[초대손님-8급] 이게 노름의 말로인가?

[UFO-4급] 저도 탈퇴하겠습니다. 관리자님.

[관리자11] 말씀하시죠 UFO님.

[UFO-4급] 얼마 되지는 않지만 제할 것 다 제하고 난 뒤에

[UFO-4급] 잔고를 모두 제 은행 계좌로 이체해 주실 수 있는지요?

[관리자11] 물론이죠

[UFO-4급] 내일 중으로 부탁드립니다.

[관리자11] 알겠습니다. 그렇게 해 드리죠

[시리우스-18급] 이거 분위기 영 안 좋네.

[바둑부인-7급] 정들 만하니까 떠나려고 하시네요. 가지 마세요, UFO님.

[UFO-4급] 많은 분들께 신세를 지고 먼저 떠나 죄송합니다.

[시리우스-18급] 마이더스님은 그렇다 치고 UFO님까지 왜 그러세요?

[UFO-4급] 그동안 좋은 시간 보냈습니다. 안녕히 계세요

[시골사람-3급] 거기 계신 산화님, 마이더스님께 돈 좀 드려요. 그간 많이 땄잖아요.

산화가 말을 할 리 없다. 그때 최 주간의 글이 오른다.

[떠버리-1급] 그건 지나친 말씀 같군요.

[떠버리-1급] 도박사에게 있어 주는 것과 잃는 것은 엄연히 다르죠

[시골사람-3급] 잃을지언정 줄 수는 없다는 말씀인가요?

[떠버리-1급] 그렇죠. 도박에 어찌 적선이 있을쏜가 말입니다.

잠시 채팅창에는 어떤 글도 올라오지 않는다.

[시골사람-3급] 마이더스님이 여기 와서 3천만이나 잃었는데

[시골사람-3급] 저기 저 잭팟이라도 드렸으면 좋겠네요

[시골사람-3급] 여러분. 어때요, 제 생각이?

[관리자11] 여러 베팅맨들께서 동의하셔도 그건 그렇게 할 수 없습니다.

[시골사람-3급] 제가 전 회원에게 동의를 구하도록 하죠

[관리자11] 시골사람님의 마음은 잘 알겠지만

[관리자11] 룰이란 한번 깨지면 다시 세우기 힘듭니다.

마이더스와 UFO가 차례로 사라지고 나자 베팅맨들은 피도 눈물도 없는 도박판의 생리에 적연한 감회가 든 탓인지 새로운 베팅 대국이 열려도 베팅을 하러 갈 생각을 않고 있다. 그러나 그들은 곧, 간 사람은 간 사람이고 나는 나, 절대 잃지 않고 처음 가입할 때 세운 목표액을 채워서 나가리라 다짐하며 베팅 대국방의 문을 두드릴 것이다.

21번 방에서 수리수리 5단과 태극권 2단의 대국이 시작됩니다.

글이 뜨는 순간, 베팅맨들은 좀 전의 일을 까맣게 잊은 듯 앞서거니 뒤서거니 대국방으로 몰려간다. 이윽고 44번 방에는 몇 사람 남지 않는다. 그들 중에 산화도 섞여 있다. 함께 남아 있던 최 주간이 채팅

창에 글을 올린다.

[떠버리-1급] 도박 잘 하는 사람이 꼭 머리 좋은 사람이라고 말할 수는 없지만

[떠버리-1급] 머리 나쁜 사람 중에 도박 잘하는 사람이 없는 것은 사실입니다.

[떠버리-1급] 흔히 도박은 운이라고 말하는 사람이 있습니다.

[떠버리-1급] 하지만 결코 운이 아니죠 만약 운이라고 한다면

[떠버리-1급] 그 운을 불러오는 보이지 않는 힘이 있다는 말입니다.

[시골사람-3급] 그렇다면 그 힘은 어떤 것이며 어디에서 나오는 거죠?

[떠버리-1급] 산화님께 그 대답을 청해도 될까요?

여전히 침묵으로 일관하리라 여겼는데 뜻밖에도 한참 뒤에 글 한 줄이 올라온다.

[산화-6급] 배에서 나오죠.

어, 산화가 입을 열다니? 눈을 크게 뜨고 다시 본다. 산화가 틀림없다. 하, 신기한 일도 다 있군. 도대체 최 주간의 어떤 힘이 그의 마

음을 움직였는지 모를 일이다. 그는 조심스레 한마디 더 묻는다.

[떠버리-1급] 배짱이라는 말씀인가요?

산화는 대답 없이 방을 나간다. 대기실 창에서도 ID가 사라지고 없다. 배에서 나온다? 다분히 상징적인 말이다. 흔히 말하는 배짱의 의미는 아니라는 것을 짐작하고 최 주간이 반문한 것일 터이다.

갑자기 가슴이 설렌다. 그의 입을 열게 한 것만도 큰 수확이다. 드디어 입을 열게 했으니 머잖아 그 숨은 정체를 알게 되리라.

방문을 두드리는 소리가 났다. 규형이다.

"사장님, 나오세요"

"둘이 있는데 무슨 사장이야, 형이라고 불러."

밖으로 나와 응접탁자 앞에 앉는다. 술을 한잔 부어주고는 부딪힌다.

"왜 이렇게 오래 걸렸어?"

"바베큐 치킨이 다 나갔다고 해서 좀 기다렸어요."

"그러면 다른 걸 사오지 않고……."

"형이 이 안주 좋아하잖아요."

술 한 모금을 입에 털어 넣는다.

"미안해."

"뭐가요?"

"우선 한잔 해. 얘기해 줄게."

3.

직원들이 신기한 듯이 갓 찍어낸 책을 살펴보고 있다. 연재를 끝낸 장편소설 『천파기인』이다.

"도서출판 심심마을이라……."

"아주 좋은데요. 표지 디자인도 멋있고"

"조나연 씨 솜씨니 어련하겠어요? 하하."

"반응이 어떻대요?"

"바둑계뿐만 아니라 바둑을 모르는 일반인들도 심심찮게 찾고 있나 봐요."

장편소설 『천파기인』은 발간 2주 만에 세간의 입바람을 타고 흐르며 유명서점이 일주일마다 내는 베스트셀러 집계에서 당당히 국내소설 부문 7위에 오른다.

"이러다 대박 터지는 것 아닌가 모르겠군."

"터져야지요. 그간 고생을 얼마나 했는데, 하하하."

"2쇄 들어간 건 언제 나온대요?"

"이틀 뒤에요."

"회식 한번 해야 되는 것 아닌가요?"

"회식도 자주 하면 재미없어요."

"2쇄 다 나가면 그때 크게 한번 하죠. 참, 남 과장님, 오늘 퇴근 후의 일정이 어떻게 돼요?"

"왜요, 사장님?"

"저랑 저녁 같이 먹죠. 드릴 말씀도 있고 해서."

"그러죠."

그와 사무실을 나서며 규형이를 바라본다. 규형이는 의자에서 일어난다.

"염려 말고 퇴근하세요."

"당번 잘 서라고 지난번처럼 게임만 하지 말고."

"넵, 알겠습니다."

그는 거수경례까지 붙인다. 밖으로 나와 남 과장에게 묻는다.

"술도 한잔 해야죠?"

"무슨 좋은 일 있나요?"

"있죠."

의미를 알 듯 모를 듯한 웃음을 지어 보인다. 그는 궁금한 얼굴이 된다. 불안한 기색은 그다지 보이지 않는다.

"신사동에 자연산 활어회 잘하는 집이 있는데 그곳으로 가죠."

택한 이유가 있다. 그 근처 100미터 안에는 PC방이라고는 눈 씻고 찾아봐도 없는 곳이다. 그래서 화장실을 간다는 핑계로 사이트에 접속해 들어가기란 불가능한 일이다. 그가 만약 규형이처럼 산화가 아니라고 판명이 된다면 줄 선물이 있다.

차 안에서 그는 갑자기 주머니를 뒤지기 시작한다.

"왜 그래요?"

"휴대폰이······."

"잃어버렸어요?"

"분명히 주머니에 넣어두었는데, 이상하네."

"잘 찾아봐요."

그러나 있을 리 없다. 내 지시로 규형이 손을 탄 것이기에.

"혹시 사무실에 그냥 두고 나온 것 아니에요?"

"그런 것 같습니다."

"제가 P1님께 전화를 해서 찾아보라고 하죠."

사무실 책상 위에 있다는 규형이 말을 전한다. 휴대폰을 가지러 사무실로 돌아갔다가 다시 가자는 말이 나올 수 없는 상황이다. 차는 이미 신사동 입구에 들어서고 있다.

"사무실에 있다니 다행이네요. 특별히 전화 올 데 있어요?"

"아뇨, 없습니다."

"혹시라도 전화할 일이 있으면 제 걸 쓰세요."

"예, 사장님."

식사 겸 반주를 들며 시간을 보낸다. 산화가 접속할 즈음이 된다. 일어나려는 눈치를 보이는 남 과장을 만류하며 억지로 앉혀놓는다. 10시 20분경, 휴대폰에 문자 메시지가 들어왔음을 알리는 음향이 울린다. 규형이가 보낸 것이다.

'10시 7분에 산화가 접속했는데 방금 한 대국방에서 베팅을 했어요. 현재 그 대국방에서 관전 중이에요.'

횟집에 들어온 뒤로 남 과장은 한차례 화장실을 다녀온 것이 다이다. 유선 전화가 있는 횟집 카운터가 한눈에 보이는 곳에 우리가 자리 잡고 있었기에 그가 제3자를 시켜 산화로 들어가게 할 수도 없었다. 만약 ID 산화를 그와 공유하고 있는 사람이 자의적으로 들어가지 않았다면.

그러나 ID를 공유하는 제3자가 있을 것으로는 생각되지 않았고, 또 도박을 잘하는 제3자에게 ID를 주어 베팅을 하게 한 다음, 그 이익을 반으로 나눠가지자는 식의 밀약도 없었을 것으로 생각한다.

산화가 재등장한 지 6개월이 넘도록 계좌에서 계좌 이체가 한 번도 되지 않았기 때문이다. 여느 베팅맨 같으면 계좌에 6천만 정도의 돈을 그대로 놓아둘 리 없다. 더구나 반타작을 하기로 한 경우라면 그 일부를 빼내어도 벌써 빼내어 나누어 가졌을 것이다.

남 과장도 산화가 아니라는 결론을 내린다. 그 자신도 모르게 온몸에 칭칭 감겨두었던 의심의 사슬을 풀어준다. 그러나 그는 지난 얼마간의 시일 동안 자신이 두르고 있었던 무거운 쇠사슬의 무게를 알지 못한다.

미안한 마음이 들지 않을 수 없다. 상 줄 일만 남는다. 주머니에서 명함 두 통을 꺼낸다.

"뭐죠?"

"명함도 몰라요? 남 차장님 겁니다."

"차장이라뇨?"

"언제까지 과장 직함에 있을 수는 없잖아요? 월급도 오를 겁니다. 그리고 남 차장님 휴대폰 요금과 차량유지비도 회사에서 부담할 거고요."

"사장님?"

"하하. 그간 고생 많이 했어요. 하지만 이게 사원 복지의 시작이라는 걸 아세요."

그는 명함을 들고 어찌할 바를 몰라 한다.

"그때 퇴사했어 봐요. 이런 날은 꿈에서도 못 만나게 되지."

"정말, 정말 감사합니다."

"자, 우리 앞으로 좀 더 열심히 해 봐요. 계열사 많이 만들어서 초기 멤버들이 다 사장 자리에 앉는 겁니다. 하하하."

이제 남은 직원은 네 사람이다. 장 대리, 정호 형, 박수현 씨, 조나연 씨. 그들도 차례로 점검할 계획이다. 메인센터에는 규형이를 앉혀

두고

　사이버 신문도 점차 활기를 띠기 시작한다. 각처에서 광고 문의가 많아지고 있는 것이 그 증거이다. 적극적으로 뛸까 처음에는 반신반의했던 전국 각 지역 객원기자들의 활동이 의외로 왕성해 우려한 바를 말끔히 해소해 준다. 기사 말미에 작성자 이름이 기재되기 때문인지도 모를 일이다.

　그들은 또 장편소설 『천파기인』 홍보에 가장 기여를 하고 있는 사람들이다. 소설의 부록으로 딸려있는 김산의 기보 20판을 펴 보이며 이건 '영원한 국수'와 둔 것이다, 이건 '불천위 명인'과 둔 것이다, 이건 당시 신예 강자 누구랑 둔 것이다, 그가 지난 번에 세계대회 우승까지 하지 않았느냐, 10년 전엔 김산에게 이렇게 밀렸었다……. 바둑인들에게 복기를 권하기도 하며 소설 내용 구절구절을 술안주로 삼고 있는 덕분이다.

　신문의 지면 할애도 독특해 여러 사람의 말밥에 오르내리고 있다. 당연히 재단에 소속된 최정상 프로 기사들의 대국 근황 등을 헤드라인에 올릴 것으로 생각한 사람들의 의표를 찌른 것이다.

　그들의 기보나 전적이나 일화는 오히려 한참 뒷전으로 밀려나 있고, 전국 각지에서 객원기자들이 보내오는 바둑에 관한 것들이 가장 먼저였다. 기발하고 참신한 얘기와 기보들이다. 어린이 바둑교실 바둑에서부터 시장통 바둑, 노인 공원 바둑에 이르기까지, 기력에 상관없이 속출하는 묘수, 꼼수, 헛수, 잔수 등에 초점을 맞추고 있다.

독자들로부터 차차 묘수와 꼼수에 관한 창을 별도로 만들어 달라는 글이 올라오고 있다. 회의를 한 결과, 신문의 첫 기획 시리즈로 묘수와 꼼수의 실재와 그에 얽힌 일화를 싣기로 한다. 담당자는 강산 형으로 배정한다.

일이 많아지자 신문 쪽으로 직원을 두 명 더 채용한다. 대학교에서 바둑 동아리 활동을 한 7급 기력의 신은주 씨와 어릴 때부터 바둑교실과 바둑도장까지 다녀 중학교 때 아마2단 실력을 갖춘 문소영 씨이다. 두 사람이 갓 입사해 만든 콘텐츠는 '꼼수군과 묘수양의 바둑 사랑 이야기'이다.

"반응은 보나마나겠군."

"보나마나라뇨?"

"신문은 안 보고 이것만 볼 것 같아. 허허. 이제 보니 김 이사, 글 발도 바둑 실력 못지않네."

"놀리지 마십시오. 주간님에 비하면 긁적거리는 수준입니다. 하하."

반응은 어린이에서 할아버지에 이르기까지 다양하기만 하다. 안양에 있는 한 여성교우회에서는 단체로 신문사 탐방을 타진해 올 정도이다. 탐방 문의는 그것으로 그치지 않는다. 경향 잡지의 어린이 바둑 교실 등에서도 문의가 심심찮게 들어오는 것이다.

"아무래도 손님들을 맞이할 공간을 새로 만들어야 할까 봐."

최 주간의 의견을 그대로 받아들인다. 사무실 옆에 또 하나의 방을 얻어서 현대적 감각에 맞는 기원 겸 휴식처를 만들어 놓고 최 주간의 머리를 빌려 명칭을 '수담정(手談亭)'으로 정한다.

무료로 바둑판과 바둑돌을 제공하고 차도 대접하기로 한 방침에 따라, 도낏자루가 썩든, 차바퀴가 삭아 내리든 누구나 와서 놀고 싶은 만큼 놀다가 가시라는 취지의 공간이라는 점을 경향에 알린다.

그리고 아르바이트생 한 사람을 고용해 두고 담배는 허용하되 음주자 출입 금지, 술 반입 금지라는 규정을 철저히 지킬 것을 일러준다.

단체 탐방 일정이 잡히면 그곳에서 손님맞이 이벤트를 연다. 프로기사 두 분을 청해 즉석 초청대국을 벌임과 동시에 강산 형이나 최 주간이 해설판에서 즉석 해설을 겸하도록 하고, 대국이 끝난 뒤에는 지도 다면기를 열어준다.

그들은 돌아가면서 융숭한 대접을 받은 것에 대해 칭찬을 아끼지 않는다. 그리고 돌아간 뒤에는 꼭 감사하다는 표시로 작은 선물을 보내온다. 난(蘭)이 주종이다. 수담정과 사무실에 난분(蘭盆)이 넘쳐나 더 둘 데도 없을 지경이다.

"이거, 그대로 둬서는 안 되겠는데?"

"무슨 일이예요?"

"틀림없이 난가난가에서 우리 심심마을을 음해하고 있어요."

"음해라니?"

"이걸 보세요"

방에 혼자 있기가 따분해서 사무실에 나가 차를 마시고 있다가 규형이 컴퓨터로 다가가 본다. 그는 바둑전문사이트인 난가난가에 접속해 두고 있다. 대기실 채팅창을 보니 그곳 회원들이 우리 심심마을에 관해 여러 말을 올리고 있는 것이다.

[독각귀-1단] 심심마을은 정치권 실세와 유착되어 있어요

[신음소리-5급] 그 실세가 누구죠?

[독각귀-1단] 이름만 대면 알 만한 사람은 다 아는 분이에요

[프린터-10급] 그래서 그렇게 급성장을 하는 거구나.

"저런 근거 없는 소문은 어디서 나온 거예요?"

"아마도 난가난가 사이트 직원인 듯해요."

정호 형도 다가온다.

"너무 치졸하네."

"시기 질투도 기왕지사 하려면 좀 더 고급스럽게 하지 않고 신경 꺼버립시다."

우리가 반응을 보이지 않아서 그런지 음해의 수위가 점차 높아지

더니 급기야 우려할 만한 소문까지 나돌기 시작한다.

가끔 다른 바둑사이트나 포털 게임사이트 속의 바둑사이트를 웹서핑해 보곤 하던 중에 다시 난가난가의 채팅창에 오른 글줄들이 눈에 꽂혀든다.

"이게 무슨 소리야?"

[마이동풍-2급] 심심마을에는요. 불법으로 비밀 도박장이 개설되어 있어요

[독각귀-1단] 설마요?

[마이동풍-2급] 정말이에요

[독각귀-1단] 마이동풍님은 그걸 어떻게 알아요?

[마이동풍-2급] 다 아는 수가 있어요 ㅎㅎㅎ

화면을 보고난 정호 형은 심각한 얼굴이 된다.

"마이동풍이라⋯⋯. 혹시 지난번에 돈 다 잃고 탈퇴한 마이더스 아닐까?"

"마이더스요? 그리고 보니 블랙에 있을 때의 ID와도 비슷하고 급수도 같네요"

"만약 마이더스라면 저러는 의도가 뭐지?"

"은근히 우리에게 겁주려는 소리가 아닐까요?"

"맞아. 우리가 겁을 먹고 저한테 뭔가 입막음 보상이라도 해 주길 바라는지도 몰라."

"어쩌죠?"

"그렇게 할 수는 없지."

"신사답게 나간 놈이 호박씨를 까네. 참 나."

"인간이란 다 그런 거야. 노름 끝에 본전 생각 안 나는 놈 누가 있 겠어."

"아무래도 대책을 강구해야겠어요."

"그래야겠네. 더 늦기 전에."

심심마을을 음해하는 글줄을 전부 복사한 것을 돌린 뒤, 회의 안건을 공표한다. '타 사이트로부터의 음해, 협박에 대한 대응책 마련'이다. 회의에는 사이트 직원들뿐만 아니라 신문사 직원들까지 참여시킨다.

여러 가지 방안이 나왔지만 다 일시적인 것이라 채택할 만한 것이 못 된다. 그러는 가운데 강산 형의 글이 눈에 쏙 든다. 여러 가지 골칫거리를 한꺼번에 헤쳐 나갈 수 있는 방안으로 삼을 만하다.

[김강산] 우리가 주관해서 프로와 아마추어가 다 함께 참여할 수 있는 바둑대회를 개최하는 것이 어떨까요?

[김강산] 김산 사망 10주년 기념이라는 명분을 붙여서 말이에요

[윤세준] 바둑대회요?

[김강산] 예, 한데 그 대회는 다른 대회와는 성격이 확연히 달라야
해요

[장희수] 어떻게요?

[김강산] 대회 참가비는 무료로 하고, 상금 이외에 별도의 대국료를
지불하는 거예요

[김강산] 아마추어 바둑인들은 아마라고 그렇다 치더라도 프로기사
들의 생활 여건 좀 생각해 보세요

[김강산] 말이 프로지, 그들을 어디 명실상부한 프로라고 할 수 있
겠어요? 프로 기사라면 바둑으로 생계를 유지해야 하는데 그런 기사
가 과연 몇이나 되느냐 말이에요

[최상한] 그건 김 이사가 잘 지적했어요

[남상록] 하지만 재단에서도 해결해 주지 못하고 있는 문제를 어떻
게……

[박수현] 바둑대회 한차례 개최한다고 그 문제가 해결되겠어요, 어
디?

[김강산] 불을 질러주자는 거죠 그런 점에서는 우리가 노력을 많이
해 오고 있잖아요 수담정에서 초청대국을 하고, 또 지도다면기도 열
어서 적지 않은 대국료를 주고 있는 건 다 잘 알 거예요 처음엔 이

런저런 핑계로 빼던 프로 기사들이 요즘엔 서로 불러달라고 하는 추세예요. 문의도 많이 들어오고.

　[최상한] 그 이유는 대국료에 있지.

　[김강산] 주간님 말씀이 맞아요. 프로는 돈으로 움직이는 게 정상이니까.

　[조나연] 대회 개최 비용은 어떻게 감당하죠?

　[김강산] 스포츠 토토 방식의 배팅 제도를 대회에 도입하는 겁니다.

　[윤세준] 예에?

　[신은주] 그건 허가된 자에 한해서 할 수 있는 걸로 아는데요?

　[김강산] 우리도 허가를 받자는 거죠.

　[최상한] 그렇군. 허가만 받으면 불법 도박사이트니 하는 말이 쑥 들어가겠는데?

　[김강산] 한마디로 일석삼조죠.

　[김강산] 첫째는 우리 사이트에 대한 음해와 협박 같은 소문을 잠재울 수 있고,

　[김강산] 둘째는 프로기사들의 생계를 프로답게 해결할 수 있는 방안을 제시했다는 의미가 있고,

　[김강산] 셋째는 사이트와 신문의 홍보 효과가 크다는 점이죠.

　[문소영] 참 좋은 아이디어인 것 같네요.

　[윤세준] 허가 받는 일이 어디 그렇게 쉽겠어요?

[김강산] 그 부분만큼은 주간님과 제가 정관계에 모든 수단을 동원해 받아내겠어요

[윤세준] 주간님 생각은 어떠세요?

[최상한] 우리 둘은 이미 그렇게 하기로 사전에 공모를 했는걸. 허허.

[박수현] 스포츠 토토 방식이라고 했죠?

[김강산] 예. 아마도 치고받고 혈투를 벌이는 유목형과 같은 바둑, 즉 인기 있고 매력 있는 대국엔 배팅액도 고액이 걸릴 것이고, 대회에 참가한 기사들은 걸린 금액에 따라 대국료를 받기 때문에 자연 이기기 위해 혼신의 힘을 다할 겁니다. 또 상위권으로 진출할수록 대국료가 커지기 때문에 승부욕은 더욱 강해지게 되지요.

[최상한] 사이트상으로 여는 대회니까 속기가 아니겠어? 단시간 승부라 박진감도 넘칠 것이니 그런 대국을 보는 관전자는 설령 자기가 베팅에 실패했더라도 패한 대국자에게 잘 싸웠다는 칭찬을 해 줄 거야.

[남상록] 그 반대의 경우도 있지 않겠어요? 우선 토토 방식 도입의 허가를 얻어내는 것도 만만치 않은 일인 것 같고,

[남상록] 또 신성한 두뇌 스포츠인 바둑이 도박의 수단으로 전락한다는 우려도 대두될지 모르고요

[남상록] 만약 어떤 단체 등에서 대회를 금지하라는 성토라도 한다

면 사이트에 심각한 악영향을 줄지도 모릅니다.

[장희쉬] 우려 없는 일이 어디 있겠어요? 저는 그런 식의 바둑대회를 열자는 김 이사님의 제의에 찬성합니다.

[조나연] 우리 회사가 대회를 연다는 것 자체가 일종의 도박이네요. ㅎㅎ

[윤세준] 남 차장님은 반대 입장이세요?

[남상록] 대의에 따르겠지만 아무래도 우려가 되는건 어쩔 수 없군요.

[윤세준] 좋습니다. 직권 결정하겠습니다. 바둑대회를 열자는 김강산 이사의 제의를 채택하겠습니다. 어떤 어려움이 따르더라도 강행군할 것입니다.

[최상한] 대회의 명칭을 정해겠군.

[윤세준] 어떤 명칭이 좋을지 다들 생각해서 내일까지 한 가지씩 내도록 하세요.

[윤세준] 명칭이 채택된 분께는 상품을 드리겠습니다.

[문소영] 어떤 상품이죠?

[윤세준] 문화상품권으로 하죠. 기타 의견 있습니까?

[윤세준] 그럼 이만 마칩니다.

"경찰입니다."

사무실에 들어온 사람들의 목소리가 내 방에서도 크게 들린다.

"경찰요? 무슨 일로?"

규형이가 놀라 의자에서 일어나려다 비틀거린다.

"여기가 인터넷 바둑사이트인 심심마을 주식회사 사무실이 맞습니까?"

"예."

"사장님 좀 만나러 왔습니다."

"접니다. 안으로 들어오시죠."

가슴이 뛴다. 블랙 스퀘어즈가 머릿속에 가득 찬다. 어찌 해야 하나……

"다름이 아니라, 심심마을 사이트에 들어가 바둑을 두었던 사람이 다 두고 난 뒤에 그만 사망했습니다."

"죽다뇨?"

"ID가……"

한 사람이 수첩을 펼쳐 보며 말한다.

"성위환 씨, 이 사람 잘 압니까?"

"모…… 모릅니다. 다들 가명이나 별칭을 나름대로 정해서 쓰는 곳이라서요."

"가입할 때는 실명을 쓰지 않아요?"

"그렇긴 하지만 저희 사이트 관계자들이 일일이 그 이름을 기억하고 있지는 않습니다."

"친구들의 말로는 죽은 성위환 씨가 심심마을에 자주 들어가 바둑을 두었다고 해서 찾아왔습니다. 한데, 가끔 돈을 땄느니 하는 말을 들었다는군요. 그게 무슨 소리입니까?"

"아, 사…… 사이버머니 말씀이군요. 바둑도 두지만 숫자에 불과한 개념인 가짜 돈으로 베팅을 하는 기능도 있습니다."

"좀 볼 수 있을까요?"

"그러죠."

컴퓨터 화면을 보여준다. 마침 회의를 하고 나온 직후라 블랙에 들어가지 않길 천만다행이다. 심심마을 홈페이지에서 대국실로 들어간다. 그리고는 한 베팅 대국방에 들어가 베팅 내역을 보여준다.

"저게 전부 가짜 돈이라고요?"

"그렇습니다. 단순한 숫자놀음이라고 보시면 됩니다."

두 사람 중 한 사람이 중얼거린다.

"거 왜 사이버수사대의 조 팀장님도 저런 거 한다잖아."

"가짜 돈 가지고 무슨 재미로 노름질을 하는지 알 수가 없단 말이야."

"누가 아니래."

한 사람이 다시 질문을 던져온다.

"저게 진짜 돈이라면 어떻게 되는지 알아요?"

나는 말없이 미소만 띤다.

"왜 말씀이 없어요?"

"너무 뻔한 질문을 하셔서."

"하여간 요즘 노름 때문에 난리도 아니야. 고스톱에 포커에 마작에……"

"가자고 심심할 때 들어와서 놀아보라고 자리 만들어준 사람들에게 무슨 죄가 있겠어."

"실례했습니다."

그들이 나가려고 하는 순간 그의 사인이 궁금해진다.

"컴퓨터로 바둑을 두고 난 뒤에 화장실에 갔는데, 나오지 않아 그 마누라가 문을 따 보니 죽어있었다고 합디다. 병원에서는 과로로 인한 돌연사로 추정했어요. 그 마누라가 자살할 리 없다고 수사를 좀 해 달라고 해서 몇 군데 다니고 있는 겁니다. 업무에 방해를 끼쳐 미안합니다."

"별말씀을요."

경찰이 가자 직원들의 눈은 일제히 내게 쏠린다.

"뭐래요?"

"아무것도 아니야. 정호 형 나 좀 봐요."

성위환. 그는 바로 수리수리 5단과 바둑을 두었던 발칸포사수 5단이다.

"그날 대국의 충격이 너무 컸었나봐."

"그래도 그렇지……."

"이렇게 마냥 넋 놓고 있을 때가 아니야."

그의 계좌 잔고를 회사 계좌로 모두 이체시킨 뒤에 대국자 ID를 삭제하고, 관리자고유인증번호를 폐쇄해 퇴출한다.

"보안버클을 어떻게 회수하지?"

"장 대리와 조문을 가봐야죠."

그의 아내는 심심마을이라는 사이트 이름도 제대로 알지 못한다. 슬쩍 떠보았지만 블랙 스퀘어즈는 상상도 못하고 있다.

"혹시 성 선생님의 컴퓨터를 좀 볼 수 있겠습니까?"

"경찰이 보고 갔는데 또 뭐 볼 게 있다고요?"

"저희 사이트에 가입하실 때, 성 선생님 컴퓨터에 터미널 장치를 하나 부착해 드렸는데 그걸 회수해야 하거든요."

"뭐라고요? 이 사람들이? 지금 제 정신들이에요!"

그의 아내는 소리를 버럭 지르더니 총알처럼 뱉어낸다.

"다니던 직장까지 때려치우고 허구한 날 바둑인지 뭔지 둔다고 컴퓨터를 끌어안고 살게 만든 게 누군데 여기까지 와서 뭘 달라 말라 하는 거예요! 사람이 죽은 것도 모자라 이젠 나까지 괴롭히려고 들어요? 썩 물러가세요! 꼴도 보기 싫으니."

난감하다. 잠시 서 있는데 장 대리가 단호하게 말한다.

"여사님의 심정은 이해합니다만, 저희도 한 회사에 딸린 직원이라서요. 그걸 안 돌려주시면 배상을 하셔야 합니다."

"배상? 지금 배상이라고 했어요? 내 남편 살려내면 배상해 줄게. 빨리 살려내!"

그녀는 장 대리의 멱살을 잡아 흔든다. 젊은 여자가 힘이 보통 아니다. 누런 두건을 쓴 사내 한 사람이 와서 그녀를 떼어낸다. 그리고 점잖은 목소리로 말한다.

"들자하니, 당신들도 초상집에 와서 그런 소리를 하는 거 아닙니다. 그 터미널인가 하는 거, 비용이 얼맙니까? 제가 드리죠."

더 할 말이 없다. 사과를 하고 난 뒤 추후에 연락하겠다고 얼버무리고는 상가를 빠져나온다. 장 대리가 넥타이 매듭을 만지며 언짢은 기색을 드러낸다. 그 심화를 어루만져 준다.

"너무 신경 쓰지 마요."

"어쩌죠, 보안버클을 회수하지 못해서."

"만약 다른 날 찾아가면 그게 뭔가 캐물으며 무언가 의심할지도 몰라요. 여자가 보통 아니네. 모르는 사람에게는 무용지물이니 무리해서 회수하는 것보다 그냥 두죠."

"혹시 그게 화근을 부를 일은 없을까요?"

"전문가가 아니면 뜯어봐야 뭔지 알 수도 없는 거잖아요. 혹시라도 나중에 집안사람이 그걸 발견하고 뭔가 이상하다는 생각이 들면 버클에 적힌 전화번호로 문의해 올 거예요. 그때 적당히 얼버무리고 회수하든지 아니면 내버리라고 하죠, 뭐."

"그래도……."

장 대리는 못내 걱정을 한다.

사무실로 돌아오자 규형이 얼굴이 벌겋게 달아올라 있다.

"사장님, 큰일 났어요. 이것 좀 보세요."

화면을 보는 순간 숨이 멎는 듯하다.

발칸포사수 5단의 죽음을 누가 어떻게 알았는지 어느 포털 검색사이트에 벌써 세 편의 글이 올라와 있다. 발칸포사수라는 ID를 밝히지 않았지만 어떤 한 바둑인이 인터넷 바둑사이트에서 대국 후 패하자 차오르는 격분을 이겨내지 못하고 마침내 자살했다는 것이 글들의 요지이다.

"어떤 놈이야, 이거?"

나도 모르게 소리를 지르고 만다.

하루가 다르게 댓글이 달리기 시작한다. 어느 사이트냐, 그 대국의 관전자를 찾는다, 그 기보를 구할 수 없느냐, 상대 대국자는 누구였느냐……. 진위를 알 수는 없지만 마침내 망자의 사진까지 오른다.

"기가 막히는군."

"아, 지구상에 인터넷이라는 무서운 익명의 세상이 또 하나 더 나타날 줄 예전에 누가 알았으랴."

지난 한때 어느 프로기사가 목숨을 걸고 둔다는 말도 한 적이 있는지라, 실제로 그런 대국이 일어났다는 흥분에 휩싸여 발칸포사수의 죽음은 갖가지 포장재로 포장 되고, 크고 작은 확성기로 증폭되어 그칠 줄 모르고 일파만파로 퍼져 나간다.

어느덧 네티즌들은 그가 죽기 전에 둔 대국을 '살인 대국'이라 부르기에 이른다.

시크릿 존

1.

바둑을 좀 둔다하는 네티즌 사이에 '살인 대국'의 기보를 찾는 경쟁이 불붙고 있다. 24개나 되는 바둑사이트. 그리고 그곳에서 갖가지 ID로 바둑을 두는 사람들을 대상으로 한 것이다. 그러나 흑백 두 대국자의 ID 중 아무것도 알려지지 않아 네티즌들은 어느 사이트에서도 '살인 대국'의 기보라고 할만한 것을 아직 찾아내지 못하고 있다.

600명이나 되는 블랙 스퀘어즈의 회원들. 그들 가운데 당시의 대국을 관전한 사람은 40명 남짓. 그런데 지금까지 블랙 스퀘어즈에 관해 아무런 말도 나오지 않는 것을 보면 당시 관전사 중 어느 누구도 발칸포사수 5단이 '살인 대국'의 당사자라고 생각지는 않는 듯하다.

하지만 세상일은 어떻게 돌아갈지 아무도 알 수 없는 것이다. 여러

날 전전긍긍하다가 어느 순간부터는 올 것이 결국 오고야 말 것이라는 체념이 들기 시작한다. 직원들도 블랙 스퀘어즈가 세상에 알려지기란 시간문제인 것으로 보아 하루하루를 근심 속에서 보내고 있다. 그러던 어느 날,

"사장님, 도도이스의 바둑 사이트에 좀 들어와 보세요!"

"도도이스?"

포털 게임사이트의 선두 주자. 벤처기업으로 이미 상장 되어 있는 회사. 홈페이지에 들어가자 큼직한 배너판이 눈을 덮는다.

말만 무성한 '살인 대국'의 기보가 궁금하십니까? 도도이스 바둑으로 오십시오.

무슨 말인가 하여 사이트로 들어가 본다. 그리고 게시판과 공지사항 등을 훑는다. 회원들이 글을 올리는 게시판에 어느 회원으로부터 살인 대국의 기보를 제보한다는 요지의 글이 올라와 있다. 그리고 기보도 올려놓고 있다.

기보의 조회 횟수는 가히 천문학적이라 할 만하다. 얼른 그 기보를 띄워 살펴본다. 그러나 발칸포사수 5단이 수리수리 5단과 둔 기보가 아니다.

"어떻게 된 일이지?"

영문을 알 수 없다. 기보를 올린 도도이스의 회원 ID는 '라이온킹'이다. 화면을 바꾸어 블랙 스퀘어즈로 들어간다. 블랙의 대국자들 ID와 베팅맨들 ID를 검색해 보지만 그런 ID는 존재하지 않고, 존재한적도 없다. 심심마을에서도 마찬가지이다.

"누가 장난을 친다는 말인데……."

다시 도도이스로 돌아가 라이온킹이 올려놓은 글을 읽어본다. '살인 대국' 당사자의 ID는 '낭인의혼'이라고 밝히며 그럴 듯하게 얘기를 꾸며놓고 있다. 그 ID를 검색하자 공개 정보가 뜬다.

'살인 대국' 기보에 앞선 기보들도 검토해 본다. 그때서야 내막을알 것 같다. 도도이스가 가공의 인물을 내세워 ID와 개인 정보와 전적을 만들고, 기보도 거의 알려지지 않았거나 아니면 그곳 직원들이짜 맞추어 그의 것으로 올려놓은 다음, 마지막 기보에 이르러 혈투를벌인 명국으로 여겨지도록 한 느낌이다.

그의 기보 중 하나가 아주 오래전에 열렸던 아마대회 8강전의 기보와 똑같았기 때문이다. 그 기보를 알아보기란 어려운 일이 아니다.그것은 당시 대회에 참가했던 강산 형의 기보이므로.

'살인 대국'에 관한 인터넷 바둑 동호인들의 눈길은 엉뚱한 길로흘러가고 있다. 그들이 그 기보를 보려고 혈안이 되자 도도이스에서슬그머니 자기네 바둑사이트에서 일어난 일인 것처럼 연출을 하는바람에 블랙 스퀘어즈가 수면 위로 떠오르지 않을까 하고 골머리를 앓던 일이 뜻하지 않게 해소된 셈이다.

"참 교묘한 상술이군."

대체 그 기보가 어떤 기보이기에 대국 후에 사람이 죽을 수 있느냐는 의문을 품고 네티즌들이 속속 도도이스의 바둑 사이트에 접속하고 있다는 말도 들려온다. 사람들은 도도이스가 제공한 기보를 '살인 대국'의 기보라고 철석같이 믿는 눈치이다.

어느 누구도 의심하지 않는 분위기인 것이다. 한 바둑인이 대국 후에 죽었다는 것만 알 뿐, 블랙 스퀘어즈의 발칸포사수 5단이 대국 후에 죽었다는 것을 명확히 알지 못하므로

"도도이스 바둑의 회원이 크게 늘었다네요."

"그래도 우리 쪽 유저들이 빠져나갔다고 보기는 어렵지 않아요?"

"그렇죠 뭐. 한 사람이 여러 사이트에 가입해 있는 경우가 많으니까."

도도이스가 하는 짓이 얄밉기는 하지만 블랙 스퀘어즈 입장에서는 다행한 일이 아닐 수 없어 오히려 고마워해야 할 판이다.

[시리우스-18급] 관리자님.

[관리자9] 예.

[시리우스-18급] 지난번에 수리수리님과 대국을 했던

[시리우스-18급] 발칸포사수님 ID를 검색해 보니까 탈퇴하셨네요

[관리자9] 예, 개인 사정이 있는가 봅니다.

[시리우스-18급] 그 바둑 끝나고 굉장히 열 받았을 텐데……

[조금만져줘-3급] 그럼요. 그런 바둑 지고 나면 자살하고 싶은 심정이 되죠.

[시리우스-18급] 관리자님은 '살인 대국'에 관한 파동을 어떻게 생각하세요?

[관리자9] 바둑은 두뇌 회전을 즐기는 오락 게임인데, 살인이라는 섬뜩한 말을 붙이는 것 자체가 다분히 작의적이라고 할 만하죠.

[시리우스-18급] 혹시 대국 후에 죽었다는 분이 발칸포사수님은 아닌가요?

[시리우스-18급] 관리자님들은 실명을 아실 수 있잖아요.

블랙 스퀘어즈 베팅맨들 가운데 시리우스가 발칸포사수 5단이 그 대국 이후에 사라진 것에 대해 약간의 의혹을 품어보긴 했지만 곧 수 그러든다. 아무리 심증이 간다고 한들 확인할 방법이 없기 때문이다.

얼마 가지 않아 관심은 다시 산화에게로 옮겨진다.

[시골사람-3급] 요즘 베팅맨들이 낮에는 베팅을 잘 안 하시나 봐요.

[시리우스-18급] 큰손들이 들어오지 않으니 아무래도 분위기가 좀 처지죠.

[Z-channel-5급] 그럴 때는 관리자 측에서 좀 걸어줘야 하는데.

[조금만져줘-3급] 맞아요.

[오빠만져줘-15급] 그럼요.

[바둑부인-7급] 헉? 저 ID는 또 뭐야?

[오빠만져줘-15급] 신입생이에요. 잘 부탁드려요 ㅎㅎㅎ

[흰늑대-9급] 조져줘님과 오져줘님은 친구 사이인가요?

[조금만져줘-3급] 아니에요. 나 참 유사 ID도 등장하네, 그랴.

[오빠만져줘-15급] 저도 들어와서야 조져줘님이 있는 줄 알았어요

[오빠만져줘-15급] 앞으로 사이좋게 지내요

[비상금-13급] 오빠 아닌 사람은 못 만지나요?

[흰늑대-9급] ㅋㅋㅋ

최근 들어 블랙에서의 수익률이 제자리를 맴도는 양상을 보인다. 회원이 는 덕에 상승 곡선을 그리다가 갑자기 주춤하는 까닭을 알 수 없다. 그 이유를 밝혀낸 사람은 정호 형이다.

"산화가 베팅 수익률이 상당히 높잖아."

"그렇죠."

"그 때문에 낮에 잘 들어오던 사람들도 산화가 나타날 시각에만 몰리는 거야."

"산화 돈을 따먹으려고요?"

"아니지. 산화의 베팅 양태를 연구하려는 것이지."

"설마?"

"BSDS로 분석해 봐."

정호 형의 말이 틀리지 않는다. 그렇다면 뭔가 대책을 강구해야 한다. 나날이 달아올라야 할 판이 한 사람으로 인해 이런 추세로 식어버린다면, 대국자는 대국하는 숨 가쁜 재미를, 베팅맨은 베팅하는 짜릿한 맛을 느끼지 못해 대거 이탈하는 현상도 생길 수 있다.

산화의 베팅 승률이 너무 높아 적정 수준까지 낮추어야 할 필요성을 느낀다. 얼마 전까지 그를 명실상부한 일인자로 인정하던 베팅맨들이 베팅할 기분을 점차 상실하고 있기 때문이다. 거는 족족 거의 따가는 한 사람을 본다면 누군들 그런 생각이 들지 않겠는가?

"형 생각은 어때요?"

"그 방법이 통할까?"

"서서히 낮추자는 거죠. 어느 정도까지만."

"알았어. 밤에 봐."

무상수 대신 대국자 ID인 검은고양이로 블랙 스퀘어즈에 들어간다. 조금 있으려니 강산 형도 하회탈이 아니라 강호제일검으로 들어온다. 그리고는 산화가 접속하기를 기다린다. 기다리는 동안 여러 기사로부터 대국 제의를 받았지만 다 거절한다. 드디어 산화가 들어온다. 나는 얼른 강산 형에게 대국 신청을 한다. 그는 받아들인다.

17번 방에서 강호제일검 9단과 검은고양이 9단의 대국이 시작됩니다.

아마 베팅맨들은 크게 술렁일 것이다. 블랙 스퀘어즈의 고수, 더구나 고수 중에서도 열손가락 안에 든다고 알려져 있는 최고수급의 대국이기에.

베팅맨들이 너나할 것 없이 대국방으로 우르르 쏟아져 들어오는 것이 보인다. 그러나 그들이 올리는 글을 읽을 수는 없다. 대국 중 틈틈이 관리자 모드로 전환해서 보지 않는 한.

[비상금-13급] 블랙 초고수들의 대국이군요

[시리우스-18급] 두 분 다 프로 냄새가 나요

[Z-channel-5급] 18급의 눈에도 그런 게 느껴지나요?

[시리우스-18급] 프로 18급이랍니다. ㅎㅎ

[조금만져줘-3급] 상대 전적을 보니 공교롭게도 16승 16패, 호적수이네요

[시리우스-18급] 사실 블랙의 내로라하는 고수들 치고

[시리우스-18급] 강호제일검님에게 칼자국이 남지 않은 사람이 없지요

[시골사람-3급] 그건 검은고양이님도 마찬가지예요. 그 앞발로 다 할퀴었으니. ㅎㅎ

[바둑부인-7급] 오랜만에 열리는 울트라 빅 매치이군요

흑을 쥐고 우상 화점에 돌을 놓는다. 화면 위쪽에 백 대국자가, 아래쪽에 흑 대국자가 앉아 있다고 보아 예의상 그곳 일대에 첫 착점을 하는 것이다. 백 쪽에서 오른손으로 바둑돌을 쥐어 놓기 편한 곳을 흑이 예의 없이 불쑥 놓는 일은 드물다. 일부러 백 대국자의 심기를 건드리려고 작정을 하지 않는 한.

그것을 신호로 이미 흥분과 열광의 도가니 속에 빠져 있던 베팅맨들이 베팅을 시작한다. 베팅 바의 두 색깔이 계속 좌우로 힘겨루기를 한다. 10수를 넘어서도 산화는 걸지 않고 있다. 차츰 초조해진다. 마감 전에는 걸겠지. 그러나 웬일인지 그는 19수째에도 걸지 않는다. 강산 형이 뜸을 들이다가 20째 수를 놓는다.

'대체 판을 보고 있는 거야, 안 보고 있는 거야?'

21째 수를 놓을 수 없다. 산화가 걸지 않았기에. 시간을 물 쓰듯 쓰자 베팅맨들이 착점을 하지 않는 나를 보고 이상히 여긴다.

[오빠만져줘-15급] 흑이 왜 안 두는 거죠?

[시골사람-3급] 글쎄요. 초반 포석이라 뻔한 곳이 두어 자리뿐인데.

[Z-channel-5급] 신수를 구사하려는 건지도 모르죠.

[시골사람-3급] 아니면 이후 수순을 깊이 생각하는 건지도 모르고요.

[비상금-13급] 생각할 게 있나요?

[시골사람-3급] 포석 단계에서 선수 활용을 어디까지 할 수 있느냐를 내다보는 걸 겁니다.

[Z-channel-5급] 그걸 선착의 효라고들 하지요.

한 수 제한 시간이 1분 남았습니다.

이제는 두지 않을 수 없다.

'인간 참 여러모로 속을 썩이는군.'

좀처럼 그 속내가 무엇인지 갈피를 잡을 수 없다. 화면 오른쪽 위에 있는 전자 초시계에 뜨는 숫자가 거의 막바지에 이르고 있다. 50, 51, 52, 53……. 58초에 두고 만다. 그리고는 재빨리 베팅 내역을 본다. 역시 산화는 걸지 않았다.

'왜 걸지 않았지?'

바둑판이 보이는 둥 마는 둥 궁금증만 인다. 블랙 스퀘어즈 내에서도 최고수급의 대국은 일주일에 한두 번 열릴까 말까 하기 때문에 가장 큰 장이 서기 마련이다. 대국이 시작되면 그 대국을 놓치는 베팅맨들은 거의 없다. 베팅도 베팅이지만 고수의 바둑을 관전하는 즐거움도 그에 못지않은 것이다. 18급이든 1급이든 바둑을 모르는 베팅맨은 한 사람도 없기에.

강산 형이 몇 수 두어나가다 말고 일대일 대화를 신청해 온다.

"산화가 왜 안 건 거지?"

"저도 그 이유에 대해 생각하고 있어요."

"그것 참. 속을 알 수 없는 종족일세. 베팅 타임을 놓친 것도 아닐 테고 말이야."

"그러게요."

"이제 어쩌지?"

"어쩌긴요. 기왕 시작한 거니 그냥 이대로 한판 둬요."

"둘 맛이 안 나지만 베팅맨들 생각하면 기권할 수도 없으니 그렇게 하자고."

"판 끝나면 포장마차에서 소주 한잔 내기예요."

"좋지."

강산 형의 바둑을 두고 최 주간은 호기심 많은 맹수 새끼가 여기저기 기웃거리는 듯한 동물성 기풍이 어느 때부턴가 들꽃 같은 식물성 기풍으로 바뀌었다고 한다. 그 말이 옳다고 생각한다.

여기저기 듬성듬성…… 가냘픈 꽃들이 아무렇게나 피어난 듯 멋대로 놓은 듯한 바둑돌들이 어느 순간 정신을 차려보면 전 판을 온통 꽃밭으로 만들어가고 있는 것 같은 착각이 든다. 비실비실 시들어가던 화초가 단비를 맞고 일거에 살아 고개를 들며 싱그러운 풀꽃 내음을 물씬 풍기는 것이다.

그렇게 한번 일어난 꽃 사태는 불이 번지듯 걷잡을 수 없다. 그리고 그쯤에 이르면 상대가 누구라 하더라도 그 꽃밭을 망치기란 쉽지 않다. 초반에 듬성등성 놓은 듯한 돌들이 실은 바둑판 저 깊은 곳에서 뿌리를 얽고 있는지라 어디부터 손을 대어야 할지 난감해지기 때문이다.

기풍이 어떻게 그렇게 바뀔 수 있나 의문을 품어오던 차에 김산의 기보를 보고난 뒤에야 그 이유를 알게 되었다. 바로 김산의 바둑 스타일에 근접해 있다는 느낌이 든 것이다.

대국 중에 최 주간이 들어온다.

[떠버리-1급] 산화님은 안 거신 것 같네.

산화는 대답이 없다. 최 주간도 애시당초 그의 대답을 들을 생각은 하지 않았다는 듯, 나와 강산 형의 대국으로 이내 그 특유의 해설을 시작한다.

[떠버리-1급] 술이란 것이 흥으로 사람 몸속에 들어가서 흥으로 나

와야 하듯이

[떠버리-1급] 도박이라는 호수에도 흥으로 들어가서 놀다가 흥으로 나와야 진정한 도박이지요.

[오빠만져줘-15급] 맞아요. 잘못하면 호수에서 익사할 수 있거든요 ㅎㅎ

[떠버리-1급] 도박꾼에겐 패배감이나 상실감도 또 다른 흥이지요.

[떠버리-1급] 그 경지에 이르러야 진정 도박사 소리를 들을 수 있지요.

[떠버리-1급] 그렇다면 그 경지는 무엇인가?

[떠버리-1급] 승패에 초연한, 감정의 물결이 거의 일지 않는,

[떠버리-1급] 일어도 곧 잠잠해지는 고요함이 아닐까 합니다.

[떠버리-1급] 여느 사람들은 도박판이라는 호수에 큰 기대를 가지고 들어갔다가 큰 실의로 나오기 마련이거든요.

[떠버리-1급] 또…… 베팅 찬스에 베팅을 하지 않는 것도 고수의 한 기법이지요.

[시골사람-1급] 그게 무슨 기법이란 말이죠?

[떠버리-1급] 고수는 감이 오지 않으면 어떤 큰 장에서도 손을 내지 않습니다. 하하.

[떠버리-1급] 그것이 바로 고요함이지요.

[바둑부인-7급] 아하.

[시골사람-3급] 떠버리님 말씀을 듣고 있으면 철학 강의실에 와 있는 듯한 착각이 들어요.

[떠버리-1급] 자 그러면 이제 바둑 내용으로 들어가 보겠습니다.

대국을 하는 동안 산화가 왜 베팅을 하지 않았을까 하는 생각뿐이다. 손 따라 두어나가다가 갑자기 손길을 멈춘다. 강산 형이 그 특유의 웃음소리를 내는 듯하다. 그의 돌을 잡아두었다고 여긴 곳의 내 돌들을 보니 후절수로 되잡히게 되어 있다. 그게 왜 이제야 눈에 들어오는지 알다가도 모를 일이다. 강산 형에게 묻는다.

"던져도 되죠?"

"바둑 내용이 왜 이래?"

"형과 둔 게 아니라, 산화랑 두었나 봐요"

"하하하."

바둑판 오른쪽 옆에 있는 여러 가지 아이콘 중에 '기권'을 누른다. '불계패를 인정하시겠습니까?' 그 아래에는 '예', '아니오' 두 대답이 친절히 떠 있다. '예'를 누른다. 화면은 일시에 바뀌어 대국 종료를 알린다. 그리고는 '백 대국자가 불계승하셨습니다.'라고 바둑판 위에 겹쳐 뜬다.

[떠버리-1급] 산화님은 왜 베팅을 안 하셨어요?

[산화-6급] 으음, 그건…… 베팅을 할 때와 못할 때가 있지요

　대국을 끝낸 뒤 관리자 ID로 들어와 그의 글을 본 순간 온몸에 전
율을 느낀다. 글 속에는 강산 형과 내가 사전에 모의한 것을 뻔히 알
고 있다는 암시가 들어있는 것이 아닌가. 그 말만 남기고 산화는 사
라진다. 그의 퇴장을 흘깃 본 나는 다시 두 눈을 산화의 글에 못 박
는다.
　산화가 마치 그 글 자체를 채팅창에 베팅해 둔 것만 같은 느낌이
다. 대체 저 인간 속에는 뭐가 들어있단 말인가?

[조금만져줘-3급] 산화님이 잃으셨네.
[오빠만져줘-15급] 적은 금액이 아닌데.

　확인해 보니 사실이다. 산화가 그다지 빅 매치라고도 할 수 없는
여느 초단끼리의 대국방에 들어가 1백만을 걸었다가 잃고 만 것이다.
반대편에는 고작 10만이 걸려 있었을 뿐이다. 대박 났다고 떠드는 베
팅맨들의 등 뒤로 산화는 자신의 그림자를 감춘 지 오래이다.
　그 충격 탓인지 산화는 한동안 나타나지 않았다. 그로부터 일주일
뒤 다시 등장한 산화는 웬일인지 연일 잃는다. 그에 따라 베팅 승률
이 떨어져 가고, 급기야 일인자의 자리를 다시 내게 헌납하는 지경에

이른다. 베팅액이 그리 크지 않아 잔고가 눈에 띄게 줄어들지는 않았지만 한번 감각을 잃으면 다시 그 감각을 찾을 수 없으니 자기 자신이 밉도록 화가 날 것이다.

[시리우스-18급] 산화님의 봄날도 다 갔군.

[오빠만져줘-15급] 그러면 그렇지.

[흰늑대-9급] 장다리도 한철이지요

[조금만져줘-3급] 맞아요

[오빠만져줘-15급] 그럼요

[초대손님-8급] 산화님이 약발 다 된 모양이네요

[시골사람-3급] 곧 부활하실 거예요. 그렇죠, 스승님?

산화가 잃고 있다는 사실을 접한 최 주간이 빙긋 웃는다.

"그는 지금 투자를 하고 있는 거야."

"무슨 투자요?"

"자신에게 쏠린 눈길을 떨쳐내는 투자. 허허."

강산 형도 어깨를 친다.

"어째 산화가 등장한 이래로 윤 사장의 생각이 갈피를 잡지 못하고 있는 것 같아. 하하."

"그렇다면?"

아, 그랬다. 그는 나와 강산 형의 대국 이후로 생각한 바가 있어 자기 주머니를 풀어놓고 온 사방으로 꾸준히 동전을 던져온 것이었다. 그것도 대국이 시작되자마자 가장 먼저 뿌려대면서.

가만히 보니, '꾸준히'도 '꾸준히'이거니와 '적당히'이기까지 하다. 무작정이거나 간헐적이 아니다. 떡밥을 던질 만큼 던져 베팅맨들의 기억 속에 더 이상 베팅 황제로 여겨지지 않을 때, 바로 그때 그는 비로소 매혹적인 미끼를 꿴 낚시 바늘을 블랙 스퀘어즈라는 큰 호수에 드리울 것이다. 대어를 낚아 올리기 위해.

"대체 저 인간은 누굴까?"

결코 자만에 빠지지 않고, 치고 빠질 줄도 알며, 우뚝 서면 주목받게 된다는 것까지 아는 그 시의 적절한 행보에서 묘한 매력마저 느껴진다. 전날 김산의 얘기를 들려주면서 했던 최 주간의 말이 불현듯 떠오른다.

'승부사가 승부의 도를 깨우치게 되면 낭만스러워지지. 다만 그 낭만은 더 큰 승부의 도를 터득하기 위해 쉬어가는 과정이지만 말이야.'

그때서야 깨닫는다. 산화는 블랙 스퀘어즈에서는 도박사이지만, 자기 자신에게는 철저한 승부사라는 걸.

"오늘 남 차장과 장 대리가 재단에 들어가는 날 아닌가요?"

"맞습니다."

"나도 갈 일이 있으니 내가 장 대리와 다녀올게요."

"그러세요, 그럼."

남 차장으로부터 재단에 주어야 할 인세와 서류를 받아든다.

"들어갔다가 장 대리랑 바로 퇴근할 테니까 다들 시간 되면 들어가세요."

"예, 사장님."

"P1님이 또 당번인가요?"

"예. 사장님."

재단에 볼일이 있다는 말은 둘러댄 것이다. 장 대리와 둘이 있을 시간을 가지고자 수를 부린 것을 규형이만 알고 있다.

장 대리 차로 재단에 들어간다. 내가 사무국의 경리과 직원들을 만나는 동안 장 대리는 홍보과에서 신문에 실을 기사를 받는다. 신문사 쪽의 일 중에서 재단에 드나드는 업무는 장 대리가 맡고 있기 때문이다.

계절은 벌써 봄여름이 지나 가을의 문턱으로 들어서고 있다. 낮이 짧아지고 있다는 것을 실감할 수 있다. 지난겨울부터 숨 가쁘게 달려온 나날들이다. 어떻게 하루하루를 보냈는지, 계절이 바뀌는 것에 눈

돌릴 겨를도 없었던 것은 분명하다.

비가 올 듯한 흐린 날씨 탓인지, 어둠이 일찍 깔리는 느낌이다. 장 대리는 차에 시동을 건다.

"댁으로 가실 거죠?"

"혹시 약속 있어요?"

"아뇨, 없습니다. 사장님."

"날씨가 술 한잔 하고 들어가라고 옷깃을 붙잡는 것 같네요."

"하하하. 그러죠 그럼. 어디로 모실까요?"

"장 대리는 뭘 좋아해요?"

"저야 없어서 못 먹는 입 아닙니까? 하하."

"날이 흐리니 회는 그렇고…… 삼겹살이나 좀 구울까요?"

"예, 사장님."

장 대리는 술을 좋아하기도 하지만 한번 입에 대면 들이붓는 편이다. 그래서 저녁 식사의 반주만으로 끝날까 염려하지 않아도 된다. 이른 시간부터 마셔댄 탓인지 취기가 오르는데도 시간은 고작 9시를 넘어서고 있다.

"입가심으로 맥주 한잔 하죠."

"예. 한데 사장님 조건이 있습니다."

"뭐죠?"

"그건 제가 내겠습니다. 잘 가는 집이 있거든요."

"그러세요. 하하."

대리운전을 불러 영동으로 간다. 어느 소방도로로 접어드니 조그만 간판이 붙어있다. '취화(娶花)'였다. 여느 호프집이 아니라는 것을 짐작한다.

"너무 부담되는 곳 같은데요?"

"걱정 마세요."

취화. 꽃에게 장가를 든다는 말이다. 그렇다면 꽃이 있는 술집일 것이고, 그 꽃이란 다름 아닌 '말하는 꽃', 접대부 아가씨들일 것이다. 들어서자 정장을 입은 젊은 웨이터들이 줄 지어 서 있다가 일제히 머리를 숙인다.

"어솝쇼!"

장 대리는 바지주머니에 양손을 꽂은 채 웨이터가 안내하는 방에 든다. 그곳에서는 그가 나보다 윗사람처럼 보인다. 이윽고 지배인 마담이 들어온다.

"장 선생님? 오늘 웬일이세요?"

"귀한 손님 모셨어. 인사 올려."

"김 마담이에요. 뵙게 되어 영광입니다."

마담은 눈치껏 나를 살피더니 장 대리에게 시선을 옮긴다. 장 대리가 먼저 묻는다.

"도 사장 있어?"

"장 선생님 오셨는데 불러 드려야죠."

그녀는 웃는 얼굴로 나갔다가 듬직한 체구의 사내와 같이 들어온다.

"어이, 장 도끼."

둘은 포옹을 한다. 잘못 왔다 싶은 생각이 들었지만 물릴 수도 없는 처지이다. 장 대리는 그를 친구라고 말한다. 그리고 그에게는 나를 회사 사장이라고 정중히 소개한다. 도 사장이라는 사람은 아주 잘 왔다며 크게 반가워한다.

"오늘은 제가 내죠. 마음껏 드시고 노십시오."

미소만 지어보인다. 술상이 차려지고 아가씨들이 들어온다. 도 사장은 그녀들에게 단단히 주의를 주고는 나중에 오겠다며 인사를 깍듯이 하고 나간다.

아가씨들이 분위기를 띄우는 가운데 술잔이 오가기 시작한다. 마시는 도중에 전화벨이 울리자 장 대리는 전원을 꺼버린다. 그리고는 한참 있다가 잠시 다녀오겠노라고 하고 나간다. 무심코 시간을 보니 11시가 가까워지고 있다. 휴대폰을 자주 꺼내 본다.

"어디 연락 올 데가 있는가 봐요?"

"아뇨."

"한잔 드세요. 저도 한잔 주시고요."

그때 진동으로 해 놓은 휴대전화에 메시지가 들어온다.

'산화가 안 들어올 모양이에요. 11시가 넘었는데 코빼기도 안 보이네요.'

그가 블랙 스퀘어즈에 들어왔다면 오히려 나갈 시각이다. 나갔던 장 대리가 도 사장과 함께 들어온다. 적적한 기운이 감돌던 분위기가 이내 무르익는다. 비록 아가씨들이 있다고는 하지만 술자리에서 사내 둘이 마시는 것과 셋이 마시는 것은 그 긴장감의 완급 조절에 있어 하늘과 땅 차이다.

한차례 노래와 춤바람이 지나가고 난 뒤에 도 사장이 앉은 자리에서 말한다.

"윤 사장님, 이 친구 말입니다. 아직 이 바닥에 있었으면 벌써 한 구역의 보스 자리는 너끈히 꿰어찼을 놈입니다."

"하하, 그래요?"

"야, 도 사장. 무슨 소리야? 우리 사장님께."

"사실인걸 뭐."

"나는 지금이 참 행복해."

그는 나를 보고 웃으며 건배하기를 원한다. 잔을 든다. 빈 양주병이 두세 병인가 보이고 빈 맥주병도 여남은 개 보일 무렵 자리에서 일어난다. 내가 어지간히 취한 것을 안 장 대리가 바깥바람을 쐬게 해 줄 요량인가 한다. 내 혀는 거의 굳어가고 있고, 그의 혀도 온전치는 않아 보인다. 폭탄주를 몇 잔이나 먹었는지 모를 지경이다.

"사장님, 우리 이것들 데리고 나가죠."

"그럴 것까지는 없어요. 그만 나갑시다. 입가심 한번 더 해야죠."

"조옿습니다. 하하."

"저도 끼워 주실 거죠?"

"그럼요."

도 사장도 합세한다. 기사가 딸려 있는 그의 차를 타고 방배동으로 향한다. 몇 가지 안주를 시켜놓고 소주를 마신다.

"사장님!"

"예, 말씀하세요. 장 대리님."

"그동안 너무너무 고마웠습니다."

"고마운 건 오히려 접니다. 하하. 남 차장님이 과장에서 차장으로 직급이 오른 것 보고 많이 속상했지요?"

"아니, 아니예요. 그분은 당연히 그렇게 되셔야 하고말고요."

"제가 짐 좀 가지고 있는데 장 대리님이 좀 맡아주실래요?"

"짐요? 그러죠. 뭐든지 주세요."

주머니에서 명함통을 꺼내 준다.

"이게 뭡니까?"

"장 대리가 아니라 이제부턴 장 과장님이라는 짐입니다. 하하."

"어어?"

술이 확 달아나는 모양이다. 남 차장에게 해주었던 말을 똑같이 해

준다. 휴대폰 비용과 차량유지비, 특히 외근이 잦은 업무 특성상 적지 않게 차량유지비가 드는데도 제대로 챙겨주지 못했음을 미안해하며 앞으로는 그리 넉넉지는 않아도 턱없이 부족하지는 않을 거라고 말한다.

그는 나 대신 도 사장을 바라본다.

"봤지? 이분이 바로 우리 사장님이시자, 이 몸 장희수의 주인이시란 말이야. 알겠어?"

"알았어. 자 마시자."

잔을 내려놓은 그는 비장한 낯빛을 짓는다.

"지금까지도 그런 마음이었지만, 앞으로 어떤 일이 있더라도 이 장 대리, 아니 이 장 과장이 사장님만큼은 꼭 지켜드릴 겁니다. 심심마을이든 신문사든 다른 곳에서든 어떤 일이 닥쳐도 말입니다."

"고마워요."

다른 곳이란 블랙 스퀘어즈를 염두에 둔 말임을 모르지 않는다. 그와 헤어지고 돌아오는 길에 술기운 탓인지 그가 산화라는 생각은 전혀 들지 않는다. 의혹을 말끔히 해소하지 못했는데도

"하는 수 없지. 다른 날 다시 확인해 보는 수밖에. 다음에는 정호 형 차례군."

오전 내내 골치가 아파 비실비실하는 나와는 달리 장 과장은 어젯밤에 무슨 일이 있었냐는 듯이 생생하다. 불과 두어 살 차이인데 이

렇게 몸이 다를까 싶다. 점심 무렵이 되어 직원들을 다 부른다. 그리고 바둑 대회 명칭을 공모한 것을 발표한다.

"여섯 표를 얻은 문소영 씨가 당첨되셨습니다."

직원들은 박수를 친다. 문화상품권 5장을 상품으로 준다.

"소감 한마디 하세요."

"여러분, 고맙습니다. 이걸로 사무실 직원분들 모두 모시고 영화 보러 갈게요. 보시고 싶은 영화 있으면 말씀해 주세요."

"점심은 안 내나?"

"물론 내야죠."

최 주간의 말에 그녀는 당연한 것을 우려하냐는 듯이 웃는다.

'제1회 천파기인배 인터대전'

주최는 신문사, 주관은 심심마을이다. 명칭이 정해지자 최 주간과 강산 형이 주도적으로 맡아 일정대로 대회의 일을 처리해 나간다.

두 사람이 가장 먼저 해낸 일은 실제 스포츠 토토 방식으로 베팅이 가능하도록 허가를 받은 일이다. 단 조건은 시험석으로 이번 대회에 한해서라는 것이다. 그간 두 사람이 재단, 기사협회, 정관계 인맥 등을 다 동원해 주무 부서를 쫓아다닌 결과이다.

"축하해요, 형."

"주간님께 감사드려야지."

"무슨 말을. 김 이사는 문중 힘까지 끌어내어 놓고 허허."

규형이와 정호 형은 프로그램을 업데이트한다. 심심마을의 회원 가입란에 인터대전 참가 여부를 묻는 칸을 별도로 만들어 참가와 불참을 선택하도록 만든 것이다. 조나연 씨와 문소영 씨, 신은주 씨 팀은 대회 참가를 유도하는 홍보 기사와 광고 문건을 만들어 낸다.

그것을 장 과장이 직접 발로 뛰어다니며 메이저급 일간지와 무가지, 각 지방 대표 신문 등에 기사화와 공고 게재 일정을 잡아낸다.

마침내 온라인과 오프라인 두 세계에 똑같이 공고되는 D-데이가 밝아 온다. 평소보다 일찍 사무실에 출근한 직원들은 공고에 대한 바둑계와 바둑 동호인들의 반응이 오기를 기다린다.

"오늘이 참가 신청 첫날이니 참가하겠다는 사람이 몇 명이나 될지 내기할까요?"

"P1님은 틈만 나면 내기 하재요. 하여간 못 말려."

우려는 환희로 바뀌었다고 해도 과언이 아니다. 오전 9시가 되기도 전에 참가 문의 전화가 잇달아 걸려오고, 심심마을에는 신규 회원 가입이 폭발적으로 늘어나기 시작한 것이다.

공고가 나간 날로부터 열흘째 참가 마감 시간이 종료되고 집계를 해 보니 전국에서 무려 1,728명이 참가 의사를 밝혀 왔다. 사무실은 잔치 분위기에 휩싸인다. 아마와 프로가 함께 참여하는 바둑 대회, 그것도 온라인과 오프라인을 통틀어 그만한 규모의 대회는 지금까지 없었음에 놀라움을 넘어 믿기지 않는다.

"호응이 이렇게까지 클 줄은 누가 상상이나 했겠어요?"

"참가비도 없지, 또 사이트는 실명으로 가입하더라도 바둑을 둘 때에는 각자가 별도로 지은 ID로 두는 것이기에 아무런 부담도 없지, 그래서 그런 것 아닐까?"

"더구나 실명 가입이라도 다른 사람 이름을 빌려서 가입하고 둘 수도 있으니까 자신의 정체는 드러내지 않을 수도 있는 거죠"

"익명이 세상을 뒤덮는 시대로군."

"프로들은 얼마나 되는 것 같아요?"

"아직 모르지만 재단 분위기로 봐서는 거의 다 참가했다고 봐도 된다고 해."

"그럴 거예요, 아마. 그간 수담정에서 들인 공도 있으니. 하하."

"그보다 유명 프로기사들은 져도 망신살을 피할 수 있고, 또 같은 프로라 해도 무명들은 이 기회를 통해 평소에 반상에서 만나기 힘든 최고위급 기사들과 한번 승부해 보겠다는 의욕을 불태우는 것 아니겠어?"

"아마 최강자들도 본선에 진출하기만 하면 한두 판만 견뎌도 짭짤한 수입을 올릴 수 있다는 생각에 많이 신청한 것 같네요"

심심마을의 채팅창은 바둑에 관한 크고 작은 여론이 그대로 드러나는 곳이다. 유저들은 김산의 일대기를 읽은 흥분이 아직도 가시지 않는지 어딘가 숨어있을지도 모르는 제2의 김산이 인터대전을 통해 출현하기를 은근히 고대하고 있는 분위기이다.

1,728명.

참가자 수가 확정되자 대회 운영 방식을 놓고 날마다 밤을 새다시피 회의를 했던 기억이 새삼스럽다.

대국은 각 호선으로 예선 1, 2, 3차, 본선 1, 2, 3차, 결선 1, 2, 3차, 그리고 준결승, 결승으로 치른다. 대국 당일 개인 사정상 불참하는 경우도 있을 것이다. 최 주간은 그 비율을 전체 참가자의 10%로 내다보고 있다.

그의 예견을 그대로 고려한다고 하더라도 닷새 동안 열리는 예선 1차에서 780여 명, 그로부터 사흘 뒤 또 다시 닷새 동안 열리는 2차에서는 390여 명, 예선 3차에서는 190여 명, 그리고 본선 1차에서는 100명 가까이, 또 본선 2차에서는 50명, 본선 3차에서는 25명, 결선 1차에서는 13명, 결선 2차에서 7명, 결선 3차에서 4명을 가리게 되어 있다. 그리고 그 4명이 준결승과 결승전을 치르도록 한다.

한데 대회에 참가하는 기사들의 급수를 정해주는 것이 문제로 대두된다. 익명이기에 함부로 부여할 수도 없고, 또 그들이 직접 정하도록 하는 것도 적절치 않다.

"뭐 좋은 방안이 없을까?"

"신규회원 가입 정보를 보니까 자기 급수를 정한 것이 제각각이에요. 9단도 있고, 심지어 18급도 있어요"

"통일해야지."

"어떻게요?"

"예선 1차 참가자는 무조건 예외 없이 초단을 줘 버려. 그리고 2차 진출자는 2단, 3차 진출자는 3단, 본선 1, 2, 3차 진출자는 각각 4, 5, 6단을 주고, 결선 1, 2, 3차 진출자는 각각 7, 8, 9단을 주는 거야."

"그것 좋은 생각이네요. 역시 주간님이셔. 하하."

"다음 2회 대회 때에도 1회 대회의 성적에 관계없이 다시 또 모두 초단으로 시작하는 거야."

"시드 배정이나 뭐 특혜 같은 것 없어요?"

"물론이지."

"으음."

"한마디로 급수는 가변적이다, 고정적이지 않다, 뭐 이런 요지의 말씀이군요?"

"잘 봤어. 역시 김 이사야. 현재의 승단 제도는 승단대회나 국내기전의 우승 또는 국제대회에서 준우승하거나 우승하는 경우에 그 성적에 따라 오르도록 되어 있지?"

"그렇죠."

"가만히 보면 그건 너무 고식적인 방법이야. 한번 입신은 영원한 입신이다? 이게 말이 된다고 생각해?"

"그게 왜 말이 안 된다는 거죠?"

"프로라는 세계에서는 어울리지 않는 말이야. 권투나 다른 스포츠를 봐. 비록 어렵사리 챔피언에 등극했다가도 방어전에서 지면 바로 미끄러지잖아. 그것도 새 챔피언에 이은 랭킹 1위가 되는 게 아니라 서너 계단씩 말이야. 한데 바둑계에서 만큼은 한번 입신에 오르면 그때부터는 죽을 때까지 아니 죽어서도 입신이 되는 거야. 초단한테도 무참히 깨지면서 말이야. 너무 부끄러운 일 아냐?"

"듣고 보니 그러네요."

"입신이 만약 슬럼프라 초단한테도 번번이 깨지면 입신 자리를 내놓아야 옳아. 아래로 내려온 뒤에 다시 컨디션을 회복해서 올라가도록 해야 해. 그리고 승단대회니 뭐니 다 때려치우고 초단이 전승가도를 달리면 어느 시점에서 바로 9단을 주어야 해. 그때만큼은 최고수가 된 것이니까."

"으음. 이해가 안 가는 말씀은 아니군요."

"팬들은 기사의 급수를 보고 그 기사의 최근 컨디션과 기력을 가늠할 수 있어야 해. 그래야 일목요연하지. 대회에 참가하지 않거나 참가해서도 좋은 성적을 내지 못하면 그에 걸맞은 급수를 주어야 한다는 말이야. 배우가 원하는 무대를 극장이 만들어주었는데도 배우가 오르지 않겠다면 배우 자격이 없는 것과 마찬가지로 프로가 프로다운 생활을 할 수 있는 판을 만들어주는데도 그 판을 멀리 하겠다면 그건 프로가 될 자격이 없는 것 아니겠어?"

"주간님 말씀처럼 한다면 기사의 급수가 하루하루 달라지겠군요 어떤 때에는 초단도 되었다가 어떤 때에는 9단도 되었다가."

"그렇지. 급수는 훈장처럼 이름 앞에 가져다 붙이는 것이 아니라 바로 현재 실력을 나타내어 주는 척도가 되어야 해. 권투에서 챔피언 자리에서 물러나 랭킹이 한참 떨어졌다고 해서 그 선수가 부끄러워하는 것 봤어? 다시 훈련을 쌓고 실력을 길러서 챔피언한테 도전해서 따내면 되는 거야.

입신이라는 그 지극하고도 신성한 자리가 남발되지 말아야 해. 권투에서 챔피언이 여럿 있는 거 봤어? 체급에 따라 챔피언이 하나씩 있듯이 입신도 한 나라에 하나 정도면 충분해."

"국수전, 명인전, 기성전……. 대회가 여러 개 있는데 어느 대회 우승자를 입신으로 쳐야 하죠?"

"새해가 되면 지난 1년 동안 국내외 각종 기전에서 거둔 성적을 각 기사별로 계량적으로 산출해서 그 등위를 매기는 거야. 그리고는 랭킹 1위부터 차례로 입신(入神 : 9단) 한 사람, 좌조(坐照 : 8단) 두 사람, 구체(具體 : 7단) 네 사람, 통유(通幽 : 6단) 여덟 사람, 용지(用智 : 5단) 열여섯 사람, 소교(小巧 : 4단) 서른두 사람, 투력(鬪力 : 3단) 예순네 사람, 약우(若愚 : 2단) 일백스물여덟 사람, 그 나머지는 다 수졸(守拙 : 초단)을 주는 거지.

그다음 한 해 동안만큼은 말이야. 그게 자기 자리야. 또 그 이듬해가 되면 전 해의 성적으로 등위를 매겨서 다시 앞으로의 1년 동안의 자리를 정해 주고"

"그것 좋은 아이디어네요. 하하. 누구누구 7단 그러면, 그 사람은 지난해 성적이 한국 바둑계에서 7위 안에 든다는 것을 바로 알 수 있도록 말이죠?"

"그렇지. 그러면 깜짝 성적으로 높아지는 경우도 없고, 잠깐의 슬럼프로 지나치게 낮아지는 경우도 드물게 되지."

"국수전에서 우승한 기사가 만약 다른 대회에서 성적을 못 내어 저단진에 머물게 된다면 우스운 일이 되는 것 아닌가요? 국수라면 나라 안에서 제일 잘 둔다는 뜻인데?"

"국수전에서 우승했다고 국수(國手)가 되지는 않지. 다만 국수라는 명칭의 타이틀을 보유한 기사가 된다는 말일 뿐인 거야. 그러니 저단이면 어떻고 고단이면 어때?"

"그렇군요"

대회에서 현금처럼 쓸 수 있는 별도의 사이버 베팅 칩도 창출해 낸다. 옛날 우리나라 상평통보 엽전 모양으로 1천 냥짜리, 5천 냥짜리, 1만 냥짜리, 5만 냥짜리, 10만 냥짜리, 50만 냥짜리, 100만 냥짜리, 모두 일곱 종류이다.

직접 베팅은 심심마을에 회원으로 가입한 뒤 현금으로 베팅 칩을 구입하여 대회 당일 각 대국방에 들어가 베팅을 하는 것인데 한 대국방에서 한 사람이 걸 수 있는 금액의 최저 단위는 1천 원, 상한액은 100만 원이다. 대회가 끝난 뒤, 보유하고 있는 베팅 칩에 따라 현금으로 맞바꾸어 주도록 해 둔다.

또 사이트에 직접 들어가 관전할 수 없는 경우를 위해 일반전화나 휴대전화로 간접 베팅을 할 수 있도록 했는데 ARS 안내에 따라 대국방 번호, 흑백 대국자 등을 가려 베팅하는 방식이다. 전화 한 통화로 걸 수 있는 금액의 한도도 직접 베팅과 마찬가지이다.

"상금은 어떻게 책정하죠?"

"모든 대국에 걸리는 베팅액을 기사 대국료의 경우에 승자 3%, 패자 1%로 정하죠. 사이트 수수료로 3%. 그리고 상금 지급 예비비도 3%로 하면 무리가 없겠는데요."

"그러니까 승자에게 건 사람들은 패자에게 걸린 배팅액의 90%를 가져가게 된다는 말이네."

"그런 셈이죠."

"상금 지급 예비비는 누적해 두었다가 나중에 지급하면 될 거고요."

"상금은 몇 등부터 지급하는 게 좋을까?"

"예선부터 결승까지 판마다 대국료를 지급하니까 준결승 진출자 이내로 하죠."

"비율은?"

"총액의 50%를 우승자에게, 25%를 준우승자에게, 또 3위에게는 12.5%를, 4위에게는 6.25%를 지급하고 나머지 금액으로는 부상이나 기념품을 제작해 주는 게 어떨까요?"

[바둑부인-7급] 심심마을에서도 현금 베팅이 된다니, 하 그것 참.

[흰늑대-9급] 놀랄 일이지요.

[시골사람-3급] 그런 날도 오다니 격세지감이로다.

[조금만져줘-3급] 사이트 사장님의 경영능력이 여간 아닌가 봐요

[오빠만져줘-15급] 정치권 실세를 등에 업고 있다는 소문이 사실인가 보네요

[비상금-13급] 그나저나 인터대전이 열리면

[비상금-13급] 우리도 심심마을에 가서 배팅을 해야하나 보죠?

[시리우스-18급] 한데 베팅 한도액이 너무 적어요

[초대손님-8급] 1백만이라면서요?

[조금만져줘-3급] 심심마을보다는 차라리 한도 제한 없는 우리 블랙이 나은데……

[조금만져줘-3급] 여기서 했으면 좋으련만.

[오빠만져줘-15급] 그건 1년에 한 번 열리는 거지만 여긴 365일 24시간 내내잖아요.

[흰늑대-9급] 그건 그래요.

[시골사람-3급] 조져줘님이 말씀하시면 꼭 그 다음에는 오져줘님 글이 오르네.

[시골사람-3급] 두 분 사귀는 것 아니에요, 혹시?

[흰늑대-9급] ㅋㅋㅋ

블랙 스퀘어즈 베팅맨들 사이에서도 인터대전에 대한 관심은 크다. 지금까지 음지에서만 베팅을 하다가 심심마을이라는 양지로 나가 베팅을 할 수 있다는 것을 크게 반겼지만 한편으로는 베팅 한도액이 너무 적다는 것을 아쉬워하는 분위기이다.

[초대손님-8급] 아, 저 잭팟은 언제 터질 것인가.

[오빠만져줘-15급] 잭팟이 터질 때면 관리자 분들도

[오빠만져줘-15급] 그것을 노려 베팅 하러 다니는 비밀 ID도 있겠죠?

[시리우스-18급] 오져줘님도 참. 관리자라면 프로그램 상으로

[시리우스-18급] 777번째 대국을 뻔히 내다보고 있을 텐데

[시리우스-18급] 뭐하러 일부러 일일이 베팅하러 다니겠어요?

[시리우스-18급] 대충 예상되는 그 전후 시점에 맞추어 베팅하면 되는 걸.

[관리자9] 그렇습니다. 관리자도 잭팟 욕심을 낼 수 있기 때문에 프

로그램 상으로 대국 개시 시점이 아닌 종료 시점에 터지도록 설계했지요.

　[시리우스-18급] 그래도 대충 터질 것이 예상되는 그 전후 시점에 맞추어서

　[시리우스-18급] 베팅하면 되는 것 아니에요?

　[관리자9] 그건 여러 베팅맨님들도 같은 입장이지요. 관리자 먹자고 둔 것이 아니라, 베팅맨님들께 복권 개념으로 도입해 놓은 것이니까 그런 염려는 마세요. ㅎㅎ

　잭팟에 관한 말들이 쑥 들어가자 이번에는 다른 소리가 나오기 시작한다.

　[비상금-13급] 24시간 암행 감찰을 하는 ID도 있다더군요. 사이트가 외부에 알려질까 봐.

　[바둑부인-7급] 실제로 그런 소문을 내고 다니다가

　[바둑부인-7급] 행불된 베팅맨이 있다는 말은 저도 들었어요.

　[관리자9] 아니 대체 누가 그런 소리를 해요?

　[시리우스-18급] 옛날부터 그냥 떠도는 말이니까 너무 신경 쓰지 마세요, 관리자님.

　[관리자-9] 낭설 퍼뜨리면 처벌 받습니다.

[조금만져줘-3급] 혹시 산화님은 관리자 측에서

[조금만져줘-3급] 회원주머니를 직접 털어가려고 만든 ID 아니에 요?

[오빠만져줘-15급] 관리자라면 대국자의 신상과 실력, 기풍 등을 다 꿰고 있을 것이니

[오빠만져줘-15급] 충분히 가능한 얘기군요.

[관리자9] 저희 관리자 측에서도 산화님이 어떤 분인지 궁금해 하고 있지요.

[시리우스-18급] 실명으로 가입했을 것이니

[시리우스-18급] 관리자님은 산화님이 어떤 분인지 다 알고 있지 않아요?

[관리자9] 실명이라고 해도 차명을 쓰는 분이 많아서 액면 그대로 믿지는 않죠. 성함과 주민번호만 일치하면 가입이 인정되니까요.

정호 형도 산화 ID의 소유자 정동훈이 벌써 오래전에 죽었다는 말을 하지 못한다. 하지 못하는 것이 아니라 해서는 안 되는 말이다. 회원 개인 신상에 관한 발언은 철저히 금하고 있으니까.

이윽고 대기실 채팅창에 쌍살벌 7단과 내손이약손 8단의 대국이 시작된다는 글이 뜬다. 쌍살벌 7단은 지난달까지 6단으로 있다가 이달 초에 7단으로 승급한 기사이다. 대국방에 들어가 보니 초속기이

다. 제한 시간이 각 1분이다.

베팅할 틈도 없이 20수가 바람처럼 놓이고 만다. 내역을 보니 쌍살벌 7단에게는 흰늑대가, 내손이약손 8단에게는 비상금이 각 2만씩 걸어둔 상황이다. 대국은 빠르게 진행되어 간다. 중반 전투에서 밀린 쌍살벌 7단이 얼마 가지 않아 돌을 거둔다.

그때, 대국방 채팅창이 온통 황금별로 가득 차더니 폭죽이 요란하게 터져 나온다.

"아!"

잭팟이 터진 것이다. 바깥으로 나와 보니 대기실 채팅창도 온통 황금별로 장식되어 있다. 황금별 속에는

'비상금님이 잭팟에 당첨되셨습니다.'

라는 글귀가 씌어져 있고 그 아래에 잭팟 당첨 금액이 적혀 있다.

613만!

평균 잭팟 금액을 약간 웃도는 액수이다.

[흰늑대-9급] 허걱!!!
[시리우스-18급] 어느 방이었어요?
[무상수-1급] 쌍살벌님과 내손이약손님의 대국방이었네요
[시리우스-18급] 저런 거금을 독식하다니 ㅠㅠㅠ
[조금만져줘-3급] 아까워라. 걸려다가 말았더니.

[오빠만져줘-15급] 순발력이 행운을 불러다 주었네요.

[흰늑대-9급] 비상금님 소감이 어떠세요?

[비상금-13급] ㅎㅎ 감사합니다. 흰늑대님이 베팅을 받아주셔서 제가 행운을 차지했군요.

[흰늑대-9급] 개평 좀 줘야 하는 것 아니에요?

[비상금-13급] 이게 터질 때다 싶어서 사흘 전부터

[비상금-13급] 여기서 꼬박 살다시피 했어요.

[시골사람-3급] 행운도 역시 노력하는 자의 것이구먼.

[바둑부인-7급] 관리자님.

[관리자9] 예.

[바둑부인-7급] 베팅을 해서 저거 먹을 확률이 얼마나 되나요?

[관리자9] 1554분의 1입니다.

잭팟이 터졌으니 당분간 베팅 분위기가 차분히 가라앉을 것이다. 일시적으로 사라진 잭팟에 대한 박탈감 때문에 하루 종일 전 대국장을 돌아다니며 소액 베팅을 하던 베팅맨들은 잠시 손을 놓을 것이다.

또 큰손들은 큰손들 나름대로 앞으로 열릴 천파기인배 인터대전의 대국에 베팅해 한몫을 잡고자 잔고 관리에 들어갈 것이기에.

3.

"정호 형, 저녁에 술 한잔 하실래요?"

"오늘? 어쩌나, 약속이 있는데."

"요즘 부쩍 저녁에 약속이 많으시네. 무슨 좋은 일 있어요?"

"좋은 일은 무슨. 내일 한잔 하자."

"그래요. 그럼."

아닌 게 아니라 정호 형은 거의 날마다 퇴근 뒤에 약속이 있는 것 같다. 규형이가 정호 형에게 술 한잔 하자는 말이 미루어지자 나는 그를 데리고 신문사 사무실로 간다.

"어서 와."

"바쁘시지요?"

"뭐 일정 다 나왔고 이제 심심 쪽에서 대회를 운영하는 일만 남은 걸."

"저녁 먹으러 가요."

"그러지."

최 주간과 강산 형은 자리에서 일어난다.

"모처럼 시내로 나가 볼까요?."

최 주간의 집이 강북에 있어 종로 쪽이면 나중에 들어가기도 편할 것이기에 그렇게 제의를 한다. 강산 형과 규형이는 다른 말을 하지 않는다. 최 주간이 입을 연다.

"기왕이면 명동으로 가지. 기원이 거기 있었을 때 김 이사의 애환이 많이 서린 곳이니 말이야. 명동에 해물탕 아주 잘 하는 집이 있는데 어때?"

"좋죠."

규형이를 시켜 출발하기 전에 예약을 해 둔다. 전철을 타고 가면 그 시간에 맞추어 도착할 수 있을 것 같다.

사람들로 북적인다. 미처 예약을 하지 못한 사람들은 밖에서 자리가 빌 때까지 기다리고 있는 진풍경이 벌어지는 집이다. 우리는 흡연이 가능한 구석 자리로 안내된다. 자리에 앉아 사람들을 둘러본다.

"어?"

"왜 그래? 누가 있어?"

강산 형이 고개를 돌린다. 두어 테이블 건너 정호 형이 등을 보이고 앉아 있는 것이다.

"저 친구도 여기 와 있네?"

최 주간이 무심코 돌아보다가 정호 형 앞에 앉은 사람들을 보고 놀라는 기색이다.

"저 사람들, 안면이 많은데?"

"도도이스 사람들 아니에요, 혹시?"

"맞아, 그렇군. 예전에 소설 입찰 때 본 기억이 나는군."

"한데 이정호가 왜 저 사람들을 만나고 있는 거죠?"

"글쎄."

"가서 인사라도 할까요?"

규형이의 말에 최 주간이 말린다.

"그다지 반갑지 않을 수도 있으니 그냥 모른 척 하자고."

"이상한 일이네."

규형이가 중얼거린다. 상이 차려진다. 음식이 넘어가지 않는다. 눈길이 자꾸만 정호 형 쪽으로 쏠리는 걸 어찌할 수 없다. 산화의 정체에 대한 의혹도 풀기 전에 또 다른 수수께끼를 던져 주고 있는 장면이기에.

그들의 말에 정호 형이 무어라 대답을 하는 듯하다. 그러나 알아듣기에는 아득히 먼 거리처럼 느껴진다.

"실시간 자동 복기 프로그램이야 이미 특허를 받아 두었습니다."

"그러니까 말이에요. 그보다 좀 더 레벨업된 것으로 만들 수 있지 않겠어요?"

"지금 것도 거의 완벽한데 굳이 시간과 돈을 들여 뭘 더 추가하겠습니까?"

"하하. 그건 그렇군요."

"참 대단하십니다. 우리 도도이스 같은 큰 업체도 아직 만들어내지 못하고 있는 걸 이 선생님 혼자 그 프로그램을 만드셨다니, 하하."

"도도이스도 심심마을의 그 프로그램을 대여해서 쓰고 있다고 들었습니다만."

"그럼요 그보다 나은 게 있어야 말이지요 어때요, 이 선생님. 그만한 실력을 갖추셨으면서 아직 연못에 계신다는 게 말이 됩니까?"

"연못이라뇨?"

"이젠 날아오르셔야지요 못에 든 용이 승천하듯 말입니다. 언제까지 잠룡으로 있을 순 없지 않아요?"

"무슨 말씀인지?"

"단도직입적으로 말씀드리죠 이쯤에서 도도이스로 오십시오 저희가 특별한 조건으로 이 선생님을 모시겠습니다."

"뭐라고요?"

"심심마을에서 받는 연봉의 두 배를 드리죠 그리고 차량도 제공하고요. 계약금도 드릴 수 있습니다."

"그러니까 저보고 회사를 옮기라는 말씀이십니까?"

"그렇습니다. 언제까지 작은 못에서 놀 수는 없지 않겠습니까? 우리 사장님도 이 선생님께 큰 관심을 가지고 계십니다."

"사람 잘못 봤습니다. 프로그램 오류에 관한 문제라더니……. 이런 얘기인 줄도 모르고 나온 저의 착오였네요"

갑자기 정호 형이 일어서더니 선 인사를 하고 밖으로 나가버리려는 찰나, 얼굴을 보이고 있던 두 사람 중 한 사람이 황급히 일어나며 그의 소매를 잡는다. 하지만 정호 형은 완곡히 뿌리치고는 나가버린다.

"대체 무슨 일일까요?"

가만히 잔을 기울이던 최 주간이 규형이에게 묻는다.

"자네한테는 제의가 없었어?"

"무슨 제의요?"

"스카우트 제의. 그러고 보면 자넨 복도 없네. 다른 회사에서 탐도 내지 않으니 말이야."

"하하하. 난 또."

때를 봐서 귀띔이라도 해 줄 줄 알았던 정호 형은 다음날 출근한 뒤로도 아무런 말이 없다. 오전이 지나고 오후가 지나도 그는 아무 일 없었다는 듯이 제 할 일에 열중한다. 퇴근할 무렵이 된다.

"규형아, 가자."

"예, 정호 형."

"윤 사장도 같이 가지?"

"아니에요, 형. 저는 오늘 일찍 들어가 봐야 해요."

"그럼 내일 봐."

뒤따라 나가던 규형이가 내게 한쪽 눈을 찡긋 한다. 내막을 알아낼 테니 염려 말라는 뜻이다.

규형이가 정호 형과 만나는 동안 공교롭게도 산화가 사이트에 들어오지 않는다. 장 과장을 시험해 볼 때와 같은 경우가 되고 만 것인가. 요즘 산화가 들어오는 날이 부쩍 준 것을 보면, 누군가 눈치를 채고 모종의 준비를 하고 있지는 않나 하는 생각이 든다.

규형이가 늦은 시각에 집 근처로 직접 온다.

"술 한잔 더 할래?"

"아뇨, 커피나 한잔 마셔야겠어요. 어떻게 됐어요? 산화는 들어왔던가요?"

"아니."

"너는 어땠어?"

"정호 형이 평소보다 술을 많이 먹었어요. 그리고 자꾸 이상한 말을 하는 거예요."

"무슨 말?"

"이제는 이 짓도 그만 둘 때가 되었나, 이쯤에서 발을 빼는 게 옳을지도 모른다, 뭐 이런 말들이었어요."

"뭐라고? 정말이야?"

"저도 그런 말을 듣는 순간 아, 산화는 바로 정호 형이었구나 하고 생각했어요."

"무슨 짓에서 발을 빼려고 하느냐고 물어보지도 않았어?"

"물어봤죠. 뭐가요 하고 물으니까 '너는 몰라도 돼' 하던 걸요."

"정호 형이 그런 말을 했다고……."

"이제 산화가 누군지 밝혀졌어요. 의리 없는 사람."

규형이를 보내고 골똘히 생각을 한다. 정동훈이 죽은 사람이라는 장 과장의 말을 듣고 직원들 중에서 과연 산화가 있을까 하고 궁금해지던 날, 사실 가장 먼저 떠오른 사람이 정호 형이었다. 누가 뭐래도 그가 산화의 정보에 접근하기 쉬운 자리에 있기 때문이다. 블랙 스퀘어즈를 통괄하는 막중한 직무.

산화가 블랙 스퀘어즈에 다시 나타난 것을 알려준 것도 정호 형이 아니었던가. 산화가 대박을 먹었다며 보고한 적이 있는데, 가만히 생각해 보니 그 점이 이상하다. 다시 활약하기 시작한지 한 달이나 지난 뒤에 보고를 한 까닭을 알 수 없다. 그의 베팅 승률이 이미 70%를 넘은 마당에.

블랙에서는 높은 베팅 승률을 올리는 사람이거나 고액 베팅자는 모두 일일 보고 하게 되어 있다. 더 이상 보고를 하지 않았다간 의심을 살까봐 그랬던 것일까.

또 한 가지 의구심이 드는 건 산화가 등장해 베팅을 할 때쯤이면 관리자9로 잘 나타나지 않는다는 점이다. 산화가 베팅을 하지 않는 날엔 유난히 눈에 띄기도 해왔다. 아마도 베팅을 할 때에는 관리자 역할이 거치적거렸을 것이다.

정호 형은 원래 도박꾼이 아닌가. 졸업한 뒤로 도박을 단번에 끊었다는 말이 새삼 믿기지 않는다. 더구나 정동훈이 죽은 뒤로 그 ID가 버젓이 살아있어 손쉽게 돈을 벌 방법이 있는데 유혹되지 않았다고는 할 수 없는 일이 아닌가.

월급도 전에 있던 곳보다 많이 주지 못했다. 그에 대한 보상으로 ID 산화를 이용한 것인가. 그렇다면 단 한 번도 돈을 인출하지 않은 건 무슨 까닭일까.

"그렇군. 정동훈의 계좌만큼은 확보하지 못한 거야. 입금이 되어도 출금할 방법이 없었던 거지."

또 있다. BSDS 프로그램을 만들어 내 방에 들어와 시험하고 나간 날, 산화가 아침부터 들어온 것도 수상하기 짝이 없다. 내가 그 프로그램에 의거해 베팅을 할 것임을 확인하고자 들어오지 않았을까.

어쩌면 그가 미리 그 프로그램을 완성해 놓고 자기도 그것을 이용해 베팅을 해온 것은 아닐까. 만약 그랬다면 그 프로그램을 내게 주고난 뒤 다른 무언가에 의지해 베팅을 하기 시작했을 것이다. 그렇다면 그게 대체 뭘까.

남 차장이 사직하겠다고 한 날, 다른 직원들 월급을 올려주라고 하면서 자신은 신경 쓰지 말라던 말까지 떠오른다. 정호 형 자신은 산화로 벌어들이고 있기 때문에 그런 말을 할 수 있었던 것인가.

산화를 추적해 볼까 한다는 말에 시기상조라느니, 온라인상의 익명을 오프라인상의 실명으로 만나게 되면 대부분 실망하게 마련이라느니 하면서 탐탁지 않게 말한 이유도 짐작할 만하다.

그 자신이 바로 산화라서, 아직 들킬 때가 아니라서, 결국 산화가 자신이라는 게 밝혀지면 내가 크게 배신감을 느끼고 실망할 것이라서 그런 말을 했던 것일 게다.

아, 심증이 가는 정도가 아니다. 정호 형이 산화라는 등식에 거의 확신이 든다. 이러저러한 모든 상황이 그렇게 만들고 있다. 이제 어쩌지……

어제 도도이스 직원들이 정호 형을 만난 것도 산화와 관련이 있을까? 아니면, 블랙 스퀘어즈 때문인가? 그것도 아니면, 최 주간의 말대로 단순한 스카우트 제의에 불과한 것인가? 알 수가 없다.

"곧 인터대전이 시작되는데……"

큰 걱정이다. 연재소설을 기폭제로 하여 심심마을이 업계에서 급상승세를 타자 은근히 우려의 눈길로 바라보던 도도이스가 그것에 이어 인터대전을 기화로 더욱 가파른 성장을 할 것이라 직시하고는 심심마을에 대한 견제 방안을 강구하다가 그 표적으로 삼은 사람이 정호 형이란 말인가. 아니면 정호 형이 전부터 그들과 은밀한 관계를 맺어오고 있었단 말인가.

도도이스도 그렇거니와 난가난가도 우리 심심마을을 음해하는데 앞장서는 업체가 아닌가. 혹시 그들이 무언가 공모를 하고 있지는 않을까.

만약 공모를 하고 있다면, 가만히 손 놓고 앉아있을 수만은 없는 일이다. 그 내용이 무엇인지 반드시, 그것도 사전에 감지해 내어야 한다. 큰일을 앞두고 불상사가 일어난다면 심심마을이 그간 두어온 바둑의 형세가 하루아침에 뒤집어질 수도 있다.

"공모라, 공모……."

"도도이스에서 심심마을의 이정호를 포섭하는 데 실패했다고요?"

"아직은 실패라고 할 수 없죠. 방법은 여러 가지가 있으니까. 하하."

"난가난가 쪽은 어떻습니까?"

"직원을 시켜 사이트 채팅창에 한동안 떠들어보게 했는데 유저들의 폭넓은 관심은 끌어내지 못했어요."

"허 그것 참. 우리가 고작 심심 하나 못 당해 이렇게 만나야 하다니."

"이정호가 아니라면 그 밑에 있는 정규형이란 놈은 어떨까요?"

"실력이 이정호에 못 미치는 친굽니다. 데려오나마나죠."

"한데, 우리 게임인월드에서 이것저것 알아보던 중에 들은 얘기가 있어요."

"뭡니까?"

"심심마을에서 오랫동안 바둑을 두어온 유저들 사이에 이상한 소문이 나돈 지 꽤 오래되었다고 하더군요."

"그래요?"

"사이트 내에 또 다른 사이트, 즉 시크릿 존이 있다는 말이에요."

"시크릿 존?"

"그곳에 비밀 대국장이 있어서 사이버머니로 베팅을 하는 것이 아니라, 실제 현금 도박이 이루어진다는 것입니다."

"하하. 그건 게임인월드에서 잘못 짚은 겁니다."

"맞아요. 우리 프로클럽도 한창 클 때는 그런 소리를 들었거든요."

"사이버머니를 회원들 간에 사고파는 경우는 있어도 그렇게 하기는 어려운 일이죠."

"아니에요. 한때 크게 떠들썩했던 '살인 대국'이라는 대국도 거기서 나왔을 거예요."

"설마요?"

"우리 게임인월드에 새로 가입한 회원이 하루는 긴요한 얘기가 있다고 해서 오프상에서 만났는데 엄청난 정보를 사겠느냐면서 돈을 요구하더라고요."

"그래서요?"

"요구한 금액이 1억이었는데, 일단 들어봐야 정보의 가치를 알 수 있는 것 아니냐고 살살 달래서 들어보았죠. 그랬더니, 심심마을의 백사이트로 블랙 스퀘어즈라는 것이 있다, 그곳은 불법 사이버 도박장이다, 이번에 인터대전이라는 카드를 들고 나온 것도 그곳에서 대국을 하고 난 뒤에 죽은 사람의 소문 때문에 그 비밀 사이트가 알려질까 봐 눈속임을 하려는 것이다, 죽은 사람의 유품 특히 컴퓨터를 잘 살펴보면 그 사이트와 관련된 증거가 있을지도 모른다, 그 사이트에 가입하기 위해서는 컴퓨터에 부착해야 하는 것이 있기 때문이다……. 뭐 이런 얘기를 하는 게 아니겠어요?"

"꾸며낸 얘기가 아닐까요?"

"잘못을 저질러 퇴출당한 사람들이 더러 그 사이트를 음해하고 다니는 경우가 많잖아요?"

"그렇기는 하지만, 그런 경우 다른 사이트에 가서 돈을 요구하면서까지 비밀스런 얘기를 지어내지는 않죠."

"그러면 게임인월드에서는 그 얘기를 믿는다는 건가요?"

"글쎄요."

"그래, 그 사람이 요구한 1억이라는 금액은 주었어요?"

"주기는요. 헛소리하고 다니면 큰일 나니까 다시는 그런 말 퍼뜨리고 다니지 말라고 겁만 주었죠. 하하."

"밑져야 본전 아니겠어요? 살인 대국으로 죽었다는 사람의 컴퓨터는 한번 조사해 볼 필요가 있을 것 같군요. 그의 다른 유품도 함께요."

"동감입니다. 만약 재조사를 해서 뭔가 단서가 나오고, 그런 불법 도박장이 실제로 개설되어 있다고 밝혀진다면 경찰은 둘째치고라도 그 유족들이 가만히 있겠어요?"

"불법이고 합법이고 간에 그날로 심심마을은 끝장이죠."

"그러고 보니 수긍이 가지 않는 말도 아니네요. 이번에 인터대전을 개최하느니 하면서 그에 한술 더 떠서 토토 방식을 도입하느니 하는 것도 그런 비밀 도박장을 감추기 위한 술책이 아닐까요?"

"그럴 수도 있겠군."

"어디에다 재수사를 의뢰하는 게 옳을까요?"

"사이버범죄수사대라면 제대로 수사를 할 수 있을 겁니다."

"아, 그렇다면 재수사는 우리 게임인월드에 맡겨주세요."

"좋은 수라도 있나요?"

"그 수사대에 잘 아는 사람이 있어요."

"그것 잘 되었네."

"그럼 게임인월드만 믿겠어요."

"심심의 의도대로 인터대전이 성황리에 끝나는 것은 무조건 막아야 합니다. 어떤 수단 방법을 동원해서라도 말이에요."

"그래요. 인터대전이 인터대란이 되어야 해요. 대란!"

"그 때문에 업계 대표인 우리가 이렇게 모인 것 아닙니까? 하하."

인터대전

1.

"몇 분 남았어요?"

"13분요."

"하하. 천하의 윤 사장도 긴장되기는 마찬가지인가 보네."

"세기의 대회이니까요. 부디 성공해야 할 텐데 걱정이에요."

"분위기로 봐서는 걱정 안 해도 될 것 같은데, 허허."

잠시 후 10시부터 인터대전이 개막된다. 직원들은 전부 비상 대기 상태로 컴퓨터 앞에 앉아 있다. 대국 전후, 대회 진행 중에 어디서 어떤 문의나 신고가 들어올지 모르기 때문이다. 사무실에는 전에 없던 긴장감이 감돈다.

그간 준비하느라 직원들의 고생이 심했다. 속옷 갈아입으러 집에 들어갈 짬을 낼 수 없었다고 해도 지나친 말이 아닐 만큼 거의 날밤을 새고……. 박수현 씨는 코피까지 쏟아내었다. 수담정도 문을 닫고 그곳 아르바이트생까지 별도 수당을 주기로 하고 잔심부름 같은 것을 시켰다.

대기실에서 대기 중인 사람들은 1만 명에 이르고 있다.

"대단한데요?"

"이 중에 참가자들은 얼마나 될까요?"

"1,728명이지 않아요?"

"불참자들도 있을 것 아니에요?"

"얼마나 되겠어요?"

"주간님은 10% 정도라고 하셨는데, 제 느낌으로는 그보다 훨씬 적을 것 같아요."

"대국 규정에 대해서 말들이 많네요."

채팅창에 올라오는 글들을 읽어본다.

[정체불명-2단] 제한 시간 각 30분에 초읽기는 30초 5회군요.

[정체불명-2단] 그리고 덤이 7집이라……. 무승부도 나오겠군.

[마법사의 돌-11급] 7집 반이 아니고요?

[정체불명-2단] 네

[마법사의 돌-11급] 음. 대회 요강을 좀 더 알아봐야겠군.

[비트-3급] 그럼 비기면 어떻게 되죠?

[마법사의 돌-11급] 백승이라나 봐요

[정체불명-2단] 비겼는데 왜 백승이라는 거죠?

[靑海-2단] 흑이 먼저 두기에 그 선착의 프리미엄에 대한 반대급부를 주는 거겠죠

[황금방앗간-4단] 무승부를 막으려고 미리 반집이라는 개념을

[황금방앗간-4단] 부여하고 두는 기존의 제도와는 달리,

[황금방앗간-4단] 바둑이 끝난 뒤에 백에게 반집을 부여하는 거예요.

[황금방앗간-4단] 무승부일 경우에는 결과적으로 백 반집승이 되는 거죠.

[통키-5단] 그 때문에 반상에서는 반집을 이기기 위해 싸우는 것이 아니라

[통키-5단] 한 집을 이기기 위해 싸우게 되네요.

[철야정진-1급] 반집 규정을 왜 그렇게 두는 건가요?

[황금방앗간-4단] 원래 바둑판 위에는 반집이 없다는 데서 출발한 개념인 것 같아요

[통키-5단] 그래서 대국 중에는 반집 개념을 배제해 놓았다가

[통키-5단] 끝나고 난 뒤에 부여하겠다는 거죠

[황금방앗간-4단] 어떤 면에서는 그렇게 하는 것이 더 합당할 수도

있어요

[항아리-16급] 한 수 제한 시간은 없었네요

[마법사의 돌-11급] 여러 사람이 곁에 있다가 훈수를 할 가능성도 있겠군요

[비트-3급] 저도 사실은 대국을 할 때 실제로 바둑판을 옆에 놓고

[비트-3급] 두어보기를 병행한 적이 있어요 특히 고수와 둘 때 말이에요

[비트-3급] 그러다가 중요한 시점에 가서는 착점을 하기에 앞서

[비트-3급] 미리 놓아 보기를 했죠. 큰 도움이 되었어요

[황금방앗간-4단] ㅎㅎㅎ

[정체불명-2단] 그래도 별 수 없지 않았어요, 고수 앞에서는?

[비트-3급] 그건 그랬죠

[통키-5단] 평소라면 몰라도 이런 큰 대회에서는 그런 방법이나 훈수는 안 통할 거예요

[통키-5단] 고수 중의 고수라는 사람들이 참가한 대회인데

[통키-5단] 대국자 옆에서 훈수하는 사람이 있다고 해도 그 사람이

[통키-5단] 대국자보다 실력이 낮다고 보기는 어렵죠. 비슷하다면 모를까.

[황금방앗간-4단] 바둑은 관전하는 눈에 더 잘 보이는 법이죠

[통키-5단] 그렇긴 하지만 얼른 좋은 수 같은 걸 훈수해도

[통키-5단] 나중에 악수로 판명되는 경우도 많아요

[통키-5단] 바둑은 오직 대국자만이 판 구상을 하는 것이거든요.

[정체불명-2단] 30분짜리 속기라서 훈수를 받을 여유도 거의 없을 거예요.

[정체불명-2단] 만약 한번 훈수를 받기 시작하면 자기 흐름을 놓칠 수 있죠.

[황금방앗간-4단] 수상전이나 사활의 경우에는 미리 놓아보기를 하거나

[황금방앗간-4단] 훈수를 받는 것이 도움이 될 수도 있어요.

[황금방앗간-4단] 대회 참가자들의 양식에 맡겨야 하겠지만요.

정각 10시. 웅장한 음악이 울리고 나자 미리 녹음해 둔 조나연 씨의 음성으로 안내 멘트가 나간다.

안녕하십니까? 대회 참가자 여러분, 그리고 관전자 여러분! 오래 기다리셨습니다. 지금부터 제1회 천파기인배 인터대전을 시작하겠습니다. 대회 참가자들은 각 대국방에 들어가서 대국을 개시해 주시기 바랍니다.

그와 동시에 채팅창에 자막이 병행된다. 사이트에 들어와 있던 대

회 참가자들이 일제히 지정된 방으로 들어가기 시작한다. 그들의 ID 옆에 '대기'라고 표시되어 있던 글자가 빠르게 '대국'이라고 바뀌고 있다. 무작위 추첨을 해 상대 대국자를 미리 정해 주었고, 대국방까지 배정해 둔 터이다.

대국방은 864개가 거의 동시에 개설된다. 대국실 창에는 1번 방부터 864번 방까지 차례로 정렬되어 있다. 인터대전 대국임을 알리는 표시로 그 모든 대국방 번호 뒤에는 푸른 다이아몬드 꼴의 이모티콘이 붙여져 있다.

일찍 들어온 탓에 지루해 하던 회원들이 대회를 기다리며 두고 있는 일반 대국은 864번 방 이후부터 표시되어 있는데, 인터대전의 영향 때문에 수백 판이 열리던 평소와는 달리 겨우 수십 대국뿐이다.

대국자들이 대국방에 들어가 대국을 시작하기만을 기다리고 있던 유저들도 관전을 위해, 혹은 베팅을 위해 각 대국방으로 속속 들어가고 있다. 대국방이 워낙 많아 여러 대국방에 베팅을 하고자 하는 사람은 돌이 어느 정도 놓이는 것을 보고 베팅하기란 불가능하다.

한 대국방에서 포석을 보고 난 뒤에 베팅을 하고, 다른 대국방에 들어가면 그곳은 이미 베팅 마감이 되어 있을 수도 있기 때문이다.

사이버머니로 '묻지마 베팅'을 하던 유저들도 이번만큼은 다른 태도를 보인다. 진짜 돈이라는 생각에 섣불리 베팅을 하지 못하는 것이다. 시간이 흐르자 베팅 마감이 되는 방이 많아지고 있다. 직원들은 각자 배정 받아 관리를 해야 할 대국방들을 돌아다니며 베팅액 집계를 낸다.

"생각보다 많지 않은데요?"

"처음이라 그럴 거야. 2차전, 3차전, 그리고 본선, 결선으로 갈수록 베팅액이 커질 걸."

"집계 낸 자료를 보내주세요."

베팅 마감 후, 864개 방에 걸린 총 베팅액은 1억 2천만 남짓이다. 적긴 적은 액수이다. 그러나 아직 실망하기엔 이르다. 최 주간의 말대로 대회가 진행되면서 베팅액이 커질 것은 자명하기에.

"베팅이 전혀 안 된 방은 24개이군요."

직원들은 내 말을 들으며 쏟아져 들어오는 '신고'를 처리하기에 바쁘다. 대국 선언을 한 지 5분 안에 대국방에 입실하지 않은 참가자들이 있어 어쩌면 좋겠느냐는 질문들이다. 직원들은 그런 방에 일일이 들어가 확인을 한 다음 직권으로 기권승 처리를 해 준다. 집계를 내어 본 결과 기권 처리되어 자동으로 예선 2차전에 올라가게 된 대국자는 72명이 나온다.

"운 좋은 사람들이군."

"하하. 그러게요."

나머지 대국방에서는 대국이 순조롭게 진행된다. 대회 참가자들 중에는 심심마을이나 블랙 스퀘어즈에서 쓰던 ID를 그대로 쓴 사람도 있다. 또 관전자들이 몇몇 대국자를 보고 타 사이트에서 쓰던 ID 그대로 참가했다며 그들을 알아보고는 상당한 기력의 보유자라고 추켜세우기도 한다.

"맡은 구간 별로 최대 베팅액 대국방을 보고해 주세요."

비교해 보니, 247번 방에 최대액이 걸려 있다. 아마도 참가자의 주변 사람들이 들어와 있다가 그를 응원하러 베팅을 했을 것이다. 대국자들에 관한 정보는 고작 ID뿐이기 때문에 당사자가 고수라는 걸 미리 알지 않고는 크게 걸 수 없는 것이다.

그 방에 들어가 본다. 최 주간과 강산 형도 들어와 있다. 백번 북극성 초단과 흑번 바리공주 초단과의 대국이다. 최 주간과 강산 형 특유의 해설이 시작된다. 두 사람은 이미 사전 공지를 통해 인터대전 공식 해설가로 알려두었기에 그들이 올리는 글을 왈가왈부할 소지는 적다.

[떠버리-1급] 바둑이란 참 묘한 거지요. 반상이라는 막막한 우주에 최초의 별이 하나 돋아나듯 흑돌이 하나 올라오지 않습니까?

[하회탈-1급] 그렇죠. 그런 뒤에는 점차 별들의 전쟁이 시작되는 거죠.

[떠버리-1급] 한마디로 격돌하는 우주가 된다 이 말씀이군요?

[하회탈-1급] 예. 그러다가 판을 끝낸 뒤 돌을 다 쓸어 담고 나면,

반상도 다시 주인 없는 태허로 회귀하는 것 아니겠습니까?

[떠버리-1급] 태허로의 회귀라……. 참 좋은 말씀이군요

[하회탈-1급] 우주에 임자가 없듯이 사실 바둑돌과 바둑판도 임자가 없지요

[떠버리-1급] 그렇습니다. 두는 사람이 임자죠. 두는 그동안만큼은.

[하회탈-1급] 자, 이쯤에서 반상으로 눈길을 돌려볼까요?

[떠버리-1급] 그러죠.

[하회탈-1급] 흑 대국자의 ID가 바리공주이군요. 여류 기사이라는 말인가요?

[떠버리-1급] 그럴 수도 있죠. 백 대국자의 ID도 아주 멋지군요. 북극성, 하하. 천하제일의 별이 아닙니까.

[하회탈-1급] 그렇군요. 하지만 제 아무리 북극성이라도 여자의 마음을 알 수는 없죠

[떠버리-1급] 그건 왜죠?

[하회탈-1급] 여자의 마음은 비밀의 바다라고 했는데, 별빛이 바다 깊은 곳까지 들어가지는 못하니까요.

[떠버리-1급] 하하. 의미심장한 말씀이군요

[하회탈-1급] 개인적인 얘깁니다만, 저는 여자의 마음을 아는데 40년이 걸렸어요

[떠버리-1급] 아, 상당히 긴 시간이었군요

[하회탈-1급] 떠들다 보니 벌써 종반이네요?

[떠버리-1급] 그렇군요. 이 상황에서는 흑을 들고 싶지 않습니까?

[하회탈-1급] 아, 백이 승부수를 띄우는 건가요? 아니면 던질 곳을 멋지게 만들어 내리려는 것인가요?

[떠버리-1급] 좌상귀에 찔러보는 맛은 있다고 보이지만, 침투는 무리수 같은데요?

[하회탈-1급] 흑이 잘못 받으면 큰일 나겠군요

[떠버리-1급] 그렇군요. 묘한 수순이 외길로 나 있는데요?

[하회탈-1급] 아, 저렇게 받습니까?

[떠버리-1급] 걸려든 모양인가요?

[하회탈-1급] 그렇군요

[떠버리-1급] 하하하. 백이 양깜박이 형태를 만들어 살아버리네요 아, 흑이 아까운 바둑을 놓치고 마는 순간입니다.

그로써 판세는 백에게 완전히 넘어갔지만 흑은 손길을 멈추지 않고 마무리를 해 나간다. 마치 더 이상 살아갈 희망을 잃고 몸을 던질 곳을 찾는 처절함을 보이기라도 하듯. 백이 양깜박이의 한곳을 이어 버리자 흑의 투석으로 바둑은 끝난다.

[항아리-16급] 떠버리님과 하회탈님은 프로기사세요?

[떠버리-1급] 아닙니다.

[통키-4단] 해설이 아주 좋네요. 대국자를 크게 자극하는 말씀은 피하시면서.

[떠버리-1급] 해설이 아니라 그냥 떠드는 소리죠.

[하회탈-1급] ㅎㅎㅎ

예선 1차전을 마치자 각 대국자 개인 컴퓨터 문제로, 또는 그 지역의 인터넷 서비스 회선 문제로 일어난 접속 중단으로 네 개의 대국방에서 실격패가 나온다. 당사자들이 뒤늦게 들어와 항의를 했지만 어쩔 수 없는 노릇이다. 그런 경우에도 대국자 당사자의 책임이라고 못을 박아두었기 때문이다.

무승부 대국도 일곱 개의 방에서 나온다. 대부분 '영원한 순환패'의 형태이다. 직원들은 대국자들의 동의를 얻어 무승부 처리를 해 준 다음 이내 재대국을 시킨다.

한데 예기치 않은 일이 일어난다. 관전자들이 무승부 대국 뒤의 재대국이라는 희소성 때문에 각 방마다 대거 몰려들면서 그에 따라 베팅 금액도 커진 것이다.

"사장님, 5번 방으로 와 보세요."

"무슨 일 있어요?"

"누가 백 대국자한테 100만이나 걸었어요."

"그래요?"

대회 초반인 것을 염두에 두면 큰 액수가 아닐 수 없다. 대국자의 기력에 확신을 가지지 않는 한 그런 모험을 하기는 힘들다.

대국이 열리고 있는 방에 들어가 판을 보니 아마추어 실력은 넘는 경지인 듯하다. 그에 맞선 흑도 만만치 않은 바둑이다. 그러나 중반을 넘어서자 백의 행마가 돋보이기 시작한다. 종반 무렵, 백이 반면으로 10여 집 앞선 형국을 흑이 뒤집지 못한다. 관전을 하던 강산 형이 입맛을 다신다.

"백이 살살 둔 것 같네."

"불계로 갈 수도 있었다는 말이네요?"

"몇 번 기회가 있었는데 알기 쉬운 길을 택하고 말았어."

최 주간이 단정한다.

"저 친구는 프로야."

재대국이 모두 끝나자 예선 1차전이 마무리 된다. 큰 사고나 불상사가 일어나지 않은 것이 무엇보다 다행이다. 우려와 기대가 섞인 눈으로 바라보던 언론들이 그제야 인터대전에 관한 기사를 제대로 싣기 시작한다.

예선 1차전에서 드러난 각종 기록을 게시판에 올린다. 기록은 풍성하다. 참가자 중 최저 연령은 만 13세 6개월, 최고 연령은 만 78세 11개월이었는데 두 사람 다 1차전을 통과했다. 10만이 걸린 대국방에서 달랑 1천을 쳐 최고 배당률을 기록한 대국, 최다 베팅액이 걸렸던 재대국 5번 방, 78수 착수에서 승부가 나버린 최단명국, 322수까지 가는 접전을 벌인 최장명국, 두 대국자가 사용한 시간을 합쳐 12분 31초 만에 끝난 최단시간 대국, 1시간 40분이 걸린 최장시간 대국……

　관전자나 대국자들이 게시판에 올린 글도 기록 못지않게 다양하다. 교통사고를 당해 병원에서 두었다는 대국자, 외국에서 사이트에 접속해 베팅을 했다는 교포들, 외국에 출장 가 있다가 대회 소식을 듣고 본국에 있는 가족의 명의로 대회에 참여했다는 대국자, 한국 주재 외국인이 친구인데 그에게 자신의 명의를 빌려주어 참가하게 했다면서 그것이 규정 위반이냐고 조심스레 물어온 글도 있다.

　"이 경우는 어떻게 하지요?"

　"글쎄요. 난감하네요."

　"결국 대리 대국이라는 말이 되네요?"

　"그렇죠. 명의를 빌려준 건, 바꾸어 말해 나 대신에 남을 내세운 결과가 되니까요."

　잠자코 있던 최 주간이 입을 연다.

　"일단 다 허용해 버리지."

　"그러다가 항의라도 들어오면 어쩌죠?"

　"익명성의 장점은 장점대로 두는 게 옳지 않을까? 그 때문에 대회가 이렇게 성황을 이루는 것이니까."

"주간님 말씀도 일리가 있어. 항의가 들어오면 그때그때 상황을 봐서 대책을 마련해도 될 거야."

"알겠어요."

"예선 2차전은 사흘 뒤에 열리니까 오늘은 윤 사장이 좀 들어가서 쉬어."

"그렇게 하지. 윤 사장 꼴이 요즘 말이 아니야."

"그럼 내일 일찍 나올게요."

집으로 가기 전에 들러야 할 곳이 한 군데 있다. 예선 1차전이 진행되는 도중에 낯선 전화가 한 통 걸려왔었다. 텔레비전 뉴스에도 가끔 나오는 정계 중진이었다.

"윤 사장이 그 사람들을 좀 도와주시오."

"뭘 도와주라는 말씀인지?"

"만나보면 알게 될 겁니다. 내 신세는 잊지 않으리다."

아무리 생각해도 무얼 도와주라는 것인지 전혀 감을 잡을 수 없다. 전화 내용으로 봐서는 정국에 미치는 영향력이 적지 않은 정계 인사가 다른 사람들을 시켜 부탁할 만한 일이 있다는 것인데. 약속 장소에 도착해 전화를 거는 척 하며 담배를 꺼내 물자 잘 차려입은 사내들이 다가온다.

"윤세준 사장이시죠?"

"그렇습니다."

"가시죠."

그들은 대기시켜 놓은 고급 승용차의 뒷문을 열어준다. 타는 수밖에 없다. 차는 통일로를 달리더니 한적한 교외 샛길로 빠진다. 별장인 듯 가정집인 듯 알 수 없는 저택으로 들어선다. 거실에서 나를 맞이한 사람은 말로만 듣던 도박계의 거물이다.

"나 박석종이오."

"윤세준이라고 합니다."

그제야 짐작할 만하다. 아니나 다를까 그는 단도직입적으로 나온다.

"대회 참가자들의 개인 정보를 넘겨주시오. 10억이면 되겠소?"

단호한 어조로 말해야 한다. 밀려서는 안 될 일이다. 어떤 일이 벌어질지는 몰라도.

"불가능합니다."

"불가능하다? 어째서 그렇소?"

"저 뿐만 아니라 사무실 직원 누구랄 것도 없이 다 그런 제의를 받게 될 것 같아 참가자들의 개인 정보는 참가 신청을 하는 족족 자동으로 한곳으로 모여지도록 프로그래밍을 해 두었고, 또 몇 가지 보안 장치를 걸어 두었습니다."

"당신이 사장이니 풀면 될 거 아니오?"

"아무도 풀지 못합니다."

"풀지 못하다니?"

"다른 건 몰라도 보안 타이머는 손을 댈 수가 없습니다."

"알아듣기 쉽게 설명해 보시오."

"설령 다른 암호 체계는 다 푼다고 하더라도 그 보안 체계만큼은 대회 마감 전까지 절대 풀 수 없습니다. 실시간에 따라 작동하는 체계이기 때문입니다."

"정녕 풀 방법이 전혀 없다는 것이오?"

"오직 한 가지가 있습니다. 시간을 앞당길 수 있다면 가능합니다."

박석종은 옆에 서 있는 사람에게 무어라 묻는다. 그가 박석종 대신 내게 묻는다.

"컴퓨터에 내장된 시계를 앞으로 돌리면 되지 않소?"

"그렇게 하지 못하도록 해 두었습니다. 시간 수정 기능을 아예 만들지 않아서 바꿀 방법은 없습니다."

"우리도 프로급 해커들이 있소."

"그렇다면 한번 시도해 보시지요."

이미 시도해 봤을 것이다. 안 되기에 나를 직접 불러들인 것이 아닌가. 이런 날을 예견하고 별도의 보안 프로그램을 만든 정호 형은 참 뛰어난 사람이다. 그런 면에서 보면 그가 산화 ID를 쓰는 것을 모른 척 눈감아주고 싶기까지 하다.

그들은 나를 몇 번 더 떠보더니 협박인지 공갈인지 분간 못할 한 마디를 던진다.

"두고 보시오. 대회 끝나기 전에 풀어낼 테니까."

"좋을 대로 하십시오."

직원들도 나와 같은 제의를 받았을지 모른다. 그러나 그들도 달리 방법이 없다. 심지어 정호 형까지도 정호 형이 그 프로그램 개발 단계에 있을 때 규형이를 그림자처럼 붙여 놓았고, 또 보안 타이머 암호 체계는 전 직원이 보는 데서 걸어두었기 때문에.

재단과 바둑팬들의 큰 관심 속에 인터대전은 예선 2차전, 3차전이 잇달아 열리고, 본선에 이르자 점차 열기를 더해 간다. 본선 2차전에서는 프로급이라 여겨지는 실력자를 깬 아마추어가 등장했다는 소문이 나돈다.

"이젠 관전자들이 소설을 쓰는 모양이군."

"허허. 제2의 김산이 출현하기를 바라는 것이겠지."

그런 소문이 나돌자, 접속자 수는 더욱 더 늘어간다. 인터대전을 계기로 동시 접속자 수가 3만 명을 넘긴다. 일시적인 현상인지 모르지만 바둑 관련 사이트 중에서 단연 1위로 도약한 것이다.

"프로급을 깼다는 아마추어, 그 사람의 ID가 어떻게 돼요?"

"칠광미시야입니다."

"칠광미시야? 무슨 뜻이죠?"

"글쎄요. 한글로만 되어 있어서 뜻은 모르겠어요."

최 주간도 그 ID를 보더니 고개를 갸우뚱한다.

"익명에 ID까지 애매모호하네. 허허."

그는 결선 3차까지 오른다. 관전자들이 가장 많이 주목을 하는 대국자가 된 지 오래이다. 그가 사투를 벌인 대국을 끝으로 결선 3차전도 모두 끝난다. 그가 4강전에 마지막으로 진입한 것이다. 결선 3차전의 기보를 검토해 보던 최 주간이 빙그레 웃으며 입을 연다.

"제2의 김산은 없는 것 같군."

"그래요?"

"다 프로야. 4강 진출자들."

"알만한 분들 있나요?"

"글쎄."

"우욱!"

박수현 씨가 갑자기 토할 것 같은 증세를 보이더니 화장실로 달려간다. 조나연 씨가 얼른 그녀를 뒤따라간다. 최 주간이 의미심장한 눈길로 화장실 쪽을 바라보다가 거둔다.

"너무 무리한 탓인가 보군."

그들을 생고생 시키는 것만 같아 미안한 마음뿐이다. 그런 심정을 강산 형이 달래준다.

"이제 반이나 넘게 왔잖아. 준결승, 결승만 잘 치르면 대성공이지.

해외 언론에서도 지대한 관심을 보이고 있으니 자자, 조금만 더 힘을 내자고."

"그래요."

방으로 들어오자 최 주간이 따라 들어선다.

"박수현 씨 말이야."

"예, 주간님."

"헛구역질인데……. 임신한 것 같아."

"예에?"

"직원들 중에는 없겠지?"

그 순간 장 과장이 떠오른다. 그러나 의혹만으로 발설할 수는 없다.

"없을 거예요, 아마."

"큰일 앞두고 불상사가 일어나지 않아야 할 텐데……."

더 이상 모른 척 할 수 없어 평소에 그녀와 가장 가까운 사이로 지냈던 장 과장이 혼자 있는 틈을 타 나지막하게 묻는다.

"예에? 저는 결코 아닙니다, 사장님. 목숨을 걸라면 걸죠."

"그럼 누구죠?"

"숨겨둔 애인이라도 있나 보죠 뭐."

2.

"누구세요?"

"경찰입니다."

아파트 현관문이 열린다. 경찰들은 신분증과 수색영장을 보인다.

"경찰이 무슨 일이에요?"

"고 성위환 씨 댁이 맞습니까?"

"그런데요?"

"조사할 게 있어 나왔으니 협조해 주십시오."

"무슨 일인지 알아야 협조를 하든지 하죠."

"그건 나중에 말씀드리죠. 어이 찾아봐."

경찰들은 안방, 문간방 등으로 흩어져 들어간다. 조 팀장은 거실을 수색한다. 문갑이며 장식장 등을 뒤져 보았지만 이렇다 할만한 건 나오지 않는다.

"고 성위환 씨가 사용하던 컴퓨터는 어디에 있죠?"

"문간방에요."

김 형사가 무언가 손에 들고 있다.

"그게 뭐야?"

"제보한 내용 중에 기계장치라는 말은 이걸 두고 한 모양인데요?"

"그렇다면 제보가 신빙성이 있다는 말이 되나?"

"그렇다고 봐야죠."

들고 이모저모 살펴보던 김 형사가 다시 입을 연다.

"전화번호가 적혀 있었던 것 같은데……. 부착되어 있는 종이가 다 닳아서 알아볼 수가 없는데요?"

조 팀장은 장갑 낀 손으로 받아든다. 그리고는 미망인에게 보인다.

"이것에 관해서 아는 바가 있습니까?"

"없어요."

짤막하게 대답한 그녀는 불현듯 생각났다는 듯 손뼉을 친다.

"참, 그러고 보니 전에 애기 아빠 상중에 어느 인터넷 회사 직원이라는 사람들이 찾아와서 컴퓨터에 달아놓은 터미널인가 하는 것을 회수해 가야한다고 했던 적이 있어요."

"명함 받아놓은 것 있습니까?"

"그럴 경황이 아니라 호통을 쳐 돌려보냈어요."

"몇 사람이나 찾아왔던가요?"

"두 사람이었어요."

"인상착의를 기억하실 수 있겠습니까?"

"한 사람은 조그마한 키에 안경을 꼈고, 또 한 사람은 아주 건장한 체구였어요."

안방과 주방 등으로 흩어졌던 경찰들이 문간방으로 모여 든다.

"뭐 특이한 것 없어?"

"글쎄요. 아직은요."

조 팀장이 다시 미망인을 바라본다.

"저어, 혹시 남편이 아르바이트 같은 것을 한 적 있나요?"

"아뇨, 그냥 집에만 있었어요"

"한데 이 통장에 보면 정기적으로 입금이 되어 있군요"

"사망 뒤에 나온 수사 보고서에는 실업자로 되어 있었잖아?"

"그러니까 이상하죠"

"입금처가 어디야?"

"한국환경보호협회라는 곳입니다."

조 팀장은 계좌번호까지 물어 수사 수첩에 적는다.

"돌아가신 부군께서 혹시 이 단체에서 무슨 활동을 하셨습니까?"

"전혀 모르는 일이에요 성격상 환경이니 뭐니 하는 것과는 거리가
먼 분이었어요"

"예에."

다시 몰려갔다가 돌아온 형사들에게 조 팀장은 고개를 돌린다.

"뭐 나온 거 없어?"

"특별히 수사에 도움이 될만한 건 발견하지 못했습니다."

"자, 그럼 돌아가지."

그는 미망인에게 요청한다.

"수사에 필요하니 컴퓨터는 저희가 가져갔다가 나중에 돌려드리도
록 하겠습니다."

"그러세요."

형사 한 사람이 연결되어 있는 코드를 뽑아 본체만 안아 든다.

"협조 감사드립니다. 수사 결과가 나오는 대로 부군과 관련된 사항은 알려드리도록 하겠습니다. 그럼 이만."

"잠깐만요."

"말씀하십시오."

"우리 남편이 타살되었다는 건가요?"

"고 성위환 씨의 사인을 재수사하는 게 아니라 다른 쪽입니다. 아직은 수사 단계라 말씀드릴 수가 없습니다. 자, 그럼. 협조해 주신 데 대해 한번 더 감사드립니다. 철수하지."

"예."

김 형사는 컴퓨터 본체를 사무실에 놓고 모니터와 자판, 그리고 마우스 코드를 연결하고 전원을 넣는다. 그리고는 깔려 있는 프로그램을 전부 점검한다.

"이 사람 참, 바둑만 두었군. 바둑사이트란 사이트는 다 깔려있는데요?"

"어디에 들어가서 가장 많이 뒀는지 알 수 없어?"

"없죠. ID와 패스워드를 알아야 하는데 난감한데요? 사이트를 운영하는 회사에 가서 이름을 대고 알아내는 수밖에 없어요."

"누가 좀 다녀와."

"24군데나 되는 곳을요?"

"100군데라도 다녀야지 무슨 소리야? 어서 출발해."

또 다른 형사는 보안 버클을 들고 씨름을 하고 있다. 그가 연신 혼잣말로 감탄을 하면서 그것을 뜯어보고 있자 곁눈질 하던 조 팀장이 묻는다.

"오…… 용도가 뭐야?"

"하나의 암호 블랙박스인 것 같습니다. 한데, 아마추어가 만든 건 아니에요."

"그럼 프로란 말이군."

"프로 중에서도 선수죠. 아니, 도사 급이 만든 겁니다."

"그 정도야? 도사 급이 그걸 만들었다면 중대한 용도로 썼다는 것 아냐?"

"그렇죠. 해독을 하는 데 시간이 좀 걸리겠는데요."

"제보가 점차 신빙성을 더한다는 말이 되나……."

"그렇죠."

"오 형사도 바둑 좀 둬?"

"저야 바둑이라고 할 것까지도 없습니다. 하하."

"소문을 들으니 팀장님은 상당한 기력이라던데요? 몇 급이나 되세요?"

"막바둑에 급수가 어디 있나, 이 사람아."

"전에 청내 교우회에서 연 대회에서 16강에 들었다면서요?"

"맞아. 그런 말은 나도 들었어. 팀장님도 여기 인터대전인가 하는 대회에 참가하시지 그랬어요? 컴퓨터로 두는 것이니 직접 대회장에 갈 것도 없잖아요?"

"내가 나갈 정도면 참가자가 아마 백만 명은 되어야 할 걸."

"한데 교우회에서는 어느 분이 나가셨대요?"

"지난번에 우승한 경무과장님과 준우승한 옆방 조사계 이 형사가 공식적으로 참가하고 다른 사람들은 자율에 맡겼나봐."

"들리는 말로는 청장님, 차장님 다 출전하신 모양이던데요?"

"그래? 하긴 프로들이 대거 참가한다는 말이 있으니, 아마고수라면 누구나 이 기회에 한판 붙어보고 싶은 마음도 들지. 흔치 않는 기회니 말이야."

"바둑을 잘 두는 분이 생각보다 많은가 봐요?"

"사회 모든 분야에서 한가락 한다는 사람치고 바둑 모르는 사람은 없어."

"그 정도예요?"

조 팀장은 고개를 끄덕인다.

"그러면 바둑은 상류사회에 보급되어 있는 고급 오락이군요."

"상류사회로 진입하려면 필수적으로 알아야 할 취미 중의 하나지. 한데 말이야. 골프 같은 건 어지간한 머리로도 볼을 칠 수가 있는데 바둑은 그렇지 않아. 머리가 좀 있어야 둔다는 소리를 들어. 아니면 만년 하급이지. 급수가 낮으면 나도 바둑 아오 하고 어디가서 명함도 못 내밀지."

"우리나라가 세계에서 바둑 최강국인 이유가 있었군요."

"그건 다른 이유지. 경찰에 비유하면 다른 나라는 정복을 입은 정예 경찰을 양성하는데 비해 우리는 경찰기동대를 양성한다고나 할까. 일당백인 기사들이지만 그 층이 얇은 게 아쉬운 점이야."

"앞으로는 중국이 바둑계를 호령할 것이라고 하던데 맞아요?"

"중국? 인해전술을 쓰겠지. 하지만 바둑은 숫자 싸움이 아니야. 수 싸움이지."

조 팀장은 말꼬리를 돌린다.

"자자, 그만하고 단서가 될 만한 것 찾아봐. 어딘가에 있을 거야."

"예, 팀장님."

조 팀장은 바둑 관련 사이트 중에서 회원 수가 많은 사이트 순서대로 서너 개 사이트를 띄워놓고 웹 서핑을 다니기 시작한다. 사이버 범죄는 네티즌이 채팅창에 올리는 글에서 해결의 단서를 얻게 되는 경우가 종종 있다.

인터대전을 개최하는 심심마을 뿐만 아니라 다른 사이트에서도 대회에 관한 관심이 주요 화제이다. 처음 개최하는 것이라 국내성 대회로 한정되긴 했지만 이것이 성공적으로 끝난다면, 국제 대회로까지 확장시킬 수 있다는 말, 그리고 바둑 IT 부문에서도 세계 최정상을 굳히게 된다는 말까지 올라와 있다.

"다 좋은데……."

조 팀장은 내심 곤혹스럽다. 공직자라는 직업이 사생활까지 제한시키는가. 그걸 미리 철저히 인식하고 공직 세계에 발을 들여놓는 사람이 과연 얼마나 될까. 직무 수행 중에만 공인(公人)이라는 신분을 가지고, 집으로 돌아올 적에는 그저 여느 일반인과 똑같을 수는 없을까. 아니, 똑같이 여겨질 수는 없을까.

며칠 동안 바둑사이트 회사를 돌아다니던 형사들이 지친 몸으로 사무실 소파에 몸을 던진다.

"어떻게 됐어?"

"어느 사이트에도 성위환이라는 이름으로 가입되어 있는 사람은 없었습니다."

"그렇다면 가명을 쓴 건가?"

"차명이겠죠."

"가명일 수도 있어요. 주민번호 생성기에서 따온 번호를 썼다면요."

"성위환 씨의 부인, 자녀들 이름과 주민번호로 다시 한번 알아봐야겠어요."

"그렇게 해."

"한데 말이야. 왜 심심마을에선 본인 실명으로 가입해 있었던 거지?"

"글쎄요? 이상한데요?"

"그런 점도 감안해서 잘 좀 조사해봐."

"예, 팀장님."

몸을 돌려 채팅창에 오르는 글들을 주시하던 조 팀장이 별안간 숨을 멈춘다.

[노란해적선-5급] MR 배너, 저곳이 수상해요

[사슴벌레-4급] 뭐가요?

[노란해적선-5급] 어느 사이트에도 저런 곳이 없거든요

[사슴벌레-4급] 뭐가 수상하다는 말이죠?

[노란해적선-5급] 뭔가 비밀이 있는 것 같아요.

[qkraksdnr-10급] 무슨 비밀요?

[노란해적선-5급] 생각해 보세요. 관리자들이 모여서 회의하는 곳이라면서

[노란해적선-5급] 우리 같은 유저들이 들어가 보려고 하면

[노란해적선-5급] 관리자인증번호를 입력하라는 메시지가 뜨잖아요.

[kty-41-13급] 그건 그렇죠.

[노란해적선-5급] 제 말은 굳이 그렇게 해 놓을 필요가 없다는 거죠.

[노란해적선-5급] 관리자 ID는 자동으로 들어가게 해 놓으면 될 걸

[노란해적선-5급] 뭐 하러 번거롭게 번호까지 치고 들어가게 해 두었냐고요.

[qkraksdnt-10급] 그건 일반 유저들이 못 들어가게 하려고 그런 거죠.

[노란해적선-5급] 그렇게 하려면 클릭하는 동시에

[노란해적선-5급] '일반 유저들은 입장할 수 없습니다' 이렇게 해 놓으면 더 간단하죠.

[사슴벌레-4급] 그게 그거죠

[노란해적선-5급] 아니 달라요. 인증번호를 치게 해 놓은 건

[노란해적선-5급] 아마도 관리자 외에 다른 사람들도 들어갈 수 있다는 걸 거예요

[노란해적선-5급] 말 그대로 관리자가 인증하는 번호를 치면 말이죠.

[kty-41-13급] 호오, 대단한 추리력이군요.

[qkraksdnt-10급] 노란해적선님의 추측이 옳다고 한다면 관리자 외에

[qkraksdnt-10급] 어떤 사람들이 저곳에 들어갈 수 있을까요?

[노란해적선-5급] 그건 모르죠. 비밀일 테니까.

　조 팀장은 무덤덤한 얼굴로 글을 보고 있다. 그의 얼굴에 다소 긴장감이 배어난다. 그때 마주 앉아 있던 직원이 벌떡 일어나 조 팀장에게 말한다.
　"팀장님, 이 글 좀 보십시오."
　"어디에 있는 글이야?"
　"심심마을 채팅창입니다."
　"그거라면 나도 보고 있어."
　"이 회원이 말하는 MR 배너라는 곳, 뭔가 냄새가 나는데요? 제 육감으로는 뭔가 있는 것 같습니다."
　"그런가?"
　조 팀장이 힘없는 목소리로 반문하자 그는 고개를 갸우뚱한다.
　"어디 편찮으십니까?"
　"아…… 아니."

수순의 실마리

1.

"ID에서는 고수 냄새가 전혀 나지 않는 사람들인데요?"

"고수라 자처하는 고수는 없는 법이지."

결선 3차전이 끝나고 최종 4강에 오른 사람들이 확정되었다. 오버더톱, 칠광미시야, 무적키드, 송도4유이다. 네 사람은 모두 예선 1차전에서 결선 3차전까지 9전 전승으로 올라왔다. 패자부활전을 마련하지 않은 까닭이다.

대회가 진행되어 오는 동안, 오버더톱 9단은 초반부터 판을 뒤흔들어 상대의 돌을 마치 톱으로 자르듯 사분오열시킨다고 하여 돌톱이라는 별명이 붙었고, 칠광미시야 9단은 끝내기에 들어서면 머리카락 한 올 떨어져 내려앉을 자리가 없을 만큼 빈틈없이 둔다는 평을 들어왔다.

"무적키드는 ID에서 풍기는 것처럼 나이가 어리지 않은가 몰라?"

"전투의 화신이라고 불릴 정도인데 설마 어린애이기야 하겠어요?"

"맞아요. 고수가 정체를 감추고 있는 걸 거예요."

"송도4유는 어때요?"

"느릿느릿 두는 것 같지만 수읽기가 탁월해."

"김 이사, 네 사람의 기풍을 분류해 보지 그래?"

"오버더톱과 무적키드라면 유목형 바둑이라고 할 만하죠."

"그러면 칠광미시야와 송도4유는 농경형이란 말이 되나?"

"송도4유는 전형적인 농경형이라고 봐도 되겠지만 칠광미시야는
유농복합형이랄까······. 요즘 점차 유행을 타는 기풍으로 보입니다.
밭을 갈다가도 침입자가 나타나면 바로 말을 타고 달려 나가 정면으
로 맞서 싸우는 유형이죠."

"그런 기풍을 가진 기사라면 누굴 물망에 올릴 수 있을까?"

"글쎄요."

"아닌 게 아니라 요즘 유저들은 최종 4강에 든 네 사람의 정체를
알아내느라 혈안이 되어 있어요."

"어디 유저들뿐이겠어요? 도박사들과 프로 기사들까지 동원해 네
사람이 그간 대회에서 두어온 기보를 분석하는데 여념이 없다고 하
던 걸요."

"그래서 뭣 좀 알아내었대?"

"아직은 왈가왈부하는 모양이에요."

"그래도 입에 가장 많이 오르내리는 기사는 있을 것 아냐?"

"네 ID 중에 어떤 것인지는 모르지만 '영원한 국수'와 '불천위 명인'도 4강에 들어있다는 말도 들리고, 또 신예 4인방 중에서 최소한 한두 명은 올랐을 거라는 정도예요."

"신예 4천왕끼리의 격돌이라고 주장하는 유저들도 있던 걸요?"

"아마계의 강자는 없겠지?"

"아무래도 어렵죠. 최소한 본선부터는 프로들의 무대였다고 해도 과언이 아닐 정도의 기력들이었으니까요."

"하여간 대성공인 것만은 틀림없어요."

조나연 씨의 말이 틀리지 않다. 인터대전의 운영 방식과 새로 채택한 대국 규정은 국내외 바둑계에 큰 관심을 불러일으켰고, 특히 베팅액에 따라 대국료를 지급하는 방식에 관해서는 국내보다 오히려 해외 각국에서 더 큰 반향을 몰고 왔다. 바둑을 주로 두는 아시아 동북권은 물론이고, 제도적 장치를 마련해 갖가지 도박을 양성적으로 운영하고 있는 나라의 투자가, 도박사들이 큰 호기심을 보이며 속속 입국해 있다는 소문도 들렸다. 인터넷상이니 자국에서 보기엔 현장감이 덜 느껴지는 탓일 터이다.

말은 다르지만 하는 일을 보면 투자나 도박사나 마찬가지가 아닌가. 현장감에서 오는 본능적인 감각, 그것을 바탕으로 향후 인터대전의 추이와 우리나라에서의 정착 가능성, 그리고 해외에서도 가능한 모델인가 하는 것들을 가늠하고자 눈길을 두고 있을 것이다.

요즘 사무실로 걸려오는 전화도 최종 4강의 진면목을 묻는 문의 외에 회사 내부 사정에 관해, 그리고 프로그램에 관한 문의 따위가 부쩍 많다. 그런 전화를 받는 직원들 중에서 그것이 단순하고도 일시적인 호기심의 발로라고 믿는 사람은 아무도 없다. 문의 내용이 하나같이 전문가 수준이기 때문이다.

아주 작은 발상에서 시작한 일이 엄청난 결과를 불러온 것에, 직원들은 즐거워하면서도 앞으로 우리가 이 일을 계속 감당해 나갈 수 있을지 걱정하는 것이 고작이지만, 오직 한 사람 최 주간만은 다른 것을 염려하고 있다.

"윤 사장, 만에 하나 숨은 의도를 지닌 세력들이 우리도 모르는 사이에 회사를 통째로 집어삼키려고 어떤 음모를 진행시키고 있을지 모르니 매사에 조심해야 돼."

"에이, 설마요?"

"이게 국제적으로 얼마나 매력적인 사업인지 아직 감을 못 잡았어?"

"주간님의 말씀에 나도 동의해."

"그간 베팅액이 얼마야?"

"125억 정도입니다."

"그것 말고, 예선, 본선, 결선으로 나누어서 말이야."

"예선 1, 2, 3차전에 베팅된 총액은 5억 남짓이었지만 본선 1, 2, 3차전에서는 20억 가량이었고요. 결선 1, 2, 3차전에서는 100억 정도 됩니다."

"그것도 일인당 한도액을 100만으로 정해놓은 제약 조건 아래에서 였지?"

"예."

"그래도 아직 감을 못 잡겠어?"

"무슨 말씀인지 통……."

"그 비율을 보란 말이야. 대회가 진행될수록 폭발적으로 늘어난 액수가 뭘 뜻하겠어? 그건 단순히 우리나라의 도박인구가 예상 외로 많다는 것이 아니야. 그간 여러 대회에서 소극적으로 관전하고 결과만 보던 바둑팬들이 적극적으로 그 판에 참여하게 되었다는 말이 되는 거지. 더 정확히 말하자면, 자기가 베팅을 한 대국자와 자기 자신이 마치 한 몸이 되어 바둑을 두는 기분, 그걸 느끼게 된 거란 말이야."

"그게 그렇게 큰 주목거리가 되는 건가요?"

"되고도 남지. 지금까지 이런 도박은 없었으니까."

"이런 도박이 없었다뇨?"

"생각해 봐. 바둑을 조금 둘 줄 안다는 사람치고 하수 바둑에서 고수 바둑까지 훈수 못하는 사람이 없어. 이게 바로 다른 어떤 심신 스포츠와도 다른 점인 게야. 무한대의 경우의 수에서 마지막 단 한 수를 놓아가는 그 과정에서 대국자가 착점하기 전까지 그들도 다음 수를 어디에 놓을까 고심을 하지. 나라면 저기에 두겠다, 나라면 끊기지 않고 잇겠다, 나라면 잡으러 가겠다, 나라면 패를 안 하겠다, 나라면, 나라면…… 기원에서 덧돈 붙여 점심 내기라도 걸린 판을 본 적 많지? 그 대국의 관전자들이 어땠는가 생각해 보란 말이야. 그들은 그전처럼 단순한 관찰자의 눈이 아니라, 그들도 대국자의 눈, 즉 승부사의 눈이 되는 거야."

강산 형이 웃으며 최 주간의 말을 받는다.

"아하, 그전까지는 온순한 양의 눈을 가졌는데 판에 베팅을 하고 나면 맹수의 눈이 된다는 말씀이시군요."

"그건 모든 도박이 다 그런 것 아닌가요?"

"다른 어떤 도박이 이만한 변수를 가지고 있어? 오메가에서부터 시작해서 마지막 알파로 귀착되는 전 과정 동안 사람을 붙들어놓는 힘 말이야."

"……"

강산 형도 나도 입을 열지 못한다. 최 주간은 대회를 운영하는 동안 내내 마음 한 자리가 편치 않았던 부분, 즉 중독의 관점에서 본 '도박으로의 바둑'을 말하는 것이 아니라 합일의 관점에서 본 '참여로서의 바둑'을 역설한 것임을 뒤늦게 알아차렸기 때문이다.

"팬들의 참여라는 것, 프로에게는 필수불가결한 요소야. 프로 기사라면 팬들과 대중에게 '나'를 상품으로 내놓은 사람들이 아니냔 말이야. 엄정히 말한다면, 나의 기력과 기풍이라고 해야겠지. 물론 사생활까지도 포함되지. 그런 사람들의 수입은 어디에서 나와야 돼? 누가 거두어서 나누어 주는 간접 수입이 아니라 내가 벌이는 승부로부터 직접 획득하는 직접 수입이 되어야 한다는 말이야."

"그런 점에서 보니, 왜 이번 대회에 그토록 많은 기사들이 참가했는지 알만하군요."

"이번 대회 결선 3차전까지 참가자 일인당 평균 대국료가 얼마나 돼?"

"약 30만쯤 됩니다. 최저 대국료는 한 푼도 걸리지 않은 대국이니까 0이고요. 최고 대국료는 무적키드 9단이 결선 3차전에서 거둔 4,300만 가량입니다."

"우리는 두 달 안에 다 끝내려고 하지만, 이런 대회를 1년 내내 개최한다고 가정해 봐. 그것도 인터넷사이트로 실시간 초속기 대국과 실시간 베팅, 그리고 실시간 배당금 지급과 대국료 지급이라는 방식이라면?"

최 주간은 그쯤에서 부연을 달지 않는다. 그의 말이 차츰 실감났지만, 국민으로서가 아니라 객관적인 세계인의 시각으로 볼 때 이 나라가 과연 그걸 허용하겠는가 하는 데 생각이 이르자 고개가 절로 흔들어진다.

나와는 다른 생각을 했는지 강산 형은 고개를 끄덕인다.

"그래서 회사를 통째로 삼키려는 세력이 있을지도 모른다?"

"아마도 하드웨어적인 것이 아니라 소프트웨어적인 부분일 거야."

그때 사무실 문을 두드리는 소리가 나더니 양복을 말쑥하게 차려입은 사람 셋이 들어온다. 한순간 사무실엔 긴장감이 스친다. 장 과장이 얼른 일어나 그들 앞으로 간다.

"어디서 오셨습니까?"

"아, 저희는 투자금융회사에서 나왔습니다."

"이쪽으로 오시지요."

장 과장은 다시 문을 열고 그들을 끌다시피 데리고 나간다. 최 주간이 문을 열어준 신은주 씨를 점잖게 나무란다.

"함부로 문 열어주면 안 돼. 때가 때인 만큼."

"무서운 곳에서 나온 사람들처럼 보이길래 그만…… 죄송해요."

장 과장이 돌아온다.

"사장님 수담정으로 가보시지요."

"어디에서 무슨 일로 왔대요?"

"기업 공개 어쩌고 하던데, 위험한 사람들은 아닌 것 같네요. 가보셔야 될 것 같습니다."

남 차장이 일어난다.

"저도 같이 가보죠."

수담정 아르바이트생은 그들에게 차를 내어주고 있다. 인사를 나눈 뒤에 찾아온 용건을 묻는다. 그들이 우리 회사에 관해 내놓은 여러 가지 자료를 보고 그 세밀함에 놀라웠지만, 하는 말을 들으니 그보다 더 놀랄 수밖에 없다. 남 차장이 그들의 말을 되받는다.

"그러니까 벤처기업 요건은 다 갖추어졌으니 코스닥 상장이 가능하다는 말씀이 아닌가요?"

"예, 바로 그겁니다."

"저희는 그 업무를 대행해 드리고 있습니다."

"사실 그 절차가 여간 복잡한 것이 아니거든요. 자질구레한 일도 많고요."

"대행해 주면서 투자금융회사가 얻는 건 뭐죠?"

"약간의 주식입니다."

그들은 자기네 회사가 그간 상장시킨 회사 목록을 보인다. 한눈으로 훑어보아도 알만한 회사들이 즐비하다.

"이 회사들에 전화해 보시면 저희 회사에 관한 평판을 들으실 수 있을 겁니다."

"당장 결정하시라는 건 아니고요. 여러 군데에서 찾아올 것이지만 저희와 비교를 해 주십사 이렇게 말씀드리는 겁니다."

그들은 억지 쓸 마음이 전혀 없다는 듯 그 선에서 얘기를 마무리하고 돌아간다. 사무실로 돌아오자마자 즉석에서 직원회의를 연다. 그리고 그들이 찾아왔던 목적을 얘기하자 직원들은 꿈처럼 들리는 듯 잠시 동안 어떤 말도 하지 못한다. 정적은 강산 형이 깨뜨린다.

"그렇다면 입사 경력이 오래된 직원들부터 우선적으로 주식을 배당해야겠네."

"물론이죠."

최 주간이 빙그레 웃는다.

"그러면 이제 다들 돈방석에 앉게 되는 건가?"

"그게 정말이에요?"

"조나연 씨는 얘기도 못 들어봤어요? 몇 년 간 월급도 제대로 못 받고 고생하던 회사가 우여곡절 끝에 코스닥에 상장되자 그 직원들 모두 하루아침에 떼돈을 벌게 되었다는 말이요."

"어쩜, 우리한테도 이런 일이 다?"

"허허허."

"자 그럼, 결정되었어요."

"기업 공개 시기는 기왕이면 결승전이 열리는 즈음이 어떨까? 그 날은 또 김산 사망 11주년이 되는 날이기도 해서 기념비적인 일이 될 것 같은데, 어때?"

"결승전이 토요일로 잡혀 있으니 월요일로 하죠."

"시상식도 월요일에 하기로 되어 있으니 그게 좋겠네요."

만장일치이다. 그 주된 업무는 그간 회사 재무와 경리를 맡아온 남 차장과 박수현 씨가 맡아보기로 한다.

"문제가 하나 있는데 그건 어떻게 처리할 거야?"

"문제라면? 아, 그거요."

최 주간은 블랙 스퀘어즈에 대한 얘기를 한 것이다. 갑자기 골치가 아파온다. 이런 날이 올 줄은, 그리고 이렇게 빨리 올 줄은 생각지도 못해 미처 대비책을 마련하지 못했기 때문이다. 어찌해야 하나……

"하루바삐 정리를 해야 할 거야."

"한데 어떤 식으로 정리를 하든 그동안 많이 잃은 사람은 크게 항 의하지 않겠어? 딴 사람이야 사이트가 정리되는 걸 아쉬워하는 정도 겠지만."

"정리하는 방법이 문제이긴 하네요. 좋은 수가 없을까요?"

"준결승전과 결승전이 열리기까지 아직 시간이 많이 남아 있으니 성급히 결단을 내리지 말고 그동안 많이 손해를 본 베팅맨들의 반발 을 최소화하는 쪽으로 방안을 연구해 보자고."

"그러죠."

방으로 돌아와 블랙 스퀘어즈에 들어간다. 베팅맨들의 화제는 단 연 최종 4강에 오른 사람들의 실체에 관한 것이고, 장차 열릴 준결승 전과 결승전에서의 승자를 나름대로 예상하기에 바쁘다.

[초대손님-8급] 오버더톱? 그건 영화제목 아니에요?

[Z-channel-5급] 그렇죠. 트럭 운전사인 주인공이 어린 자식을 데리고 다니면서

[Z-channel-5급] 세상 구경을 시키는데 마지막에는

[Z-channel-5급] 팔씨름 대회에서 승리를 하는 휴먼 영화죠.

[오빠만져줘-15급] 많이도 아시네.

[조금만져줘-3급] 칠광미시야나 송도4유는 무슨 뜻이죠?

[시리우스-18급] ID는 아마 자신들의 정체를 감추려는 고도의 전략에서 지었을 거예요.

[비상금-13급] 역시 우스님이셔. ㅎㅎ

[흰늑대-9급] ID로 그들의 정체를 유추해 내기엔 무리일 거예요

[흰늑대-9급] 누구 고수님 중에 기보 분석을 해 보신 분이 있다면

[흰늑대-9급] 짐작되는 분들 좀 알려줘요

[시골사람-3급] 다른 사람은 몰라도 무적키드 9단은 짐작이 가요

[초대손님-8급] 누구죠?

[시골사람-3급] 생각해 보세요. 우리나라에서 쌈바둑 제일 즐겨두는 기사가 누군지.

[초대손님-8급] 아하.

[바둑부인-7급] 그러고 보니 칠광미시야 9단도 누군지 알 것 같네

요.

　[바둑부인-7급] 집도 잘 짓고 싸움도 마다하지 않고, 임기응변에도 능하고…….

　[바둑부인-7급] 이쯤 하면 아시겠죠?

　[향정신성-1급] 놀고 있네.

　[바둑부인-7급] 헉? 반말을?

　[보우하사-16급] ID가 반말할 것 같은 분이네요 ㅋㅋㅋ

　[바둑부인-7급] ㅎㅎㅎ

　[향정신성-1급] 모르면 떠들지나 말지. 하급수들이 뭘 안다고 떠들어 떠들긴.

　[관리자9] 향정신성님.

　[향정신성-1급] 왜?

　[관리자9] 한 번만 더 반말하시거나 결례의 언사를 쓰시면 경고조치 하겠습니다.

　채팅창에서 베팅맨들 사이에 입씨름이 험악해질 조짐을 보이자 정호 형이 적절한 때에 주의를 주고 나선다. 그즈음에 얘기는 인터대전에서 누가 얼마나 땄느냐, 대국료는 누가 얼마나 챙겼느냐 하는 주제로 옮겨진다.

　[시골사람-3급] 인터대전을 기회로 우리 사이트에서도

[시골사람-3급] 배팅액의 규모가 부쩍 커진 것 같네요

[비상금-13급] 그건 맞아요

[Z-channel-5급] 한데 결선 3차전까지 산화님은 얼마나 따셨는지 궁금하네요

[시리우스-18급] 베팅 칩 보유 정보를 본 결과, 현재 2,300만 가령 되네요

[바둑부인-7급] 역시.

[초대손님-8급] 놀랄 일도 아니네요. 시리우스님은 얼마나 따셨어요?

[시리우스-18급] 저는 얼마 못 땄어요. 한 500만 정도

[바둑부인-7급] 그 정도도 대단한 거죠

[시리우스-18급] 관리자님. 인터대전에서의 베팅도 내역별로 랭킹을 알 수 있나요?

[관리자9] 물론입니다. 다만 그건 결승전 뒤에 공개할 예정입니다.

[시리우스-18급] 예, 감사.

[향정신성-1급] 미친놈들. 나중에 다 잃게 될 걸.

[관리자9] 방금 향정신성님 채금조치 했습니다.

[비상금-13급] 잘 하셨어요 역시 보안관이셔요 ㅎㅎㅎ

[보우하사-16급] 산화님은 인터대전에서도 여전히 베팅을 많이 하시지 않았군요

[보우하사-16급] 다 합쳐야 13번인데, 9번을 따셨네요

[시리우스-18급] 진정한 도박사는 베팅을 자주 하지 않는 법이죠

시리우스의 말이 옳다. 무턱대고 마구 지르는 손치고 고수는 없는 법이다. 인터대전에서 몇몇 눈에 띄는 고수를 보았지만 그들의 베팅 수익률은 산화에 못 미친다. 산화는 고작 100만으로 시작해 현재까지 베팅 수익률 부문에서 1위를 지키고 있다.

인터대전이 시작되자 블랙 스퀘어즈에 있는 베팅맨들 가운데 원하는 사람들에 한해서는 그들의 ID 그대로, 또 잔고에서 베팅 칩으로 교환하고자 하는 금액만큼 빼내어 심심마을의 베팅 칩을 살 수 있도록 옮겨주었었다.

그중에서 잔고를 가장 많이 빼낸 사람은 시리우스이다. 체면 때문에 땄다는 말을 하고 있지만 실제로 그는 빼낸 3000만 중에서 지금껏 2000만을 까먹고 있는 상태이다.

[시골사람-3급] 항간에 떠도는 소문이 있는데 걱정되네요

[관리자9] 어떤 소문이죠?

[시골사람-3급] 이 사이트에 경찰 조사가 시작되었다는 말인데 관리사님은 알고 계세요?

[관리자9] 경찰 조사라니? 그게 무슨 소리예요?

[시골사람-3급] 만약 그 소문이 사실이라면

[시골사람-3급] 사이트가 곧 드러나게 될 텐데 그리 되면 다들 어찌 되는 거죠?

[관리자9] 시골사람님. 대체 어디서 그런 소리를 들었는지는 몰라도

[관리자9] 유언비어를 날조하거나 유포해도 주의나 경고 받습니다.

나 역시 시골사람이 올리는 글을 보고만 있을 수 없다.

[관리자11] 그동안 사이트에 대해서 별의별 소문이 다 나돌았고,

[관리자11] 심지어 바둑을 두고 난 뒤에 사망한 사람까지 있었다고 했는데

[관리자11] 어느 것 하나 사실로 밝혀진 게 없지 않습니까?

[관리자11] 그런 일은 소문에 불과합니다. 다시는 그런 말씀 삼가 주십시오

[시골사람-3급] 관리자님들이 거짓말을 하는 게 아니라면

[시골사람-3급] 까맣게 모르고 있다는 말이 되네…… 허 그것 참.

대체 그가 어디서 들었는지 궁금하다. 채팅창에서 들을 얘기가 아니라는 판단에서 얼른 일대일 대화를 신청했지만 그는 단호히 거절

하고 로그아웃을 해 나가버리고 만다. 정호 형과 나는 멍한 기분이 들 수밖에 없다.

[관리자9] 어떻게 생각해?

[관리자11] 생각하고 말고 할 게 뭐가 있어요?

[관리자9] 나는 저 끝말이 걸리는데?

[관리자11] 저는 더 크게 걸려있는 게 있어요

[관리자9] 더 크게 걸려 있는 것이라니? 무슨 소리야, 그게?

온라인에서나 오프라인에서나 그를 대할 때마다 어색한 감정이 드는 것을 더 이상 숨긴 채로 지내고 싶지 않다.

더 미루어 보았자 서로 좋을 것이 없지 않은가? 정호 형 스스로 산화임을 인정한다면 나 역시 형을 그대로 산화로 인정하면 그뿐 아닌가. 그래 그 쉬운 길을 두고 아주 가까이에 있는 사람을 가장 멀리 두고 있는 꼴이라니. 그가 그간 심심과 블랙에 기여한 공로를 봐서도 산화에 관한 건 덮어두고 싶다.

밖에 있는 정호 형을 방으로 불러들인다. 그리고는 문을 잠근다.

"문은 왜 잠가?"

나는 돌아서며 단호한 어조를 내뱉는다.

"형, 단도직입적으로 물을 게요. 그렇다 아니다 두 마디 중 한 가지로 대답해 줘요."

"뭘?"

"형이 산화지요?"

그는 한참 동안 내 눈을 응시한다. 그리고는 입가에 웃는 듯 마는 듯한 근육의 움직임을 보이더니 나지막이 토막말을 던진다.

"결국 그 질문이 나한테도 돌아오네."

"대답부터 해 줘요. 맞죠?"

"아니."

정호 형은 소파에 앉아 담배를 꺼내 문다. 그리고는 길게 후우 연기를 뿜는다. 나도 한 대 문다. 산화임을 부정한 그의 입에서 어떤 치졸한 변명이 나올까 기다린다. 그러나 그는 담배를 다 피울 동안 다른 말을 하지 않는다.

재떨이에 꽁초를 비벼 끈 뒤에야 일어서며 품에서 봉투 하나를 꺼내 내 책상 위에 소리 나지 않게 놓는다.

"입사한 다음날부터 늘 가지고 다녔던 거야. 처음 약속한 것처럼 너와 5년은 함께 지낸 뒤에 이걸 꺼내 놓을 수 있기를 바랐지. 매일 같이 말이야."

말문을 열지 못하고 그의 얼굴만 쳐다본다.

"나를 의심했지? 알고 있었어. 더구나 규형이, 남 차장, 장 과장 순으로 누가 산화일까 시험해 왔던 것도."

"어…… 어떻게 알았어요?"

"아무리 형제 같은 사이라지만 눈칫밥 먹으려면 그 정도 눈은 뜨고 살아야지. 그리고 참, 그것 말고 또 한 가지 더 궁금한 게 있을 텐데?"

"있어요."

"도도이스 사장, 그 사람은 대학 시절 같은 과 선배야. 지난번에 그 회사 직원들 만나기 전에도 여러 번 제의를 받았었어."

"왜 말을 안 했어요? 그 전에도 그렇고 지난번에도 그렇고."

"해서 뭐하겠어. 네 심기만 어지럽힐 뿐이지."

내 속은 그대로 무너지고 있다. 본능적으로 수습해야 한다는 느낌이 일었지만 그 길은 너무 아득해 보인다. 아니 없는지도 모를 일이다. 눈앞에 있는 사물들에 초점이 맞춰지지가 않는다.

"도박에서 말이야. 내 패를 속이는 짓은 상대를 속이는 게 아니라 상대의 패를 속이는 짓이야. 그러니까 패가 패를 속이지, 사람이 사람을 속이지는 않는다고. 그 때문에 내 패든 남의 패든 의심하려 들면 다 의심 되고 믿으려 들면 다 믿게 되지.

의심과 믿음의 끝없는 줄타기, 그건 패에만 하고 사람에게는 하지 마. 왜냐하면 믿는 도끼에 발등을 찍힐 수도 있지만 발등을 찍지 않을 도끼를 영원히 잃을 수도 있거든.

앞으로는 그 점 명심하고 살았으면 해. 승부판 도박판에 발붙이고 사는 네게 마지막으로, 그리고 진심으로 해주는 말이야.”

“형?”

“심심에서의 내 역할은 끝난 것 같아. 블랙은 하루라도 빨리 폐쇄하는 게 좋을 거야. 이제 심심마을과 인터대전은 국제적인 관심거리가 되었으니.”

그는 악수를 내밀려고 하다가 자신의 손바닥을 한차례 쳐다보고는 그만둔다.

“가 볼게. 그동안 고마웠어.”

“형, 혀엉!”

2.

그는 떠났다. 빈손으로 올 때처럼 그저 빈손으로.

혼란스럽다. 그가 떠났다는 사실에서 온 혼란도, 그가 산화가 아니라는 데서 든 혼란도 아니다. 그저 그대로의 혼란이다. 그러나 시간이 지나자 차츰 그 혼란의 진원지를 어렴풋이 느낄 수 있을 것만 같다.

맨 처음 내가 산화에 주목한 것.

혼란은 그때부터 잉태되고 있었는지도 모른다. 그랬을 것이다. 아니 그랬다. 그에게 주목하지 않았다면 혼란은 더 이상 커질 위험이 없었다. 그것을 몰랐다. 그에게 두었던 눈길만 거두었다면 모든 것이 그대로 잘 돌아 갔을 것이다.

"아!"

직원들은 머잖아 열릴 4강전 채비로 바쁜 나날을 보내고 있었지만 나는 애초부터 그런 일에는 무심했던 사람처럼 허공을 쳐다보는 일이 많아진다. 강산 형과 최 주간의 염려가 문턱을 드나들고 있다. 물음에 대한 대답은 한결 같았고 두 사람의 탄식도 매번 같았다.

"어쩌려고 그래?"

"글쎄요."

"허어. 이 사람 참."

딱히 뭘 찾을 일도 없이 책상 서랍들을 빼닫다가 문득 예전에 장 과장이 정동훈에 관해 조사했던 파일이 눈에 띈다. 구겨 버릴까 하다가 무심코 펼쳐들고 읽어 내려간다. 그저 겉핥는 눈길로.

그때, 눈에 선명히 들어오는 글자들이 있다. 병원비를 납부한 전산 처리 영수증 아랫단에 휘갈긴 볼펜 글씨로 누군가의 이름처럼 보이는 글자 석 자가 씌어져 있는 게 아닌가. 유심히 살펴보았지만 이름을 읽을 수 없다. 얼른 장 과장을 불러들인다.

"이 글자, 혹시 사람 이름 아닌가요?"

장 과장도 들고 살펴보더니 고개를 가로젓는다.

"저로서는 확신을 못하겠는데요."

"이름 맞아요. 누군가의 이름일 거예요. 강산 형, 주간님!"

그들은 내 방에 불이라도 난 줄 알고 달려 들어온다.

"무슨 일이야?"

"이것 좀 봐 주세요. 예전에 산화 정동훈의 입원비 납부 영수증이에요. 여기 잘 좀 봐줘요. 사람 이름이 적혀있지 않아요?"

강산 형도 장 과장처럼 고개를 갸웃거린다.

"주간님께서 한번 살펴보시죠."

최 주간은 가만히 들고 보더니 중얼거리기 시작한다.

"첫 글자는 래 자인가, 올 래 자를 이렇게 쓰나⋯⋯. 그러고 보니 송 자인 것도 같은데? 미 자나 말 자는 아니고, 맞아, 송 자야. 두 번째 글자는 관 자 같기도 하고 궁 자 같기도 한데⋯⋯. 내 눈에는 궁 자에 가깝게 보이네. 세 번째 글자는 아래로 내리그은 획 끝에 올림 삐침이 있으니 간 자가 아니라 우 자인 게 확실하고, 그러면 어디 보자, 송궁우, 송궁우라는 글자가 되는군?"

"송궁우라면 사람 이름 아니겠어요?"

"허허, 그것까지야 어떻게 알겠어."

"송 씨 있잖아요, 송 씨!"

"맞아, 그러고 보니 송 자가 갓머리 밑에 나무 목 자이니 이 첫 글자는 송씨 성이라고 봐도 되겠네."

"됐어! 장 과장, 송궁우, 송궁우라는 사람이 누구예요?"

"죄송하지만 사장님, 들어본 기억이 없어요."

"잘 좀 생각해 봐요."

장 과장이 이모저모 생각한 끝에 난처해하자 보다 못한 최 주간이 강산 형을 향해 말한다.

"김 이사."

"예, 주간님."

"김 이사가 윤 사장과 함께 이 영수증을 발행한 병원에 좀 다녀오지."

"그러죠."

"아닙니다. 제가 사장님을 모시고 다녀오도록 하겠습니다."

"그럼 출발해요."

"지금요?"

"그래요, 지금."

모처럼 방에서 나오자 직원들의 눈길이 내게 쏠린다.

"다녀올 데가 있어서요. 장 과장님, 서둘러요."

"예, 사장님."

병원으로 향하는 도중에 조급증이 난다.

"차가 많이 밀리네요."

입을 다물고 있던 장 과장이 슬그머니 말문을 연다.

"죄송합니다, 사장님. 그때 좀 더 철저히 알아보는 건데 그러지 못해서요."

예전에 그가 했던 말이 떠오른다. 산화를 추적하는 데에는 비용과 시간이 더 필요하다는 암시의 말. 그런 말을 했다는 이유로 이제 와서 그를 나무랄 수는 없다. 그 당시 장 과장은 자신이 해야 할 최선을 다했을 것이고, 나로서는 더 이상 깊이 추적하는 데 드는 경비를 부담할 만한 사정이 아니었기에.

그러나 지금은 사정이 다르다. 사무실을 나가던 정호 형의 얼굴……. 산화의 정체를 반드시 밝혀내고야 말리라.

병원 원무과를 찾았다. 서두르는 나를 보던 장 과장은 빙긋 웃는다.

"사장님, 원래 산화를 추적하는 일은 제 일이었으니 제가 마무리를 했으면 합니다만."

차마 말리고 나설 수 없다. 그의 자존심이 묻어나는 말이기 때문이다.

"그렇게 해요. 그럼."

영수증을 건네준다.

"담배라도 한 대 피우고 오시죠."

"아니에요. 같이 가요."

장 과장은 원무과 여직원에게 아주 공손한 어투로 묻는다.

"이것 좀 봐 주세요. 수년 전에 이곳에 입원했던 사람의 병원비 납부 영수증인데 여기에 한 사람의 이름이 적혀 있어요. 이 이름을 가진 사람에 관해 좀 알 수 없을까요?"

"경찰이세요?"

"아닙니다."

"알아봐 달라는 분의 성함이 뭐죠?"

"송궁우 씨입니다."

장 과장은 입원비와 수술비, 진료비, 약값, 병실료, 식대 따위의 내역이 줄줄이 다섯 장이나 적힌 병원비 납부 영수증 철을 통째 내밀었지만 여직원은 거들떠보지도 않고 컴퓨터 자판을 두들긴다.

"송궁우 씨라고요?"

"예."

"그런 분은 우리 병원에 입원한 적이 없습니다."

"잠시만요. 정동훈 씨 보호자였을 텐데요?"

그녀는 다시 컴퓨터를 친다.

"정동훈 씨가 언제부터 언제까지 입원했죠?"

장 과장은 영수증을 보며 대답했다.

"2001년 4월 16일부터 2002년 1월 21일까지입니다."

"그분은 무연고로 나오네요. 보호자 기록이 없습니다."

"거참 이상하네. 어딘가에 분명히 이 이름이 기록되어 있을 텐데……. 다른 방법으로 좀 알아볼 수 없을까요?"

"병원 통합 전산 자료에 없으면 없는 거예요. 잘못 알고 오셨나보네요."

그녀가 일어나 다른 자리로 가려고 하자 내가 목소리를 높인다.

"거참. 사람이 왜 그렇게 퉁명스러워요. 아주 절실한 일로 찾아왔는데 좀 더 친절히 알아봐 주면 병원 이미지에도 좋잖아요."

"뭐라고요? 지금 제게 따지는 거예요?"

장 과장이 나를 데리고 물러난다.

"사장님 잠시만요. 혹시 사람 이름이 아닐 수도 있지 않겠어요?"

"아니에요. 저는 확신해요. 틀림없이 사람 이름이에요."

"없다는 데야 도리가 없지 않겠어요? 주간님이 잘못 읽었을 수도 있고 말이에요."

그때 문득 계시를 받은 것처럼 다시 원무과로 발길을 돌린다. 송궁우라는 성명 중에서 가운데 글자가 처음에는 관 자인가도 했던 최 주간의 말이 떠올라서이다.

"사장님!"

장 과장이 부르며 급히 따라온다. 원무과 창구에 들이치듯이 다가서며 소리친다.

"아가씨! 송궁우가 아니라 송관우, 송관우라고 한번 쳐 봐요!"

"제가 아저씨 종이에요?"

장 과장이 다시 나를 제치고 다가선다.

"죄송합니다. 우리 사장님이 급하게 찾는 분이라서. 부탁드립니
다."

"이산가족이라도 된다는 거예요?"

"예? 예에. 바로 그겁니다. 그러니……."

"잠깐만 기다려요. 처음부터 그렇게 말하면 될 걸 가지고"

"성함 다시 말해 봐요."

"송관우 씨요"

여직원은 컴퓨터 모니터를 보더니 읽어나간다.

"2001년 1월부터 2002년 3월까지 입원했던 김숙희 환자의 보호자
이시네요."

"그래요?"

"정동훈 씨의 보호자가 아니고요?"

"몇 번 말해야 알아듣겠어요? 아저씨들이 말하는 정동훈 씨는 무
연고자였다니까요"

"한데 송관우라는 성함이 왜 그의 병원비 납부 영수증에 적혀 있
지? 영문을 모르겠네."

힐긋 장 과장을 쳐다보던 아가씨가 다시 컴퓨터를 쳐 본다.

"정동훈 환자와 김숙희 환자는 한 병동 한 병실에 있었네요 정동
훈 환자에게 보호자가 없어서 그분이 대신 병원비를 냈을 수도 있어
요"

"그런 일이 더러 있나요?"

"그건 알 수 없죠. 하지만 환자들이나 보호자들이 병실에 오랫동안 섞여 있다 보면 별의별 일이 다 일어나요. 사기 사건은 예사이고."

나는 고개를 끄덕인다.

"정동훈이 아무런 연고가 없는 사람이었다면 말이야. 그 옆에 있던 환자의 보호자가 대신 돈을 내고 자신이 대납했음을 증명하듯이 이름을 적어둔 것일 수도 있겠지?"

"다른 사람의 병원비를요? 그것도 수백만 원이나 되는 큰돈을 그리 쉽게 납부해 줄 수 있었겠어요?"

"모르지. 사전에 무슨 약속이 있었는지."

우리 두 사람의 얘기를 듣고 있던 여직원은 두 손 두 발 다 들었다는 듯이 고개를 절레절레 흔들더니 어디론가 간다. 장 과장이 그녀를 불러 세운다.

"물어볼 게 좀 더 남았는데요?"

"잠시만 기다려요."

그녀가 들고 온 것은 정동훈의 사망진단서 사본이다. 그 서류의 보호자란에는 송관우라는 이름이 또렷이 적혀 있다. 얼핏 보아도 영수증에 적힌 것과 똑같은 필적이다. 망자와의 관계를 적는 난에는 '지인(知人)'이라고만 적혀 있다.

"송관우 씨 전화번호와 주소 좀 알려주세요."

"거기 다 적혀 있으니까 가져가세요."

"아, 예. 고맙습니다."

송관우. 마침내 정동훈과 가장 친밀하게 지냈음직한 사람을 찾아낸 것이다! 병원을 나오면서 사망진단서의 보호자 주소와 주민번호를 적는 난을 차례로 보다가 깜짝 놀라고 말았다.

"어? 안동이잖아?"

"그래요?"

"우선 사무실로 가요."

강산 형과 최 주간에게 서류를 보여준다. 최 주간은 의외라는 표정이고 강산 형은 말문을 열지 못하고 너털웃음을 터뜨린다.

"하하. 이런 기막힌 우연도 다 있나?"

최 주간이 그런 강산 형의 얼굴에 한 마디 던진다.

"신도 믿는데 우연을 못 믿어?"

"형, 가봐야겠죠?"

"후딱 다녀와. 길이 좋아져서 지금 출발해도 충분히 일을 볼 수 있을 거야."

"제가 두 분을 모시고 다녀오겠습니다."

"그렇게 하라고 세 사람은 4강전 열리기 전까지 이게 휴가야. 알겠지?"

"예, 주간님."

"만약에 이번에 가서 산화 못 잡으면 끝내는 거야!"

"그러죠. 송 노인 말고는 이제 더 알아볼 데도 없는 걸요, 뭐."

중부내륙고속도로를 타고 달린 차는 중간에 한 차례 쉬었음에도 세 시간 남짓 만에 도착한다. 안동에 들어서자 강산 형의 얼굴에 막역한 빛이 떠오른다.

"늘 오는 곳인데 말이야. 하하."

차는 35번 국도를 따라 와룡면을 거쳐 봉화 쪽으로 달린다. 안동호가 왼편으로 시원하게 펼쳐진 길을 달리다가 예안교를 건너자 삼거리가 나타났다. 차는 다시 오른쪽으로 꺾어 지방도로 달렸다. 송관우 노인의 집은 녹전면 면소재지에 얼마 미치지 않는 곳이다.

"나를 찾아왔다고?"

"예, 어르신."

"그래 무슨 일로?"

"혹 예전에 김숙희라는 분과 서울의 한 병원에 입원해 있었던 정동훈이라는 사람을 아시는지요?"

"정동훈? 정 씨? 알고말고. 내가 화장까지 해서 뿌려주었지. 한강가에 가서 말이야."

"어떤 인연으로 만나게 된 사람이었습니까?"

"그걸 묻는 댁들은 뉘오?"

"정동훈 씨의 유품을 찾고 있는 사람들입니다."

"유품? 그런 건 모르겠고……. 보자아, 정 씨하고는 병원에서 처음 만났지. 내 손녀가 병원에 입원한 지 얼마 되지 않아 그 옆 침대에 누웠지, 아마."

"김숙희 씨가 손녀라고요?"

"그게 뭐 잘못되었는가?"

"아…… 아뇨. 손녀가 서울까지 가서 입원할 정도였다면 크게 아팠겠군요?"

"손에 탈이 났었어. 정 씨는 그 병원에서 만났는데 바둑을 좀 두데. 해서 병원에서 그 사람과 가끔 바둑을 두었지."

"혹 산화라는 이름을 아시는지요?"

"산화? 몰라. 처음 듣는데?"

"정동훈 씨가 산화라는 이름을 입에 올린 적은 없었습니까?"

"그 사람은 제 얘긴 한 번도 한 적이 없었어. 죽을 때에도 내게 통장을 주면서 제 죽게 되면 병원비 치르고 화장해서 뿌려달라고 해서 그리해 준 것 뿐이야."

강산 형이 묻는다.

"어르신은 바둑을 얼마나 두십니까?"

"젊은이들도 바둑을 아는가?"

"조금요. 하하."

"급수도 없지. 요즘은 기력(氣力)이고 기력(棋力)이고 다 딸려서 한

5급이나 두려나 몰라. 그래 자네들은 얼마나 두는가?"

"저희야 뭐, 어르신 따라가려면 까마득한 수준이지요."

"허허, 그런가? 하여간 정 씨 그 사람 참 아까운 사람이야. 지금도 가끔 생각나긴 하는데…… . 저승 가면 만나서 다시 한판 둘 수 있겠지. 허허."

이런저런 얘기를 나누어 보았지만 송관우 노인을 산화로 여길만한 단서는 포착할 수 없다. 노인은 혼잣말처럼 말한다.

"기왕 예까지 왔으니 나랑 한판 두면 좋겠구만. 옛 사람과의 정을 생각해서라도 말일세."

나는 강산 형의 얼굴을 바라본다. 그 역시 어디에서건 바둑을 피하는 사람은 아니다. 노인이 이끄는 방으로 들어간다. 강산 형이 송 노인과 바둑을 두는 동안 나는 그의 방에 있는 컴퓨터를 살펴본다. 그러나 보안 버클은 달려있지 않다.

"이걸로 인터넷 바둑사이트에 들어가서 바둑을 두기도 하십니까?"

"그럼, 아주 좋은 소일거리지."

놀라운 일이다. 80연세에 21세기 최첨단 문명을 영위하고 있는 분이 아닌가.

"어디에 자주 들어가셔서 두십니까?"

"거 왜 심심마을이라고, 아주 사랑방 같은 사이트가 있는데, 자네들도 혹 아는가?"

웃는 낯으로 대답한다.

"예에, 들어본 적이 있습니다."

"한데 요즘은 대회인가 뭔가 연다고 온통 시장통이 되어 버렸어."

"곧 큰 사랑방으로 정비되겠지요."

"그럼그럼, 그래야지."

"손녀는 어디 갔습니까?"

"이 시간에 학교 안 가고 어딜 갔겠나?"

"아, 그렇군요. 올해 몇이나 되었습니까?"

"열두 살일세."

빈손으로 찾아온 데다가 그냥 나오기가 뭣해서 손녀 돌아오거든 과자나 사 주라고 몇 푼 놓고 나온다. 노인은 지팡이를 짚고 골목 어귀까지 따라 나와 배웅해 준다.

"들어가세요."

"잘 가게. 잘 가. 틈나는 대로 자주 놀러 오게. 내 자네라면 언제든 한 수 자알 가르쳐 줌세."

"그러겠습니다, 어르신."

강산 형은 송 노인과 바둑을 둘 적에 흑을 쥐고 두 점을 놓고 두고서도 30집이나 져 주었다. 장 과장이 묻는다.

"이사님은 바둑을 꽤 잘 두시는 줄 알았는데요?"

"나는 잘 못 둬요. 윤 사장이 잘 두지."

"하하, 장 과장. 고수와 두면서 자기 자신이 그 고수보다 더 강한 고수라는 티를 내지 않는 사람은 어떤 고수인지 알아요?"

"예에?"

"내기 고수라는 거예요."

"에이, 이 사람. 하하."

"출출한데 속 좀 채우고 가죠. 저기 마침 식당 하나 있네요."

"그러지."

안동에서 유명한 음식인 육회와 안동 소주를 시킨다.

"아주머니."

"예."

그녀는 얼굴 없는 대답을 한다. 양반 도시는 식당에서조차 뭐가 달라도 다르다.

"혹시 저쪽 골목길 안집을 잘 아세요? 농협 뒤편 골목길 말이에요."

대답은 아주머니 대신 방 안에서 나온다.

"숙희네 말이구만."

모습을 드러낸 목소리의 주인공은 아주머니의 남편으로 보인다. 술 한잔 건네자 그가 먼저 물어온다.

"그 댁 애기는 왜 묻소?"

"사람을 찾아왔는데 잘못 짚었습니다. 한데 집안 사정이 딱해 보이길래요."

"딱하다 뿐인가 어디."

그는 혀를 차며 불 냄새가 활활 나는 독한 술을 단숨에 털어 넣는다.

"그 어르신은 소싯적에 활 잘 쏘고, 노름 잘 하던 한량이었소 기생이야 옆구리에서 떨어질 날이 없었고 수십 년을 그러고 놀았으니 가세가 기우는 것은 당연지사, 노년에 들면서부터는 입에 풀칠하기도 바쁜 꼴이 되고 말았지."

내가 말허리를 잠깐 자르고 든다.

"노름이라면 어떤 걸 말씀하시는 건가요?"

"골패, 투전, 화투, 내기 바둑, 내기 장기……. 하여간 못하는 잡기가 없었지. 아마 우리나라 옛날 노름에 대해서 물으려면 그 댁 어르신을 찾아가봐야 할 거요"

"대단했겠군요"

"그러다가 자식년에게 먼저 저승밥 먹여 보내고는 저리 손녀만 데리고 남게 되었는데 그 손녀 숙희란 년이 어찌나 얄망스러운지……. 걸음을 떼고 나서부터 끼니때가 되면 한 손에는 술 주전자를 들고 또 다른 손에는 몇 푼 쥐고 할아버지 심부름으로 우리 집 막걸리를 받아 나르곤 했는데 어르신은 그 한두 사발로 주린 속을 달래고는 주무시곤 했소 어느 때부터는 술만 놓인 밥상머리에 앉아서 나는 밥 안 주나 하고 쳐다보는 숙희한테도 어르신이 옛다 이거나 한 사발 먹고 자거라 하며 한잔 주기 시작했는데 그 어리고 주린 속에 술을 가져다 부었으니 배고픈 것도 그만 잊어버리고 술기운에 이내 곯아떨어지곤 하지 않았겠소"

"저런."

"한데 심부름도 하루 이틀이지, 밥을 제때 못 얻어먹던 중에 밥때가 되었는데도 술이나 사오라고 시키면 술을 받아가던 길에 오늘은 굶겠구나 하는 생각도 들고 배도 고프고 해서 들고 가던 술주전자 주둥이를 입에다 대고 들이마시다가 취하는 바람에 그놈의 주전자를 길가에 내던지고 잠들기 일쑤였었지. 그럴 때마다 지나던 동네 아주머니들이 보기에 딱해 얼른 업어다 집에 데려다놓기가 수도 없었고 나중에는 우리 집 평상에 앉아계시던 어른들이 숙희가 지나치기라도 할라치면 '숙희, 이년아. 술 한잔 할래?' 하고 농담을 던지곤 하면 고 어린 것이 슬쩍 상을 넘겨다보고는 도리질을 하면서 '소주는 써서 안 먹어. 막걸리 남은 거 있으면 한잔 줘.' 그렇게 대꾸하곤 했소

그래도 짓궂은 어른들이 '막걸리가 없으니 소주라도 먹고 가'라고 하면 '싫어. 안주나 한 입 줘.' 하곤 했던 거요 그러면 어른들은 어린 것이 말하는 품새가 너무 신기해서 몇 입 먹여 보내곤 했었지."

"그때가 대체 몇 살이었던 거죠?"

"다섯 살 어린계집애였다면 믿겠소?"

"설마?"

"허허. 그러니 우리 면에서 명물 중의 명물이 된 거지. 사람들이 면장 이름은 몰라도 숙희 그년 이름은 다들 알고 있으니까. 아마 그 유명세 덕에 노인도 지금껏 끼니를 잇고 사는 건지도 모르지."

"웃지도 못할 일이로군요"

"숙희가 7살 때인가 8살 나던 해인가⋯⋯. 아무튼 그 겨울에 손에 무얼 감고 있는 것을 예사로 보았는데 나중에 알고 보니 동상에 걸려 썩어 들어가고 있었던 거요. 안동 큰 병원에서도 해결이 안 되니 대처에 가서 잘라야 한다고 해서 서울로 가게 되었소"

그때 한 여자아이가 식당으로 뛰어 들어온다. 단발머리를 찰랑이는 것이 해맑은 얼굴이다. 얼른 보니 의수를 한 듯한 오른손을 소매 속으로 감추고 있다.

'손이 없다?'

"다녀왔습니다."

"오냐."

아이는 방에 가방을 내려놓자마자 부엌으로 들어가더니 그 길로 모습을 감춘다. 이윽고 달그락거리는 소리가 난다.

"바로 저 아이가 숙희요 한동네 살면서 어릴 적부터 늦둥이를 본 것처럼 바라보고 살아왔는데 저년이 입에 풀칠하기가 벅찬 걸 알고 어찌 가만히 있을 수 있었겠소? 학교에 다니고부터는 가끔 식당에 데려와서 밥술이나 뜨게 했더니만, 지난해부터는 학교만 파하면 식당으로 곧장 달려와서는 손님이 북적이는 시간까지 설거지를 도맡아 하다가 저녁때를 넘겨서야 제 할아비 찬거리를 얻어들고 집으로 돌아가곤 한다오."

"그런 사연이 다 있었군요."

"한 손으로 하는 설거지일망정 그건 또 얼마나 야무지게 하는지……. 그나저나 어르신이 세상 버리고 나면 숙희가 어떻게 될지 그게 걱정이오."

숙희 학용품이나 사 주라며 술값 외에도 좀 넉넉히 내놓는다. 식당 주인은 공연한 말을 꺼내 폐를 끼치게 되었다며 민망해 한다.

차에 오르자 안동까지 찾아온 목적이 새삼 생각난다. 어렵사리 정동훈의 마지막 연고자 송관우 노인의 집까지 찾아왔지만 아무 소득도 얻지 못하고 만 셈이다.

"윤 사장은 정동훈이 그의 사망 전후로 컴퓨터를 누군가에게 물려주었다고 생각하고 있지?"

"예."

"어쩌면 그보다 더 오래전에 주었을지도 몰라. 입원하기 전일 수도 있고."

"그럴 수도 있겠네요."

"주간님도 말씀하셨고 하니, 이제 이쯤에서 그만 잊지."

"……."

"언젠가 나타날 거야."

"그래요. 언젠가……."

"온 김에 우리 마을에 들렀다가 올라갈까? 김산이 바둑돌을 주웠다는 오내에도 가보고?"

"여기서 멀어요?"

"가까워. 돌아가는 길에 있으니까."

강산 형의 고향 마을은 30여 년 전 안동댐 공사로 수몰되어 버렸고, 마을에 있던 문화재급 집채만 열 동 가량 오내 상류 쪽으로 옮겨놓아 새로이 마을 꼴을 갖추어 놓은 곳이다.

강산 형이 큰형님 댁에 들르자는 것을 올라갈 일이 바쁘다고 억지로 우겨 마을 앞을 흐르는 오내에만 가보기로 한다. 하룻밤 자지 않고는 일어서지 못할 것을 알고 있었기 때문이다. 강산 형도 그걸 아는지라 더 이상 권하지 않는다.

오내 바닥은 온통 모래뿐이다.

"댐이 생기고 난 뒤로 돌들도 다 쓸려가 버리고 말았어."

자세히 살펴보니 모래 속에 검은 것이 아주 드물게 눈에 띈다. 그중 하나를 주워든다.

"검은 조약돌들이 김산의 손때를 타 이렇게 반질반질한가 보죠?"

강산 형은 말라버린 댐 유역 쪽을 바라보며 힘없는 소리를 낸다.

"맞는 말이야. 없어진 고향도 사람도 다 냇물이 되고 조약돌이 되어 가슴 속을 적시고 있으니."

3.

'올 때가 되었는데?'

"조나연 씨, 무슨 일 있어요?"

"예에? 아…… 아니에요."

남 차장이 묻는 말에 조나연은 소스라치게 놀라며 반문하다가 남모르게 가슴을 쓸어내린다.

"시계를 하도 자주 보길래 하는 소리예요."

오후 4시를 막 넘어선 시각이다. 최 주간이 웃는 낯으로 묻는다.

"퇴근 후에 데이트 약속이라도 있는 거 아냐?"

"참, 주간님도."

그랬으면 오죽 좋으련만……. 조나연의 걱정은 조만간 사무실로 찾아올 사람에게 있다. 월급도 제대로 받지 못하고 위태위태하던 회사에서 몇 년 동안 고생고생하며 버텨왔는데 그게 하루아침에 물거품이 될 상황을 떠올리고 보니 기가 찰 노릇이다.

아침 출근 때의 일이었다. 오라비 조중준이 슬그머니 묻는 것이었다.

"나연아."

"예, 오빠."

"내가 오늘 너희 회사 사무실로 갈지도 몰라."

"오빠가 우리 회사에요? 무슨 일로요?"

"그런 일이 있어. 그러니 내가 가더라도 놀라지 말고 침착하게 행동해. 다른 사람들이 눈치 채면 안 되니까."

조나연은 나름대로 짐작하는 바가 있었다.

"혹시?"

"그래 그것 때문이야. 하지만 별일 없을 테니 걱정하지 마."

"사무실까지 찾아온다면서 어떻게 별일이 없을 거라는 말씀이에요?"

"내가 다 알아서 할게. 그러니 사장한테는 아무 말 말아. 알겠지?"

"알았어요. 약속 꼭 지켜야 해요."

"그러마."

차라리 찾아오지 않았으면 하는 바람이다. 사무실로 오지 않고도 오라비가 알아서 해결하는 것이 가장 낫지 않을까 하는 생각을 하는 찰나, 사무실 문을 두드리는 소리가 들린다. 문소영이 열어준다.

"어떻게 오셨어요?"

"경찰입니다."

그들은 문을 열어준 문소영이나 사무실 안쪽에 앉아있는 사람들이 놀랄 틈도 주지 않고 쏟아져 들어오듯 우르르 밀려든다. 마치 중죄인을 잡아가려고 들이닥친 기세이다. 신분증을 보이는 그들에게 최 주간은 점잖게 묻는다.

"무슨 일입니까?"

그 말에는 대답도 않고 그들은 사장부터 찾는다.

"지방 출장 중입니다."

"언제 돌아옵니까?"

"오늘 밤 늦게는 도착할 겁니다."

"하는 수 없군. 다름이 아니라, 이 회사가 불법 도박사이트를 운영한다는 혐의가 있습니다. 다들 컴퓨터에서 물러나 주시죠."

직원들은 그들이 시키는 대로 자리에서 일어나 한쪽으로 몰려가 선다.

"메인 컴퓨터가 어떤 겁니까?"

정규형이 나선다.

"저겁니다."

"프로그래머는 누구죠?"

역시 정규형이 대답한다.

"접니다."

"이쪽으로 와 보세요."

그들 중 한 사람이 켜져 있는 컴퓨터 앞에 앉는다. 그리고는 심심마을 홈페이지 오른쪽 위에 있는 'MR' 배너를 손으로 가리킨다. 일순간 정규형을 비롯한 직원들의 얼굴이 굳어진다.

"이거, 뭡니까?"

"……."

정규형은 침착하려고 애를 쓴다. 최 주간이 말한다.

"정규형 씨, 가르쳐 드려요."

그제야 정규형의 입이 열린다.

"직원들 회의하는 곳입니다."

"한번 들어가 보세요."

정규형이 클릭을 한다. 그리고는 관리자고유인증번호 13자리를 적어 넣고는 입력기를 친다. 화면이 하나 뜬다. 날짜별로 회의를 한 안건과 참석자 수 등이 적혀있는 도표이다.

"회의 내용으로 들어가 보세요."

"아무거나 마우스 커셔를 대고 왼쪽 버튼을 클릭하면 읽어볼 수 있습니다."

형사는 정규형을 힐끗 돌아보더니 그렇게 한다. 화면에 떠 있는 다른 아이콘들을 클릭해 보아도 별다른 것은 뜨지 않는다. 그는 다시 한 사람을 지목한다. 신은주이다.

"아가씨도 여기 와서 번호를 쳐 봐요."

컴퓨터에 다가간 신은주는 자신의 번호를 조심스럽게 쳐 넣는다. 결과는 정규형이 한 것과 똑같다. 그는 다시 홈페이지로 돌아가 여기 저기 쑤셔보더니 일어난다.

"별것 없는데?"

"이상하네."

"뭐가 이상해?"

"아…… 아닙니다."

동행한 김 형사는 직감적으로 팀장에게서 여느 때와는 다른 분위기를 감지한다. 수사 때마다 파헤쳐 들어가기론 둘째가라면 서러워할 정도의 집요함을 가진 그의 되물음이 이해가 되지 않는다.

"자, 그만 돌아가지."

그러고 보니 수사에 착수해 처음 '살인대국'이라 불린 주인공인 성위환 씨의 집에 갔을 때부터 그다지 적극적이지 않았다. 그렇다고 왜 그런 수사 태도를 보이는지 대놓고 물을 수는 없는 일이다.

나가려는 그들을 최 주간이 붙든다.

"우리 회사가 불법 도박사이트를 운영하고 있다는 혐의는 어떤 연유로 얻게 된 겁니까?"

"제보가 있었습니다."

"어떤 사람의 제보죠?"

"그건 아직 수사가 진행 중이라 말씀드릴 수 없습니다. 그럼 이만."

그들이 돌아가고 난 뒤에 사무실은 한동안 정적에 휩싸인다. 정규형이 주먹으로 책상을 내리친다.

"틀림없이 전에 퇴출당했던 놈들일 게야."

최 주간이 정규형에게 묻는다.

"이정호가 없어도 자네 혼자 사이트를 폐쇄할 수 있어?"

"그거야 어렵지 않지만 사장님이 결정하셔야 그렇게 하지요."

"안동 간 사람들은 전화도 없었나?"

"예, 아직."

"언제 올라올 수 있는지 연락 한번 해봐."

"그러죠."

조 팀장 일행이 돌아가자 조나연 씨는 안도를 한다. 그러나 그것으로 수사가 종결될 것이라는 예감은 들지 않는다. 같이 온 형사들 중한 사람의 눈빛이 예사롭지 않았기 때문이다.

'아무래도 안 되겠어. 집에 가면 앞으로 어떻게 할 건지 자세히 물어봐야겠어.'

조 형사가 사무실로 돌아오자 한 직원이 싱글벙글 웃는 낯이다. 그간 성위환의 컴퓨터에 부착되어 있던 뭉치와 씨름을 해 온 오 형사이다.

"뭣 좀 알아냈어?"

"드디어 풀었습니다."

"풀다니?"

그는 들고 있던 조그만 반도체 칩을 보인다.

"암호 체계가 들어있는 일종의 블랙박스라고 보시면 됩니다. 해독을 해 보았더니 전에 말씀드린 대로 도사급 수준의 실력을 가진 자가 만든 것이었습니다."

"자세히 설명해 봐. 어이, 다들 이리 모여 봐."

직원들이 모여들자 그는 더욱더 신이 난 듯 목소리를 높인다.

"그 비밀 사이트에 들어가려면 숫자와 영문자, 그것도 대문자를 섞어서 모두 13자리의 암호를 입력해야 합니다. 그중에서 두 번째, 세 번째, 일곱 번째, 열한 번째, 열세 번째 자리의 암호가 이 뭉치 속에 미리 내장되어 있는 것과 일치해야 하고, 첫 번째, 다섯 번째, 아홉 번째, 열 번째 자리는 메인컴퓨터의 암호와 일치해야만 비로소 접속이 가능합니다."

"그렇게 복잡해?"

"그러니 이걸 푸는 데 시일이 다소 오래 걸린 거죠."

"어느 회사 거야?"

"심심마을과 링크되어 있는 사이트입니다. 명칭은 블랙 스퀘어즈입니다."

"심심마을? 방금 갔다 온 곳 아냐?"

김 형사가 조 팀장의 말을 받는다.

"그렇습니다."

또 다른 직원이 말을 잇는다.

"요즘 국내외 바둑계 전체를 흔들어 놓은 인터대전이라는 대회를 개최 중인 곳이기도 합니다."

"그 불법 도박사이트의 운영 구조를 살펴보겠습니다. 회원 가입은 점조직으로 이루어지고요. 맨 처음 가입 때 회원은 '인터넷한국환경보호협회', 약자로 '이카파(IKAPA)'로 불리는 단체의 계좌로 기부금을 내게 됩니다. 물론 이 단체는 사이버 상으로만 존재하는 유령 단체입니다.

이 이카파에 프로그램을 대여하고 또 사이트를 관리 운영해 주는 회사가 심심마을인데, 심심마을은 이카파로부터 프로그램 대여금과 사이트 관리운영비를 받아냅니다."

"결국 회원들이 낸 도박 자금은 그렇게 세탁되어 심심마을로 흘러들어가게 되어 있군."

"그렇습니다. 그것도 기부금으로 내는 것이라 회원들은 세금 공제까지 받을 수 있게 되는 거죠."

"그 뭉치만 풀어낸 줄 알았더니 수사를 혼자 다 해 버렸네?"

"하하. 이것 풀어내기가 어려웠지 이것을 바탕으로 역추적해 들어가기란 그리 어렵지 않았습니다."

"어떻게 할까요? 당장 영장 발부 받아 검거해 버리죠?"

"으음."

김 형사의 말에 조 팀장이 망설이자 오 형사가 조심스럽게 입을 뗀다.

"지금 국내외 적지 않은 시선들이 심심마을에 집중되어 있습니다. 조만간 기업공개를 한다는 소문도 나돌고 있고요. 그리고 인터대전의 마지막 대국들이 남아 있어서 입국하는 외국 바둑팬들도 많다고 합니다. 이런 때에 불법 도박사이트를 운영한 책임을 물어 사장 이하 직원들을 검거한다면 나라 망신일뿐더러 주변국에서 우리 인터넷 환경을 어떻게 보겠습니까?"

"그래서 어쩌자는 거야?"

"제 의견을 말씀드린다면, 정상참작이 아니라 대의적인 관점에서 최소한 결승전이 끝나고 대회가 마무리 된 다음에 들이치는 것이 국익을 위해서도 좋을 듯합니다."

"제 생각도 같습니다. 기업공개니 하는 건 다른 핑계를 대면 될 것이니, 이번 수사는 비밀리에 진행하는 것이 좋겠습니다."

"김 형사 생각은 어때?"

"팀장님은요?"

"나야…… 자네들 의견의 대세를 따르겠어."

"그렇다면 저도 하는 수 없군요. 검거는 결승전 이후로 미루죠. 다만 사장과 직원들의 신병은 늘 확보해 둬야겠지요."

조 팀장이 집으로 돌아오자 조나연이 맞이한다. 그는 힘없는 목소리로 여동생한테 수사 진척 상황을 설명한다.

"이제는 하는 수 없어."

"오빠도 거기 들어가서 바둑도 두고 베팅도 하지 않았어요?"

"휴우, 그랬지."

"그러면 우리 사장님은 어떻게 되는 거예요?"

"구속이지. 직원들이야 잘 하면 입건되는 수준에서 그치겠지만. 참, 다만 그 사이트의 프로그램을 만든 프로그래머 한 사람 정도는 중벌을 면치 못할 거야. 워낙 교묘한 체계라서 말이야."

"오빠는 어떻게 돼요?"

"나? 나야 차명을 써서 가입한 회원이니 별일 있겠냐마는……."

"제발 우리 사장님을 다치지 않게 해 주실 수 없어요?"

"어려운 일이야."

"그렇다면 지금이라도 사장님께 알려드려서 어디 멀리 피신하라고 할까 봐요."

"뭐라고? 그건 절대로 안 돼!"

마지막 베팅

1.

"송관우 노인은 산화가 아니었어요. 손녀와 같이 사는 집까지 가서 컴퓨터를 확인해 보았는데 보안 버클은 없더군요."

"괜한 걸음을 했군."

"알고 보니, 80연세에 우리 심심마을에 들어와 가끔 바둑을 두기도 하는 노익장을 지니고 있는 어른이었어요."

"그 연세에?"

"저희도 무척 놀랐어요."

"기력은 어느 정도나 되는지 여쭈어 봤어?"

"당신 말씀으론 5급 실력이라고 하는데, 한판 두어 보았더니 예삿 바둑이 아닌 것처럼 느껴졌어요. 뭐라고 꼭 집어 말씀드릴 수는 없지만."

"그래?"

"아마도 소싯적 한 시절에는 내기바둑꾼이었던 것 같았어요. 한때 안동 제일의 내기바둑꾼에 관한 얘기를 들은 적이 있는데 바로 그 인물이 아닌가 의심되기도 했고요."

최 주간은 그쯤에서 고개를 돌려 나를 본다.

"자자, 이제 그만큼 찾아보았으니 산화니 하는 일은 그만 잊자고. 알겠지, 윤 사장?"

"그…… 그러죠."

"자네들한테 전해줄 게 기쁜 소식 하나, 걱정거리 하나, 이렇게 두 가지가 있는데 어느 것부터 들려줄까?"

"기왕이면 걱정거리부터 듣고 기쁜 소식을 듣는 게 낫죠."

"아뇨. 기쁜 소식부터 들려주세요. 걱정거리야 듣는 대로 잊어버리면 그만일 테니."

기쁜 소식이 아니라 대단한 소식이다. 최 주간이 인터대전에 관한 국내외 반향을 앞세워 주무부처에 힘을 좀 썼는데, 대회의 결승전 베팅은 종전에 규정했던 일인당 100만 이내라는 한도를 없애고 베팅액 제한이 없도록 일시 허락을 얻어낸 것이다.

"걱정거리는 뭐죠?"

"자네들이 안동에 가 있는 동안 사이버범죄수사대의 형사들이 사무실로 찾아왔었어."

"형사들이요?"

"불법 도박사이트에 관한 제보에 근거해 수사를 하고 있는 중이라고 하더군."

"예에?"

"MR 배너까지 들어가 관리자고유인증번호를 쳐 보라고 한 걸로 보면 그 이상 알고 있는 게 분명해."

"알면서 왜 단번에 까뒤집지 않는 거죠?"

"국내외에 미치는 여파 때문이지. 대책 없이 까발렸다간 국가 이미지가 크게 훼손될 게 뻔하지 않아?"

"그렇군요. 이미 주주모집 공고가 나가지 않았습니까? 심심마을이 바둑계뿐만 아니라 일반인들에게까지 알려져 있는데다가 외국인 투자자들도 인터넷 바둑사이트의 운영과 사이버 대회 개최의 노하우, 그리고 베팅 방식을 도입한 것에 비상한 관심을 보이고 있는 마당이니 함부로 건드릴 수는 없었겠지요."

"그래서 하는 말이지만, 그들이 그냥 돌아간 것은 은근히 그 사이트를 정리하라는 압박인 것 같아."

"으음."

나는 짧은 신음을 내뱉는다. 베팅맨 시골사람의 말이 단순한 소문만은 아님이 증명된 셈이다.

"블랙 스퀘어즈의 정리가 시급해."

"베팅맨들의 반발을 고려할 여유가 없게 되었네요."

"자칫 잘못하면 기업공개니, 벤처기업으로 코스닥 상장이니 하는 꿈이 다 물거품이 될 우려가 있어."

"알겠습니다. 베팅맨들의 반발을 무마시킬만한 복안을 마련해 두었으니 큰 분란을 일으키지는 않을 겁니다."

"언제 폐쇄할 거야?"

"결승전이 종료되기 전까지는 없애야지요."

"늦지 않도록 하라고."

"예."

공지 사항

12월 17일은 여러분께서 기다리던 인터대전의 결승전이 열리는 날입니다. 그 이틀 뒤에는 시상식과 더불어 저희 심심마을이 기업공개를 하는 날이기도 합니다.

이에 블랙 스퀘어즈는 더 이상 존치될 수 없는 상황에 이르렀음은 여러분께서도 이미 간파하고 계셨으리라 믿습니다. 블랙 스퀘어즈 회원 여러분의 잔고는 결승전 전날에 모두 계좌 이체해 드리겠습니다.

만약 4강전에 베팅을 하고자 하시는 분들은 그 전까지 잔고의 전체 또는 일부를 심심마을로 옮겨 베팅 칩으로 교환해 주시기를 부탁드립니다.

결승전이 끝나면 베팅 배당금 지급 뒤, 특별히 블랙 스퀘어즈 회원 여러분께는 따로 회사 발전 공로금을 지급하도록 하겠습니다. 원하시는 분들께는 공로금을 주식으로 전환해 드리겠습니다. 전환 신청은 오늘부터 결승전 전날까지로 받겠습니다.

또 이번 대회에 사용하신 특별 베팅 칩은 결승 대국 시상식과 더불어 자동으로 현금으로 교환되어 여러분의 계좌로 이체될 것입니다.

이제 그동안 여러분께서 사랑해 주셨던 블랙 스퀘어즈는 얼마 뒤에 영구 폐쇄되어 영원히 들어오실 수 없게 됩니다. 그런 아쉬움을 뒤로 하고, 내년부터는 대회가 연중 개최되는 심심마을에서 뵙도록 하겠습니다.

그동안 저희 블랙 스퀘어즈를 사랑해 주셔서 감사합니다.

[조금만져줘-3급] 경찰 수사가 사실인가?

[오빠만져줘-15급] 아닐 거예요

[시리우스-18급] 아니긴요, 맞아요 기업 공개 하기로 한 마당에

[시리우스-18급] 불법 사이트가 있으면 되나요, 어디?

[바둑부인-7급] 그건 그렇군.

[비상금-13급] 그나저나 사이트를 폐쇄한다니 너무 서운하군.

[흰늑대-9급] 다 대의를 위해 희생해야 하는 거죠

[보우하사-16급] 흰늑대님이 희생은 무슨? 나처럼 잃지는 않았잖아요?

[흰늑대-9급] 그건 그래요. ㅎㅎ 죄송.

[흰늑대-9급] 그렇지만 너무 섭섭해 하지 마세요. 공로금을 준다잖아요.

[보우하사-16급] 그게 몇 푼이나 된다고……

[시리우스-18급] 관리자님.

[관리자11] 예.

[시리우스-18급] 공로금은 얼마나 준다는 거죠?

[관리자11] 총베팅액 대비 0.5%를 나누어 드리게 됩니다.

[흰늑대-9급] 남은 잔고를 다 이체해서 결승대국에 몽땅 걸어버릴까 보다.

[초대손님-8급] 저는 주식 신청이나 하겠어요.

[보우하사-16급] 님은 주식을 잘 아시나요?

[초대손님-8급] 아뇨, 증권회사 다니는 친구의 말이

[초대손님-8급] 심심마을은 장차 대박 터질 거라고 하더군요.

우려하던 반발은 그다지 나오지 않는다. 다행스러운 일이다. 웬일인지 시골사람이 보이지 않는다. ID를 검색해 보니 탈퇴한 뒤다. 잔고도 거의 남아 있지 않다.

"대체 어디서 경찰 수사니 하는 소리를 듣고 알려준 거지?"

사이버상의 익명이란 풀기 난해한 수수께끼와도 같은가 보다. 풀고 나면 지극히 단순한 원리나 논리가 관념이라는 포장으로 싸여 있는 수수께끼처럼, 단 한 번만 만나보면 모든 의문이 해결되는 속성을 지니고 있지만 그전까지는 종잡을 수 없으니 말이다.

4강전.

승리에 입맞춤하는 영광은 칠광미시야 9단과 무적키드 9단에게 돌아간다. 아쉽게도 패하고 만 두 기사 오버더톱 9단과 송도4유 9단은 결승전이 열리기 2시간 앞서 3, 4위전을 치르게 된다.

3, 4위전은 결승전에 앞선 오픈 게임적인 성격이 강하지만 그 대국 역시 결승전에 못지않은 팬들을 끌어들일 게 틀림없다. 하루 종일 두는 바둑이 아니라, 결승전 직전에 열리는 30분짜리 속기를 누가 지겹다고 하랴.

12월 17일, 토요일.

3, 4위전과 결승전이 차례로 열리는 날, 아침부터 사이트 접속자 수가 폭주하더니 정오를 넘기자 8만 명에 이른다. 이윽고 3, 4위전이 임박한 오후 2시에는 14만 명, 결승전이 시작되는 4시 직전에는 동시 접속자 수가 무려 47만 명에 육박한다.

누군가 채팅창에 외친다.

[조금만져줘-11급] 기네스 기록감이닷!

[오빠만져줘-15급] 한 사이트 동시 접속자 수로 말씀이죠?

[황금방앗간-4단] 확인해 보아야겠네요.

[조금만져줘-11급] 혹시 주최 측에서 지나치게 부풀린 집계는 아닐까요?

[오빠만져줘-15급] 그럴 리가 있겠어요?

[황금방앗간-4단] 우리나라만 해도 바둑 인구를 1천만으로 추산하고 있잖아요.

[오빠만져줘-15급] 그렇게 보면 오히려 적게 접속했다고 해도 과언이 아니죠.

[조금만져줘-11급] 하긴, 네티즌 1천만에 바둑동호인 1천만!

[조금만져줘-11급] 인터넷 바둑사이트엔 못 되어도

[조금만져줘-11급] 1, 2백만 회원은 되어야 체면이 서겠는데요?

오후 4시 정각.

결승전을 알리는 조나연 씨의 음성이 들린다. 접속자들이 대국방으로 속속 들어가는 것이 눈에 보이는 듯하다. 관전자를 알리는 숫자가 점차 높아지는 것을 보니 마치 긴 인파의 행렬이 지상 최대의 건물로 입장하고 있는 것만 같다.

"아!"

하는 소리밖에는 나오지 않는다. 지구촌 각지에서 인터넷을 통해 우리 사이트에 접속해 있다가 인터대전 결승 대국장에 입장한 사람들이 무려 40만 명을 넘어섰다. 대국 중에 베팅만 하고 나가는 사람도 있겠지만 그와는 반대로 뒤늦게라도 입장하는 사람들이 더 많았던 전례를 보면 50만 명에도 이를 수 있을 것만 같다.

"……."

사무실 직원들은 어느 누구도 입을 떼지 않는다. 각자 업무 분담을 하여 행여나 사이트가 다운되거나 하는 불상사가 일어나지 않도록 촉각을 곤두세우고 있다.

"규형이는 이제 블랙 스퀘어즈를 흔적도 없이 깨끗이 지우는 작업에 돌입하지."

"예."

"얼마나 걸릴 것 같아?"

"3, 4시간요. 이럴 때 정호 형만 있었어도 30분 안에 끝낼 수 있을 텐데……."

불현듯 떠나간 정호 형이 떠오른다. 어디선가 사이트를 지켜보고 있겠지.

"100만 명요?"

"그것도 적게 잡은 건지 몰라."

"에이, 형도 참. 농담을 해도."

"하여간 그렇게 해 둘게."

"그건 알아서 하세요."

대회를 준비하며 프로그램 버전을 높일 때, 사이트에는 동시 접속자 수 300만 명, 결선 이상의 대국이 열리는 특별 대국방에는 채팅창과 해설창을 별도로, 그리고 한 대국방당 동시 관전자 수가 100만 명까지 가능하도록 해 두겠다는 말을 농담으로 흘려들었지만 그게 바로 현실이 되었음을 목격하고 있는 순간이다. 아, 형……

"윤 사장!"

"예? 예에. 주간님."

"무슨 생각을 하고 있어, 넋 나간 사람처럼?"

"그냥요."

"산화가 거액을 걸었네."

"얼마나요?"

"2억 4962만이야."

"정말이에요?"

과연 그랬다. 앞서 산화가 블랙 스퀘어즈에 있는 잔고를 전액 인터대전의 특별 베팅 칩으로 교환해 달라기에 설마 했더니 아니나 다를까 결승 대국에 올인을 한 것이다. 참으로 그다운 베팅이다. 존경심마저 인다.

50여 만 명이나 되는 관전자를 일일이 확인하기란 불가능해서 검색 창에다가 그를 쳐 보았더니,

산화님은 회원이 아닙니다.

"이게 무슨 소리야?"

다시 쳐 봐도 똑같은 창이 뜬다.

"주간님, 산화가 로그아웃을 한 것이 아니라 아예 회원 탈퇴를 해 버렸네요. 2억 5천만에 이르는 거액을 베팅해 놓고."

"그래? 그렇다면 자진 탈퇴를 했다는 말인데? 그 경우에 잔고 처리는 어떻게 하지?"

"아무 통보 없이 블랙 스퀘어즈에서 자발적으로 탈퇴한 회원은 한 달간 그 잔고를 유지시켜 주죠. 그런 뒤에도 아무 연락이 없으면 1%의 탈퇴 수수료를 제외한 잔고 전액을 가입 때 지정해 주었던 계좌로 이체 시켜준 뒤에 해당 ID를 폐쇄하고 고유인증번호를 삭제하기로 규정되어 있습니다."

"그렇다면 베팅이 성공한 뒤에라도 배당금 지급에는 아무 문제가 없군?"

"그런 셈이죠."

"역시 범상치 않은 고수 냄새가 물씬 풍기네, 거 참."

"탈퇴한 이유가 뭘까 몹시 궁금하네요."

"신상에 무슨 일이 있나……."

칠광미시야 9단과 무적키드 9단의 착점은 결승전답게 신중하기 그지없다. 흑 칠광미시야 9단이 첫 수를 놓은 뒤, 5분이 지나도록 무적키드 9단은 착점을 하지 않고 있다. 채팅창에는 해설이 없다고 난리도 아니다.

"그러고 보니 강산 형이 안 보이네요?"

"급히 지방으로 출장갈 일이 있어 간다고 하더군."

"오늘 같은 날 지방으로? 지방 어디로요?"

"그건 말을 안 하데."

전화를 걸어 보았지만 휴대폰은 꺼져 있다.

"이럴 때 출장을 갈만큼 긴요한 일이라도 있었나?"

"하는 수 없이 윤 사장이 하회탈로 들어와야겠네. 이 떠버리와 조를 맞추어야지."

"그러죠"

"어서 오세요"

"김강산입니다."

"이렇게 뵙는 건 처음이군요. 권영홍이라고 합니다."

"전국 각지에 있는 신문사 객원기자들 중에서 활약이 가장 대단하시던데요?"

"뭘요. 하하."

"알아봐 달라고 한 건 어떻게 됐어요?"

"아, 그거요. 꽃실이라는 이름을 가졌던 사람은 안동 관내에서도 한 사람밖에 없더군요. 가시죠."

"어디에 살았던 사람이죠?"

"녹전면입니다."

김강산은 그와 함께 차를 몰아 면소재지로 향한다. 윤세준, 장희수와 함께 산화의 실체를 밝히러 송관우 노인을 만나러 갔던 곳이다.

김산의 꿈을 꾸고 난 오늘 아침, 자리에서 일어나자마자 문득 안동의 한 식당에서 보았던 어린 계집아이의 얼굴이 떠올랐고, 바로 그 얼굴에서 김산의 그림자가 어른거렸던 까닭은 무엇인가.

김숙희. 한쪽 손이 없는 아이. 그래서 의수를 하고 있는 아이……

도저히 참을 수 없었다. 만나야 했다. 서울에서 최 주간에게만 귀띔을 해 놓고 떠난 것은 아무리 생각해도 잘한 일이었다. 전화기도 꺼 놓았다. 큰일을 앞둔 윤세준에게 이런 일로 신경 쓰이게 하고 싶지 않아서이다.

떠나기에 앞서 미리 안동에 주재하고 있는 객원기자에게 한 가지 요청을 해 두었었다.

김산의 애인이라는 송꽃실이라는 처녀. 언젠가 최 주간이 말했던 그 이름이 하필 다시 서울로 올라가서야 문득 떠오른 것인지. 어쩌면 다행한 일이었는지도 모른다. 윤세준이 그 이름을 기억하고 있었더라면 며칠을 헤매고 다닐 것은 뻔한 일이다. 인터대전의 마지막 결승전 준비도, 기업공개의 큰일도 뒷전으로 미룬 채.

"생각보다는 젊으시네요."

"제가요?"

"예."

"하하. 50년이 넘은 바둑판 같은 얼굴인데요 뭐."

"말씀도 바둑에 빗대어 하시는군요."

김강산은 부정하고 싶지 않다. 살아온 날 대부분을 바둑과 함께 보내지 않았던가. 새삼 다른 길로 가고 싶지도 않다. 주위에 있는 숱한 사람들이 겉과 속으로 질타하기도 하고 손가락질도 했지만 오직 이 길에 있어야만 살아있는 것 같은 느낌.

"바둑도 중독이죠?"

"중독이 아닌 취미나 오락도 있나요?"

"그렇군요."

10여 년 전에 아이를 낳다가 죽은 꽃실이라는 처녀가 아무래도 송 노인과 관계가 있을 것만 같은 예감이 줄곧 머리를 떠나지 않는다. 공교롭게도 그의 성도 송씨가 아닌가. 그리고 김산의 어릴 적 모습과 어딘지 모르게 닮아있는 여자아이, 김숙희. 정황은 그 정도만으로도 충분하다고 믿는다.

"다 왔습니다."

김강산은 차를 세우고 낯익은 식당으로 들어선다. 주인아주머니가 반긴다.

"어? 지난번에 오셨던 서울손님이시네?"

"고맙습니다. 알아봐 주셔서."

"한데, 아주머니. 혹시 옛날에 이 마을에 살았던 송꽃실이라는 처녀를 아세요?"

"송꽃실? 아, 꽃실이. 알다마다요."

"그 처녀 부친의 함자가 혹시 관 자 우 자 아닙니까?"

"맞아요! 그 어르신입니다. 그런데 서울손님이 그걸 어떻게 다 아세요?"

그러면 그렇지. 김강산은 고개를 끄덕인다. 아주머니가 다가온다.

"꽃실이를 아는 서울손님은 대체 누구세요?"

"김산이라는 청년의 친구입니다. 죽었죠 그 친구도"

김강산이 일부러 아무렇지도 않은 듯 내뱉자 아주머니가 한걸음 물러나서 놀라운 표정을 짓는다.

"아이구머니나, 세상에!"

김강산은 자신이 짐작하는 바를 사실인 양 계속 늘어놓는다.

"꽃실이와 김산이가 애인 사이였지요 한데 그렇게 죽어버릴 줄이야……. 그 뒤에 꽃실이가……. 마을 사람들의 평판이 아주 안 좋았겠죠? 그렇죠?"

"아이고, 말도 마세요. 꽃실이가 어떤 놈의 자식을 낳았다는 소문이 퍼지자 저 어르신이 죽으려는 걸 동네사람들이 겨우 말렸어요. 그때는 꽃실이가 입을 다물고 있어서 임신을 시킨 사내가 누군지 몰랐었는데, 산독으로 죽고 난 뒤 유품을 뒤지자 서로 편지질을 한 게 나와서 알게 되었지요."

김강산은 귀를 기울인 채 묵묵히 듣고 있다.

"알고 보았더니 부모와 함께 서울로 이사를 가다가 새재에서 버스가 굴러버리는 바람에 비명횡사한 오내 총각이더라고요."

"그 오내 총각 이름이 틀림없이 김산이라고들 했습니까?"

"왜 안 했겠어요? 다들 동네 망신이라고 쉬쉬해서 그만 덮어두게 된……."

아주머니가 말을 끝까지 잇지 못하고 황급히 부엌 쪽으로 몸을 감춘다. 문을 여는 소리가 난 것은 바로 그 뒤, 들어서는 사람은 다름 아닌 송관우 노인이다. 김강산은 일어나 선절로 맞이한 다음 자리에 앉기를 기다려 절을 올린다.

"이렇게 금방 또 내려올 줄 몰랐는데? 허허."

"술 한잔 하셔야지요?"

"그래야지. 한데 내 여기 올 줄 알고 있었는가?"

"아닙니다. 어르신을 뵈러 가는 길에 육회나 좀 장만해 가지고 갈까 해서 들렀다가……."

송 노인은 손을 휘휘 내젓는다.

"내 집에 올 때에는 빈손으로 오게. 그런 건 원치 않으이."

송 노인은 아주머니에게 막걸리를 청한다. 저녁을 들기엔 다소 이른 시간이긴 한데 느긋이 앉아 들이키며 그걸로 끼니를 때우려는 심산인가. 김강산은 밥을 권하지 못하고 그 대신 안주를 푸짐히 시킨다. 그지없이 행복해하며 맛나게 막걸리를 마시는 모습을 본 김강산은 술 사발을 입에도 대지 못하고 감탄만 연발한다.

"아아!"

세상 그 어떤 것에도 심신을 다해 몰두하지 못하는 사람에 비해 무엇이든 몰두할 거리가 있다는 건 그 자체만으로 얼마나 무한한 행복인가. 노인이 비록 술 중독자로 여겨진다고 해도 김강산의 눈에는 그렇지 않다. 그는 행복 중독자이다. 다만 자기 세계에서만의 행복이기에 그 행복을 이웃에게 나누어 줄 수 없음이 슬픈 일이라면 슬픈 일일 뿐이다.

행복도 알고 보면 중독의 일종이 아닌가. 사랑하는 사람에 대한 중독, 좋아하는 일에 대한 중독, 즐겨하는 놀이에 대한 중독, 입에 맞는 음식에 대한 중독……. 적어도 송 노인은 바둑이라는 소일거리와 술이라는 음식에 대한 행복한 중독에 빠져 있다.

그로 인해 이러한 노년이 다른 노년에 비해 얼마나 활기차 보이는가. 세상에 나서 쓸 만큼 써 보았고, 겪을 만큼 겪어 본 연륜이 늘그

막에 추해 보이지 않는 것은 바로 그것 때문일 것이다.

남들은 중독이니 뭐니 하며 뒷덜미에 대고 손가락질을 해도 오직 나만은 내 안에서 은밀히 즐기는 행복, 바로 그것!

"허어, 술맛 거 참 좋다. 자네들도 한 사발씩 하지 않고 뭐하는가?"

"예, 들고 있습니다."

"술을 못 배웠는가?"

"아닙니다."

김강산과 권영홍은 사발을 든다. 분위기가 어느 정도 무르익었다는 생각을 한 김강산은 슬그머니 운을 뗀다.

"자제 분께서는 객지에 계시나보군요?"

입에 대었던 사발을 잠시 멈춘 송 노인은 다시 목젖을 꿀꺽이며 부어넣는다. 사발을 내려놓자 비로소 말이 나온다.

"객지는 무슨. 있는 딸년 하나 앞서 보내고 말았지."

"저런, 죄송합니다. 공연한 말을 꺼내서."

"괜찮아."

"그럼, 데리고 있는 손녀는 친손녀가 아니라 외손녀겠군요?"

"그런 셈이지."

"사위는 어떤 분이시죠?"

"사위인지 오위인지……. 딸년보다 먼저 가버렸지."

"어떻게 그런 일이?"

"세상이 다 그런 거야."

"말씀 나온 김에 따님과 사위되는 사람의 애기를 좀 들을 수 없겠습니까?"

"자네가 왜?"

김강산이 우물쭈물하자 멀리서 아주머니가 고개는 들지 못한 채 말한다.

"그 서울손님이 옛날 오내 총각의 친구랍디다."

송 노인의 눈이 커진다.

"뭣이?"

"죄송합니다. 저도 실은 지난번에 뵈었을 적에는 어르신께서 김산 그 친구의 빙장어른 되시는 줄 몰랐었습니다."

"크음."

송 노인은 기침인 듯 신음인 듯 내뱉고는 다리를 더욱 죄어 꼬며 고쳐 앉는다. 그리고는 먼 천장만 올려다보기만 한다. 긴 침묵이다. 한순간 눈길을 천천히 내리고는 한쪽 구석에 있는 바둑돌과 바둑통을 바라본다.

김강산은 얼른 일어나 그것들을 들고 온다.

"어르신 한판 두시죠. 한 수 배우겠습니다."

그제야 송 노인의 입이 열린다.

"자네, 1급 수준이지?"

"어르신도 그렇던데요?"

"허허. 우리 둘 다 같은 종이었구면."

"이번엔 진검 승부입니다?"

"예끼, 진검 승부라는 말은 왜놈들 말이야."

"그럼 뭐라고 하죠?"

"상투걸이라고 하지. 사내가 제 가진 명예를 다 건다는 뜻이네."

"좋습니다. 가만, 그냥 두기엔 재미가 없으니 내기를 하죠."

"내기? 거 좋지. 한데 뭘 걸 텐가?"

"제가 이기면 따님과 사위의 얘기를 해 주십시오. 송꽃실이라는 따님과 김산이라는 사위에 관한 얘기를 하나도 빠짐없이 말입니다."

"자네가 지면?"

"사위였던 김산의 일대기를 묶은 이 책을 드리겠습니다."

김강산은 책을 내놓는다. 송 노인은 눈썹 한 올도 놀라는 기색이 없다.

"나도 심심마을의 회원일세. 인터대전이 무엇 때문에 열린 줄은 잘 알고 있지. 그리고 그 책 내용은 사이트에서 다 읽었네. 그래서 그건 걸 수 없네."

"그러면 저는 뭘 걸까요?"

"내가 이기면 우리 손녀 숙희를 건사해 주게."

뜻밖의 말에 김강산은 당혹스럽다. 세상 물정을 잊은 건지, 염치가 없는 건지 송 노인은 한술 더 뜬다.

"서울로 데려다가 제 앞가림할 때까지만 키워달란 말일세."

"그건 좀……."

"안 되겠다면 하는 수 없지."

송 노인은 일어서려고 한다. 망설이다가 그를 붙잡다시피 다시 앉힌 김강산은 간곡한 어조로 말한다.

"노력은 해 보겠습니다."

"노력 가지고는 안 되네."

"너무 당황스러운 걸 거셔서 말입니다."

"자네가 이기면 되지 않는가?"

"……."

김강산은 비장한 결의를 다진다. 별안간 무엇에 씌어서 이런 판을 벌여놓게 되었는지는 모르겠지만 물러선다는 건 용납될 수 없는 일이다. 최 주간의 말처럼, 이미 벌이기로 한 승부 앞에서 이런저런 평계를 댄다는 건 승부사로서의 할 짓이 아니기에.

"알겠습니다. 내기하겠습니다."

2.

[떠버리-1급] 그러면 지금부터 인터대전의 마지막 대국

[떠버리-1급] 누구도 물러설 수 없는 결승 대국의 해설을 진행하겠습니다.

[떠버리-1급] 인터대전의 변사, 떠버리 인사 올립니다.

[하회탈-1급] 하회탈도 그 옆에 있습니다.

[떠버리-1급] 어떻게 보십니까?

[하회탈-1급] 공방이 치열해질 것으로 보입니다.

[하회탈-1급] 두 대국자 모두 싸움이라면 마다하지 않는 성격이니까요

[떠버리-1급] 그렇군요

[하회탈-1급] 백이 착점을 하지 않고 있는 이유는 뭘까요?

[하회탈-1급] 대국 전에 구상은 미리 해 두었을 텐데 말입니다.

[떠버리-1급] 백이 착점을 하지 않으니까 판이 너무 숙연한데요?

[하회탈-1급] 그렇군요

"자그락, 자그락······."

돌통에 든 흰나라 병사들을 모두 전투 대형으로 집결시키는 소리가 들려온다. 뇌세포를 정돈하던 흰나라 사령관 무적키드 9단은 가슴을 들어 심호흡을 크게 한다. 그리고는 침묵보다 적막한 전장을 내려다보고 있다.

이 단순하고 반듯한 사각형의 땅이 앞으로 얼마나 갈기갈기 찢어

질 지, 또 얼마나 많은 병사들이 어떤 의미의 피를 흘리게 될지……. 그러나 마지막 전쟁이다. 양보나 타협 따위는 패배의 다른 이름에 불과한 것일 뿐, 어떠한 희생이 따르더라도 단 한 걸음도 물러서지 않을 것이다.

머릿속으로 그림이 그려지고 있다. 안간힘을 쓰는데도 불구하고 부나비처럼 담을 넘어드는 적군들…… 불길한 예감…… 고립되는 사령부…… 두절된 교신…… 절망하는 병사들…… 이윽고 전멸……. 아, 전장을 떠도는 말들 중에서 어떤 수식어도 필요치 않는 낱말이 몇 개나 될 것인가.

무적키드 9단은 마침내 목젖으로 면도칼과도 같은 결의 하나를 넘긴 뒤, 천천히 병사 하나를 돌통에서 집어낸다. 그리고는 까막나라 병사 하나가 첨병처럼 지키고 서 있는 진영의 맞모금 되는 곳에 보란 듯이 올려놓는다. 좌하 화점이다.

'따앙.'

[떠버리-1급] 늘 궁금하게 여기고 있던 것인데 말입니다.
[떠버리-1급] 하회탈님은 선착과 덤, 어느 쪽을 선호하십니까?
[하회탈-1급] 글쎄요, 저는 덤이 먼저 떠오르는군요
[하회탈-1급] 이번 대회는 7집으로 규정하지 않았습니까?
[떠버리-1급] 그렇죠. 하지만 저는 선착이겠는데요

[떠버리-1급] 선착으로써 덤을 내느냐, 못 내느냐가 대체적인 관심사이긴 하지만

[떠버리-1급] 어쩐지 능동적인 느낌이랄까, 뭐 그런 기분이 들어서 말입니다.

칠광미시야 9단은 그 순간, 적 사령관의 깊은 결의가 뇌리 깊숙한 곳을 뚫고 지나가는 것을 느낀다. 짐짓 자신만만한 모습으로 전장에 오른 적군 병사는 저격수의 총탄 같은 탄환 한 발을 쏘듯 흰 군화소리를 울려 전장의 대기를 찢어 놓은 것이다.

흰 투구를 눌러 쓴 병사는 화점에 선 자리에서 얼굴을 드러내지 않는다. 아니, 눈을 드러내지 않는다. 상대에게 어떠한 전략적 정보도 읽힐 수 없다는 의도를 침묵으로써 웅변하고 있다.

칠광미시야 9단은 그 병사를 잠시 내려다보더니 착점을 한다. 전략적 좌표상으로 보면 흰 병사가 서 있는 곳의 오른쪽인 우하귀 화점이다. 적 사령관이 속내를 보이지 않으려는 것과 마찬가지로 자신도 아주 평범한 진법을 쓸 것이라는 작전을 슬쩍 알려주기라도 하듯이.

[하회탈-1급] 이해는 합니다만, 어느 정도 시간이 흐르고 나면

[하회탈-1급] 선착이나 선제공격은 큰 의미가 없어지지 않습니까?

[떠버리-1급] 바로 그 때문에 선착을 하는 흑 쪽에서는

[떠버리-1급] 상대방이 가지고 있는 덤을 극복하기 위해

[떠버리-1급] 늘 새로운 변화를 모색하게 되는 활발함도 있지 않습니까?

[하회탈-1급] 쉽게 말하자면 덤이라는 기득권에 대한 도전,

[하회탈-1급] 바로 그 자체에 의미를 주는 것이겠군요?

[떠버리-1급] 그렇게 말씀하시니 무안해지는데요, 하하.

무적키드 9단은 오히려 그 점이 반갑기까지 하다. 상대의 기보를 검토해 본 결과 그가 즐겨 쓰는 병법은 정규전이 아니라 특수전이라는 점이다. 평범한 곳에 둔다는 것은 장차 평범하게 가지 않겠다는 뜻을 감추고 있다. 그도 잠시 적군의 검은 방탄모를 지긋이 내려다본다. 빛이 나는 투구……

물기? 상대의 가운뎃손가락 끝에서 나온 흔적임에 틀림없는 것. 긴장하고 있다는 뜻이다. 한 치도 물러설 수 없는 마지막 전쟁에서 일개 첨병의 투구를 땀이 배어 나온 손으로 어루만져 올려놓는다는 것은 적 사령관이 자못 흥분되어 있다는 말이 아닌가. 비밀스럽고도 훌륭한 정보이다.

그것은 그의 뇌세포 활동이 부자연스럽다는 것이고 더 나아가 병법의 운용에 있어서 자칫 돌이키지 못할 크나큰 실수도 저지를 수 있다는 하늘의 암시인 것이다.

[하회탈-1급] 두 분 다 너무 평범한 길을 택하는군요.

[떠버리-1급] 그렇습니다.

[하회탈-1급] 사실 길은 늘 평범하지 않습니까?

[하회탈-1급] 길 가는 사람들의 걸음이 유별난 것뿐이죠.

까막나라. 빛이 없는 나라에 빛을 구하고자 불개를 보내 해와 달을 가져오게 했던 임금이 있었다. 그것은 단순한 전설이 아니었다. 까막나라는 어둠보다 더 무시무시한 군사를 지니고 있었다. 불을 뿜어내는 전차도 있었다. 그 막강한 군사력으로 땅을 다 정복하고 나자 더 이상 갈 곳이 없었다. 눈길은 하늘로 향했다. 해와 달을 얻고 싶었다. 임금은 로켓을 단 우주선처럼 불개를 쏘아 올렸다.

드넓은 전장은 이제 곧 불바다가 될 것이다. 앞서 아홉 번의 큰 전쟁을 치르는 동안 살아남은 것은 마지막 이 전쟁을 이기기 위함이 아니었던가. 적보다 더욱 강한 진법과 새로운 병기를 선보여야 한다. 칠광미시야 9단은 지금이 바로 그때라고 생각한다. 판은 서서히 전운이 감돌기 시작하고 있다.

[노란해적선-5급] 311억 2478만 5천.

[항아리-16급] 그게 뭐예요?

[사슴벌레-4급] 이 판에 걸린 총베팅 금액이죠.

[정체불명-2단] 우와!

[kty41-13급] 앞서 열린 3, 4위전에서는 170억이나 걸렸었어요.

[靑海-2단] 4강전 대국에서도 100억 가까이 걸렸었는데…….

[시리우스-18급] 대단한 일입니다. 심심마을 사장님께 훈장 줘야 돼요.

[초대손님-8급] 노름판 연 것도 훈장감인가?

[qkraksdnr-10급] 국제적이니까 그런 거죠.

[비상금-13급] 맞아요. 살인도 단순살인과 전쟁이 서로 다르니. ㅎㅎ

무적키드 9단은 화염 방사기를 메고 있는 병사를 우상귀 적군의 진영 근처에 올린다. 그러자 칠광미시야 9단이 몇 가지 전술적인 갈림길에서 뜸을 들인 후, 흰나라 병사로부터 두어 걸음 떨어진 곳에 까막나라 병사를 비껴 세운다. 적군의 화력을 경계하는 조치이다.

그것을 시작으로 두 사령관은 서로 일 개 분대 병력을 앞서거니 뒤서거니 전장에 투입하여 치열한 대치전을 벌여 나간다. 아군 거점의 확보와 적 거점의 박탈! 그것이 목하 전장에 떨어진 절체절명의 과제이다.

[하회탈-1급] 아, 흑이 피해가는 겁니까? 그러면 싸움을 걸어가는 재미가 없는데요

[떠버리-1급] 우선 좀 지키고 싶은 자리네요 흑 진영이니까요

[떠버리-1급] 지금껏 둔 바둑에서 칠광미시야 9단은 먼저 확보한 귀의 거점은

[떠버리-1급] 한번도 내어준 일이 없는데 특별한 이유라도 있을까요?

[하회탈-1급] 그런 점에서는 무적키드 9단도 마찬가지가 아닌가 싶네요

[떠버리-1급] 사실 먼저 확보해 둔 진지를 적에게 내주기란 쉽지 않은 일이죠

[하회탈-1급] 그러다 보면 전술적인 면이

[하회탈-1급] 전체 전략에 반하는 결과를 낳기도 하지 않습니까?

[떠버리-1급] 그렇죠. 그래서 우리 같은 하수들은

[떠버리-1급] 버려야 할 때 버릴 줄 아는 지혜, 더구나 임기응변이 필요한 거죠

[하회탈-1급] 저렇게 둔 건 어떤 의미일까요?

[떠버리-1급] 신수인듯하네요

주어진 전투적 환경에서 택할 수 있는 최선의 길, 초반 정석. 그것

은 수많은 시행착오를 거쳐 완성된 병법의 기초인 것이다.

정석이라는 것이 비록 최선의 선택이라 할지라도 그 길로 나아가는 과정에서 피아간에 많은 병사가 쓰러져 간다. 그들은 때때로 부활해 군기를 높이기도 하고 적 진영을 크게 교란시키며 보란 듯이 탈출해 나오기도 한다. 승패가 정해지는 종전까지 죽은 자도 살아 있는 대접을 받는 것이다.

그러기에 고수는 정석을 믿지 않는다. 정석이란 항상 약자가 의존하는 공개된 병법일 뿐이므로. 다만 고수다운 고수만이 그러한 정석을 창조적으로 활용할 뿐이다.

[하회탈-1급] 무적키드 9단은 다크호스로 떠오른 오버더톱 9단을

[하회탈-1급] 불계로 물리치고 결승전에 올라왔군요. 대단한 전투력입니다.

[떠버리-1급] 그래서 전투의 화신이라는 별명이 붙지 않았습니까? 하하.

[하회탈-1급] 칠광미시야 9단은 송도4유에 6집승했군요.

[하회탈-1급] 그렇다면 객관적으로는 무적키드 9단에게 좀 더 눈길이 기울겠군요?

[떠버리-1급] 바둑에 객관성이 존재하는지는 의문입니다.

[하회탈-1급] 상대적이라는 말씀이시군요.

[떠버리-1급] 그렇죠. 만약 절대적 비교 체계가 존재한다면

[떠버리-1급] 승부로서의 기능을 상실하게 되겠지요

[하회탈-1급] 이 기회에 두 대국자에게 걸린 베팅액을 비교해 주시죠

[떠버리-1급] 백 무적키드 9단에겐 약 169억, 그리고

[떠버리-1급] 흑 칠광미시야 9단에게는 142억 가량 걸렸군요

어느덧 선수를 잡은 칠광미시야 9단은 적 주둔지에 특공대 일개 조를 낙하시킨다. 군사지도의 좌표상으로 보면 33이다. 대부분의 경우, 아무리 전투력이 미미한 병사라고 할지라도 살자고 그 지역에 침투해 들어간다면, 최소한 패라는 자폭 수단이라도 만들고자 점거해 버린다면, 어떤 형태로든 살려 주거나, 혹은 다른 곳에 보내야 할 병사 2인 1조를 투입해 사로잡을 방법밖에는 달리 도리가 없는 곳이다.

침투한 게릴라는 적군들이 대거 시퍼렇게 눈을 뜨고 살아 있는 곳이니, 어떤 식으로든 살려만 달라는 입장이 되기 마련이고, 침투로가 뚫린 쪽에서는 어떻게 최소한으로 살려 주느냐 하는 것을 고민하게 된다. 최대한으로 살려주고 광대한의 영역을 얻는 병법도 있지만.

무적키드 9단의 손에서 달려 나온 흰 투구 병사들은 먼저 적군의 퇴로를 막은 뒤 다시 병사들을 달려 보내 위협사격을 개시한다. 살긴 살려주되 참호 몇 개 속에서 죽은 듯이 웅크리고 있으라는 뜻이다.

까막나라 병사들은 얼른 안전한 참호 다섯 개를 확보한 뒤 허리를 구부린다.

[떠버리-1급] 삼삼 침투는 대체로 저렇게 되고 마는군요
[하회탈-1급] 이번에 무적키드 9단이 반격에 나설 차례인데요. 자, 어디로 갈지…….

무적키드 9단은 우하귀에 걸쳐 전선을 형성한다. 적 게릴라 침투로 자존심이 구겨진 탓인지 곧 막강한 화력을 퍼부어댄다. 그 자리에서 전쟁을 끝낼 듯한 기세이다. 까막나라 병사들의 움직임이 둔해지기 시작한다. 그들은 점차 물고기 알처럼 한곳으로 몰려들고 있다.

칠광미시야 9단이 적의 기세에 눌려 전선에서 한발 물러서는 바람에 이번에는 무적키드 9단이 약간량의 수확을 거둔다. 조금 전 백 진영에서 벌인 게릴라전과 비교해 서로의 득실을 따져보면 거의 비슷한 수준이다.

[하회탈-1급] 한 치 앞을 내다보지 못할 정도로 치열하군요
[떠버리-1급] 큰 승부에 명국 없다는 말이 이 판에서 만큼은 들어맞지 않을 듯싶네요.
[하회탈-1급] 아, 저 수는 어떤 의도인가요?

잘 두어 나가던 백이 돌을 거두는 것을 보고 권영홍은 의아스럽기만 하다. 이게 웬일인가 싶기는 김강산도 마찬가지이다.

"아니, 어르신. 왜 던지십니까?"

"자네가 이겼으니까 그렇지. 그런 걸 다 묻고 그러나?"

김강산은 판을 굽어보며 한참 생각하더니 갑자기 꿇어앉는다.

"어르신께서 바로 4, 50여 년 전에 교남 최고수라고 불리셨던 송 국수님이시죠?"

"허허허. 술이나 치게."

길게 가자면 반면 2집 정도이다. 김강산은 그것도 송 노인이 한참 봐주어서 그 정도 차이를 만든 것임을 뒤늦게 간파한 것이다. 송 노인이 제대로 마음을 먹고 상투걸이를 해서 둔다면, 자신이 2점은 놓고 두어야 할 정도가 아닌가 할 만큼 경이적인 기력의 소유자임을 바둑을 두는 내내 여러 차례 느꼈다.

오래전, 경북 북부지방에 이름은 알려져 있지 않고 성만 전해지는 국수가 있었다. 그때는 국수라는 명칭이 타이틀 보유자를 가리키는 말이 아니라, 거의 최고 수준에 이른 사람들이라면 누구에게나 명예칭으로 그렇게 불러주던 시절이었다.

이름 없는 그 시골 무명객을 바둑계에서는 막연히 '송 국수'라고만 불렀다.

"지난번에는 자네가 늙은이 대접을 해 주는 젊은이인가 떠보았었지. 허허."

"한데 이번에는 손녀를 두고 상투걸이까지 하셔 놓고는 어찌……."

"예끼, 이 사람아. 아무리 내기라도 그렇지 남의 딸을 데려다가 키울 마음을 요즘 세상에 누가 앉은 그 자리에서 쉽게 낼 수 있겠나. 권김과는 다르지만 이래봬도 나도 가문 없는 집안 출신은 아닐세. 그런 우격다짐 같은 내기를 걸만큼 염치없는 사람은 아니라는 말이야."

"한데 왜……."

"자네의 진짜 기력을 알고 싶기도 했고, 또 내 소싯적 실력이 아직 살아있는지 시험도 하고 싶었다네."

"저는 그런 줄도 모르고……. 죄송합니다, 송 국수님."

"미안해 할 것 없네. 가만히 겪어보니 자네 바둑에는 칼이 숨어있군. 날이 시퍼렇게 선 칼 말이야. 한데 그 칼 두께가 왠지 얇아 보여. 모름지기 강호에 나갈 칼이라면, 허울뿐인 중국 칼이나 날카롭게 모양만 낸 일본 칼과는 다른, 두꺼운 칼몸에 날 끝은 한 번 스치기만 해도 선혈이 뚝뚝 떨어지는, 벼린 조선낫 같은 조선칼이 되어야 한단 말일세. 부디 칼의 두께를 쌓게."

"천금 같은 가르침, 평생토록 명심하겠습니다."

"자, 한 잔 더 주겠는가?"

"송 국수님의 바둑이야말로 예전에 한강다리를 건넜더라면 장안이 난리 날 뻔했던 바둑이군요. 한 수 가르침을 받게 되어 영광입니다."

"자주 놀러 오게."

"그건 그렇고, 제가 내기에 졌으니 어쩌지요?"

"두 가지를 하게. 가져온 그 책도 놓고 가고, 오늘 술값도 두둑이 내고."

"그렇게 하겠습니다."

한마디 조르지도 않았는데 송관우 국수는 지긋이 눈을 감았다가 마치 묵혀두었던 지난 어느 시절의 대국 하나를 복기하듯 옛일을 더듬어 털어놓기 시작한다.

"그때가 언제였던가……. 그놈을 처음 알게 된 건 오동산 자실암 주지승이 내게 보내면서부터였어. 주지는 옛적에 바둑친구였지. 기력이야 내게 2점 치수였지만 말이야.

그때 그놈이 꽃실이와도 처음 만나게 되었어. 한데 그놈을 거둔 지 2년도 안 되어 여러모로 벅차게 느껴지지 않겠어? 천하의 기재다 싶어 바둑만 가지고는 안 되겠다고 여겼어. 그래서 삼학(三學)에 밝은 내 절친한 장님 벗에게 다시 보냈지.

하여간 그 뒤로 몇 해 있다가 그놈이 서울에 혼자 다녀왔다는 소식을 들었는데 난데없이 나타나서는 제 부모와 함께 이사를 간다고 인사를 하러 왔더군. 오냐 잘 되었다 싶어 얼른 가라고 호통을 쳤더니 대뜸 한다는 말이, 서울에 가서 자리를 잡는 대로 꽃실이와 혼인을 하도록 허락을 해 달라는 거야. 나는 화가 끝까지 뻗쳐서 방 안에 놓여있던 바둑통을 그놈의 머리에 던져버렸지. 맞은 그놈이 피를 철철 흘리면서도 눈은 마치 여드레 굶은 호랑이 눈알을 하는 거야. 잠시 뒤에 바둑돌을 쓸어 담던 그놈이 '제가 스승님을 바둑으로 이기면 허락하시겠습니까' 하더군. 기가 찰 노릇이었지. 나중엔 웃음까지 나오더군. 그래서 '오냐, 한판 두어보자. 이놈아' 해서 두었지."

송 국수는 말을 끊고 다시 술 사발에 입을 묻는다.

"졌어. 내가 지고 말았어. 마당으로 달려 나간 그놈은 꽃실아 꽃실아 부르더니 스승님께서 허락하셨다고 외쳐대었어. 부엌에서 나온 꽃실이는 무슨 엉뚱한 소리냐며 내게 되묻더군. 나는 하는 수 없이 대답했지. 이놈이 나중에 데리러 오거든 따라가라고 그때 꽃실이가 피었던 낯꽃이 아직도 눈에 선해. 연놈이 좋아라 손을 잡고 대문 밖으로 달려 나가더군. 그게 그놈을 본 마지막이 될 줄이야……."

"한잔 더 받으십시오"

"하여간 그놈 같은 바둑은 난생 처음 겪었어. 마치 바둑의 신이 강림해 두는 것 같았어. 그놈이 착수를 거듭할수록 속으로 감탄하느라 내가 둘 차례인 것도 잊고 황홀감에 빠져들곤 했으니까 말일세."

"저도 겪은 적이 있습니다."

"친구라면 그랬을 터이지. 그날 밤늦게 돌아온 꽃실이한테 물었지. 그놈이 뭐라더냐고 1년 안에 자리를 잡아서 꼭 다시 내려와 혼인을 하고 데려갈 테니 기다리라고 했다는 거야.

그 다음날 그놈은 서울로 가다가 교통사고를 당해 제 부모와 함께 죽어버렸고, 그 소식을 들은 꽃실이는 시름시름 앓았는데, 웬걸, 몇 달 지나자 배가 불러오는 거야. 그것까지는 이해했어. 하지만 아비 없는 자식을 낳겠다고 고집을 부리는 데야 가만히 있을 수 없었지.

생각해 보게. 어느 부모가 혼인도 하지 않고 죽은 사내놈의 유복 자식을 제 딸이 낳는 꼴을 내버려 두겠는가 말일세.

자식 이기는 부모 없다는 말이 맞기는 맞는 것 같아. 결국 꽃실이 가 우여곡절 끝에 애를 낳긴 낳았는데 허어, 애를 낳자마자 이번에는 그년마저 산독으로 죽어버리는 게 아니겠어? 그때의 심정은 말로 다 못하지……. 그런 마당에 강보에 싸인 핏덩이가 온전한 눈으로 보였 겠는가 자네도 한번 생각해 보게."

"이해할 만합니다."

"나는 쳐다보기도 싫어 누굴 줘 버리든가 내다버리라고 했더니 할 멈이 굳이 거두어 키우겠다면서 이름을 지어달라는 게 아니겠어? 처 음엔 이름은 무슨 이름이냐고 눈앞에 보이지도 말라고 했지. 한데 나 중에 고것이 나를 보고 방실방실 웃는데 고 모습이 꿈에서도 눈꺼풀 에 자꾸 집히더군.

돌이 되어서야 이름을 지어주었어. 숙희라고 말이야. 그년이 자라 면서 세 살이 되던 해에는 할멈마저 보냈고……. 그 뒤로는 내가 키왔지. 아니, 아닐세. 말은 바로 해야지. 내가 그년을 키운 게 아니라 그년이 세 살 적부터 내 뒷바라지를 했다고 하는 게 옳아. 암, 그렇고 말고."

송 국수는 한숨을 내쉰다.

"학교에 들어갈 무렵이 되자 성이 있어야 한다기에 죽은 그놈 성과 같기도 해서 여기 이 식당 김씨 호적에 넣었지. 자식 없는 늙은이 앞으로는 손녀를 올릴 수가 없다고 해서 말이야. 여자가 아무 적에나 올라 있으면 어떤가. 이게 전부일세. 자, 이제 되었는가?"

"드릴 말씀이 없군요. 비록 두 사람이 혼인은 하지 않았다고는 하지만 마음으로는 혼인한 것이나 다름이 없고, 또 송 국수님께서도 허락한 바이니 김산은 사위임에 틀림없지 않습니까? 숙희도 어엿한 외손녀이고요."

"그래그래."

"비명에 간 사위가 한때나마 바둑계에서 어떤 존재였는지는 알고 계시죠?"

"알다 뿐인가. 그저 속으로만 대견스러워 했다네."

"이제 재단이나 심심마을이나 큰일 나게 생겼습니다, 하하."

"큰일이라니?"

"이 책이 베스트셀러, 즉 가장 많이 팔리는 책이 되었거든요. 그래서 송 국수님이나 숙희에게 인세를 지급해야 하는데, 김산의 가족이 아무도 없는 줄 알고 그동안 자기네들 멋대로 마구 써 버렸습니다.”

“그래? 한 푼도 받을 수 없게 되는가, 그럼?”

“그런 건 아닙니다. 하하.”

“받을 수만 있다면 그년 앞으로 받아 두어서 내 죽은 뒤로 어린 것 혼자 사는데 도움이 되면 좋겠구만.”

“반드시 그렇게 되도록 제가 약속드리겠습니다.”

“고맙네. 참 고마우이.”

“지난번에 말씀드린 것입니다만, 혹시 산화에 관한 얘기는 전혀 모르십니까?”

“모르네. 그런 얘기는 그때 자네한테 듣는 것이 처음이었네.”

“혹시 심증이 가는 사람도 없는지요?”

“글쎄, 전혀 모르겠는 걸?”

“숙희도 바둑을 둘 줄 아는가요?”

“애들 바둑이라야 다 그렇지 뭐.”

“둘 줄 알긴 아는가 보군요?”

“병원에 있었을 적에 죽은 정 씨한테 가끔 배우긴 배웠던 것 같아.”

“혹시 숙희랑 두어보시거나 직접 가르치시지는 않았고요?”

“허허, 어림도 없는 소리지. 살림하고 자식 키워야 할 계집년이 바둑은 배워서 뭘 하게?”

3.

[하회탈-1급] 전문 기사들은 '수를 읽는 것'과 '수를 보는 것'을 구별하지 않습니까?

[떠버리-1급] 그렇죠. 수를 보는 것은 좁은 의미의 수읽기,

[떠버리-1급] 즉 국부적인 상황에서 필연적인 변화의 과정을 인지하는 것인데

[떠버리-1급] 좁게는 착점의 선악에 대한 단순한 견지에서의 가치 판단이 되고

[떠버리-1급] 넓게는 바둑의 사상이 끼어들 여지가 없는

[떠버리-1급] 당위 과정을 확인하는 행위에 불과한 것이지요

[하회탈-1급] 그렇다면 지금 백이 둔 저 한 수의 의미는 장차 어떻게 판결이 내려질까요?

[떠버리-1급] 상황을 좀 더 지켜봐야 하겠습니다만 일견 무리로 보이는데요?

엎치락덮치락 한 치도 물러설 수 없는 백병전이 시작된다. 병사들의 총신에 달아놓은 칼날이 번뜩인다. 여기저기에서 선혈이 튄다. 병력이 증원됨에 따라 전투 규모도 점차 커지고 있다. 흑백 어느 누구도 타협점을 찾을 생각이 없어 보인다.

칠광미시야 9단이 꾸준히 검은 베레모를 쓴 특수조를 투입해 흰나

라 병사들을 교란시키기에 여념이 없다. 무적키드 9단은 마침내 당황하는 빛을 보이며 작전상 후퇴 명령을 내리고 만다.

[하회탈-1급] 아, 대단한 완력이군요

[떠버리-1급] 부분적으로 심하게 당했군요. 역시 무리수였네요

[하회탈-1급] 약점을 물었다가 뱉어놓으니 뜯기는 것보다 오히려 상처가 크다고나 할까요.

[떠버리-1급] 그렇군요. 하지만 흑 쪽도 아물지 않은 상처를 하나 가지고 있지 않나요?

[하회탈-1급] 묘한 자리가 한군데 남아 있긴 하군요.

[떠버리-1급] 앞으로 그 자리가 외상에 그칠지, 속골병이 들지는 알 수 없군요

[하회탈-1급] 결승전다운 대국임에는 틀림없습니다.

[떠버리-1급] 물론이죠. 자, 좀 더 지켜볼까요?

까막나라 병사들이 흰나라 병사 하나를 포로로 거두어 들인다. 그는 고문을 이기지 못해 자신이 알고 있는 흰나라의 병법에 대해 털어놓는다. 사기가 오른 까막나라 병사들을 은근히 위협하면서 점차 안정되어 가고 있는 흑 진영을 향해 은밀한 눈길을 보내고 있다는 것이다. 무적키드 9단은 숙고에 들어간다. 잠시 후, 곧 진격해 올 적 병사

들에 대비해 곡사포 한 대를 설치한다.

칠광미시야 9단은 어떻게 받을까 고민한다. 선수까지 확보하지 않으면 안 되는 중요한 순간이다. 문제는 수순을 찾는 일이다. 작전 구상을 거듭한 끝에 그는 적진 깊숙이, 살아 돌아오지 않아도 좋은 폭격기 한 대를 날린다. 멋진 맥이다.

그 바람에 무적키드 9단이 설치해 둔 포가 실효성을 잃어버릴 처지에 직면한다.

[하회탈-1급] 그런 수가 있었습니까?
[떠버리-1급] 아, 지키려고 한 수가 결과적으로 악수가 되어 버렸네요. 그것 참.

심기가 상할 대로 상한 무적키드 9단은 반상으로 땅 하고 강하게 사기를 북돋워 병사 하나를 올린다. 적에게 결사항전하겠다는 선언과도 같은 울림이다. 하지만 결과적으로는 앞서 설치해 놓았던 포의 안위를 위해 지원병을 올려놓는 꼴에 다름 아니다. 이 굴욕을 어찌 씻으랴.

이제 선제공격의 총구는 칠광미시야 9단에게 돌아간다. 단 한 대의 폭격기 투입이 시의적절하게 이루어져 전세의 흐름이 서서히 까막나라의 우세로 드러나고 있다.

[떠버리-1급] 슬슬 승패의 그림이 그려지고 있는 건가요?

[하회탈-1급] 글쎄요. 흑이 아직 좌하귀 백집을 건드리지 못하고 있는 상황이라

[하회탈-1급] 승패를 점치기엔 아직 이른 감이 있지 않습니까?

[떠버리-1급] 그렇군요. 이즈음이면 백의 신경세포가 극도로 날카로워지겠지요?

[하회탈-1급] 아무렴요.

두 사령관은 나름대로 전장의 판세를 살펴보고 있다. 칠광미시야 9단이 우변을 어느 정도 장악한 대신 무적키드 9단은 좌하귀를 움켜쥐고 있다.

칠광미시야 9단은 그 일대에 진지를 구축한 적 병사들과 중앙 일대에 산발적으로 흩어져 있는 적군을 연결하는 교통로를 내려다본다. 차단의 수를 찾고 있는 것이다. 결코 내버려 둘 수는 없는 지역이 아닌가. 끊어 놓고 보아야 할 다리가 한눈에 들어온다.

칠광미시야 9단은 돌을 올려놓고 가만히 적군의 동태를 살핀다. 흑백 간에 또 다시 화력이 집중될 것은 불을 보듯 뻔한 일이다. 평범한 수를 두어서는 선수를 넘겨주게 된다. 수순을 찾아본다. 쉽지 않다.

약간의 접근전이 벌어지던 중에 칠광미시야 9단은 수류탄을 던지려는 적 병사의 어깨를 가만히 짚어 누른다. 전술적인 강수이다. 의외의 어깨 짚음에 놀란 무적키드 9단은 그를 엄호하고자 일단의 병력을 보낸다. 그러자 칠광미시야 9단은 그럴 것을 예상했다는 듯 흑군 진영의 수류탄 투하 지점에 보호막을 쳐버린다.

[떠버리-1급] 어차피 나눠 가질 곳이 아닙니까?
[하회탈-1급] 그렇다면 망설일 필요 없이 간단히 처리하겠죠
[떠버리-1급] 그러나 반발합니까? 흑이 백의 참호에 기관포를 난사해 버리는군요
[하회탈-1급] 대담한 수라 아니 할 수 없는데요

몇 수가 외길로 진행된다. 문득 칠광미시야 9단의 손길이 멎는다. 무적키드 9단이 고도의 함정수를 파놓고 있음을 간파한 것이다. 숨통은 틔워 줄 듯 하지만 결국에는 탈출구를 봉쇄해 버리고 마는 수. 축이다!

축에 걸려 있는 병사들을 안타까워하면서도 구하지 못하는 슬픔은 그들의 슬픔보다 더 괴롭기 짝이 없는 것이다. 병사들은 절망하고 있다. 군진 전체가 그들을 두고 통탄해 하는 소리가 들리는 것만 같다.

칠광미시야 9단은 어금니를 으깨어 물며 그들의 희생에 대한 대가

로 적 진영의 약점을 추궁하며 조여 들어간다. 세찬 반격에 무적키드 9단의 병사들은 또다시 당황하기 시작한다. 질풍노도와 같은 까막나라의 진군에 전장 전체가 떨고 있다.

무적키드 9단은 엉겁결에 까막나라 병사들에게 포탄을 한 발 날린다. 반응을 보자는 것이다. 그러나 검은 베레모를 쓴 병사들은 눈도 깜짝하지 않는다. 그들은 오히려 그것을 피하며 자신들의 날렵한 기동력을 마음껏 드러내어 보이고 있다.

치열한 전투가 오랫동안 이어진다. 무적키드 9단의 병사들은 지쳐만 간다. 행보가 차츰 무거워지고 있다. 칠광미시야 9단은 이때다 하여 화력을 아끼지 않고 맹렬히 퍼부어댄다. 무적키드 9단은 상기된 얼굴로 전장의 상황판을 내려다본다.

시간이 없다. 그러나 그럴수록 생각을 더 깊이 해야 한다. 생각의 깊이가 반드시 시간의 길이와 비례하지는 않는다. 그렇다. 무적키드 9단은 황망한 중에 한가로이 허리를 펴고 팔짱을 낀다.

[떠버리-1급] 너무 처참하게 당하는군요

[하회탈-1급] 결국 흑의 공략을 묵인해야 할 것 같군요

[떠버리-1급] 다만 중요한 선수가 백의 손에 쥐어지는 것이 위안인가요?

[하회탈-1급] 저 정도면 아마 많이 당했다는 생각이 들겠지요

우하변 흑의 진지에 백 게릴라가 침투해 든다. 허술해 보인다는 추궁이다. 얼른 보기엔 수가 날 곳은 아닌 것처럼 느껴지는 곳이다. 흑군은 곧 적기 침투 실제 상황에 돌입하는 비상 사이렌을 울리고 수색대를 보내 백 게릴라의 퇴로부터 막는다.

백 침투조들은 삼각 경계를 서며 지형지물을 이용해 점차 흑군 진지의 중요 시설물에 접근해 간다. 흑군 사령관 칠광미시야 9단은 그제야 사태의 심각성을 깨닫는다.

백 침투조들은 흑군을 교란한 후, 우변 지역으로 넘어가려는 수를 엿보고 있다. 흑군과 침투조들이 쫓고 쫓기는 사격전이 시작된 지 얼마 지나지 않아 흑군 주둔지의 주요 시설물들은 또 다른 백 침투조들에 의해 모두 폭파되어 버린다. 참담한 결과이다. 근거를 송두리째 빼앗긴 흑군의 참상은 좀처럼 속내를 드러내지 않는 사령관의 분노를 일으키기에 충분하다.

그러나 냉정해야 한다. 부분 전투의 승패에 연연해 전쟁 전체의 결과에 막대한 영향을 끼치는, 섣부른 작전을 구사해서는 안 될 일이다. 지리멸렬 껍데기만 남은 흑군은 은밀히 백 침투조들과 자폭할 채비를 하고 있다.

[선비골-1급] 온 바둑판이 마치 걸레조각 같군.

[철야정진-9급] 온통 미생마뿐인 것 같기도 하고 그렇지 않은 것 같기 하니, 원.

[조금만져줘-3급] 하급수 눈에는 다 그렇게 보이는 법이죠.

[오빠만져줘-15급] 9급이나 3급이나 거기서 거기지 무슨.

[비트-3급] ㅎㅎㅎ

[천파기인-4급] 흑은 아무래도 '영원한 국수' 같군요.

[바둑부인-7급] 백은요?

[보우하사-16급] 혹시 '불천위 명인'이 아닐까요?

[황금방앗간-4단] 추측은 자유지만 확신은 금물입니다.

[마법사의돌-11급] 옳으신 말씀.

[환생기신-16급] 어, 저건 빅이 아닌가?

[천파기인-4급] 16급이 빅이라는 용어를 다 아네?

[환생기신-16급] 어제 배웠지요 ㅎㅎ

[떠버리-1급] 과연 그렇군요.

[하회탈-1급] 서로 간에 더 이상 건드릴 수 없는 신성의 영역이죠.

[떠버리-1급] 상호 불가침 지역이 되어 버리는 건가요?

[하회탈-1급] 장차 팻감으로 활용될 수도 있으니

[떠버리-1급] 전장 속의 조차지역이라는 표현이 더 적절하지 않을까 싶네요.

[하회탈-1급] 빅이 나는 바람에 흑의 손해가 막심하군요

[떠버리-1급] 그렇습니다. 흑 진영에서 일어난

[떠버리-1급] 영원불멸 불생불사의 대치만으로도 백이 올린 전과가 빛나는 장면이군요

[하회탈-1급] 형세 판단을 좀 해 주시죠

[떠버리-1급] 저 대목으로 인해 이제 오리무중이 되었다고 할까요

[하회탈-1급] 좌상귀 지역에서의 마무리가 이 치열한 전쟁의 결과를

[하회탈-1급] 운명 지을 것 같지 않습니까?

[떠버리-1급] 그렇다고 봐야겠죠

[떠버리-1급] 누구도 그 지역에서의 전술적 승리를 낙관할 수는 없 겠는데요

[하회탈-1급] 이럴 때에는 어떤 기풍이 유리하게 작용할까요?

[하회탈-1급] 패기일까요, 관록일까요?

[떠버리-1급] 어려운 질문이군요

[하회탈-1급] 정답은 실력이겠죠. 실력이 더 센 기풍, ㅎㅎ

크게 당한 칠광미시야 9단은 남은 병사들을 모두 전장에 내보내기 시작한다. 무적키드 9단도 비장한 각오로 마지막 큰 전투에 임하고 있다. 최강수를 날리며 접근전을 펼치던 흑백은 어느덧 생사를 확신

할 수 없는 미로를 똑같이 헤매고 있다.

흑군과 백군은 똑같이 각각 한 거점씩 마련했으나 또 다른 거점 하나를 서로의 적보다 먼저 확보해야 하는 상황에 봉착한다. 이의 저지를 위해 필사적인 화력을 동원하고 있는 형국이다.

[오빠만져줘-15급] 해설가님 중에 누가 저 대목 사활판정 좀 해 줘요

[조금만져줘-3급] 바쁜 해설가님은 왜 찾아요? 그리고,

[조금만져줘-3급] 눈앞에 놓인 내 사활도 모르는데 남의 사활을 어찌 안단 말이에요

[황금방앗간-4단] ㅎㅎ 명언이로다.

패가 난다. 단패이다. 팻감을 찾아본다. 그러나 급박한 시간 내에 팻감이라는 희생양을 모두 찾아내는 것은 무리이다. 무적키드 9단은 전장을 내려다보며 여기저기 눈길을 보내고 있다. 칠광미시야 9단으로서는 무조건 패를 이겨야 한다. 이기지 않으면 돌을 던져야 할 만큼 집 차이가 크게 벌어질 형편이다.

그러나 무적키드 9단은 패를 양보한다고 해도 어느 정도의 보상만 받으면 만족해 할 판세이다. 적어도 칼자루는 무적키드 9단이 쥐고 있는 셈이다.

얼른 눈에 들어오는 팻감, 희생양으로 쓸 병사의 숫자도 무적키드 9단이 많아 보인다. 그것은 전장 전체를 백군이 온통 안정적인 기동 전투 대형으로 편재해 놓은 것을 뜻한다. 칠광미시야 9단은 마침내 우중앙 버려도 좋을 몇 떼기 땅을 달라는 무적키드의 요구를 들어 주기로 하고 패가 난 자리에 흑군의 깃발을 땅 속 저승까지 박듯 힘차게 꽂아 내린다.

[떠버리-1급] 패싸움이 끝났으니 전장은 바야흐로 종국을 향해 달리겠지요?
[하회탈-1급] 이 대목에서는 아무래도 백을 들고 싶은 심정이군요
[떠버리-1급] 그런데…….
[하회탈-1급] 아, 백의 실수 아닌가요, 저건?

무적키드 9단은 무심코 돌을 놓고 나서야 앗 한다. 착각을 했다는 사실을 이내 깨달은 것이다. 흑군의 병사 셋이 백군의 단검에 일격을 맞으면 그 자리에서 몰살할 위기에 직면한 것처럼 본 것이다.
하지만 전투 경험이 없는, 갓 입대한 백군 병사 하나가 스스로 무덤을 파고 만 꼴, 자충이라는 죽음의 함정에 빠져들고 만다. 가만히 앉아 쉬던 흑군 병사 셋이 백군 병사 둘을 포로로 사로잡는 전과를 올린다.

그 결과로 비세에 있던 까막나라 병사들의 사기가 충천하고 있다. 힘을 얻은 칠광미시야 9단은 종반으로 치달을수록 혁혁한 전과를 올려 나간다. 백 사령관의 중대한 실수로 전세는 다시 한 치 앞을 내다볼 수 없게 되고 만 것이다.

[하회탈-1급] 미세한데요.

[떠버리-1급] 역시 덤이 문제이겠군요.

[하회탈-1급] 두 대국자가 모두 마지막 초읽기에 들어갔군요.

[떠버리-1급] 하기야 관전자나 대국자나 다 초읽기에 몰린 인생처럼 살고 있지 않습니까?

[떠버리-1급] 어느 순간 생명 마감의 시한처럼 천둥치듯 쾅쾅 읽어 대기 시작하면

[떠버리-1급] 심장은 터져버릴 듯 더 크게 뛰고,

[떠버리-1급] 눈앞은 캄캄하여 아무것도 보이지 않고 덜컥수, 삐딱수, 떡수……

[떠버리-1급] 한 수만 잘못 놓으면 그 길로 끝장인 우리네 인생이지요.

[하회탈-1급] 어디 그뿐이겠습니까? 깊은 밤, 적막의 끝에서

[하회탈-1급] 홀로 눈을 떠 착착착 돌아가는 시계 초침 소리를

[하회탈-1급] 들어본 적이 없는 사람은 아마 아무도 없을 겁니다.

[하회탈-1급] 그 순간, 아무 생각도 나지 않고

[하회탈-1급] 그저 무서운 고요만이, 정적만이 감도는 속에서

[하회탈-1급] 누군가 내게 시한폭탄을 안겨 놓은 것만 같은,

[하회탈-1급] 그런 소리보다도 더 무서운 것이 초읽기가 아닙니까.

중앙 영토의 경계에 대한 마무리 협상을 제외하고는 어느 곳에도 전단의 빌미는 남아 있지 않다. 끝내기에서 선수를 확보하려는 의도로 무적키드 9단은 전장을 오랫동안 주시하고 있다.

이윽고 20여 수가 이어진다. 돌을 놓는 손길들이 빨라지고 있다. 비록 모든 전투는 끝났지만 전장에서는 아직도 치열했던 공방전을 아쉬워하는 듯 포화 연기가 가득하기만 하다.

[하회탈-1급] 반집 승부인가요?

[떠버리-1급] 결국 반집을 찾아 헤매게 되었군요

[하회탈-1급] 바둑판이 아니라 허공 속 어딘가에 숨어 있을 것만 같은 느낌이 드네요

[떠버리-1급] 그렇습니다. 허공 속 먼 포연에 가려진 듯한 것이지요

[하회탈-1급] 참으로 아이러니한 일이 아닐 수 없군요

[하회탈-1급] 반상 어디에도 존재하지 않지만,

[하회탈-1급] 그 존재하지 않는 것을 찾아 뚫어지게 반상을 응시해야 하니까요.

　[떠버리-1급] 그 점이 바로 승부사를 진정한 승부사로 이끄는 마력이 아닌가 합니다.

　나와 최 주간이 잠시 자판에서 손을 떼고 쉬는 사이 몇몇 관전자들이 채팅창을 점령해 들어온다.

　[술도깨비-5급] 이번 판은 돌 하나하나에 얼마만한 금전적인 가치가 있나요?

　[향정신성-1급] 8621만 8천 원.

　[술도깨비-5급] 어째서 그런 산출이 나와요?

　[향정신성-1급] 총 베팅액 311억 2478만 5천을 361로 나눈 금액이지.

　[Z-channel-5급] 우와!

　[손대지마-17급] 그렇다면 엄지손톱만한 바둑돌 하나의 값어치가

　[손대지마-17급] 8천만 원이 넘는다는 말이네요?

　[부산갈매기-3단] 허헛, 죽은 돌 값도 그러니 금돌보다도 비싸네.

　[시골사람-3급] 국제적으로도 광분할 만하네요

　[향정신성-1급] 이제 바둑이 끝났나······.

얼른 보기에 판은 더 이상 둘 곳이 없다. 두 대국자는 마지막 점검을 하고 있다. 이윽고 마지막 공배에 백돌이 놓인다. 그렇다면? 아, 승부는······.

계가 모드로 전환되었습니다.

[하회탈-1급] 반면으로 흑 칠광미시야 9단이······.

[하회탈-1급] 7집을 남겼군요

[떠버리-1급] 그렇다면 덤이 7집이니 비긴 셈이군요

[하회탈-1급] 하지만 인터대전의 대국 규정상 흑백 간에 집 수가 같아 비기게 되면

[하회탈-1급] 백의 승리로 보지 않습니까?

[떠버리-1급] 그렇죠. 대국이 끝나고 난 뒤에 비길 경우에만

[떠버리-1급] 반집을 백에게 부여하도록 되어 있죠

[하회탈-1급] 결국 허공 속의 반집은 백에게 그 화려한 문을 열어 주는 순간인가요?

마침내 심심마을이 자랑하는 자동계가 시스템으로 계가가 이루어진다. 화면에 화려한 장식을 해 놓은 큰 창이 하나 뜬다.

백 무적키드 9단이 빅승을 하셨습니다.

바로 이어 조나연 씨의 목소리가 흘러나온다.

"제1회 인터대전의 최종 우승자는 무적키드 9단에게 돌아갔습니다. 다음 대회가 열리기 전까지 무적키드 9단에게는 '기신(棋神)'의 칭호가 부여되며, 저희 심심마을에 입장하실 때마다 그 이니셜이 ID 앞에 붙여지게 됩니다. 축하드립니다."

바로 뒤이어 폭죽이 요란히 터지고 채팅창에는 눈부신 무늬로 장식된 축하 메시지가 뜬다. 종료된 바둑판 위에 블랙 스퀘어즈에서 썼던 화면들이 거의 흡사하게 띄워지고 있다. 눈부신 스타 샤워(star shower)의 퍼레이드 앞에 넋을 다 잃을 지경이다.

관전자들은 혼신을 불태우듯 시종일관 대국에 임했던 두 대국자, 특히 패자에게도 승자에게 보내는 것과 똑같은 박수갈채를 아끼지 않는다. 그 속에서 두 대국자는 처음 왔을 때와 마찬가지로 정체와 자취를 남기지 않고 광속으로 사라져 간다.

[흰늑대-9급] 관리자님.

[관리자2] 예.

[흰늑대-9급] 이젠 다 끝났으니 결승 대국을 하신 두 분을 밝히시

는 게 어때요?

　[관리자2] 저희도 모릅니다.

또 다른 반집

1.

"박수현 씨가 안 보이네?"

"곧 돌아오겠죠."

"자, 그럼 다들 일어나지."

직원들을 데리고 수담정으로 간다. 아르바이트생이 미리 조촐한
음식을 차려두었다. 우리는 그 주위에 둘러앉는다. 나도 그렇거니와
다들 큰일을 치르고 난 것이 아직 실감이 나지 않는 듯하다. 지친 기
색만 역력히 묻어난다.

"윤 사상이 한 잔씩 돌리지."

"예, 주간님."

"가만히 보니 빠진 사람이 많네?"

강산 형과 남 차장도 보이지 않는다.

"하는 수 없죠, 뭐."

직원들의 잔에다가 일일이 술을 따르고 건배를 제의한다.

"덕담은 주간님께서 하시죠."

"그럴까? 허허. 자, 심심마을 만세!"

"만세!"

술이 어느 정도 돌아가자 직원들은 그제야 우리가 그동안 무슨 일을 해 왔는지 느껴지는 모양이다. 입에 오른 화제는 단연 베팅 금액에 관한 것이다. 그럴 수밖에 없는 것이 세상사 아닌가.

"인터대전에 베팅된 총 금액이 얼마나 돼요?"

"놀라지 마세요 640억에 달합니다. 보험에 가입하는 데만도 큰 비용이 든 걸요."

"와아!"

"그러면 수수료 수입이 얼마나 되나? 총 금액의 3%이니…… 19억이 넘네?"

"하하하. 그렇습니다."

"떼돈 벌었군. 허허."

"우승한 무적키드 9단과 준우승한 칠광미시야 9단은 도대체 얼마나 받게 되죠?"

"무적키드 9단은 누적 대국료가 약 2억이고요, 칠광미시야 9단은

6천만 정도 돼요.”

“우승 상금도 있잖아?”

“그렇죠.”

“우승 상금은 3억 2000만, 준우승 상금은 1억 6천만이니, 무적키드 9단은 총 5억 2000만을 받게 되고 칠광미시야 9단은 2억 2000만을 받게 되는 셈이에요.”

“대단하네?”

“언제 지급하게 되지?”

“월요일 시상식 때 인터대전에 베팅한 모든 사람들에게 배당금 지급과 동시에 이루어질 거예요.”

“우승 상품은 뭘로 준비했어요? 오늘 공개하기로 하셨잖아요?”

“장식용 순금 바둑판과 돌통입니다. 준우승자는 순은으로 만들었고요.”

“우와 ! ”

“우리 심심마을의 로고가 새겨져 있어서 아주 멋있어요.”

“사장님, 좀 보여주세요.”

“저녁에나 도착할 거예요. 하하.”

“그나저나 이 사람들 도대체 어딜 간 거야?”

조나연 씨가 여기저기 전화를 걸어보지만 세 사람은 다 연락이 되지 않는다. 그때 내 휴대폰이 울린다.

"예, 윤세준입니다."

(이번에 인터대전을 개최하신 인터넷 바둑사이트 심심마을 주식회사의 사장님이시죠?)

"그렇습니다."

(혹시 이번 인터대전 베팅액 일부를 금요일에 인출하셨나요?)

"인출이라뇨?"

(어제 금요일에 저희 은행에서 사고가 한 건 났는데……)

전화를 받던 나는 무너지듯 그 자리에 푹 주저앉고 만다.

"윤 사장!"

"사장님!"

장 과장이 달려와 부축한다.

"물, 물 좀 가져와!"

"이게 무슨 일이야?"

"나…… 남 차장, 바…… 바…… 박수현 씨……."

"대체 무슨 소릴 들었기에 이러는 거야? 두 사람이 왜?"

청천벽력, 아니 눈앞에서 핵폭발이 일어나는 것만 같다. 남상록 차장과 박수현 씨, 두 사람이 은행 직원과 한통속이 되어 총 베팅액 중에서 반이나 되는 금액을 빼돌려 달아났다는 소식이다.

직원들은 아연실색한다. 최 주간도 어이가 없는지 한동안 내 말을 믿지 못한다. 뭔가 잘못된 것이라며.

그러나 잘못된 건 아무것도 없다. 눈앞에 그들이 보이지 않는다는 현실뿐이다. 그리고 대회 베팅액 전용 계좌도 반이나 비어 있는 것과 함께. 장 과장과 규형이가 두 사람의 책상을 뒤졌지만 단서가 될만한 건 어떤 것도 나오지 않는다.

조나연 씨가 다가온다.

"사장님, 개인적인 사생활이라 그동안 말씀을 드리지 못했지만 두 사람이 사귀어 온 지 1년도 넘었어요."

"뭐라고요?"

"올 가을에서야 수현이가 넌지시 제게 고백했어요. 임신했는데 어떻게 하면 좋겠냐고. 그래서 세월에 싹이 난다 해도 유부남과는 결코 잘 될 일 없으니 그쯤에서 그만 두라고 충고해 주었어요. 그랬더니 남 차장님이 하는 말이, 부인이 바람을 피웠는데 이제 더 살 마음도 나지 않는다며 둘이 어디 멀리 가서 같이 살자고 하더래요."

"어떻게 그런 일이……."

"그전부터 수현이가 장 과상님과 친하게 지내는 것처럼 보인 것은 그런 내막을 감추려는 눈속임이었던 것 같아요."

"이런!"

최 주간도 분을 참지 못하고 신음소리를 낸다. 그리고는 소리를 버럭 지른다.

"어떻게 이 사무실에서 그런 일이, 또 이런 일이 벌어질 수가 있어!"

누구도 입을 열지 못한다. 할 말이 많은 사람들만 남아있지만 할 수 있는 말은 아무것도 없다. 배신, 기만, 사기……. 그런 말들이 지니는 속성은 바로 이런 것인가.

"아!"

결국 심심마을에서 베팅을 가장 잘한 사람은 남 과장이란 말인가? 아, 내가 어느 때부턴가 직원들의 책상 위에 차를 놓아주는 일을 소홀히 한 탓인가. 그만큼 업무가 많았던가. 산화라는 인물한테 너무 정신이 팔려 있었던가, 머릿속에는 온갖 생각이 다 떠다닌다.

혹시 남 과장, 그가 바로 산화였던가? 그렇겠지. 그렇지 않고서야 이런 일을 벌일 수 없지. 정신을 차린 나는 규형이를 시켜 산화의 잔고를 검색하게 한다. 이미 블랙 스퀘어즈는 흔적도 없는 터라, 심심마을 베팅 칩으로 확인하면 되는 일이다.

"산화의 칩 잔고는 그대로인데요?"

"그대로라고?"

"예, 환산한 금액으로는 4억 남짓 되네요. 결승 대국에 무적키드 9단에게 2억 5천쯤 베팅해서 땄습니다."

최 주간이 입을 연다.

"가지고 튄 돈에 비하면 푼돈이지. 그게 눈에 들어왔겠어?"

"어쩌죠? 월요일부터 주식 청약이 개시되는데?"

"기업공개고 뭐고 다 물 건너갔어. 물 건너갔다고"

입술을 깨물고 무언가 생각하던 최 주간이 갑자기 버럭 소리를 지른다.

"멍하게 있지들 말고 누가 경찰에 신고 좀 해!"

2.

"이제 결승전도 끝났으니 들이닥치죠?"

조 팀장은 두 팔꿈치를 책상 위에 괸 채 깍지를 낀 손으로 턱을 받치고 골똘히 생각에 잠겨 있다가 김 형사의 말을 듣고 나지막이 타이르듯이 말한다.

"아직 시상식이 남아 있지 않나? 우승자가 받을 대국료와 상금에 국내외 여론이 집중되어 있으니 시상식을 마저 끝내고 나면 그때 조용히 처리하도록 하지. 다들 어때? 지난번 말대로 국가적 이미지도 있으니 말이야."

김 형사를 제외한 나머지 형사들은 고개를 끄덕인다. 방송 신문은 물론이고 인터넷도 온통 그 일로 도배가 되다시피 하는 때이기 때문이다. 김 형사가 다시 묻는다.

"직원 둘이 베팅액을 모두 빼돌려 달아났다는데 시상식을 할 수 있겠습니까?"

"그건 두고 봐야지."

"아마 못할 걸요. 혹시 이거 그 두 연놈만이 아니고 전체가 다 짜고 벌인 판이 아닐까요?"

조 팀장은 여동생 조나연을 떠올린다.

"그건 아닌 것 같아. 아니, 아니야. 확신해. 내가 보장하지."

"저쪽 박 팀장님 쪽에서 나오는 얘기는 없습니까?"

"없어. 아직은."

"도대체 300억이나 되는 큰 금액을 어떻게 빼돌렸대요?"

"사건에 연루된 은행 직원이 본점 차장이라는데, 이미 도주한 심심마을의 남녀 두 직원과 인터대전이 열리기 전부터 치밀하게 공모를 하지 않고는 그런 일이 일어날 수 없었을 거라는군. 다들 결승전에 눈이 팔려 있을 때 챙겨서 달아나 버린 거지."

"설마 현금을 가지고 튀지는 않았을 것 아니에요?"

"본점 차장이라는 놈이 은행 내에 보관하고 있던 무기명채권과 교환한 모양이야."

"참 나."

"자, 그만 퇴근하자고. 참, 김 형사는 나랑 좀 갈 데가 있어."

"예, 팀장님."

조 팀장의 발걸음은 심심마을로 향한다. 여동생도 그곳에 아직 남아 있다고 하니 그 회사 직원들이 모두 모여 있을 듯하다.

"어디로 가십니까?"

"가보면 알아. 운동도 될 겸 오랜만에 좀 걸을까? 목적지가 멀지 않으니까."

"그러죠 뭐."

심심마을 사무실까지는 3, 40분 거리. 조 팀장은 그 시간 안에 김 형사에게 자신의 심경을 밝히고 이해를 구할 수 있을지 의문이 든다.

"요즘 집은 어때?"

"늘 그렇죠, 뭐."

"우리 같은 직업도 드물 거야, 그렇지?"

"직업으로 이 계통에 몸담을 수 있나요, 어디? 두 발 달린 쓰레기들을 청소하는 팔자를 타고났거니 해야 하는 거죠."

"맞아. 그래야지."

"한데 이번 수사에 임하는 팀장님의 수사 방식이 전과는 판이하게 다른 것 같아요."

"뭐가 그렇게 달라 보여?"

"너무 소극적인 것 같아서 말이에요. 전처럼 집요함도 보이지 않고, 또 투철한 준법정신도 어디론가 실종된 것 같고……."

"늙었나 봐."

"하하."

"이봐, 김 형사."

"예, 팀장님."

"우리 같은 형사 생활이 고달플 것 같아, 바둑계의 프로기사들이 더 힘들 것 같아?"

"갑자기 그게 무슨 말씀이세요?"

"그냥 한번 생각해 보라고."

"그야…… 그건 그들이 좋아서 하는 일이잖아요?"

"우리는 어디 싫어서 이걸 하나?"

"그래도 그들은 싫으면 관두면 되지만 우리야 그렇게 할 수 있나요."

"그 점도 우리와 똑같지. 그들도 그것밖에는 할 줄 모르거든. 그러면서 몇몇 사람들을 제외하고는 순수한 의미의 기사 수입으로는 생활을 하지 못하는 경우가 대부분이지. 그래도 우리는 세끼 먹을 만큼은 꼬박꼬박 받잖아, 안 그래?"

"그들은 승부의 세계에 있으니 실력을 길러야지요. 그러면 다 해결되는 거 아닙니까?"

"한계가 있지. 우리도 진급 한계가 있는 것처럼."

김 형사는 정색을 하고 조 팀장의 옆얼굴을 바라본다.

"돌리지 말고 말씀해 보세요. 너무 어려운 말이 아니라면 세상사 어떤 얘기라도 대강은 알아들을 만한 나이니까요."

조 팀장은 속에 있는 얘기를 숨김없이 꺼내놓기 시작한다. 다 듣고 난 김 형사는 당혹감에 휩싸인다. 지금껏 자신의 사전에도, 자신이 내심 존경해 온 조 팀장의 사전에도 절대 있을 수 없는 일이 아닌가. 그러나 그 있을 수 없는 일이 벌어지려는 때이다.

"그렇게 처리하시려는 이유가 대체 뭡니까?"

"여러 사람 먹여 살리는 일, 그리고 많은 사람이 즐거워질 수 있는 일⋯⋯. 때로는 말이야. 어느 쪽이 사회적 공익에 부합한다고 봐?"

"저는 지금껏 팀장님께서 공익보다는 공의(共義)에 철저히 입각해 계신 줄 알았습니다."

"공의? 생각해 봐. 공익이란 공의에서 나오는 거야. 그리고 그 공의가 바로 사회적 합의이지. 사회적 합의가 뭐야? 사회적 허용 아냐? 많은 사람들이 종이쪽이나 긁어대고, 숫자나 맞추려고 혈안이 되어 있는 노름보다 얼마나 창의적이야?"

"창의적이라고요?"

"베팅을 제대로 하려면 바둑을 어느 정도 알아야 할 것이고, 그러면 사람들이 보다 많이 배우게 되겠지. 바둑을 두다보면 절제와 인내를 비롯한 인생사 허다한 개념을 다 배울 수 있거든. 물론 스승에 따라서, 자각하는 정도에 따라서 다르겠지만 말이야."

"⋯⋯."

김 형사가 침묵하자 조 팀장이 짧게 끊어 말한다.

"내 얘기는 그게 다야."

김 형사는 걸음을 멈추고 조 팀장의 얼굴을 바라본다. 두 사람의 눈빛이 허공에서 부딪힌다.

"잘못하면 팀장님께서 제 수갑을 차실 수도 있습니다."

"범인 도주를 방조하려는 게 아니라, 은행 금융 사고에 대한 간접적인 책임을 질 사람에 대한 작은 배려일 뿐이야."

"블랙 스퀘어즈에 관한 죄는 어떻게 하고요?"

"그런 사이트를 운영한 적이 있었는지는 가서 물어보지."

"팀장님?"

"내 마음은 이미 결정되었어."

"이미 물증까지 확보해 둔……."

"다 왔어. 얼른 따라오기나 해."

"……."

두 사람이 사무실에 도착한다.

"어서 오십시오. 금융 사고에 관한 수사는 다른 분들이 하시는 줄 알았습니다만?"

"다른 일로 왔습니다."

"잠깐 나가시죠."

나는 아무것도 묻지 않고 그들을 따라 나선다. 블랙 스퀘어즈 때문에 온 것일 터이다. 이제 와 숨겨서 무엇 하랴. 묻는 대로 선선히 대답해 줄 작정이다. 조 팀장은 사무실에서 그리 멀지 않은 조그만 식당으로 들어간다.

"술 생각이 나네요. 괜찮겠지요?"

자리에 앉자 조 팀장은 어디론가 전화를 한다. 이윽고 찾아온 사람은 놀랍게도 조나연 씨이다.

"앉아. 제 여동생입니다."

"예에?"

"정말이에요. 사장님. 제 오빠예요. 미리 말씀드리지 말라고 하셔서……. 죄송해요"

내부의 적이라는 말만 들었지, 그리고 남상록과 박수현이 달아난 뒤에도 그다지 실감나지 않았던 말이 이번에는 단박에 뇌리를 스친다.

"조나연 씨까지? 하하. 다들 너무하네. 너무해."

"오해마시고 제 오빠 말씀 좀 들어보세요"

나는 두 손을 내민다.

"들을 게 뭐 있나요. 자, 수갑 차지요"

"허허, 왜 이래요? 자, 한잔씩 합시다. 한꺼번에 두 손을 내밀고 두 잔을 달라는 법이 어디 있어요? 그리고 참, 시상식과 베팅 배당은 할 수 있습니까?"

"지금으로서는 어렵습니다. 베팅 금액 전액을 보험에 가입해 두긴 했어도 그걸 받아서 지급하는 데에는 시일이 오래 걸릴 것 같네요"

"그나마 다행입니다."

"다행일 것도 없습니다. 이제 심심마을에 관한 기사가 날 것이고 그리되면 기업공개고 뭐고 다 물거품이 될 것이니까요. 수백억이나 날린 회사를 누가 뭘 믿고 신뢰하겠습니까?"

"윤 사장이 책임자이니 그에 관한 책임을 면치 못하겠지만, 그건 다른 것에 비하면 가벼운 책임입니다."

"다른 것이라면 블랙 스퀘어즈 말씀이군요."

"그래요. 폐쇄한다더니 폐쇄했습니까?"

"그것까지 알고 계시는군요. 폐쇄는 했습니다."

"흔적도 없이?"

"예, 어느 누구도 이제 그런 사이트에 들어갈 수도 찾아낼 수도 없습니다. 지구상에서는 완전히 사라져 버렸으니까요."

"보안 버클 회수는 어쩔 작정입니까?"

"회원들이 알아서 버리든가, 아니면 기념품으로 가지든가 상관없습니다."

"그게 물증이 되지 않아요?"

"사이트가 없는데 무슨 소용이겠어요?"

"그렇군. 허허."

"오빠, 이제 어쩌실 거예요?"

조 팀장은 힘주어 말한다.

"윤 사장, 당분간 피신하세요."

"피신하라니요?"

"위기십결에도 봉위수기(逢危須棄)라, 위험한 상황이 되면 속히 손을 떼고 때가 도래할 때까지 그 상황을 벗어난 자리에 있으라는 말이 있지 않아요?"

나는 고개를 젓는다.

"피신하고 싶지 않습니다. 제가 그러면 남은 직원들만 고생하게 되겠지요. 그들에겐 아무 죄가 없으니 오히려 남아서 그들을 지켜주고 싶습니다."

"그런 건 내가 다 알아서 처리하겠어요. 다만, 윤 사장이 피신해 있어야 처리를 할 수 있다는 것만 명심하세요."

"도대체 무슨 이유로 제게 이런 제의를 하는 겁니까? 저희 회사 직원인 조나연 씨의 오빠라서요?"

"실은…… 나도 블랙 스퀘어즈의 베팅맨이었지요."

"뭐라고요?"

그의 곁에 앉아 있던 김 형사가 더 놀란다.

"팀장님?"

"설마?"

"사실입니다."

"그…… 그게 사실이라면 ID가 뭐…… 뭐였습니까?"

"그건 가르쳐 드릴 수가 없지요."

곰곰이 생각을 해 본다. 문득 머릿속 아지랑이 끝에 피어오르는 ID가 하나 있다.

"그렇다면 혹시? 시골……."

조 팀장은 고개를 끄덕인다.

"블랙에 계시는 동안 잃었습니까, 땄습니까?"

"허허. 땄지요 아주 많이. 돈은 막판에 다 잃었지만 접속해서 베팅을 하고 관전을 하는 동안만큼은 직업상으로는 결코 받지 못할 위안을 얻었으니까. 그리고 말이에요 윤 사장이 온전한 집 한 채를 지으려다가 집의 반은 아름답게 지었는데, 나머지 반집을 못 짓게 된 것이 내 보기에 못내 안타까울 뿐이에요. 그래서 나중에 기회가 되면 그 집을 새로 튼튼히 완성하라는 뜻에서 제의하는 겁니다."

"……."

"피해 있을 거요, 말 거요?"

그래도 내 입에서는 얼른 대답이 나오지 않는다.

"이제 보니 아주 답답한 분이셨구먼."

보다 못한 김 형사가 한마디 거든다.

"어차피 증거불충분으로 죄가 성립되지도 않아요. 이카파를 비롯해 블랙 스퀘어즈 사이트를 완전히 없애버렸다면."

3.

사무실엔 나갈 수 없다. 이른 새벽부터 인터대전에 베팅을 한 사람들이 찾아들어 사무실 근처는 교통이 마비될 정도이다. 대문짝만하게 난 신문 보도가 사실인가 아닌가를 확인하려고 몰려든 사람들 때문이다.

월요일로 예정되어 있던 시상식도 자연 취소되어 기약 없이 미루어졌고, 기업공개를 위한 주주 모집도 없던 일이 되어버렸다.

사장을 찾아내라는 시위가 독재 정권 타도를 외치던 그때를 방불케 할 정도이다. 멀리서 그들의 모습을 바라보고 있던 김강산은 착잡한 마음을 달랠 길 없다.

"일이 어쩌다가 이 지경이 되었는지……."

최 주간과 장 과장, 그리고 정규형이 토요일 늦게까지 사무실에 남아 항의하러 찾아들 사람들에 대비해 직원들의 인적 사항에 관한 서류와 중요한 프로그램 등은 다 챙겨놓아 개별적으로 성가신 일을 겪지는 않았지만 조만간 특단의 조치가 내려지지 않는다면 어떤 장담도 할 수 없는 상황이다.

김강산은 최 주간과 만나기로 한 종로로 향한다. 최 주간은 장 과장과 함께 있다.

"어서 와."

"오다가 들러봤더니, 사무실 부근이 난리도 아니군요."

"인터넷에도 온갖 악플이 무지무지하게 올라오고 있더라고요."

"정규형 씨는 보이지 않네?"

"고향으로 내려가 잠시 쉬고 오겠다고 했어요."

"두 연놈 때문에 일을 그르칠 줄 누가 알았겠어? 나 참."

"이런 걸 두고 자충수라고 하는 거야."

"주간님도 농담이 나옵니까, 지금?"

"그럼 울까? 갔다 온 일은 어떻게 되었어?"

"그 일을 논할 자리도 아닌 것 같습니다."

"하기야 들으나마나한 얘기겠지."

"윤 사장은 어디 가 있대요?"

"집에서도 소재를 모르나봐."

"알면서 모른 척 하는 것이겠지요."

며칠 지나지 않아 보험회사에서 베팅액 전액을 보험 처리하여 지급해 주겠다는 약속을 했다는 보도가 나온다. 그때부터 분위기는 진정되는 국면을 맞이한다. 그러나 그 일은 인터대전 때보다도 더 사회적 관심사가 되어 찬반양론이 뜨겁게 불붙고 있다.

"노름 돈도 보험이 되는 세상이라니, 참."

"나라에서 허가한 노름이었으니까 그렇겠지."

"보험회사도 그걸 믿고 보험에 들어주었을 거고."

"옳은 말이야. 그리고 말이야. 나라에서는 온갖 노름을 다 벌려서

우매한 국민들의 호주머니를 노리면서 개인이 노름사업을 하면 왜
안 된다는 거야?"

"하하. 딴은 그렇군."

"이 참에 노름 제도 좀 고쳐야 돼."

정규형은 경찰과 임의동행 형식으로 보험회사에 들러 베팅을 한
사람들의 실명과 주민번호 그리고 은행 계좌번호 등이 기록되어 있
는 개인 정보를 넘겨준다. 정부 당국에서도 비난이 더 커지기 전에
얼른 수습하려는 의지를 보여 베팅 배당금과 대국료, 상금은 불과 열
흘도 안 되어 모두 지급된다.

"다행한 일이군."

"윤 사장 처벌은 어떻게 되는지 누가 좀 알아봐."

장 과장이 대답한다.

"벌써 알아봤습니다. 벌금이 조금 나와 있더군요."

"다른 건 없고?"

"예."

"거 참, 이상한 일일세."

"뒷골목 쪽으로 알아보았더니 고위층에서 앞다투어 손을 썼다는
후문이 있습니다."

"무엇 때문에?"

"그들도 블랙 스퀘어즈에 들어가 베팅을 하고 놀았거나 아니면 인

터대전에 베팅을 했겠지. 아니면 기사로 출전을 했거나. 그래서 익명이 좋은 거 아니겠어?"

"그럴 수도 있겠군요"

"그럴 수도 있는 게 아니라 분명히 그랬을 거야. 결승전 때 국내외 동시 접속자 수가 50만이 넘었어. 그것만 봐도 짐작할 수 있는 일이지."

"그럼 이제 다 해결된 건가요?"

"벌금을 낸 뒤에는 당분간 이름을 감추고 살아야겠지."

"이름은 왜 감춰요?"

"법이나 권력은 말이야. 사람 목숨은 붙여주지만 이어갈 방도나 비난을 피할 방도까지 마련해 주지는 않거든."

김강산은 낯선 전화를 받는다. 자신을 국제 변호사라고 밝힌 미지의 인물이 만나기를 청하는 것이다. 최 주간한테 연락을 했으니 전화를 해 보라고 해서 했다는 말이다. 의심이 들지 않을 수 없다.

"주간님, 접니다."

"아, 김 이사도 전화 받았지?"

"무슨 일입니까?"

"만나봐야 알겠지. 오후에 그 약속 장소로 나오라고."

"그러죠"

국제 변호사라는 미국인은 우리나라에 귀화해서 우리나라 이름으로 우리나라 여자와 아들딸 낳고 살고 있는, TV에도 가끔 얼굴이 비치는 제법 유명인사이다.

"안녕하십니까?"

"무슨 일로 보자고 했습니까?"

그는 동행한 사람들을 소개한다. 그리고는 곧바로 서두를 길게 얘기할 것도 없이 찾아온 목적을 설명하기 시작한다.

"그러니까 이분들의 나라에 심심마을과 같은 사이트를 만들어 달라는 말씀이군요?"

"예에, 심심마을의 경영진과 기술진을 초빙하겠다는 바로 그런 뜻입니다."

"지금 심심마을 윤 사장이 법적으로 문제가 되어 있는 건 알고 있습니까?"

"물론입니다. 심심마을 사이트는 폐쇄되고 벌금형을 받은 걸로 알고 있습니다. 그 벌금까지 대신 납부해 주겠다는 제의입니다."

그것은 그들 제의의 시작에 불과하다. 국제 변호사는 앞으로 추진할 그들의 계획까지 친절히 알려준다.

"이분들은 투자만 할 겁니다. 사이트의 창설, 운영은 전적으로 윤 세준 사장님한테 일임한다는 것이죠. 또 이분들 나라의 법적 문제까지 고문 변호사단을 통하여 다 해결해 주겠다는 조건입니다. 어떻습니까?"

"수익 분배는요?"

"그건 윤세준 사장님을 직접 만나서 논의했으면 좋겠다는군요. 물론 두 분도 함께 참석하시면 더욱 좋다고 하시네요."

"이런 제의를 하는 이유가 뭡니까?"

"바둑이라는 두뇌 오락 스포츠를 통해 국제적으로 큰 반향을 불러일으킨 그 운영체계와 노하우, 그리고 경영 마인드를 높이 사겠다는 것이죠."

"이분들이 실질적인 투자자입니까? 다른 숨은 투자자의 대리인입니까?"

"실은 그 나라에 아주 큰 다국적기업이 있는데 투자는 거기서 할 겁니다. 이분들은 세계 각국으로 돌아다니며 신사업 개발을 맡고 있는 부서의 직원들이고요."

그들이 국제 변호사에게 무어라 귓속말을 한다. 그가 웃는 낯이 된다.

"사이트 외에도 윤세준 사장님이 다른 프로젝트를 제안한다면 100% 수용하겠다고 합니다. 이분들의 복안에는 딜러 양성소가 아닌 도박사를 길러내는 도박학교 같은 것도 개설할 예정이라고 합니다."

"그런 부분에까지 전권을 주겠다고요?"

"그렇습니다. 학교의 교장으로도 겸임케 하여 교과과정에서부터 교사 선발, 학생 선발에 이르기까지 모든 권한을 위임하겠다는군요."

"도박학교라니, 살다보니 별……."

"허허허."

어이없어 하는 김강산과는 달리 최 주간은 웃기만 한다. 그들이 돌아간다. 윤 사장 없이는 더 이상 얘기를 진행시킬 수가 없다. 김강산과 최 주간은 소박한 술집에 앉아 심심마을에 근무했던 직원들을 불러낸다. 하지만 국제 변호사의 제의에 대해서는 함구하기로 한다.

"한 가지 말해 둘 것은 이번 일이 전화위복이 되어 앞으로 더 좋은 일이 생길지 모르니까 다른 직장을 알아보는 일은 가능하면 좀 늦춰, 알겠지?"

"심심마을에 근무했다는 이력 때문에 어차피 갈 데도 없어요."

"얼마나 기다려야 되는데요?"

"그건 알 수 없지."

"저는 기다리겠어요."

"동감이에요. 그동안 우리가 언제 뭐 꼭 이날이다 기약하고 살았나요."

윤 사장을 찾아야 한다. 알고서 가르쳐 주지 않는 것이 아니라 그의 아내도 종적을 모르고 있는 것이 분명하다.

"가끔 애들 안부를 물으러 연락은 오는데 어디에 있는지는 도무지 말을 하지 않더라고요. 혹시 김 이사님께 연락이 오면 잘 타일러서 집으로 돌아올 수 있도록 해 주세요."

"그러죠. 혹 발신자 표시는 없었습니까?"

"예."

"도대체 그 작자 어디에 가 있을까?"

"김 이사는 짐작 갈 만한 곳이 있을 법도 한데?"

"저도 마찬가지입니다. 윤 사장 숨어있는 거처가 바둑판 위에서라면 찾을 수도 있을까, 도무지 이 땅 위에서는 어딜 함께 돌아다녀본 곳이 있어야 말이죠. 고작 술집 아니면 기원이었으니까요."

"그렇다고 언제까지 이렇게 마냥 앉아서 기다릴 수는 없잖아. 저쪽 사람들이 돌아가야 할 시일도 있다는데."

"혹시?"

"생각난 곳이라도 있어?"

"허탕 친다고 생각하고 한번 가보기로 하죠."

"어디야, 그곳이?"

익명의 정체

겨울 갈대가 바람에 서걱이는 소리.

'사아사아아아!'

살얼음이 낀 개울을 바라보고 있자니 나 역시 그대로 물이 되어 안동호로 흘러들 것만 같다.

왼편으로 크게 펼쳐져 있는 호숫가는 겨울 가뭄에 물이 말라 바닥을 수만 평이나 드러내고 있다. 전체가 진흙 바닥이자 늪으로 보인다. 무작정 걸어 들어가고 싶은 충동이 인다.

자리에서 일어났다. 저 속에 어쩌면 오내의 하류, 안동호 속에 수몰되었다는 옛날 오천동으로 들어가는 비밀의 길이 있을지도 모른다. 그 마을에 가면 김산이 바둑판을 마련해 두고 빙긋 웃는 얼굴로 이제 오느냐며 나를 반겨줄 것만 같다.

"아저씨, 그쪽으로는 가면 안 돼요!"

돌아다본다. 위쪽 민박집 아주머니이다. 마당에 쳐 놓은 비닐하우스에서 나와서 나를 발견하고는 소리를 친 것이다. 마치 죽으러 가는 사람처럼 보였던 것일까.

"산책하고 돌아올 게요"

"그쪽은 발이 빠져서 산책이고 뭐고 가면 안 된다니까요!"

"그럼 용궁 구경이라도 하고 오죠. 걱정 마세요."

아주머니는 혀를 찬다. 들어온 날부터 허구한 날, 볕을 쬐러 나온 구렁이처럼 냇가 갈대밭 양지 바른 곳에 똬리를 틀고 앉아서 종일 흐르는 냇물만 쳐다보는 나를 이상하게 여겨온 지 여러 날 된다.

김산이 어릴 적에 주웠음직한 검은 조약돌들.

다 쓸려가 버리고 거의 남아있지 않은 그것을 마치 보석이라도 찾듯이 온 내를 뒤져가며 줍고 있는 것 말고는 딱히 하는 일이 없다. 돌도 반 되나 주웠을까.

몇 호 안 되는 민가 사람들은 마을에 들어온 뒤로 밖에는, 심지어 마을 어귀 도로변에도 한 발자국 내딛지 않는 나를 보고 아직도 수군대고 있다.

"죄 짓고 도망 온 사람 아냐?"

"죄 지은 사람이 관광객이 많이 오는 이런 곳에 와 있을 리가 있겠어?"

"그건 모르지. 서울 사람들이 이곳을 알기나 해?"

"요즘은 컴퓨터가 있어서 아무리 산간 오지라도 다 찾아다닌대요."

"뭘 하러 온 사람이야?"

"수석 하는 사람 같기도 하고 아닌 것 같기도 하고……."

"말을 안 하니 알 수 없지."

"전에는 뭘 했대?"

"그것도 몰라. 명주실로 기워 놓은 것처럼 입을 열지 않으니."

굳이 마을 사람들과 입을 섞고 싶지 않다. 이런저런 애기를 나누다 보면, 사람 말이란 딴 길로 새어나가기 일쑤이고, 또 저 편에서 하는 말을 받아주지 않으면 예의 없는 사람이라는 말을 들을 것이 뻔하지 않은가. 그보다는 차라리 입을 봉하고 지내는 편이 한결 덜 성가실 듯하다.

신발이 빠지는가 싶더니 들어갈수록 점차 발이 깊게 빠져 들어간다. 발아래만 보고 걸음을 계속 옮긴다. 어느덧 멀리 물이 보인다. 뒤돌아보니 땅은 까마득하게 멀어져 있다. 거대한 수렁 속에 홀로 버려져 있는 듯한 느낌. 호수 바닥의 색깔이 검어서 그런지 문득 공포감이 와락 덮쳐 가슴이 철렁 내려앉는다.

순식간에 물이라도 차오르게 된다면 그대로 수장될 것만 같은 두려움. 한 발만 더 내디디면 캄캄한 지심(地心) 속으로 영원히 빠져들 것만 같은 극도의 위기감. 몸이 얼어붙어 그 자리에서 더 나아갈 수도 되돌아 갈 수도 없다.

아, 땅을 밟고 있는 것도, 물을 밟고 있는 것도 아닌 나는 누구인가.

원래의 오천동이 얼마나 하류에 있었는지 가늠조차 할 수 없다. 30년에 걸쳐 물속에 잠겨 있었으니……. 지상에서 사라진 옛 마을은 깊이 모를 물속에서 조개 기와를 이고 용궁이 된 듯 꿈을 꾸고 있을 법하다.

'적어도 김산의 생가만이라도 옮겼더라면…….'

그렇다. 사람들은 옛 가치는 쉽게 알아보지만 미래에 드러날 가치에는 인색하다. 아니, 인색한 정도가 아니라 아예 무시해 버린다. 그 때문에 저 넓은 호수 속에 잠든 수백 수천 채의 집처럼 얼마나 많은 미래의 가치들이 수장되어 버렸을 것인가.

고개를 들어 하늘을 올려다본다. 겨울 철새들이 날아오른 자리는 알 수 있지만 내려앉을 곳은 짐작할 수 없다. 사람들이 호수 바닥과 냇가 곳곳에 독약을 묻힌 낟알을 뿌려 두었기 때문이다. 새들도 앞서 죽어간 동료의 비애를 잘 알고 있으리라.

그러나 언젠가는 지쳐서 앉아야 할 날개를 가지고 있는 슬픔. 그리고 주린 배를 채우기 위해 진흙탕을 부리로 쪼아대다 보면 꿀꺽 삼키고 말 죽음의 낟알들. 먹어치우는 것보다 새로 널리는 게 더 많은 악마의 유혹.

'새로 널리는 것이라…….'

언젠가 인간들 자신이 먹게 되리라. 어쩌면 지금도 먹고 있을지도 모른다. 더 많이 먹기 위해 더 많이 넣어놓고, 그걸 본 또 다른 이들은 시샘을 하여 더욱 더 많이 넣어놓고……. 그러다 결국은 모두 자기가 뿌린 독약을 제 스스로 집어먹고는 중독이 되고 마는 하늘 아래 가장 슬픈 족속들.

다시 내를 거슬러 올라가 신을 신은 채로 철벅철벅 발장구를 친다. 신과 아랫도리에 묻은 진흙을 다소나마 씻어내기 위해서이다.

"어이, 윤 사자앙!"

부르는 소리에 깜짝 놀라 돌아다본다. 마을에서 오내로 나 있는 비탈길에 든 사람들이 손까지 흔들고 있다. 강산 형과 최 주간, 그리고 장 과장이다.

"여기 있었군 그래? 재미가 어떠신가?"

"사장님!"

그들이 냇가로 다 내려오기를 기다려 묻는다.

"어떻게 알고 찾아왔어요?"

"우리 행마야 늘 바둑판 위지. 하하하."

"머리는 좀 맑아졌나? 얼굴 좋아 보이는데?"

"겨울바람에 익은 거죠, 뭐."

"하기야 오늘은 꼭 바람 속에 고춧가루를 뿌려놓은 것 같네."

"올라가시죠. 추운데."

세 사람을 이끌고 민박집으로 간다. 강산 형이 주인아주머니와 인사를 나눈다. 하긴 몇 호 안 되니 전부 일가일 것이다.

"큰형님 댁에 묵지 않고?"

"냇가가 바로 보여서요."

주인아주머니의 신세를 지고 싶지 않아 옷을 갈아입은 뒤에 마을 밖 국도 변에 있는 식당으로 일행을 이끌고 간다.

"서울 일 궁금하지 않아?"

"다 풍비박산 났겠죠."

강산 형이 그간 있었던 일들을 자세히 들려준다. 심심마을이 문을 닫은 것을 제외하고는 탈이 난 게 아무것도 없다고 해도 지나친 말이 아니다. 그 모든 일은 조나연 씨의 압력을 못 이겨 조중준 형사가 주도적으로 처리했을 것이다. 고마움이 느껴진다.

"그러면 다른 건 다 되었고 참, 산화가 누군지 궁금하지 않아?"

"여기 와서도 누굴까 생각해 봤지만 우리가 아는 사람은 아닐 것 같았어요."

"그래?"

"제겐 산화 자체가 제 인생에서 해답을 찾을 수 없는 하나의 질문처럼 여겨져요. 결국 못 찾고 말았으니."

"얘기해 줘?"

"얘기라뇨?"

놀란 눈을 하는 나와는 달리 강산 형은 싱글벙글이다.

"그럼 인터대전 결승전이 열리는 동안 지방으로 출장 갔다던 건 산화를 찾아 나선 걸음이었단 말이에요?"

"찾아 나섰다기보다는 확인하러 갔었지."

"확인이라뇨?"

2.

숙희는 배가 고프다. 부엌 어디를 뒤져봐도 먹을 것은 아무것도 없다. 안방에서는 아까부터 줄곧 할아버지의 웃음소리만 들려오고 있다.

"이년아, 뭘 그리 달그락거리다가 들어오느냐?"

"배가 고파요, 할아버지."

"저기 저 막걸리나 한 사발 하고 건너가 자거라."

상 위에는 술 주전자와 사발 하나, 그리고 굵은소금 한 종지가 있을 뿐이다.

"이번에도 성공이군. 허허, 그러면 그렇지. 이년아, 조금만 참고 기다리거라. 이런 식으로만 나간다면 금방 부자 되는 건 일도 아니다. 돈 많이 벌면 좋은 옷에 맛난 것 많이많이 사주마."

컴퓨터 앞에 앉아 있는 할아버지를 본 숙희가 묻는다.

"할아버지처럼 바둑을 하면 돈을 많이 벌 수 있어요?"

"이년아, 이건 베팅이라고 하는 거야."

숙희의 머릿속에는 '베팅'과 '부자'라는 두 글자가 한 단어처럼 각인된다.

"너도 이리 와서 좀 봐. 이 할아버지가 돈을 얼마나 잘 따는지. 허허."

"그만 건너갈래요"

건넌방으로 온 숙희는 할아버지가 술만 마시는 것이 아니라 밤마다 돈을 벌고 있구나 하는 생각에 가슴이 설레어 잠도 오지 않는다.

"아, 손 아퍼."

술 사발은커녕 연필도 쥘 수 없게 되자 할아버지는 숙희를 데리고 안동에 있는 큰 병원에 간다.

"동상이라니?"

"이대로 두었다가는 손가락을 다 잘라내어야 해요. 그러니 하루 속히 서울에 있는 큰 병원에 가보세요. 소개서를 써 드릴 테니."

면사무소에서 도움을 받고나서야 할아버지는 미리 소개를 받아 둔 서울의 큰 병원으로 숙희를 데려가 입원시킨다. 손가락을 바로 잘라내어야 한다는 진단이 내려졌지만 할아버지는 완강히 거절한다.

"손가락 없는 병신이 되면 나중에 시집은 어찌 보내라고?"

병원에서 약물치료와 물리치료를 받고 있는 어느 날, 같은 병실에

한 아저씨가 입원한다. 발이 부러져 깁스를 한 아저씨는 정형외과 병
동의 병실에 침대가 없어 임시로 오게 되었는데, 숙희의 바로 옆자리
에 눕자마자 하루 종일 바둑책만 볼 뿐이다.

그 모양을 한참 동안 바라보던 숙희가 중얼거린다.

"우리 할아버지도 그런 걸 하는데……."

"그러니? 그러면 너도 바둑 둘 줄 알아?"

"저는 못 해요."

"그래? 배워보겠다면 이 아저씨가 한 수 가르쳐 주지."

숙희는 그걸 배우면 할아비처럼 돈을 많이 벌 수 있겠다 싶은 생
각이 샘솟듯이 차오른다.

"좋아요 가르쳐 주세요."

한 달에 한 번쯤 상경하여 병원에 들르곤 하던 할아버지의 발길도
뜸해진 터라 숙희는 그날부터 아저씨에게 바둑을 배우는 재미에 푹
빠져 든다.

"거, 계집아이한테 뭘 하는 거요!"

병실에 들어서자마자 소리를 지른 할아버지를 향해 아저씨는 아주
민망해 하며 말한다.

"숙희나 저나 무료하기도 해서 바둑을 좀……."

"계집년이 바둑을 배워서 어디다 쓰겠다고, 한데 그 젊은이는 얼마
나 두오?"

"둔다고 할 것까지도 없는 기력입니다."

"나랑 한판 두어봅시다."

숙희가 얼른 비워준 의자에 앉은 할아버지는 아저씨와 바둑을 두어나간다. 한 판이 끝나고 나자 할아버지의 얼굴에 웃음이 번졌다. 그리고는 바둑판을 손으로 가리키며 말한다.

"여기 이 자리에서는 날 일 자로 놓았어야지. 그리고 여긴 패도 안 나는 자리이니 들어와서는 안 되고 남의 집이 커 보이면 바둑 진다는 격언도 몰라?"

"아이구, 저 같은 하수가 어찌 알겠습니까, 하하."

"그럼 한판 더 두어볼까. 이번에는 자네가 두 점을 깔고 두어보자고"

"예, 어르신."

바둑 한판으로 할아버지와 갑자기 친해진 아저씨는 대국을 벌이는 동안 가만히 입을 연다.

"숙희가 천하의 기재임에 틀림없어요"

"계집아이가 무슨."

"아닙니다, 어르신. 바둑을 가르친 지 석 달도 안 되어 9급 실력은 너끈히 갖춘 걸요"

"아무리 세상이 바뀌어도 여자가 해야 할 일은 따로 있는 법이야."

"하하. 그렇긴 합니다만, 이제 보니 숙희 바둑 실력이 어르신께서 두는 것을 어깨너머로 배워 익힌 덕이로군요"

이제 가야지가야지 하면서도 결국 가지 못하고 아저씨와 바둑으로 밤을 새고 만 할아버지는 새벽바람에도 발걸음이 못내 떨어지지 않아 한 판 더 두고 내려가신다.

"내가 다음에 올 때까지 실력을 많이 좀 닦아두라고"

"그러겠습니다, 어르신."

할아버지를 배웅해 드리고 돌아오는 길에 아저씨는 숙희의 머리를 만지며 말한다.

"할아버지가 바둑을 참 좋아하시는구나. 숙희가 많이 배워서 나중에 퇴원하고 고향에 돌아가거든 할아버지 심심치 않게 상대해 드려라. 알겠지?"

"예. 참, 우리 할아버지는 돈 거는 것도 해요"

"돈을 걸다니?"

"베팅 말이에요. 다른 사람이 바둑 두는 걸 보고 걸어서 따 먹는 거래요. 컴퓨터로"

"숙희가 베팅을 다 알아?"

"그럼요. 할아버지가 하는 걸 많이 봤어요"

"으음."

"할아버지가 나중에 돈 많이 벌어서 맛난 것 좋은 옷 사준다고 하셨어요."

"그랬어? 한데, 할아버지가 베팅을 한다는 그 사이트 이름을 아니?"

"알고말고요. 심심마을이에요."

"다른 이름은 아니고?"

"예. 꼭 거기서만 베팅을 하시거든요."

아저씨는 잠깐 동안 무언가 생각하더니 숙희에게 묻는다.

"숙희 너도 그런 거 해서 돈 벌고 싶니?"

숙희는 말없이 고개를 끄덕인다. 아저씨는 숙희가 큰 실의에 빠질까봐 그게 전부 숫자놀음에 불과한 가짜 돈이라는 말을 할 수가 없다.

허벅지 뼈의 복합골절로 입원해 있던 아저씨가 하루는 배가 아프다면서 어디론가 진찰을 받으러 가더니 소식이 없다. 간호사에게 물어보아도 모른다는 대답뿐이다. 그런 아저씨가 다리의 깁스는 풀었지만 여전히 환자복 차림으로 열흘 만에 되돌아온다.

"어디 갔다 오신 거예요?"

"우리 숙희가 아저씨 많이 보고 싶었지? 아저씨도 숙희가 보고 싶어 혼났단다. 하하."

웬일인지 아저씨의 얼굴이 전보다 검어 보이고 살도 빠진 것 같다. 화장실을 다녀오던 숙희는 간호사들이 나누는 말을 듣는다.

"간암 말기래."

"그래?"

"석 달밖에 못 살 것이라는 진단을 받자 숙희가 있는 병실에서 같이 지내게 해 줄 수 없느냐고, 마지막 소원이라고 눈물로 통사정을 하더라는 거야."

"그래서 마지못해 들어준 모양이네?"

"그렇지 뭐. 참 안 됐어. 다리만 나으면 아주 건강한 사람으로 돌아가겠거니 했는데, 졸지에 하루가 급한 석 달짜리 인생이 되고 말았어."

병실로 돌아온 숙희는 아저씨 품에 꼭 안긴다.

"아저씨……."

"왜 그래, 숙희야?"

"석 달밖에 못 사신다면서요?"

"누…… 누가 그런 얘기를 하던?"

"다 들었단 말이에요!"

"……."

어느덧 신변 정리를 마친 아저씨는 할아버지를 간곡히 설득해서 숙희의 오른손 손가락을 다 잘라내는 수술을 받게 한 뒤, 의수까지 착용하게 해 준다. 그리고는 숙희에게 바둑을 가르치는 일에 더욱 열중한다.

의사가 무리하지 말라고 했지만 가만히 누워서 죽음의 공포를 기다리는 것보다 그 편이 훨씬 보람되고 즐거운 일이 아닐 수 없다. 그러는 동안 숙희는 아저씨의 몸이 날로 수척해져 가는 것을 느낀다.

"아저씨!"

바둑을 가르치다 말고 쓰러진 아저씨는 중환자실로 실려 간다. 하루를 꼬박 앉아서 지샌 숙희가 간호사를 따라 아저씨가 누워 있는 곳으로 간다. 아저씨는 해골이 다 된 얼굴로 빙긋 웃으며 숙희를 맞이한다.

"아저씨 침상 밑에 상자가 하나 있어. 이 아저씨가 2년도 채 안 쓴 노트북이라는 컴퓨터인데 낡은 거지만 숙희가 쓸래?"

"예, 고마워요, 아저씨."

"나중에 집에 가지고 가서 꼭 혼자 있을 때 풀어보렴. 약속하겠지?"

"예에. 아저씨."

"수…… 숙희야."

"예에."

"아…… 저씨 소원 하…… 한 가지만 들어줄래?"

"예."

"하…… 한 번만, 한 번만 아빠라고 불러주겠니?"

태어나 한 번도 불러보지 못한 낱말, 망설이던 숙희는 가만히 입을 달싹거린다.

"아······ 빠······."

할아버지가 오자 간호사가 아저씨의 유언을 전한다. 할아버지는 통장과 도장을 가지고 돈을 찾아 아저씨의 병원비를 치르고 난 뒤 무연고자로 분류되어 병원에 안치되어 있던 시신을 화장해서 숙희와 함께 한강에 뿌려준다.

버스를 타고 돌아오는 길에 할아버지는 궁금해 묻는다.

"이년아, 그건 뭔데 그렇게 꼭 안고 있느냐?"

"할아버지는 몰라도 돼요."

"뭐? 이년이 이제 머리가 조금 굵어졌다고, 허허."

집으로 돌아온 숙희는 갑자기 돈이 많아진 할아버지가 밖으로 술 마시러 나간 틈을 타 상자를 뜯어본다.

할아버지 것과는 비교도 할 수 없는 작은 컴퓨터가 한 대 들어있고, 그 덮개 위에 비닐봉지 하나가 테이프로 붙여져 있다. 떼어내어서 열어보니 통장과 도장, 그리고 편지가 한 장 들어있다.

······숙희야, 이 통장과 도장은 할아버지한테도 주지 말고 꼭꼭 숨겨두어야 한다, 알겠지? 그리고 컴퓨터를 인터넷에 연결해서 켜면 할아버지가 평소에 하시는 것처럼 우리 숙희도 바둑도 두고 베팅도 할 수 있도록 이 아저씨가 다 잘 마련해 놓았단다.

그런데 그런 걸 하고 싶을 땐 꼭 혼자 있을 때만 한다고 약속하거

라. 약속하는 거지? 하늘나라에서 아저씨가 지켜볼 거야. 이 편지 마지막에 적어놓은 것은 베팅을 하고 싶을 때 그 사이트에 들어가는 비밀번호들이란다. 꼭 외워두던가 아니면, 어디 다른 곳에 적어두던지 하거라.

우리 숙희가 공부도 열심히 하고 베팅도 열심히 해서 돈을 많이 벌면, 이다음에 옷 걱정, 먹을 것 걱정 없이 좋은 학교에 갈 수 있겠지? 그런데 돈이 아무리 많아도 공부를 열심히 하지 않으면 좋은 학교에 가고 싶어도 못 간다는 것을 꼭 명심하거라.

아저씨가 언제까지나 하늘나라에서 우리 숙희를 지켜보고 있을게. 그럼 안녕.

"이년아, 이거 어디서 난 거야?"

"병원에 같이 있었던 아저씨가 준 거예요. 학교 숙제할 때 쓰라면서."

할아버지는 컴퓨터가 한 대 더 느는 것에 불만이 없다. 숙희가 숙제를 해야 한다고 할 때는 도리 없이 컴퓨터를 숙희에게 양보해야 했기 때문이다.

"좋은 것 선물로 받았으니 오래 쓰거라."

술을 먹고 들어온 할아버지가 코고는 소리를 크게 내면서 잠이 든 뒤에야 숙희는 노트북 컴퓨터를 켜고 아저씨가 가르쳐 준대로 해본다.

어지러울 만큼 요란한 화면이 나타나더니 이윽고 환영한다는 자막이 나오는 것과 동시에 예쁜 언니의 목소리도 울려나온다.

"산화?"

"이게 내 ID인가보네?"

"히힛, 숙희보다 더 예쁜 이름인데?"

숙희는 툇문을 열어젖힌 뒤 먼 하늘을 올려다보며 나지막이 말한다.

"고마워요, 아저씨. 아니, 아……빠…… ."

그리고는 누가 몰래 엿보기라도 할세라 덜컥하고 문을 당겨 닫는다.

3.

"아!"

믿을 수가 없다. 강산 형이 나를 위로하느라 꾸며낸 소리로만 들린다. 술잔을 비운 최 주간이 입을 연다.

"이 사람. 입을 못 다무네. 허허. 나도 듣고 나서 믿지 못했지."

"저도요."

장 과장도 맞장구를 친다.

"만나보고 나서야 알았지."

"주간님도 산화를, 아…… 아니 그 숙희라는 아이를 직접 만나보셨다는 말씀이세요?"

"여기로 오는 길에 잠깐 식당에 들려서 얘기를 나눠 봤어. 조금 있으면 이리로 올 거야. 오늘은 그 아주머니가 일찍 보내주기로 했으니까."

"여기로요?"

강산 형이 전화를 받더니 누군가에게 우리가 있는 곳을 일러준다. 얼마 지나지 않아 한 청년이 숙희를 데리고 들어선다.

"신문사 안동 주재 객원기자님이셔. 이쪽은 말씀드린 대로 윤 사장이에요."

청년은 눈에도 들어오지 않는다.

"안녕하세요?"

인사를 건넨 계집아이는 고개를 숙인 채로 있다. 나는 대뜸 묻는다.

"네가…… 네가 산화였다는데 사실이야?"

"예."

숙희는 짤막하게 대답한다. 충격이 가시지 않은 내 얼굴에 허무하기 짝이 없는 웃음이 핀다. 블랙 스퀘어즈 최고의 베팅 고수가 고작 열두 살 어린아이라니…… 아니야, 아니고말고 저 이 아이 뒤에 또 다른 누군가가 있을 거야, 틀림없이.

"윤 사장은 숙희한테 절을 해야지. 강호제일의 베팅 고수를 알현하게 되었으니 말이야. 허허."

"숙희야."

"예, 아저씨."

"우리 사장님이 네게 궁금한 게 많은 모양인데 대답 좀 해 주련?"

"예."

숙희는 처음에는 내가 묻는 말에 술상을 내려다보며 대답을 짤막짤막하게 하다가 어느덧 고개를 들고 나를 바라보며 말을 잇는다.

"나중엔 배가 고파서 잠이 안 올 때 베팅을 하러 들어가곤 했어요. 돈이 불어나면 배가 부른 것 같았거든요."

"한데 나나 사람들의 질문에는 왜 대답을 잘 안 했어?"

"그게 궁금해요?"

"아니."

"그럼요?"

"그냥 이해하고 싶어서."

"거기 들어간 뒤에 다른 사이트를 띄워서 놀고 있다 보면, 그곳에 먼저 들어가 있었다는 걸 자꾸 까먹었어요. 나중에 나오려다 보면 '아참 내 정신 좀 봐' 한때가 많았거든요. 돈을 걸러 들어갔다가도 그 때문에 못 건 날도 많았어요."

"다른 어떤 사이트에 들어가길래 그랬어?"

"도도이스라는 사이트의 에듀클럽이라는 곳에 들어가서 여러 가지 문제를 풀면 캐쉬 충전이 돼요. 그걸 모으면 그곳 인형 가게에서 인형을 살 수 있어요. 엄마 아빠가 같이 있는 예쁜 인형들⋯⋯. 그런데 제가 찜해 놓은 건 아주 비싸서 캐쉬를 많이 모아야 돼요."

"그랬구나. 한데 베팅대국이 열리면 숙희가 가장 먼저 건 때도 있었고, 베팅 마감이 될 무렵에 건 적도 있는데? 그건 왜 그랬던 거지?"

"먼저 건 건요, 얼른 걸고 문제를 풀러 가려고 그랬던 거고요. 나중엔 건 건 어느 쪽에 걸까 고민했기 때문이에요."

"언젠가 최 주간님이 운을 불러오는 힘을 물었던 적이 있는데 기억나?"

"예."

"그때 뭐라고 대답했어?"

"운은 뭔지 모르겠고 힘은 배에서 나온다고 했어요. 배가 고프면 아무 생각도 나지 않고 힘도 나지 않거든요."

"혹시 잭팟에 대해서 알아?"

"몰라요."

"그래서 그건 신경을 안 쓴 모양이구나?"

"예, 어른들은 너무 어려운 걸 하는 것 같아요."

"강호제일검과 검은고양이 대국을 기억하지?"

"그럼요."

"그때 베팅을 하라고 검은고양이 9단이 일부러 한수 제한 시간이 다 가도록 안 두었는데 왜 베팅을 안 했지?"

"몰랐어요. 접속을 해놓고 기다려도 대국이 열리지 않기에 에듀클럽으로 갔었거든요. 그러다 다시 돌아와 보니 바둑이 종반 무렵이었는데 검은고양이님이 돌을 던지데요?"

"베팅할 때와 못할 때가 있다고 했는데 그건 무슨 뜻으로 한 말이야?"

"아저씨도 참. 다른 게임에 열중하고 있으면 못하는 거고, 그렇지 않으면 하는 거지 그것도 몰라요?"

몰아치듯 질문을 이어갔지만 숙희는 단 한차례도 주저하지 않고 대답해 준다. 아이가 너무 맹랑하다는 생각이 들기까지 한다. 아니면 누군가 미리 가르쳐 준 대답을 척척 쏟아내고 있는 것이 아닌가 하는 착각마저 불러일으킬 지경이다.

"계속 따다가 어느 때부터는 잃을 때가 더 많아지던데, 그건 왜지?"

"저만 계속 따란 법 있나요, 어디? 딸 때도 있고 잃을 때도 있는 거죠, 뭐."

"100만 원인가……. 그걸 잃고 난 뒤부터였지, 아마. 그 뒤로는 자꾸 잃기만 했잖아? 비록 적은 금액이지만?"

"많이 잃고 나니까 아까운 생각이 들어서 그 다음부터는 조금씩 걸었어요."

"일부러 계속 잃어준 게 아니고?"

"조금 거니까 별로 신경이 안 쓰여서 아무데나 얼른 걸고 에듀클럽으로 가버린 거죠 뭐."

"얼마 전에 인터대전 결승전에는 올인을 해 놓고 사라졌지?"

"올인이 뭐예요?"

"가진 것을 다 거는 것."

"아, 예. 그랬죠."

"잃었는지 땄는지 알아?"

"몰라요."

"거액, 아주 거액을 땄어."

"그래요? 그런데 그거 전부 가짜 돈이라면서요?"

"누가 그래?"

"결승전이 열리기 전날 밤에 할아버지가 돈을 많이 잃으셨나 봐요. 컴퓨터에 대고 화를 크게 내시길래 그 다음날 아침에 '제게 돈 많아요, 걱정 마세요, 할아버지' 하면서 사이트 애길 했더니 '아이고 이년아, 이 할아비가 네년 걱정 안 시키려고 거짓말 했던 거야. 그거 다 가짜 돈이야. 백만 원 천만 원 있어도 소용없어' 라고 하시잖아요 진짜 돈으로 그러면 감옥살이해야 된다면서.

그때 할아버지나 병원에서 만났던 아저씨나 어른들은 다 똑같이 거짓말쟁이라는 생각이 들었어요. 결승전이 열리자 '에이, 다 필요도 없는 건데, 뭐.' 하면서 몽땅 걸어버렸죠"

"아저씨가 통장과 도장을 주었는데 혹시 은행에 가서 돈을 찾을 생각은 안 해 봤어?"

"어떻게 하는 줄 몰라서요. 은행엔 가 본 적도 없는 걸요."

"물어서 하면 되잖아."

"겁났어요. 낯선 곳이고 어른들만 가는 데라서. 나중에 어른 되어서 가보려고 마음먹었어요. 처음에 아저씨가 꼭꼭 숨겨 두라고도 했고."

최 주간이 슬쩍 끼어든다.

"윤 사장, 이제 그만 좀 하지. 숙희가 죄 지은 것도 아닌데 말이야. 저것 좀 봐. 이마에 땀까지 배어나잖아."

"예, 알았어요. 마지막으로 하나만 더 묻자. 숙희는 베팅할 대국자를 도대체 어떻게 결정했니?"

"눈을 가만히 감고 있으면 꼭 내 속에 누가 들어와 있어서 흑이나 백 중 어느 한쪽에 막 걸라고 말을 하는 것 같았어요. 그러면 걸었어요."

"그게 뭘까?"

내 물음에 강산 형이 웃으며 대답한다.

"계산된 영감."

장 과장이 받는다.

"천파기인이 하늘에서 도왔던 건 아닐까요? 아니면, 진짜 산화의 가호가 있었는지도 모르고요."

최 주간의 말이 이어진다.

"동심이라서 가능했던 건지도 모르지. 그 본능 속에는 어른이 다 잃어버린 미지의 감각이 살아있을 것 아니겠어?"

"누가 걸라는 느낌을 안 주었을 때도 있었어?"

"그럼요."

"그때는 어떻게 걸었지?"

"안 걸고 구경만 했죠."

"……."

더 이상 물을 말이 없다. 아니, 있다고 해도 물을 엄두가 나지 않는다. 어른들은 어른들 편에서, 숙희는 어린아이 입장에서 생각한 것이 이다지도 깊은 골을 마주 두고 있음에 어떤 말도 할 수 없었다고 하는 편이 옳다.

최 주간이 내 속을 읽기라도 한 듯한 말을 한다.

"어른은 어린이 입장에 설 줄 모르지. 어린이는 이따금 어른 자리에 서 보기도 하는데 말이야."

강산 형이 무릎을 친다.

"그게 결론이네요, 하하."

"어떻게 산화가 어린이라는 걸 알 수 있었겠어요? 어른들만, 그것도 비밀리에 점조직으로 가입하게 되어 있는 곳이었는데."

"방법이 없긴 왜 없었겠어? 찾으면 다 있는 건데, 눈과 생각이 거기까지 미치지 않았던 거지."

"윤 사장, 이제 큰일 났네."

"뭐가요?"

"소설 『천파기인』 인세를 받을 사람이 나타났으니 말이야."

"그렇군요."

"앞으로 부지런히 벌어야겠지?"

"……."

"그래서 내 좋은 사업 거리 하나 가져왔지."

"사업 거리라뇨?"

강산 형은 외국에서 어떤 기업이 솔깃한 제의를 해 왔다며 그 전후를 자초지종 들려준다. 나는 건성으로 듣기만 한다. 별로 관심을 보이지 않는 것을 보고 강산 형이 의아해 하며 묻는다.

"안중에 없다는 표정인데?"

"또 노름판에 끼어들라고요?"

"무슨 소리, 이번엔 합법적이야."

"그들이 말만 그렇지, 제가 국내에서 사업을 하다가 보기 좋게 말아먹은 걸 잘 아는데 진심으로 그러겠어요?"

"주간님이 손을 써서 다 알아보았어. 안 그렇습니까?"

"맞아. 사람 수는 불문하고 환상적인 한 팀을 구성해 오기를 바라는 눈치더라고."

"저는 싫습니다."

"이유가 뭐야?"

"설령 잘 된다고 쳐 봐요. 남의 나라 좋은 일 시키는 꼴 아니겠어요?"

"이 사람 참. 국제화 시대가 달리 국제화 시대인 줄 알아? 국가 개념보다는 좀 더 시각을 넓혀보라고."

"어떻게요?"

"민족 개념으로."

"민족 개념이라뇨?"

"해외에 나가 있는 교포들이 그 나라에서 성공하는 것만으로도 개인과 국가, 더 나아가 민족의 긍지를 높이는 일이 되는 게 바로 국제화 시대 아냐?"

"옳은 말씀이에요. 어때, 윤 사장?"

장 과장이 내 눈치를 보며 속에 있는 말을 한다.

"사장님, 마을은 새로 재건하면 되지 않아요? 더 멋진 마을로 말입니다."

"바로 그거야. 심심한 마을에서 바쁜 마을로. 허허."

"만약 제가 수락하면 장 과장님도 따라 나설 거예요?"

"물론입니다. 그리고 옛 멤버들도 다 동의했어요. 무슨 일을 하든 사장님이 시작하면 다시 뭉치기로. 그렇죠, 주간님?"

최 주간은 고개를 끄덕인다.

"그렇게 하려면 정호 형이 반드시 있어야 해요."

"이미 주간님께서 만나서 잘 설득해 두었어."

"정말요?"

"이번에 새 사업을 시작하면 지난번에 못한 거, 뭐라더라? 그렇지. 자네랑 딱 5년간만이라도 함께 꾸려봤으면 하더군."

갑자기 눈시울이 뜨거워진다. 최 주간이 그 특유의 농담을 꺼낸다.

"이거 이번엔 집을 잡히는 게 아니라 아예 팔아야겠군."

"저도 다 내놓겠어요."

"모두 목숨 걸겠다는 거예요?"

"못할 것도 없지."

"인생이 어차피 노름판인걸, 뭐."

"그럼요. 펼쳐 놓으면 가로세로 줄 잘 그어져 있는 세계지도 자체가 바둑판이고요."

"더구나 우리는 바둑을 떠나서는 살 수 없는 사람들이니까."

"그럼요. 바둑 말고는 할 줄 아는 게 없지요. 하하."

"이렇게 모든 게 딱 맞아 떨어지는 건 여태 본 적도 들은 적도 없어. 안 그래, 김 이사?"

"그리고 이젠 우리에게 산화도 있잖아. 윤 사장이 그렇게 찾아 헤매던."

잠자코 듣고만 있던 숙희가 입을 연다.

"저도 다 걸겠어요."

"으잉? 숙희가 어른들 얘기를 다 알아들었다는 거야?"

"아저씨도 참. 제가 아직 어린애인 줄 아세요? 하여간 어른이 어린애보다도 더 어리다니까."

"하하하."

"허허."

우리는 오내로 산책을 간다. 모래 바닥에 드문드문 박혀 있는 검은 조약돌을 하나 주워 만지작거리던 강산 형이 나를 돌아보며 불쑥 한마디 던진다.

"한 수 하러 갈까?"

"그새 칼 갈아둔 모양이죠?"

"이 사람이?"

"그때는 봐 드렸지만 이번엔 안 될 걸요?"

"하하. 나도 이젠 제법 쓸 만한 칼을 만든 것 모르지? 좋은 스승님을 만났었거든."

"그래요?"

"그러니 한 수 하러 가지. 큰형님 댁에 바둑판이 있으니까 인사드리고 나서 다 같이 판을 한번 벌여보자고."

"이 사람들아, 바둑을 두려면 내기부터 걸어야지."

"산화님은 뭘 드시고 싶으세요? 자장면?"

숙희는 가만히 생각하다가 불쑥 내뱉는다.

"막걸리 내기 하세요."

"막걸리?"

"그렇지. 숙희를 위해서는 막걸리 내기를 해야지. 허허."

"숙희는 주량이 얼마나 돼?"

"그걸 말이라고 묻나. 우리 중에서 가장 셀 걸? 그간의 베팅 배포를 보면 알 수 있지. 안 그래?"

"그 말이 맞네."

"아저씨들도 차암. 자꾸 놀리시기예요?"

강산 형의 백씨 집으로 가는 동안 숙희는, 아니 산화의 뒷모습을 가만히 바라보니 어린애가 아니라 어른을 넘어선 또 다른 미지의 인격적 존재인 것만 같다.

주위로부터 사랑을 못 받고 자란 아이일수록 세상에 대해 삐뚤어지는 경우가 많다지만, 그와는 달리 모든 것을 있는 그대로 수용하며, 또 가슴 속에 녹여 안으며 자라나는 경우도 적지 않은가 보다.

"숙희야."

"예?"

"여자로 태어났으면 뜨개질 같은 것을 할 사람들이 남자로 태어나서 돈 따먹기나 하고 있는 것 같지 않아? 그것도 가짜 돈."

"그건 그래요."

강산 형이 크게 웃는다.

"으하하하하."

그 소리는 오내를 따라 먼 안동호로 날아가더니, 저무는 하늘 한 모서리에 만년 얼음별인 양 또렷이 박힌다.

로그아웃

너무 오랫동안 긴 얘기를 들려준 건 아닌지 모르겠다만, 이제 지난 한때의 내 얘기는 이쯤에서 마무리를 지어야겠구나.

그 뒤로 더 극적이고 치열했으며 불꽃같은 일들이 수도 없이 많았다만 그건 나중에 또 기회를 보아 차례로 들려주도록 하마.

제3의 손.

그 의미가 무엇이라고 생각하느냐?

모든 인생에 있어서 그 손은 언제나 존재한단다. 그 손은 때로 네 인생을 북돋우는 격려의 힘이 되기도 하지만 다른 한편으로는 그지없는 절망에 이르는 작용을 하기도 한단다. 이를테면 선악, 두 가지 힘을 다 가지고 있는 것이지.

또 그 손은 단 하나만 있는 것이 아니라 때와 곳에 따라서 수없이

나타나기도 하고 하나도 나타나지 않기도 한단다. 네가 어떻게 살아
가든 관계없이.

그리고 살아가는 동안 타인이 네게 종종 그 손으로 나타나기도 하
지만, 그 반대로 네가 타인에게 그 손으로 작용할 수 있다는 것도 명
심하거라.

영원한 고수.

그것은 도박을 하지 않는 자이다. 영원한 고수가 될 가능성이 영원
히 남아 있기 때문이 아니겠느냐? 그러나 도박을 하지 않고 살 수 없
는 게 인생이라면, 정녕 그러하다면 기왕이면 가장 큰 판에 뛰어 들
어야 마땅하지 않겠느냐?

인간이면 누구나 세상이라는 도박판에 태어나는 순간부터 두 손에
결코 적잖은 배팅 칩을 나누어 쥐고 있단다. 쓰지 않아도 저절로 소
진되는 칩, 작게는 하루에 24개, 크게는 일 년에 365개.

그 '시간'이라는 칩들을 묵혀두어 절로 소진케 할 테냐, 아니면 잃
든 따든 베팅을 한번 해 보겠느냐?

만약 베팅을 한다면 그 무엇에 베팅을 해야 하겠느냐?

물음에 대한 답을 금방 떠올릴 수 있다면 너는 네 스스로를 훌륭
한 자질을 타고 난 도박사로 여겨도 될 것이다. 그러나 그렇지 않다

고 여겨져도 실망할 필요는 없단다. 내가 지금껏 들려준 얘기를 곰곰이 되새겨 본다면 필경 거기서 답을 찾아낼 수 있을 테니까.

이제 그만 쉬어야겠구나.
꼭 기억하거라,
너 자신을.

— 끝 —

하용준 河龍俊

그간 발표한 작품으로 장편소설 『유기(留器)』(1999), 『신생대의 아침』(2000), 『쿠쿨칸의 신전』
(2001), 『제3의 손』(2005, 인터넷 연재), 『섬호정』(2012), 『고래소년 울치』(문화체육관광부 최우수
교양도서, 올해의 청소년도서, 2013), 『태종무열왕』(전3권, 2013), 『아라홍련』(2014)이 있고, 단편소
설로는 「귀화(鬼話)」(2005)가 있다.
장편소설 『유기』는 2009년 글누림출판사에서 『유기』(전2권)로 재간하였다.
2006년부터 독자들과 만나고 있는 대하역사소설 『북비』(전15권)는 현재 출간 중에 있다.
제1회 문창文昌문학상을 수상하였다.

제3의 손

© 2015 하용준

초판 1쇄 발행 2015년 4월 13일

지 은 이 하용준
펴 낸 이 최종숙
펴 낸 곳 글누림출판사

책임편집 이태곤
편   집 문선희 박지인 권분옥 이소희 오정대
디 자 인 안혜진 이홍주
마 케 팅 박태훈 안현진
관   리 구본준

주   소 서울시 서초구 동광로46길 6-6(반포4동 577-25) 문창빌딩 2층(137-807)
전   화 02-3409-2055(대표), 2060(편집), 2058(영업)
팩   스 02-3409-2059
전자메일 nurim3888@hanmail.net
홈페이지 www.geulnurim.co.kr
등록번호 제303-2005-000038호(2005.10.5)

정   가 19,500원
ISBN 978-89-6327-287-0 03810

출력/인쇄 · 성환C&P 제책 · 동신제책사 용지 · 에스에이치페이퍼

* 이 도서의 국립중앙도서관 출판시도서목록(CIP)은 서지정보유통지원시스템 홈페이지(http://seoji.nl.go.kr)와
  국가자료공동목록시스템(http://www.nl.go.kr/kolisnet)에서 이용하실 수 있습니다.(CIP제어번호: CIP2015010256)